btb

Aus Freude am Lesen

btb

Buch

Eine amerikanische Kleinstadt Anfang der 60er Jahre: Maggie wird endlich dreizehn, und dieser Sommer ist für sie in jeder Beziehung eine Zeit der großen Veränderungen: Hinter dem Haus, wo sich früher endlose Felder erstreckten, wird eine große Wohnanlage gebaut. Maggies Großvater, der herrschsüchtige Familienpatriarch, erleidet einen Schlaganfall. Ihre Mutter wird zum fünftenmal schwanger. Doch was Maggie in diesem Sommer weitaus mehr bewegt, sind die Dinge, über die keiner in der Familie offen spricht, zum Beispiel, daß ihre Mutter in einen anderen Mann verliebt ist. Das Leben, das bisher so einfach und übersichtlich erschien, besitzt für Maggie plötzlich ein ganz neues Gesicht.

Autorin

Anna Quindlen ist eine der bekanntesten amerikanischen Journalistinnen. Sie war lange Zeit als Kolumnistin für die New York Times tätig und bekam 1992 den begehrten Pulitzerpreis. »Lebenslinien« ist ihr erster Roman.
Er wurde in den USA von Publikum und Kritik begeistert aufgenommen.

Anna Quindlen

Lebenslinien

Roman

Aus dem Amerikanischen
von Annette Meyer-Prien

btb

Die Originalausgabe erschien 1991 unter dem Titel
»Object Lessons« bei Random House, New York.

Umwelthinweis:
Alle bedruckten Materialien dieses Taschenbuches
sind chlorfrei und umweltschonend.

btb Taschenbücher erscheinen im Goldmann Verlag,
einem Unternehmen der Verlagsgruppe Bertelsmann.

1. Auflage
Deutsche Erstveröffentlichung Dezember 1996

Umschlaggestaltung: Design Team München
Umschlagmotiv: Edward Hopper
Satz: IBV Satz- und Datentechnik GmbH, Berlin
RK · Herstellung: Ludwig Weidenbeck
Made in Germany
ISBN 3-442-72048-6

1

Dieser unverwechselbare Neubaugeruch von Holzplanken und Kunststoffröhren würde sie später immer wieder an diesen Sommer zurückdenken lassen. Für sie war er die Zeit der Veränderungen. Und Maggie Scanlans Denken war stets exakt. Sie sah immer auch den Wald, nicht nur die Bäume. Es hätte ihr durchaus ähnlich gesehen, an diesen Sommer zurückzudenken als an den, in dem ihr Großvater den Schlaganfall hatte, oder den, in dem ihre Mutter Autofahren lernte, oder an den Sommer, in dem Helen wegzog, oder den, in dem sie und Debbie und Bruce und Richard sich auf dem Gelände hinter Maggies heruntergekommenem alten Haus mit diesen gefährlichen Spielen die Zeit vertrieben, oder an den Sommer, in dem sie und Debbie aufhörten, Freundinnen zu sein.

Das waren die Dinge, die ihr einfielen, wenn sie später an diese Zeit zurückdachte, aber sie hatte sie immer alle gleichzeitig im Kopf, und so kam es, daß dieser Sommer für sie immer eine Ausnahmestellung einnehmen sollte, als eine Zeit, die man nie vergessen würde, an die man sich aber nur ungern erinnerte: die Zeit, als sich ihr ganzes Leben veränderte und sie selber sich auch. Wenn sie an sich und ihre Familie dachte und an die Stadt, in der sie lebten, hatte sie ein zweigeteiltes Bild vor Augen – einmal, wie sie vorher waren, und einmal nachher, als hätte sich ein Graben durch ihre Existenz gezogen, der den einen Teil vom anderen trennte. Ihr Großvater Scanlan pflegte vom irdischen Leben und dem Leben nach dem Tod immer als vom *Diesseits* und vom *Jenseits* zu sprechen. »Du hast dein Diesseits, kleines Fräulein, und du hast dein Jenseits«, hatte er mehr als einmal zu ihr gesagt. »Wenn du dich um das erste kümmerst, wird das zweite schon für sich alleine sorgen.« Wenn Maggie an diesen Sommer dachte, fielen ihr manchmal diese Worte wieder ein. Ihr ganzes Leben danach kam ihr wie jenseits vor. Es gab diesseits und jenseits, und dazwischen lag dieser Sommer, die Zeit der Veränderungen.

Vielleicht sah sie das alles auch immer als ein Ganzes, weil sie so viele Jahre zugehört hatte, wie ihr Großvater den Dingen Etiketten verpaßte und von nackten Beinen in der Kirche angefangen bis hin zur in englisch gelesenen Messe alles als »dieses vatikanische Theater« bezeichnete und die Kugeln und Bomben und das Blutvergießen in seiner Heimat Irland unter dem Begriff »die Unruhen« zusammenfaßte. Vielleicht lag es aber auch daran, daß Maggie eine Art Leitfaden brauchte für das, was geschehen war, alle diese Dinge, die den Sommer damals zu dem Graben werden ließen, der ihre Kindheit von allem abtrennte, was nachher kam, und sie in die Person zu verwandeln begann, die sie eines Tages werden sollte. »Jede Veränderung vollzieht sich langsam«, hatte Schwester Anastasia, ihre Geschichtslehrerin, an die Tafel geschrieben, als Maggie in der siebten Klasse war. Nach diesem Sommer aber, in dem sie dreizehn Jahre alt geworden war, wußte Maggie, daß das, wie so vieles andere, was die Nonnen ihr beigebracht hatten, nicht stimmte.

Manchmal kam eine Veränderung ganz plötzlich, mit einem Geräusch, wie wenn Feuer trockenes Holz oder Papier erfaßt, und umgab einen mit einem solchen Getöse, daß man sich selber nicht mehr denken hören konnte. Und dann, wenn der Lärm abgeebbt war und das Feuer gerade so gelöscht, war alles anders. Wenn sie über diese Jahre sprachen, wurde den Leuten bewußt, daß sie von Jahren redeten, die einen Teil Amerikas vom anderen abspalteten. Zwanzig Jahre später würden alle sagen, diese Zeit hätte mit dem Krieg begonnen oder mit der sexuellen Revolution oder mit Woodstock. Aber Maggie wußte es schon immer: Wenn man sie fragte, hatte alles mit dem Geräusch eines Bulldozers angefangen, der im Garten ihrer Eltern die Erde abfuhr.

In diesem Sommer wurde nämlich hinter dem Haus der Scanlans mit dem Bau einer neuen Siedlung begonnen. Und damit fing alles an.

An einem Junimorgen, eine Woche nach Ferienanfang, kam Maggie zum Frühstück in die Küche runter, wo ihr Vater mit einer Tasse Kaffee in der Hand am Fenster über der Spüle stand und einen kürbisgelben Bagger dabei beobachtete, wie er mit Gras und Wurzeln bedeckte Erdklumpen ausschachtete und auf einen Haufen auf der anderen Seite des Baches hievte. Maggie stellte sich neben ihn und stemmte sich mit den dürren Unterarmen hoch, um hinauszusehen, aber außer der Baggerschaufel, wenn sie an ihrem höchsten Punkt war, und einem mächtigen Scharren, mit dem der Gang eingelegt wurde, und das ihr durch Mark und Bein ging, konnte sie nichts erkennen.

»Verdammte Scheiße«, sagte Tommy Scanlan sichtlich verwundert.

»Tom«, kam es von Maggies Mutter, einfach nur »Tom«, aber das bedeutete natürlich: Du sollst nicht vor den Kindern fluchen. Maggies Vater drehte sich nicht um. Er schien seine Frau gar nicht gehört zu haben. Er trank nur mit leisem, zischendem Schlürfen seinen Kaffee und sah dem Bagger zu, wie er vor und zurück rumpelte und wieder vor und zurück, und die Schaufel hochfuhr und runter und zur Seite und wieder hoch und runter und zur Seite.

In den Feldern hinter dem Haus hatte schon seit vier Jahren ein Schild gestanden, auf dem der Siedlungsbau angekündigt wurde. Es war schon dagewesen, bevor das jüngste Scanlan-Baby geboren wurde. Grün auf weißem Grund sprangen einen die Worte an: »Demnächst hier: TENNYSON PARK. Häuser ab $ 39 500«. »Ha«, war der Kommentar von Maggies Großvater Scanlan gewesen, der genau wußte, was alles kostete.

Damals waren zwei Männer mit einem Bohrgerät angerückt und hatten das Schild am Ende der Sackgasse hinter der Park Street aufgestellt. Danach hatten die älteren Kinder in der Nachbarschaft immer darauf gewartet, daß irgend etwas passierte, aber es tat sich nichts. Jahrelang schien das Schild nichts weiter zu sein als der sichtbare Beweis dafür, daß in Kenwood alles gut war, wie es war, wo jeder jeden kannte und sich glücklich schätzte in dem Wissen, daß seine Nachbarn genauso waren wie er selber: irisch, katholisch und wohlhabend genug, um sich nicht allzu viele Gedanken machen zu müssen außer darüber, daß die, die nicht genauso waren, langsam und unaufhaltsam immer näher rückten. Das Schild wurde älter und die Farbe blasser, und irgend jemand schnitzte mit dem Messer ein Kreuz in die Rückseite, und die ganze Aufregung über den Siedlungsbau und die neuen Leute legte sich wieder. Dann wurde das Schild irgendwann zu Halloween mit Eiern beworfen, und die Eierschmiere blieb den ganzen Winter über einfach kleben und gefror zu gelben Rinnsalen auf dem Grün-Weiß.

Mrs. Kelly, die in dem Haus am Ende der Sackgasse wohnte und deren Auffahrt dem Schild am nächsten war, versetzte die Aussicht auf eine neue Siedlung abwechselnd in Wut und in Panik. Sie meinte, in der Nähe von ihrer Schwester in New Jersey hätten sie auch mal eine neue Siedlung mit Etagenwohnungen und Einzelhäusern im Landhausstil gebaut, und ehe sie sich's versahen, mußte am Ende der Straße eine Ampel aufgestellt werden wegen der vielen Autos. Aber als der Mann von Mrs. Kelly drei Jahre, nachdem das Schild aufgestellt worden war, an einem Lungenemphysem starb und sie zu ihrer Schwester nach New Jersey zog, gab es immer noch nur das Schild, aber keine Siedlung.

Maggie hüpfte auf die Arbeitsplatte und ließ die Beine baumeln. »Komm da runter«, sagte Connie Scanlan, die Joseph mit

Rührei fütterte, obwohl Joseph nun wirklich alt genug war, selber zu essen. Maggie blieb oben. Sie wußte, daß ihre Mutter sich im Moment nicht auf mehr als ein Kind konzentrieren konnte, und Connie war auch schon wieder dabei, den Eiteller auf dem Schoß balancierend, Joseph das Ei in den Mund zu stopfen und nach jedem Happen seine kleinen roten Bäckchen mit einer Serviette abzuwischen.

»Du hast gehört, was deine Mutter gesagt hat«, sagte Tommy Scanlan, schaute aber immer weiter aus dem Fenster.

»Ist es das?«

»Was?«

»Tennyson Park«, sagte Maggie.

Ihr Vater sah zu ihr hinüber und stellte die Tasse ab. »Runter«, sagte er, und dann, mit einer Drehung zu seiner Frau, die Hände in den Hosentaschen: »Das ist wohl das bestgehütete Geheimnis im ganzen Baugeschäft. Sie heben die Fundamente aus, also sagen wir mal Zementierungsarbeiten in den nächsten vier Wochen und der eigentliche Bau so in zwei Monaten. Mein Vater hat kein Wort gesagt, meine Brüder haben nichts gesagt, ich habe nicht den leisesten Mucks von einem der Jungs von der Gewerkschaft gehört. Und heute sind sie mit Schaufelbaggern da draußen, und nächste Woche haben sie dann die Zementmixer da.«

Connie Scanlan antwortete, ohne aufzusehen: »Alles weiß dein Vater auch nicht, Tom.«

»Da hast du recht, mein Vater weiß nicht alles, aber zufällig weiß er, was sich in der Baubranche tut«, sagte Tommy. »Und so was wie das hier kommt ihm normalerweise immer zu Ohren. Und wo ich selber im Zementgeschäft bin, sollte man doch meinen, daß ich auch etwas gehört haben müßte, hab' ich aber nicht.«

»Maggie hört alles, weil sie immer lauscht«, sagte Damien mit seiner quäkenden Trickfilmstimme.

Tommy sah auf den zweiten seiner drei Söhne hinunter, einen dürren kleinen Jungen, eckig und unstet wie ein Grashüpfer. Und dann grinste Tommy plötzlich dieses unbekümmerte Grinsen, das immer mal wieder sein Gesicht aufleuchten ließ, so daß man ihm nur noch die Hälfte seiner dreiunddreißig Jahre gab.

»Das werden wir uns merken, Dame«, sagte Tommy, während Maggie ihren Bruder über den Küchentisch hinweg anfunkelte, und dann sah er wieder aus dem Fenster. »Herrgott noch mal, er wird mir die Hölle heiß machen«, meinte er. Das Grinsen verschwand, und er verzog bitter den Mund. »Damit wird mir der Alte die nächsten sechs Monate im Nacken sitzen.«

»Ich weiß nicht, warum alle Großpapa so nennen«, sagte Maggie. »Er ist doch gar nicht so alt. Fünfundsechzig ist alt, aber so alt auch wieder nicht.« Sie hopste von der Anrichte. »Daddy, fährst du mich zu Debbie?« fragte sie, als ihr Vater ein weißes Hemd von einem Bügel nahm, der an der Küchentür hing.

»Und wo bleibt das Programm des Präsidenten zur allgemeinen körperlichen Ertüchtigung?« fragte Tommy. »Herr im Himmel, sie wohnt doch nur am anderen Ende der Straße.«

»Tom«, sagte seine Frau, gerade als das Baby mit der Hand nach dem letzten Löffel Ei schlug.

»Der Präsident ist tot«, sagte Maggie. »Es gibt kein Programm mehr. Aber es ist wirklich heiß, und Debbies Mutter fährt mich immer überallhin.«

»Du gehst zu Fuß«, gab ihr Vater zurück und band sich einen braunen Schlips um. »Ich bin spät dran.« Er ging auf den Flur hinaus und griff nach seiner Jacke, die über dem Treppengeländer hing.

»Bye«, sagte Connie, aber da hörte man auch schon das Klikken der Haustür.

»Bye«, sagte Maggie.

Die Scanlans lebten in Kenwood, einer kleinen Stadt an der Grenze der Bronx nach Westchester, seit Maggie ein Jahr alt gewesen war. Es war nicht wirklich eine Stadt, nur einer von einer ganzen Reihe von Vororten, die mit der Zeit die City einschlossen wie ein zu enger Kragen. Die Häuser waren gleich nach dem Ersten Weltkrieg errichtet worden. Es waren vernünftige Häuser, nichts Großartiges, mit einigen wenigen Extras – hier ein buntes Glasfenster, dort ein Erker. Es gab einige Zentralbauten im Kolonialstil, ein paar Tudornachahmungen und das eine oder andere kastenförmige Cape-Cod-Haus. Kenwood bestand aus kaum einem Dutzend Straßen, die sich um ein künstliches Zentrum scharten: eine Reinigung, eine Drogerie mit angeschlossenem Sanitätshaus mit Bettpfannen und Schnürkorsetts im Schaufenster, ein Immobilienmakler mit einer Pinnwand voller Häuserfotos gleich hinter der Tür, ein Heimwerkermarkt und eine Bahnstation für die Linie nach New York City.

Maggies Vater war in der Geschäftsleitung einer Zementfabrik in der Bronx. Sein Büro lag unter einer U-Bahn-Brücke gleich neben dem Lager des Gemüsegroßmarkts. Anders als andere Väter, die um sieben Uhr morgens zeitunglesend an der Bahnstation anzutreffen waren, fuhr Tom Scanlan jeden Tag mit dem Auto in die City.

Ihre Auffahrt hatte, seit ein Freund aus Tommys High-School-Zeit sie neu asphaltiert hatte, eine zu steile Neigung, und Tommy setzte seitdem jedesmal, wenn er rückwärts wieder rausfuhr, kurz mit der hinteren Stoßstange auf. Als Maggie an diesem Morgen das Haus verließ, setzte ihr Vater gerade aus der Auffahrt zurück, und sie konnte sehen, wie seine Lippen die Worte »verdammte Scheiße« formten, als sein Wagen hinten auf die Fahrbahn aufschlug.

Es war heiß in der Junisonne, und das Licht war hell wie eine nackte Glühbirne, aber Maggie war trotzdem kühl unter den Ahornbäumen zu beiden Seiten der Straße, deren Blätter so grün waren, daß sie fast schwarz aussahen. Ihre weit überhängenden Zweige ließen nur über der Mittellinie einen Spaltbreit frei. Im Frühjahr wirbelten ihre Samen herab und bedeckten so dicht den Boden, daß die Gehwege ganz klebrig waren und überall kleine Sprößlinge den Rasen verunzierten. Die Bäume waren inzwischen so groß und schattig, daß in den Kenwooder Gärten außer den wuchernden Rhododendren, die rechts und links fast jeder Haustür standen, nur Gestrüpp wuchs. Ab und an wurde darüber gemunkelt, ob man nicht ein paar Bäume abholzen sollte, um den Azaleen und Forsythien wenigstens eine Chance zu geben, aber die meisten Erwachsenen in der Gegend waren in der Stadt aufgewachsen und außerstande, Bäume zu fällen. Sie pflegten ihre Rasenflächen voller Hingabe, kauften automatische Rasensprenger und Schläuche mit lauter kleinen Löchern, aus denen das Wasser im Sonnenschein herausspritzte wie Bögen aus lauter Diamanten.

Für Maggie waren diese ruhigen Straßen voller Frieden. Sie dachte nicht darüber nach, ob sie Kenwood liebte, sie kam ja auch nicht auf die Idee, sich zu fragen, ob sie ihre Eltern liebte oder ihre Brüder Terence, Damien und den kleinen Joseph. Es war einfach nur ihre Stadt, der Ort, an dem sie nicht zweimal überlegen mußte, wie sie irgendwo hinkam und was sie tun mußte, wenn sie dort war. Sie erinnerte sich vage, daß ihr Haus, als sie noch klein war, auch so ein Ort gewesen war, aber das schien schon so lange her. Jetzt kam es ihr so vor, als wäre das Haus zu voll, zu öffentlich. Maggie hatte einmal gehört, wie ihre Mutter sagte, daß zwei Frauen sich unmöglich eine Küche teilen könnten. Connie Scanlan hatte davon gesprochen, daß sie einen Monat mit ihrer Schwägerin in einem Strandhaus verbringen sollte, aber Maggie hatte sich diese Worte trotzdem gemerkt, weil sie fand, daß sie auf sie selber und ihre Mutter auch zutrafen. Das Haus gehörte Connie. Kenwood mit dem aufgewühlten Baseballfeld, dem schmalen Flüßchen und den wilden Feldern drumherum war Maggies Zuhause. Als sie so auf das knirschende Geräusch der unermüdlich die Erde aufwühlenden Bagger hinter ihr hörte, bekam sie eine Gänsehaut und ihre Schultern fingen ganz leicht an zu zucken. Tante Celeste hatte gesagt, das bedeute, daß einem jemand übers Grab gelaufen sei.

Sie drehte sich nach ihrem eigenen Haus um, aber es sah leer und still aus, die beiden weißen Säulen am Eingang waren voller schmieriger Fingerabdrücke. Als sie damals aus einem Zweifamilienhaus im Nordosten der Bronx, das Connies Onkel und Tante gehörte, nach Kenwood gezogen waren, hatte Tommy Scanlan die Säulen noch alle sechs Monate oder so gestrichen. Aber jetzt war er immer müde, wenn er von der Arbeit nach Hause kam. Wenn das Wetter gut war, arbeitete er fast jeden Sonnabend, und bei dem Dreck, den die Kinder inzwischen so hinterließen, kam man ohnehin nicht mehr nach. Er war der einzige von seinen Freunden, der schon vor seiner Heirat in einem Vorort gewohnt hatte. Seine Eltern lebten immer noch in dem großen Feldsteinhaus mit Pavillon und Springbrunnen im Garten, ein wenig nördlich von Kenwood in Westchester County, wo die Häuser so weit auseinander standen, daß man von den Fenstern seiner Nachbarn nicht viel mehr sah als ein gelegentliches Aufblitzen der Sonne durch die Bäume. Tommy hatte von seinem fünfzehnten Lebensjahr bis zu seiner Heirat mit zwanzig dort gewohnt. Einmal hatte Tante Celeste mit Maggies Mutter auf der Eingangstreppe gesessen und Bier getrunken, und da hatte sie zu Connie gesagt, daß sie den Verdacht hätte, für Tommy wären die Säulen wie ein Symbol für seinen Abstieg.

»Mal sie schwarz an«, hatte John Scanlan geschnaubt, als er mit seiner Frau Mary Frances zu einer seiner seltenen Stippvisiten im Haus ihres mittleren Sohnes gekommen war. Maggie fiel auf, daß manchmal eine kleine weiße Narbe über der Augenbraue ihres Vaters zu zucken begann, wenn er an den Säulen vorbeiging. Sie wand sich wie einer dieser winzigen weißen Würmer, die den Tomatenpflanzen ihres Großvaters Mazza das Leben wegfraßen, und Maggie nahm an, daß er dann immer an John Scanlans Worte denken mußte.

Das beeindruckte Maggie an ihrem Großvater Scanlan am meisten: nicht daß er Anzahlungen und Schulgeld und Arztrechnungen bezahlte, ohne je eine andere Gegenleistung dafür zu bekommen, als daß alle wußten, daß *er* dein Haus ausgesucht und bezahlt hatte, daß *er* für die Erziehung deiner Kinder aufkam und für das Einzelzimmer deiner Frau auf der Wöchnerinnenstation. Vielmehr beeindruckte sie, daß er seine Kinder wie von Zauberhand bewegen und hin und her springen lassen konnte wie Marionetten. Dabei war Tommys Narbe noch das geringste seiner Kunststücke dieser Art. Bei seinen anderen vier Söhnen brauchte John Scanlan nur ein paar Worte fallen zu lassen oder ein bißchen streng zu gucken, und schon nickten sie, wurden blaß, wurden rot, rutschten auf ihren Stühlen herum oder tigerten nervös über seine Orientteppiche. Maggies Großmutter war nahe am Veitstanz, wenn ihr Mann sich aufregte. Nur Margaret, Schwester vom Orden Johannes vom Kreuze, Maggies Tante und John Scanlans einzige lebende Tochter, brachte es fertig, in Gegenwart ihres Vaters völlig unbewegt und ausdruckslos dazusitzen. Manchmal dachte Maggie, daß ihr Großvater Margaret mit einer Nadel pieksen würde, wenn er sie damit hochschrecken lassen könnte. Margaret hatte einen hohen Preis für ihre Haltung bezahlt. »Na, Schwester, verstecken wir uns unterm Rock des lieben Herrn Jesus?« fragte John Scanlan immer mal wieder, und dann verzog Margaret ganz langsam den Mund zu einem freudlosen Lächeln, und John Scanlan tat das gleiche, denn sie wußten beide genau, daß er den Nagel auf den Kopf getroffen hatte.

Auch Maggies Mutter schaffte es irgendwie, in Gegenwart ihres Schwiegervaters die Ruhe zu bewahren, aber John Scanlan hätte seine reine Freude daran gehabt, wenn er hätte hören können, wie sie gegen seine Manipulierereien anzeterte, wenn sie allein in ihrer Küche war. Manchmal hatte Maggie das Gefühl, daß niemand je darüber sprach, was wirklich in der Familie ihres Vaters ablief, obwohl sie doch alle ununterbrochen zu reden schienen. Aber sie hatte von ihrer Tante Celeste und von Monica, und manchmal – wenn sie lauschte – auch von ihrer Mutter, genug gehört, um zu wissen, daß ihre Mutter bei den Scanlans nicht gerade einen leichten Stand hatte.

Und sie brauchte sich auch nur umzusehen, wenn sich die Familie wieder einmal zu einem Festtagsessen um John Scanlans Mahagony-Eßtisch versammelt hatte, um zu wissen, welche Enkelkinder deutlich anders waren als alle anderen. Maggies sämtliche zahlreichen Cousins und Cousinen sahen mehr oder weniger gleich aus – ihre Haare waren blond, wenn nicht farblos, die Gesichter glatt. Tommy Scanlans Kinder paßten da nicht hinein. Maggie selber hatte eine Olivenhaut, dichtes, schweres Haar und auffallende, katzenhafte, merkwürdig verschleierte grüne Augen. Es war ihr schon vor längerer Zeit klargeworden, daß sie nie von irgend jemandem als niedlich bezeichnet werden würde. Sie war dünn – nicht etwa schmal und graziös, sondern von einer Schlaksigkeit, aus der einmal etwas anderes werden würde, bisher aber war sie immer noch in diesem unglücklichen Zwischenstadium zwischen Kindlichkeit und Erwachsensein gefangen. Manchmal hatte sie das Gefühl, als säße ihre gesamte Familie irgendwie zwischen allen Stühlen. Wenn sie nur noch ein einziges Mal zu hören bekam, daß sie ganz nach ihrer Mutter kam, würde sie losschreien, ganz bestimmt.

Drei Straßen weiter, auf der anderen Seite der Bahnlinie, wohnte Maggies beste Freundin Debbie mit ihren sieben Brüdern und Schwestern in einem großen Kolonialhaus. Mrs. Malone war mal wieder schwanger, und ihre kurzen, stämmigen Beine staken unter ihrem weit vorragenden Bauch aus braunen Umstandsshorts hervor. Nachmittags lag sie jetzt gerne auf dem gelben Liegestuhl aus Plastikstrippen, der unter dem Ahornbaum hinten im Garten der Malones stand. Die Strippen gruben sich klebrig in ihre Arme und Schenkel, und während die Kinder um sie herumwieselten und Geld für Eis wollten, sich gegenseitig übereinander beschwerten und fragten, ob sie dieses oder jenes dürften, was sie noch nie gedurft hatten und auch in Zukunft nie dürfen würden, lag sie schwitzend im Schatten und starrte in die reglosen Blätter hinauf. Mrs. Malone hatte immer gute Laune und war auch recht sportlich, aber diese Hitze war zuviel für sie. Es hatte schon immer zu ihren liebsten Beschäftigungen gehört, auf dem langen Zementweg bis zu ihrer Haustür Schnee zu schippen. Ihre Kinder flutschten so mühelos aus ihr heraus, als wäre sie eine Wasserrutsche ins überfüllte Schwimmbecken ihrer Familie.

Maggie klopfte nie an, wenn sie zu den Malones ging. Sie marschierte einfach ums Haus herum und ging durch die Fliegentür in die Küche. Mrs. Malone behandelte sie, als gehörte sie zur Familie, was ein wenig merkwürdig war, wenn man bedachte, daß sie es schon mit genügend eigenen Familienmitgliedern zu tun hatte. Aber Maggie liebte dieses ungezwungene Gefühl und zeigte sich umgänglicher und kommunikativer als die Malone-Kinder, die mit Ausnahme von Helen, der Ältesten, alle ziemlich schlichte Maschinen waren. Maggie nahm an, daß auch Mrs. Malone eine schlichte Maschine war. Sie schien ihre Familie, ihren Mann und ihr Haus auf burschikose, gutgelaunte Art zu mögen. Maggie ließ sich hineingleiten in diese Atmosphäre. Es erstaunte sie immer wieder, wie angenehm sie sich von ihrer eigenen Familie unterschied, in der sie nie das Gefühl los wurde, als wäre sie in einer Geisterbahn, wo man jeden Augenblick damit rechnen mußte, daß hinter der nächsten Tür ein Gespenst hervorgespritzt kam. Mr. und Mrs. Malone kannten sich schon aus der fünften Klasse an der St. Cyril's School im irischen Teil von Manhattan, und wenn sie zusammen waren, wirkten sie eher wie Bruder und Schwester als wie Mann und Frau, jedenfalls verglichen mit anderen Ehepaaren aus Maggies Bekanntenkreis.

»Ist dir nicht heiß mit all dem Haar, Pee Wee?« fragte Mrs. Malone, als sie sich jetzt von der Spüle abwandte und Maggie von oben bis unten betrachtete. »Nö«, erwiderte Maggie wie immer, wenn ihr diese Frage gestellt wurde, und warf ihr Haar über die Schulter zurück, wischte sich mit der flachen Hand die feuchten Ponysträhnen aus der Stirn und setzte sich an den Küchenklapptisch aus Rotholz.

»Können wir schwimmen gehen?« fragte sie.

»Hast du deinen Badeanzug dabei?«

»Den habe ich letztes Mal hier vergessen.«

»Dann ist der rote deiner?« sagte Mrs. Malone, die gerade ein paar Gabeln abspülte. »Ich habe mich schon gewundert, wo der wohl her ist. Aggie hat gesagt, ihrer wär's auch nicht, aber ich habe ihn trotzdem in ihre Wäscheschublade getan. Geh nur hoch und hol ihn dir, und dann schnappst du dir deine Komplizin, und wir ziehen los.«

»Gehen Sie auch mit schwimmen?«

»Nein. Schwimmen nicht«, sagte Mrs. Malone und trocknete sich die Hände an einem schmuddeligen Handtuch ab. »Ich setze mich an den Rand und lasse die Füße reinhängen und wünsche mir, es wäre einen Monat später und ich zwanzig Pfund leichter.«

Das Schwimmbad war im nächsten Ort, im sogenannten Kenwoodie Club. Im Grunde war es nicht viel mehr als ein Swimmingpool und ein Golfplatz mit neun Löchern mit einem Maschendrahtzaun drumrum und einem bewachten Eingangstor, wo man seine Mitgliedskarte aus Plastik vorzeigen mußte. Fast alle, die Maggie aus der Schule kannte, vertrieben sich hier regelmäßig die Zeit mit Arschbomben vom Sprungbrett und Weitspucken ins Baby-Planschbecken.

Helen Malone hatte im letzten Sommer Furore im Kenwoodie Club gemacht, als sie nach einer Fahrt nach Kalifornien mit einem Etwas aus der Umkleidekabine wieder aufgetaucht war, das einem Bikini näher kam als alles, was im Club je gesichtet worden war. Es war ein knapper Zweiteiler mit festen Körbchen und einem Unterteil, das mindestens fünf Zentimeter unter dem Bauchnabel endete. Man hatte daraufhin Mrs. Malone gebeten, doch dafür zu sorgen, daß dieser Badeanzug das nächste Mal zu Hause blieb. »Wenn die sich einbilden, ich könnte Helen Malone unter Kuratell halten«, hatte sie damals bei der Heimfahrt im Auto vor sich hin gemurmelt, »dann steht ihnen noch einiges bevor.«

Selbst ihre eigene Mutter sprach von Helen Malone in der

dritten Person, so als wäre sie jemand, den keiner von ihnen richtig kannte. Maggie fand, daß die einzige Person, die sich so verhielt, als kannte sie Helen Malone, Helen selber war. Ihr eilte ein ziemlicher Ruf voraus. An der Sacred Heart Academy brauchte man nur Helen Malones Namen auszusprechen, und schon bekamen die Mädchen etwas Verkniffenes, Lauerndes. Sie galt als unglaublich lebenserfahren, vielleicht in mehr als einem Sinn. Aber was wirklich an all diesen sommersprossigen, netten, durchschnittlichen Mädchen nagte, mit denen Helen im Übungssaal und in der Bibelstunde und im Chor saß, waren zwei Dinge. Erstens: Helen war wunderschön. Natürlich wurde darüber nie gesprochen; manche Mädchen sagten auch, sie sähe irgendwie seltsam aus und ihre Nase wäre so dünn und spitz – aber nie, wenn irgendwelche Jungs in der Nähe waren, die sie kannten. Helen hatte hellblaue Augen und eine schmale, gerade Nase, aber ihre Lippen waren so voll, als hätte man sie aufgeblasen, und sie hatte auch volles Haar, volles, schimmerndes Haar. Mrs. Malone sagte manchmal, in der Klinik hätten sie ihr wahrscheinlich aus Versehen Liz Taylors Baby gegeben.

Wichtiger aber war zweitens, daß Helens Schönheit nur das äußere Zeichen für etwas zu sein schien, das sie in sich trug, eine Art Distanziertheit und ein sicheres Gefühl, genau zu wissen, wo sie hinwollte, wie sie dorthin gelangen würde – und daß sie diesen Weg auch ganz gerne allein ging. Sie sagte selten etwas, klatschte nie und war nie albern, und sie schien niemals ein Kind gewesen zu sein. Sie war erwachsen und war es, soweit irgend jemand sich erinnern konnte, immer gewesen. Vielleicht war es das, was Maggie und Debbie an ihr am meisten faszinierte. Sie durchwühlten regelmäßig ihre Schubladen, probierten ihre Tanzkleider an und schnippten ihre Unterwäsche hin und her wie heiße Kartoffeln. Sie schämten sich über ihre Neugier, aber widerstehen konnten sie auch nicht. Es fanden sich immer Briefe von Jungen, von denen sie noch nie gehört hatten, und manche schrieben sogar Gedichte. »Ich möchte dich schälen wie einen reifen Pfirsich«, hatte ein Edward mit einer Adresse an der Cornell University geschrieben, und Debbie hatte es immer und immer wieder gelesen. »Was meint er damit?« wollte sie wissen, und ihre sommersprossigen Wangen glühten hochrot.

»Pfirsiche schält man doch gar nicht«, meinte Maggie, und Debbie sah sie mitleidig an: »Was soll er denn wohl sonst schreiben? Daß er sie schälen will wie eine Apfelsine?« Maggie starrte auf den Umschlag. »Die Marke ist falschrum als Zeichen für Liebe«, sagte sie.

Maggie wußte noch, wie Schwester Regina Marie sie im letzten Jahr aufgefordert hatte, ganz spontan eine Antwort auf die Frage hinzuschreiben: Wer bist du? Es war in ihrer gesamten Schulzeit das einzige Mal, an das sie sich erinnern konnte, daß sie nicht gewußt hatte, was sie antworten sollte. Im Grunde war es eine Art psychologischer Trick gewesen. Die Schwester ließ nicht einmal die Zettel einsammeln, sondern sagte ihnen nur, sie sollten ihre Antworten in die Tasche stecken und darüber nachdenken, was sie über sich zu sagen wußten.

»Was hast du geschrieben, Mag?« wollte Debbie auf dem Schulhof wissen und zwinkerte mit ihren blauen Augen, die genauso waren wie die von Helen, nur blasser, und strich sich das schwarze Haar zurück, das auch so war wie das von Helen, nur struppig. Im Grunde sah Debbie aus wie eine verwaschene Version von Helen, mit stumpferen Konturen und blasseren Farben. »Ich habe geschrieben, daß ich erst noch die Person werden muß, die ich bin«, sagte Maggie. »Meine Güte«, seufzte Debbie, »deshalb bekommst du A-Noten und ich nur blöde Cs.« Dazu zog sie ihren Zettel aus der Tasche und gab ihn Maggie. Dort stand in Debbies runder Handschrift und mit Kringeln statt Punkten über den ›i‹: »Ich bin die Schwester von Helen Malone.«

Später, als sie allein in ihrem Zimmer war, hatte Maggie ihren eigenen Zettel aus der Jackentasche genommen, auseinandergefaltet und auf den Schreibtisch gelegt. Er war leer.

Helen war das einzige Kind der Malones, das ein eigenes Zimmer hatte. An der Tür hing eine Tafel, auf der Nachrichten eingetragen werden konnten. Sie war immer voll. Als Maggie jetzt auf dem Weg zu Debbies Zimmer unter der Dachschräge im dritten Stock war, kam sie daran vorbei. »Bis elf Uhr bist Du zurück!« hatte Mrs. Malone in Großbuchstaben ganz oben hingeschrieben, und darunter stand: »Anruf von John Kelly – meldet sich wieder« und »Kann ich heute abend Deine weiße Häkelbluse anziehen? Aggie (Ich wasche sie auch.)« Darunter stand fein säuberlich in blauer Kreide: »Nein!« Ihre Schönschrifteintragungen auf der Tafel und ein Glas im Abwasch waren oft über Tage hinaus das einzige Zeichen, daß es im Haus der Malones eine Helen gab.

Debbie lag auf ihrem Bett und starrte an die Decke. Sie war immer noch im Nachthemd. »Der Sommer hat eben erst angefangen, und mir ist jetzt schon langweilig«, sagte sie, als Maggie ins Zimmer kam.

Maggie setzte sich wortlos auf die Bettkante. Debbie schloß die Augen. Sie hatte einen Sonnenbrand auf der Nase. »Heute hat sie ein Dutzend rote Rosen bekommen«, sagte sie schließlich.

»Tatsächlich?« sagte Maggie. »Von wem denn?«

»Wer weiß«, meinte Debbie. »Irgendein Junge. Sie hat sich die Karte vorne in den Ausschnitt gesteckt.«

»Können wir sie uns ansehen?«

»Sie sind im Wohnzimmer. Sie hat gesagt, sie würde sie so hinstellen, daß die ganze Familie etwas davon hat. Ich glaube, das bedeutet, daß sie von jemandem sind, den sie nicht besonders mag.«

Maggie seufzte. »Wahnsinn.« Die beiden Mädchen starrten ins Leere. Maggie kaute an einem Fingernagel. »Deine Mutter meinte, sie würde uns in den Club fahren«, sagte sie.

»Immer dasselbe«, sagte Debbie. »Langweilig, langweilig, langweilig.« Aber sie stand trotzdem auf und begann sich auszuziehen. »Wird allmählich Zeit, daß ich Titten kriege«, tönte ihre Stimme unter dem Nachthemd hervor, aber Maggie sagte nur »Halt den Mund« und fing an, Aggies Wäscheschublade nach ihrem alten roten Badeanzug zu durchsuchen.

»Manchmal bist du ein richtiges Baby, Mag«, meinte Debbie gelangweilt.

»Halt den Mund«, sagte Maggie noch einmal, nahm ihren Badeanzug und machte sich auf den Weg nach unten.

2

Später am Nachmittag, als die Luft allmählich nicht mehr ganz so feucht war und die schweißglänzenden Gesichter der Kinder wieder ein wenig matter wurden, setzte Connie Scanlan sich im Schneidersitz auf den Eßzimmerfußboden, um sich ihr gutes Service anzusehen. Sie wartete damit immer, bis sie allein war, weil sie glaubte, daß jeder, der sie dabei sah, denken würde: »Jetzt ist sie völlig verrückt geworden.«

Ihre blassen Knie schimmerten zwischen all dem vor ihr ausgebreiteten Geschirr, als wären sie ebenfalls aus Porzellan. Zwölf Eßteller, zwölf Untertassen, zwölf Tassen, zwölf Dessertteller, eine Suppenterrine, drei Servierschalen, eine Kaffeekanne, ein Milchkännchen, eine Zuckerdose. Alles in einem blassen, ganz hellen Cremeton mit einem Kranz aus handgemalten roten und lila Blumen und Goldrand, und zu jedem Teil gehörte ein eigener grauer Beutel aus weichem Leder, so als wären es alles Schmuckstücke. Dieses Porzellan war alles, was von den törichten Vorstellungen geblieben war, die Connie sich einmal von ihrem zukünftigen Leben als erwachsene Frau gemacht hatte. Tag für Tag spülte sie das Plastikgeschirr im Ausguß, und dann dachte sie ab und zu an diese anderen Teller und Tassen, die verborgen in ihren Schutzhüllen vor sich hin schimmerten, weil sie viel zu schade waren für täglich, für Hackepeter und Käsemakkaroni.

Ihr ganzes Leben hatte sich mit der Zeit als ziemlich alltäglich herausgestellt. Sie wußte nicht, warum sie je etwas anderes erwartet hatte. Vielleicht war sie gerade deshalb auf das strahlende Bild trauter Häuslichkeit hereingefallen, das in gängigen Songs und Filmen heraufbeschworen wurde, weil ihr Familienleben zu Hause so düster und eigenartig gewesen war. Ihre ältlichen Eltern hatten kaum je ein Wort miteinander gewechselt, und sie war ihr einziges Kind gewesen. Vielleicht lag es aber auch daran, daß die gewagte Verbindung zwischen Connie Mazza und Tommy Scanlan, eine einzige Ohrfeige für John Scanlan und seine Familie, wie der Stoff für einen Kitschroman angefangen hatte, und sie hatte damit gerechnet, daß es immer so weitergehen würde. Connie spürte den bitteren Nachgeschmack verlorener Illusionen im Mund.

Ihre Ehe hatte die Pforte zu einem normalen Leben sein sollen, wie sie sich das Leben aller anderen vorgestellt hatte, als sie die Welt noch durch die Gitterstäbe des Calvary-Friedhofes betrachtete. Sie hatte geglaubt, daß sie durch einen Mann und Kinder lernen würde, wie man dazugehörte, statt dessen fühlte sie sich immer einsamer zwischen immer mehr Leuten. Sie war eine Frau, deren ganzes Universum in ihrem eigenen Brustkorb Platz hatte. Manchmal fragte sie sich, ob die Friedhofsgitter auch in ihr gewachsen waren und sie von einem selbstverständlichen und geselligen Leben mit anderen ausschlossen.

Ihre Tante Rose hatte immer gesagt, daß Kinder ihr ganzes Glück sein würden, und Connie hatte ihr geglaubt, obwohl sie überzeugt war, daß sie selbst für ihre eigene Mutter der letzte Nagel zum Sarg gewesen war. Und manchmal, als die Kinder noch klein waren und durch diese Nabelschnur aus Grundbedürfnissen und Schwäche an ihre Mutter gebunden, spürte sie auch, daß es stimmte, daß sie mit einem Baby auf der Hüfte nicht allein war. Jedesmal, wenn sie sie so in ihrer Korbwiege betrachtete, mit den kleinen Fingern, die sich wie rosa Seesterne über die Babydecke ausstreckten, malte sie sich aus, was aus ihnen und ihr selber und der ganzen Welt werden würde. Auch dabei merkte sie dann, daß es keine große Hilfe war, als

Einzelkind aufgewachsen zu sein, und daß sie ihre ganzen Vorstellungen aus Büchern, Artikeln in Frauenzeitschriften und Filmen bezog. Der älteste Sohn würde ihr kleiner Helfer und Beschützer sein. Der jüngste wäre ein wenig sensibel und ein wenig schelmisch und würde sich immer mit seiner Mutter verbünden. Das Bild, das sie sich von ihrer ersten Tochter gemacht hatte, war vielleicht das lebhafteste gewesen. »Jetzt hast du jemanden, mit dem du immer alles zusammen machen kannst«, hatten sie gesagt, als Maggie geboren wurde, und genau das hatte sie geglaubt, zur Welt gebracht zu haben: ihre beste Freundin, ihre Seelenverwandte. Aber was sie sich alles gedacht hatte, stellte sich als ebenso nutzlos heraus wie ihr Hochzeitsgeschirr. Connies Bedürfnisse und die Unabhängigkeit ihrer Kinder ergaben eine Mischung bitterer Enttäuschung, denn als sie größer wurden und sich von ihr und aus ihren Träumen zurückzogen, kamen sie ihr wie Fremde vor, Scanlans.

Sie erinnerte sich noch an den Tag, als ihr Schwiegervater Maggie zum erstenmal gesehen hatte. Das war vier Jahre nach Connies und Tommys Hochzeit gewesen, und sie hatte mit ihrer Tante Margaret auf seinem Rasen gesessen und gespielt. Connie hatte geglaubt, das Kind sei im Kloster gewesen, bis sie den Hundert-Dollar-Schein sah, den ihre Tochter mit ihrer kleinen, immer noch pummeligen Grübchenhand umklammerte.

»Tut mir leid, Con«, hatte Margaret gesagt.« »Aber die beiden haben sich offenbar gesucht und gefunden.« Connies schmale Brust zog sich kalt zusammen. Ein Jahr später ging ihre Tochter auf eine Privatschule, das Schulgeld wurde von ihrem Großvater bezahlt. Connies Gefühle für sie waren nie mehr dieselben.

Danach hatte sie sich darauf gefaßt gemacht, daß die Geier über ihrer Ehe zu kreisen beginnen würden, aber von wenigen obligatorischen Festtagsessen und der einen oder anderen Party abgesehen, hatten Tommy und sie es irgendwie fertiggebracht, sich von ihrem Schwiegervater fernzuhalten. Sie nahm an, daß er sie alle außer Maggie seiner Aufmerksamkeit nicht für würdig befand.

John Scanlan hatte durchgesetzt, daß sein Sohn James zum Leiter seiner Abteilung im Christ Hospital ernannt wurde, indem er ihnen eine neue Röntgenausstattung schenkte, und Mark und Gail hatte er ein Haus nicht weit von seinem eigenen ausgesucht. Seine jüngeren Söhne arbeiteten für ihn und waren unmerklich in völlige Abhängigkeit von seinem Unternehmergeist und seinen Launen geraten.

Nur Margaret war dem allen vorübergehend entkommen. Sie wurde an die Tulane University in New Orleans geschickt, um Philosophie zu studieren, und lebte während dieser Zeit in einem vom Glyzinien und schmiedeeisernen Gittern gleichermaßen überwucherten Kloster. Sie hatte irgendwas von einer Promotion und ungenießbarem Essen nach Hause geschrieben und war in der Hitze nur so aufgeblüht.

Und dann hatte John Scanlan die Mutter Oberin zum Lunch in ein Steakhaus ausgeführt und ihr einen Scheck über zehntausend Dollar für den Bau einer neuen Kapelle im Einkehrhaus des Ordens überreicht, und Margaret war an eine Schule berufen worden, die keine zehn Kilometer von dem Haus entfernt lag, vor dem sie ins Kloster geflüchtet war. Sie unterrichtete Erstkläßler und las heimlich Kierkegaard. Manchmal sah sich Connie diese Menschen an, die um den großen Tisch im Eßzimmer von John und Mary Frances Scanlan versammelt saßen, und dachte sich, daß sie alle außer ihr selber unendlich viel Blut gelassen hatten.

Langsam schichtete sie die Teller übereinander und stellte sie ins untere Fach der Anrichte. Sie hörte ein eigentümliches Geräusch vor dem Haus und sah aus dem Eßzimmerfenster. Maggie kam langsamen, aber festen Schrittes die Straße entlang auf das Haus zu. Connie fiel einmal mehr auf, daß Maggie ein wenig wie ihre eigene Mutter ging, mit gesenktem Kopf und vorgeschobenen Schultern. »Sie trägt die Last der Welt auf ihren Schultern«, hatte einmal jemand über Connies Mutter gesagt, und für ihre Tochter galt dasselbe. Im Grunde aber war Connie natürlich klar, daß die beiden nicht unterschiedlicher hätten sein können.

Anna Mazza hatte einen Körperbau gehabt wie eine Pappschachtel, und manchmal dachte Connie, daß sie auch ebenso sensibel gewesen war. Maggie hingegen war immer mit Denken beschäftigt, Denken, Denken, Denken, und sie schwieg nur still, um darüber nachdenken zu können, wie die Welt funktionierte. Connie fühlte sich nicht berufen, ihr da weiterzuhelfen – sie hatte selber noch damit zu tun, es herauszufinden. Und so waren die beiden gerade zu der Zeit in Schweigen versunken, als jede für sich festgestellt hatte, daß Maggie bald größer sein würde als Connie.

Ihre Cousine Celeste hatte Connie versichert, daß das mit Mädchen immer so ging, daß man sie am besten ins Tiefkühlfach steckte, bis sie einundzwanzig waren, und jede Mutter von ihrer Tochter in einem gewissen Alter das Gefühl vermittelt bekam, sie sei nichts weiter als eine wandelnde Beleidigung. Aber Connie konnte immer nur daran denken, wie sehr sie Maggie als Baby geliebt hatte, wie die Schwestern sie am Fenster der Säuglingsstation hochgehalten hatten und vollkommen Fremde auf der anderen Seite in so heftige »Ohs« und »Ahs« ausbrachen, daß die Glasscheibe beschlug.

Maggie hatte den ganzen Kopf voller schwarzer Haare gehabt, tiefblaue, scheinbar bodenlose Augen, ein Mondgesicht und zwei violette Blutergüsse, wo die Geburtszange sie erfaßt und herausgezogen hatte. Sie hatte exakt neun Pfund gewogen, und die kleine, bleiche Connie in ihrem Bettjäckchen aus Satin hatte das Gefühl gehabt, daß Maggie ihre große Leistung war, das Beste, was sie je zustande gebracht hatte. Aber die Verbindung zwischen ihr und ihrer Tochter war immer lockerer geworden, bis nur noch Erinnerungen an warme Rundungen und einen kleinen, rosigen Mund übrig waren, der sich an ihrer Haut zu schaffen machte. Als Connie sie in der letzten Woche vor den Schulferien gefragt hatte, ob sie für die Schuluniform im nächsten Jahr Blusen mit Abnähern bestellen sollte, hatte Maggie drei Tage lang geschmollt. Sie war stundenlang verschwunden und machte sich ansonsten nur dadurch bemerkbar, daß sie es fertigbrachte, das Schließen einer Tür oder das Abstellen eines Glases auf dem Küchentresen wie ein Mittelding zwischen Beschimpfung und körperlicher Gewalt klingen zu lassen. »Weißt du, warum man so was als Wachstumsschmerzen bezeichnet?« hatte Connie zu Celeste gesagt, die manchmal der einzige Mensch zu sein schien, mit dem sie reden konnte. »Das kommt daher, weil ich kurz davor bin, sie umzubringen.«

Von ihrem Fenster aus konnte Connie die ganze Straße hinuntersehen. Sie sah, wie Maggie langsam auf das Haus zukam, und stellte fest, daß das Geräusch, das sie gehört hatte, von ihren Gummischlappen kam, die auf das Pflaster schlugen. Aus dieser Entfernung fiel Connie einmal mehr auf, wie sehr Maggie nach Tommy schlug mit seinem typisch irischen, mageren und knochigen Jungskörper, der irgendwie von den Schultern zu hängen schien, als wäre das Hemd noch auf dem Bügel. Auch Maggie war dünn und knochig, und das Mondgesicht aus Babytagen war inzwischen eckig geworden am Kinn. Sie wollte unbedingt den Badeanzug vom letzten Jahr weitertragen, obwohl er für ihren sich streckenden Oberkörper viel zu kurz war und sie ihn in einer Tour über die Pobacken runterziehen mußte. Connie dachte an Joseph, der oben rosig und naß von der Hitze in seinem Bettchen lag, mit offenem Mund und silbrigen Spuckefäden, die auf das Kissen tropften. Vor einer Stunde hatte sie vor ihm gestanden und darüber nachgedacht, daß der Bruch schon bald kommen würde. Jetzt war er noch ihr kleiner, warmer, süßer Liebling, der liebend gern die Arme um sie schlang und das Köpfchen auf ihr Schlüsselbein sinken ließ. Aber bald würde er sich ändern und Charakterzüge entwikkeln, die einen Keil zwischen sie trieben. Es war noch mit jedem seiner Brüder so gewesen. Wahrscheinlich waren die Jungen unten auf dem Spielfeld, und Damien zottelte unglücklich hinter Terence her, obwohl er Sport beinahe ebensosehr haßte wie Connie. Was für ein seltsames Paar, hatte ihre Mutter gedacht, als sie ihnen hinterhersah. Der ältere Junge groß und kräftig und so vernarrt in seinen Baseballhandschuh, daß er ihn nachts mit ins Bett nahm, und der jüngere nervös und angespannt wie ein Revolver.

Connie befühlte ihr Haar und merkte erst jetzt, daß sie den ganzen Tag nicht ein einziges Mal in den Spiegel geschaut hatte. Vielleicht würde das Glas gar kein Bild von ihr wiedergeben, dachte sie bei sich, wie bei einem Vampir. In dem Haus, in dem Connie aufgewachsen war, hatte es nur den einen Spiegel über dem Waschbecken gegeben, und bei dem war das Silber schon ganz schmierig und abgeschabt gewesen. In ihrem eigenen Haus gab es viel mehr Spiegel, aber sie hatte irgendwann aufgehört, hineinzusehen. Die Stille lastete auf ihr wie eine nasse Hand.

Connie Scanlan war in der Bronx aufgewachsen und hatte sich nie an die Geräusche der Vorstadt gewöhnen können, die sie als heimlichtuerisch empfand. Das Zischeln der Rasensprenger, das vereinzelte Summen eines vorüberfahrenden Autos, die Stimmen der Kinder, die so weit trugen, daß alles Wichtige nur geflüstert wurde. Die Geräusche der Stadt waren direkter: Hupen, Schreie, das satte *zack,* wenn ein harter Ball auf einen Stiel aufschlägt, und das dumpfe Klatschen, wenn der Ball statt dessen in einem Lederhandschuh landet. Der Teil der Bronx, in dem ihre Familie lebte, wurde allgemein auch als eine Art Vorstadt betrachtet, er war anders als die Lower East Side oder Little Italy, aber trotzdem roch und klang es hier noch nach Großstadt. In Kenwood war es auf der Straße manchmal so ruhig – besonders an Sommernachmittagen –, daß sie sich schwer zusammennehmen mußte, nicht *South Pacific* oder irgendwas von Sinatra aufzulegen und laut genug aufzudrehen, daß sie die Stille draußen nicht mehr hören konnte. Aber sie hatte immer Angst, daß es auch andere hörten, und sie wollte ihnen nicht noch einen weiteren Grund liefern, hinter ihrem Rücken über sie zu tratschen.

Sie war sicher, daß diese ganzen Dohertys und O'Briens und Kellys der zweiten Generation, die hier an diesem eintönigen Ort lebten, seit sie gegenseitig ihre Schwestern und Cousins und Freunde geheiratet und aus der Stadt hier herausgezogen waren, ohnehin schon genug über sie redeten. Nur wenige von denen hatten das Familienblut mit Außenseitern verunreinigt, und diese Mutigen, oder auch Törichten, hatten damit meistens nur ihre Familien treffen wollen. Als Tommy um sie anhielt, hatte Connie nicht geglaubt, daß es bei ihm genauso war, selbst dann noch nicht, als Celeste, die in ihrem blautüllenen Brautjungfernkleid prall und rund aussah wie ein Heliumballon, am Tag der Hochzeit bemerkte: »Eine ziemlich komplizierte Methode, um sicherzustellen, daß dein alter Herr nie wieder ein Wort mit dir spricht. Bist du sicher, daß du für den Rest deines Lebens das Aschenputtel spielen willst, Kleines?« Was dann kam, war so, daß diese Worte mit der Zeit, statt zu verblassen, immer lauter in Connies Erinnerung nachhallten.

Mit einem Knall fiel die Tür hinter Maggie ins Schloß, die hereingekommen war und ihr feuchtes Handtuch auf den Küchentresen warf. Ihre Bluse war im Rücken ganz naß von ihren Haaren, und aus irgendeinem Grund brachte das Connie in Rage.

»Gibt's in diesem Schwimmbad denn keine Badekappen?«

»Klar, aber bei meinem Haar funktioniert das nicht«, sagte Maggie, die sich zum Trinken unter den Wasserhahn gebeugt hatte. »Ich bringe sie einfach nicht alle unter die Mütze.«

»Also werden sie trotzdem naß.«

»Nee, das nicht. Ich trage die Mütze, und wenn wir rausgehen wollen, nehme ich sie ab und tauche noch einmal unter, damit die Haare naß werden.«

»Augenblick mal, daß ich das richtig verstehe«, sagte Connie. »Du trägst die Badekappe, damit deine Haare nicht naß werden, und dann nimmst du sie zum Schluß ab, damit sie naß werden? Wo ist denn da der Sinn?«

»Das verstehst du nicht, weil du nicht schwimmen kannst. Alle machen das so.«

»Und wenn alle von der Brooklyn Bridge springen würden, würdest du das auch nachmachen?« fragte Connie, ohne nachzudenken.

»Das sagst du jedesmal.«

»Häng das hier auf die Leine, bevor du gehst«, sagte Connie und ließ mit einem Knall das Handtuch auseinanderrollen. Der rote Badeanzug fiel heraus, und daneben schwebte ein zerkrumpeltes, feuchtschmutziges Stück Papier zu Boden. Es war ein Zwanzig-Dollar-Schein. »Wie geht's deinem Großvater Scanlan?« frage Connie.

Maggie nahm das Geld und ihre nassen Sachen und wandte sich zum Gehen. »Er sagt, wir würden am Sonntag alle zu ihm kommen. Wie kommt's?«

»Am Sonntag räume ich den Wäscheschrank auf«, sagte Connie, schon halb zur Spüle gewandt. »Geh deinen Badeanzug aufhängen.«

Vom Fenster aus beobachtete sie, wie ihre Tochter mit den Wäscheklammern herumhantierte und das Geld in die Tasche steckte. Es machte sie wütend, daß John Scanlan ihr den Tag verderben konnte, ohne auch nur anwesend zu sein. »Und weck deinen Bruder nicht auf«, zischte Connie, als ihre Tochter auf dem Weg nach oben wieder durch die Küche kam.

Sie sah auf die Müslischalen und Kaffeetassen und die Mikky-Maus-Gläser mit eingetrockneten Orangensaftringen in der Spüle hinunter. Oben konnte sie Joseph vor sich hin summen hören. »Verdammt«, sagte sie und gab Spülmittel auf einen Schwamm.

Tausendmal hatte Tommy ihr schon gesagt, daß sie es falsch machte. Man mußte Wasser ins Spülbecken laufen lassen und das Geschirr darin einweichen. Tausendmal hatte sie dazu geschwiegen und es dann auf ihre Weise gemacht. Sie hatte schon mit sieben Jahren auf dem roten Kunstlederbezug eines Tritts gestanden und Geschirr gespült, als es nur ihren eigenen

Teller und ihr Glas abzuwaschen gab. Sie hatte morgens vor der Schule ihre Frühstücksschale gespült und nachmittags ihre Teller, während ihr Vater und ihre Mutter zur Arbeit waren. Niemand konnte ihr erzählen, wie sie Geschirr abzuwaschen hatte.

Plötzlich herrschte um sie her trügerische Stille, die ebenso bedrückend war wie die Hitze. Der letzte Bagger auf der Wiese hinter dem Haus hatte die Arbeit eingestellt. Er gab ein letztes Holpern von sich, wie ein Todesröcheln, dann war er stumm.

Connie war eine kurzgewachsene, gedrungene Person und konnte, selbst wenn sie sich auf die Zehenspitzen stellte, nicht recht erkennen, wie weit die Arbeiten gediehen waren, außer daß es breite Schneisen durch das struppige Unkraut zu geben schien und den einen oder anderen großen Haufen frisch aufgeschichteter brauner Erde. Dazwischen war ein halbes Dutzend der großen Maschinen abgestellt. Jetzt fiel Connie zum erstenmal auf, daß jemand zwei Bauklos am anderen Ende der Wiese aufgestellt hatte. Der Mann, der den letzten Bagger bedient hatte, war schon fast an der Hintertür, bevor sie überhaupt merkte, daß er auf ihr Haus zukam. Connie registrierte die riesigen schwarzen, halbmondförmigen Schwitzflecke unter seinen Armen. Er blinzelte angestrengt durch das Fliegengitter zu ihr herüber, weil er im gedämpften Licht des Hauses nach der grellen Sonne draußen erst mal nichts erkennen konnte.

»Hallo?« sagte er.

»Ja, bitte?« Connies Stimme hatte einen kühlen Unterton.

»Dürfte ich wohl Ihr Telefon benutzen?« fragte er, immer noch durch das Fliegengitter linsend.

Connie öffnete die Tür einen Spaltbreit. Das Haar des Mannes glänzte wie ein Hundefell, und seine Augenbrauen waren so dick, daß sie aussahen wie für eine Laientheateraufführung angeklebt. Er sah Connie an, und Connie sah ihn an; einen Augenblick lang starrten sie nur, und dann fingen beide an zu lachen.

»Connie Mazza«, sagte er und strich sich das Haar zurück.

»Oh«, sagte sie mit den Fingern schnippend. »Sag's nicht, ich hab's gleich. Nicht sagen.«

Er lachte wieder. »Martinelli«, sagte er.

»*Den* Teil wußte ich.«

»Joe«, ergänzte er.

»Joey. Joey Martinelli. In einer Minute hätt' ich's gehabt. Komm rein. Da ist das Telefon. Möchtest du ein Bier?« Sie fing wieder an zu lachen. »Es ist schön, mal wieder ein bekanntes Gesicht zu sehen.«

»Ich wußte, daß du hier in der Gegend wohnst«, meinte er, »aber ich schwöre bei Gott, daß ich nicht gewußt habe, daß das hier dein Haus ist.«

»Du arbeitest da auf der Baustelle?«

»Ich bin der Vorarbeiter. Aber es soll alles so furchtbar schnell gehen, daß ich zeitweise auch den Schaufelbagger fahre. Wir haben heute sechs Fundamente ausgehoben. Ich schwör' dir, ich hab' gedacht, mindestens einer von den Jungs würde einen Hitzschlag bekommen.«

»Ihr habt heute die Fundamente für sechs Häuser ausgehoben?«

Er nickte: »Und morgen sollen es auch wieder sechs werden. Die Leute haben es irgendwie ziemlich eilig.«

»Ich frage mich nur, warum«, sagte Connie. »Das war doch nun schon seit Jahren geplant.« Sie zeigte auf das Telefon. »Bedien dich.«

Dann schaute sie ihm zu, während er wählte. Er hatte die Sorte Muskeln, die Männer vom schweren Heben bekommen, und wenn er stillstand, sah er ein wenig unbeholfen aus. Sie wußte noch, daß er zu ihrer Mädchenzeit ein guter Sportler gewesen war, einer von den netten Jungs von nebenan, die einem immer die Tür aufhielten, wenn man gleichzeitig mit ihnen den Laden verließ. Sie hatte ihn nicht besonders gut gekannt, obwohl sie ein paarmal mit seinem jüngeren Bruder ausgegangen war.

Sie hörte, wie er etwas von Abendessen ins Telefon sagte. »Deine Frau?« fragte sie, als er eingehängt hatte.

»Meine Mutter«, sagte er und machte ein mitleidheischendes Gesicht.

»Wie wär's mit 'nem Bier«, fragte sie noch einmal, obwohl sie sich ein bißchen einsam fühlte, so ganz allein im Haus mit einem Mann. Sie zuckte zusammen, als es über ihr polterte. Einen Moment lang hatte sie ihre Kinder glatt vergessen.

»Danke, aber ich muß fertigmachen und dann nach Hause. Wir sollen zum Ende des Jahres hier durch sein. Gar keine schlechten Häuser übrigens. Wäscherutschen, Abfallschächte, Teppichböden. Natürlich nicht wie diese alten, aber nicht schlecht.«

»Ein altes Haus macht viel Arbeit«, sagte Connie.

»Genau.« Er sah auf seine Schuhe hinunter und die Schmutzspur, die er auf dem gesprenkelten Linoleum hinterlassen hatte. »Oh, Mann, das tut mir leid. Meine Mutter würde mich umbringen, wenn sie das hier sehen könnte.«

»Bestimmt«, meinte Connie, und dann lachten sie wieder gleichzeitig los. Als sie ihm nachsah, wie er über die Wiesen zurückging, fiel ihr wieder ein, daß sein Vater bei Aushebungsarbeiten für einen U-Bahn-Schacht irgendwo tief unter der Erde von Queens ums Leben gekommen war. Vielleicht hatte es sie deshalb so überrascht, daß er auch wieder in der Branche arbeitete. Vielleicht lag es aber auch an ihrer vagen Erinnerung, daß er dafür eigentlich zu intelligent gewesen war. Er war damals einer von denen gewesen, die später vielleicht einmal mit der alten italienischen Einwanderertradition aufräumen und keinen Dreck mehr unter den Fingernägeln haben würde. Sein Bruder hatte ein Aftershave benutzt, das nach Pfefferminze roch. Und Joey hatte Zeitungen ausgetragen, um sich ein Taschengeld zu verdienen; jeden Morgen hatte er ihrem Vater die *News* gebracht. Seltsam, woran man sich so erinnerte. Wie interessant, daß eine kurze Unterhaltung mit einem mehr oder weniger Fremden ihre Laune schlagartig gebessert hatte.

Trotz der Hitze reckte sie sich hoch, um die große Schüssel aus dem obersten Küchenbord zu nehmen, und begann vor sich hin summend einen Kuchen zu backen.

3

Tommy Scanlan sah aus dem Fenster seines Büros in dem graugrünen Klinkergebäude, in dem die First Concrete untergebracht war. Unter ihm lag der Parkplatz, wo er und die anderen Männer ihre Wagen abstellten, und hinter dem Maschendrahtzaun ein weiterer für die Zementmischmaschinen, große, scheppernde Ungetüme, die unpassenderweise rot-weiß gestreift angemalt waren – wie Lutschstangen. Im Moment stand dort nur ein einziger Zementmixer mit aufgeklapptem Oberteil, so daß der riesige, schmierige Motor offen dalag wie die Innereien eines großen Tieres, daneben sah man einen auf Hochglanz polierten schwarzen Lincoln Continental.

»Ach du Scheiße«, sagte Tommy laut, als er da unten den Wagen entdeckte. Von der Tür kam ein leises Klopfen, und Tommy stellte das Radio auf dem Aktenschrank aus. »Ach du Scheiße«, sagte er noch einmal, bevor er öffnen ging.

Draußen stand einer der Mechaniker, ein untersetzter Mann mit dunklem Teint namens Gino, dessen lockiges Haar an den Ozean an einem stürmischen Tag erinnerte, in seinem rot-weiß gestreiften First-Concrete-Hemd. Alle haßten diese Hemden, aber Gino war der Betriebsratsvorsitzende, und er erschien niemals in Zivil bei der First Concrete.

»Der Alte ist unten«, sagte Gino. Die Männer grüßten nie, wenn sie im Büro mit Tommy sprachen; sie wußten nicht so genau, ob sie ihn nun Mr. Scanlan nennen sollten oder nicht.

Tommy hatte dieses semantische Problem gar nicht bemerkt, aber er wußte es dafür sehr zu schätzen, daß sie immer »der Alte« sagten und nie »Ihr alter Herr«. Tommy fühlte sich ganz klein, wenn er an die Macht seines Vaters erinnert wurde.

»Haben Sie ihm gesagt, daß ich hier bin?« wollte Tommy wissen und warf wieder einen Blick aus dem Fenster.

»Die unten haben gesagt, sie wüßten nicht genau, ob Sie im Hause sind«, meinte Gino. »Ich glaube nicht, daß er hochkommt. Wir müssen das Öl bei seinem Auto wechseln. Ihr Bruder ist bei ihm.«

Tommy konnte seinen Vater in einem seiner grauen Anzüge unten auf dem Wartungsgelände stehen sehen. Er betrachtete den außer Gefecht gesetzten Zementmixer. Der Alte drehte sich um und sagte etwas zu dem Mechaniker, der mit seinem Wagen beschäftigt war, und der Mann gab ihm einen Lappen. John Scanlan wischte über die gestreifte Flanke seines Zementmixers und schüttelte dann den Kopf. »Oh, verdammt«, grummelte Tommy und zündete sich eine Zigarette an.

Die Streifen auf den Lastern waren das, was Tommys Vater sich unter kostenloser Werbung vorstellte. Er hatte argumentiert, daß so niemand je einen Zementmixer von First Concrete mit einem von Reliable oder Gatto Brothers oder von Bronx River Cement verwechseln konnte. Dafür machte sich über die anderen aber auch niemand lustig. Manchmal, wenn Tommy einem Bauunternehmer oder einem Fabrikbesitzer oder jemandem aus der Stadt, der einem für ein paar hundert Dollar auf die Hand einen Vertrag über ein oder zwei Gehwege oder das Ausgießen eines Fundaments für eine Schule verschaffen wollte, seine Karte gab, konnte er die Erkenntnis im Gesicht des Typen aufblitzen sehen. Und es mochte noch so oft passieren, Tommy zog es jedesmal wieder die Brust zusammen. »Die mit den Streifen, was?« fragte der Kunde dann. »Mit den rotweißen Streifen?« Und der erkennende Gesichtsausdruck machte einem breiten Grinsen Platz. »Sind ja nicht zu übersehen, die Brummer.«

Tommy hatte unter anderem dafür zu sorgen, daß die Laster immer gut aussahen, aber er haßte die Streifen so sehr, daß er sie einfach verblassen ließ, bis sie fahlrosa und schmutziggrau waren. Mit der Lächerlichkeit hatte das nichts zu tun; es war diese ständige Mahnung: »Seht mich an!« schienen diese Streifen unablässig zu schreien, genau wie John Scanlan es immer tat. Wenn es nach Tommy gegangen wäre, wären die Laster grau gewesen. Sie hätten ausgesehen wie das, was sie waren: Laster, die Zement transportierten, und nicht riesige Pfefferminzbonbons auf Rädern. Aber nach Tommy ging es nie. Früher oder später bekam sein Vater auf einer seiner Fahrten durch die Stadt zum Lunch im einen oder anderen Gemeindehaus wieder einen der Laster zu Gesicht – und schon hing er am Telefon und beschwerte sich, daß die Laster neu gestrichen werden müßten.

Er rief nie direkt bei Tommy an. Statt dessen kam dann Buddy Phelan, der Präsident von First Concrete und nicht zufällig der Patensohn des Monsignore, der die Auftragsvergabe für die größte Vorstadtdiözese im gesamten Großraumgebiet betreute, mit einem versonnenen Grinsen im Gesicht zu Tommy ins Büro und sagte: »Na, Tom? Zeit, daß die Laster mal wieder aufgemöbelt werden, oder was meinst du?« Und dann wußte Tommy, daß sein Vater am Morgen angerufen hatte, um klarzumachen, daß der Mann, der der alleinige Eigentümer von First Concrete war und der nach eigenem Gutdünken jeden, der dort arbeitete, einstellen und auch wieder feuern konnte, es überhaupt nicht schätzte, wenn sein oberschlauer, ans Unterbewußtsein appellierender Werbeschachzug durch mangelnde Instandhaltung und eine dicke Schicht Straßendreck in Frage gestellt wurde.

Buddy Phelan nahm selbstverständlich an, daß Tommy ihn haßte, aber das war gar nicht so. Im tiefsten Herzen haßte Tommy niemanden, außer vielleicht manchmal sich selbst, und er war ganz zufrieden mit seiner Stellung als Vizepräsident der Geschäftsleitung, einem ziemlich hochfahrenden Titel für eine banale Tätigkeit. Wenn er der »große Boß« gewesen wäre, wie Buddy von den Männern genannt wurde, die die Laster fuhren, hätte er sich nicht so ungezwungen mit den Arbeitern unterhalten können, wenn sie abends ganz verschwitzt zurückkamen, froh, daß sie endlich ein paar Worte wechseln konnten ohne das Dröhnen der Mischmaschinen oder der Straße im Ohr. Dann hätte er nicht mehr mittags zu Sal's gehen und mit einem Sandwich und einem Bier an der Bar sitzen und seinen Senf dazugeben können, wenn es um die Yankees, das Wetter oder die Schwarzen ging. Er hätte unmöglich bei den spontanen Basketballspielen mitmischen können, die fast jeden Tag gleich über die Straße ausgetragen wurden und bei denen er sich immer so frei und jung und unglaublich leistungsfähig fühlte: über das Spielfeld dribbeln, Sprung aus den Knien, den orangefarbenen Ball mit einer Drehung des Handgelenks, die einem beim Sportunterricht in der Katholischen Schule zur zweiten Natur geworden war, abgeben und zusehen, wie er mit diesem leise streifenden Geräusch in den Korb fiel, das dem Wurf den Namen *swish* eingebracht hatte. Beim Basketball fühlte er sich gleichzeitig als Mann und als Junge. Jeder nickte Buddy Phelan zu, wenn er in seinen Olds 98 stieg, um nach Hause zu fahren, aber niemand fragte ihn je, ob er mit ihnen ein Bier trinken wollte, außer Tommy, wenn er nichts Besseres zu tun hatte. Ihm tat der Typ leid.

Als er sich vom Fenster abwandte, war Gino gegangen, und sein Bruder Mark kam gerade die Treppe herauf. Mark glühte wegen der Hitze in schönstem Rosa, aber sein Schlips saß immer noch absolut korrekt, während Tommys längst auf Halbmast hing. Man sah gleich, daß sie Brüder waren. An ihnen war fast alles Beige: beigefarbenes Haar, die verwaschene Version der Flachstönung, die sie als Jungen gehabt hatten, beigefarbene Sommersprossen, Augen in etwas dunklerem Beige. Aber wo Tommy groß und schlank war, war Mark kurzgewachsen und stämmig. Er war schon längst verheiratet gewesen, als es ihm endlich gelang, seine Familie davon zu überzeugen, daß sie ihn nicht mehr »Knirps« nennen sollten, obwohl sich John Scanlan, der selber über einsachtzig groß war, noch immer dazu berufen fühlte, ab und zu eine Bemerkung über Marks Größe fallenzulassen.

»Wir müssen nächste Woche die Laster streichen«, sagte Tommy.

»Ich verstehe nicht, warum du dich in dem Punkt immer mit ihm anlegst. Du weißt doch, wer gewinnt.«

Die beiden standen stumm und schwitzend da. Tommy war tief befriedigt, daß er nicht direkt für seinen Vater arbeitete, und Mark nahm ihm das übel, weil er meinte, daß es viel schlimmer war, nur in zweiter Linie von John Scanlans Großzügigkeit abhängig zu sein, als den Tatsachen gleich ins Auge zu sehen und für Scanlan & Co. zu arbeiten. »Wir gehören alle zum Familienbetrieb«, sagte ihre Schwester Margaret immer mit einem Grinsen. Mark wußte zwar nicht, wie sich das auf einen Gynäkologen oder eine religiöse Berufung anwenden ließ, aber Margaret sagte nur, das läge daran, daß er immer alles zu wörtlich nehme.

In der Tat hätte Tommy noch lieber gar nicht für irgendeine Scanlanfirma gearbeitet. Als er und Connie damals heirateten, hatten sie sich überlegt, ob sie nach Kalifornien gehen sollten, wo es immer warm war und niemand je von John Scanlan gehört hatte, wo es den Leuten egal war, ob man italienischer Abstammung war, solange man wenigstens nicht aus Mexiko kam. Diesen Traum hatte jedoch ihre eigene Fruchtbarkeit zunichte gemacht. In den ersten Jahren ihrer Ehe, als Tommys Eltern nicht ein einziges Wort von sich hören ließen, hatten sie gelernt, wie schwer es war, von einem normalen Arbeitseinkommen die Rechnungen zu bezahlen. Dann hatte John Scanlan sein Interesse für Maggie entdeckt, und Tommy war nach einem Pro-forma-Einstellungsgespräch als Vizepräsident bei der First Concrete eingestellt worden. Nachdem er diesen Job angenommen hatte, hatte seine Frau fast zwei Monate lang kaum ein Wort mit ihm gewechselt und ihr Schweigen nur gebrochen, um den Satz zu sagen: »Ich bin wieder schwanger.«

Es gab exakt zwei Gründe, warum Tommy lieber in der Geschäftsleitung war, als zu den Männern zu gehören, die Zement schaufelten und hin und her fuhren. Erstens brauchte er das Geld. Er und Connie hatten nach Maggies Geburt nach Knaus-Ogino verhütet, und wie gut das funktioniert hatte, konnte man an ihren drei Söhnen sehen, und jetzt kam womöglich schon das nächste Kind. Er gab allein für Kinderschuhe zweihundert Dollar im Jahr aus. Das zweite, das ihm an seinem Job gefiel, war sein Büro. Als Büro war es eher klein, und vom Fenster aus sah man über den Parkplatz hinweg auf das Basketballfeld und den Spielplatz auf der anderen Straßenseite und dahinter auf das rote Backsteingebäude der öffentlichen Schule. Wenn auf der Bahnüberführung zwei Züge in entgegengesetzter Richtung aneinander vorbeirauschten, zitterte sein Büro wie ein Kind bei einem Fieberanfall. Im Sommer, wenn die Stadtreinigung den Müll manchmal nicht schnell genug einsammelte, entströmte den Markthallen gegenüber ein süßlich-fauler Geruch nach überreifen Früchten. Aber Tommy hatte einen grauen Schreibtisch, einen grauen Aktenschrank und einen grauen Tisch mit einer Rechenmaschine vor einer Wand mit einer farbigen Karte des New Yorker Stadtgebietes, auf der die aktuellen Baustellen mit Stecknadeln markiert waren, so daß Tommy sich immer ein bißchen wie ein General vorkam. In der untersten Schublade seines Schreibtisches bewahrte er neben einer Flasche Kölnisch Wasser und einem Sweatshirt, das er zum Basketballspielen anzog, sein Diplom von Fordham auf, das Ergebnis von zwei Jahren als Vollzeitstudent, und anschließenden vier Jahren Abendstudium, nachdem Maggie und Terence geboren waren. Außerdem hatte er eine Studioaufnahme von Connie an ihrem Hochzeitstag, auf dem ihre Augen so groß und schwarz zwischen all dem Weiß und Grau des Fotos hervorstachen, daß es aussah, als wären sie mit einer Zigarette reingebrannt worden. Wenn bestimmte Kunden, vor allem die großen Bosse, zu ihm kamen, stellte er das Bild auf den Aktenschrank, aber meistens blieb es in der Schublade. Irgendwann war das mal seinem Bruder Mark aufgefallen, und er war schnurstracks nach Hause gelaufen, um seiner Frau zu berichten, daß es um Toms und Connies Ehe sogar noch schlechter stand, als sie vermutet hatten. In Wirklichkeit war das Bild aus dem genau entgegengesetzten Grund weggeschlossen worden. Anders als die meisten Männer, die ein solches Bild einfach als einen Teil ihrer Büroeinrichtung betrachten, wie zum Beispiel einen Hefter oder einen gestreiften Schlips, glaubte Tommy Scanlan, daß das Foto aller Welt etwas höchst Privates verriet; nämlich daß er verrückt nach seiner Frau war.

Wie so viele ihrer Freunde hatten Connie Mazza und Tommy Scanlan geheiratet, weil ein Kind unterwegs war. Es war für sie beide völlig überraschend gekommen. Connie war nur ein einziges Mal mit Sexualerziehung behelligt worden, und zwar am Tag vor ihrem zwölften Geburtstag, als ihre Tante Rose ihr – ungefähr ein Jahr zu spät – eine Packung Monatsbinden in die Hand gedrückt hatte. Tommy bemerkte es erst hinterher: Es war Connie nie in den Sinn gekommen, daß diese drängende, anschwellende Hitze und das beschämte Gefühl danach, die sie an Wochenendabenden in seinem Auto erlebte, damit zu tun hatten, daß sie ein Kind bekam.

Tommy hatte es gewußt, aber er hatte sich genauso dumm angestellt, weil er sich nicht klarmachte, daß die Antwort auf »Ist es nicht gefährlich?« unmöglich jeden Samstag- und Sonntagabend immer wieder »Nein« sein konnte. Erst als sie dann verheiratet waren, stellte sich heraus, daß Connie die ganze Zeit geglaubt hatte, er wolle nur wissen, ob ihn auch niemand erwischen konnte, wie er sich gerade unter ihren langen Rökken und Tüllpetticoats zu schaffen machte. Maggie war sechs Monate nach der Hochzeit zur Welt gekommen, und Tommys Erklärung, sie sei eine Frühgeburt, sorgte über Jahre hinaus für große Heiterkeit unter seinen Brüdern, denn das Kind war der größte Säugling auf der ganzen Station gewesen. Connie sagte gar nichts dazu. Als sie ihr Baby einmal hatte, war es ihr egal, was irgend jemand von ihr dachte.

Selbst nach all den Jahren noch wußte Tommy Scanlan, wenn er nach ein paar Bier über den Küchentisch sah und sich fragte, wer zum Teufel die Frau da drüben war, daß er sie trotzdem geheiratet hätte – auch wenn sie nicht in die Falle gegangen wäre. Als sie sich beim Jitterbug-Wettbewerb beim YMCA kennengelernt hatten, ging er noch mit einer anderen, einem quirligen Mädchen namens Mary Roe mit Sommersprossen und wilden, lohfarbenen Locken. Einer Freundin seiner Schwester. Er hatte nur mit Connie getanzt, weil die beiden Gewinnpärchen nach der Preisverleihung aufgefordert wurden, die Partner zu tauschen. Connie war so klein, daß sie ihm nur bis zur Schulter reichte, und sie hatte einen schmalen Rükken wie ein Kind. Ihr schwarzes Haar fiel in dichten Wellen nach hinten, und ihre schwarzen Augen waren so groß und glänzend, daß es ihm so vorkam, als könne er direkt in ihre Gedanken sehen. Ihre Haut war weiß, der Lippenstift knallrot. Für ihn sah sie aus wie ein Bild. Während des ganzen Tanzes sagte sie kein einziges Wort – es war »Moonlight Serenade« gewesen, und er bildete sich ein, daß er hören oder vielleicht auch nur fühlen konnte, wie sie leise mitsummte –, als dann aber die Musik verstummte, sagte sie »danke« und blieb stehen. Er fühlte sich wie vom Blitz getroffen. Als die Musik wieder einsetzte, hielt er sie einfach fest und tanzte weiter. Und so ging es den ganzen Abend, während Mary Roe vom Rand der Tanzfläche aus zusah und schließlich mit Mark Scanlan zu seinem Wagen ging und ihn alles machen ließ, was sie zuvor noch keinem Jungen erlaubt hatte.

Connie ging an diesem Abend mit Jimmy Martinelli nach Hause, dem Jungen, mit dem sie auch gekommen war. Er fuhr sie schweigend zu dem Friedhof, wo die Mazzas wohnten, beugte sich über sie hinweg zur Beifahrertür, um ihr von innen aufzumachen, sagte »viel Glück« und fuhr davon.

Die meisten Leute glaubten, daß Tommy sich vor allem in Connies Äußeres verliebt hatte. Aber zu ihrer Jugendzeit waren schweinchenhäutige Blonde mit kleinen Nasen und weichen Mündern in Mode gewesen, deshalb glaubte Connie nie jemandem, der ihr sagte, sie sei schön, auch Tommy nicht.

Tommy erinnerte sich noch, wie sie zu ihrem ersten gemeinsamen Weihnachtsfest zwei Schachteln Klappkarten mit nach Hause gebracht hatte, die sie an ihre Freunde und Verwandten schicken wollten. Auf der Innenseite stand auf cremefarbenem Karton »Fröhliche Weihnachten«, die Schmuckseite war ein Gemälde der Jungfrau Maria. Connie hatte diese Karten gewählt, weil sie glaubte, daß sie auch bei den verschiedenen Scanlans gut ankommen würden, aber als Tommy das Bild sah, brach er in lautes Lachen aus. »Ich habe ja schon gehört, daß manche Leute Bilder von sich selbst als Karte verschicken, aber ein Gemälde, das ist neu«, stieß er hervor. Und tatsächlich sah die überirdisch schöne Madonna mit ihrer durchscheinenden Haut, dem dunklen Haar, der vorspringenden Nase und den vollen Lippen Connie ziemlich ähnlich. Tommy hatte die Karte umgedreht und das Kleingedruckte gelesen. »Giotto«, sagte er. »Hast du ihm Modell gestanden?«

»Damit du's nur weißt, die Renaissance war unsere Erfindung«, hatte Connie beleidigt zurückgegeben und war schmollend in ihr Zimmer hinaufgegangen, bis er hinterherkam und ihr die Wutfalten zwischen den Augenbrauen fortküßte.

Aber es war gar nicht ihr Aussehen gewesen, das ihn fasziniert hatte. Tommy hatte es nie richtig in Worte fassen können, aber diese völlige Leere hatte ihn betört, dieses Gefühl, als wäre sie eine leere Flasche, die nur darauf wartete, gefüllt zu werden, und zwar von ihm. Er hatte so lange auf jemanden gewartet, der ihn ernst nehmen würde, ihm zuhörte. Und als er nun so in ihre riesigen, unendlich tiefen Augen schaute, hatte er das Gefühl, daß sie genau das tat, obwohl er sich mit den Jahren manchmal fragte, ob es nicht vielleicht nur daran lag, daß da drinnen niemand zu Hause war. In seiner eigenen Familie konnte er einfach keinen Satz loswerden, und vor seinen Eltern fürchtete er sich ein wenig, sowohl vor seiner Mutter mit ihrer gekünstelten Eleganz und Selbstbeherrschung, als auch vor seinem Vater, der scheinbar so mühelos in der Welt vorankam und alle verachtete, denen das nicht gelang. Tommy war sich durchaus bewußt, daß Connie Mazza schon allein deshalb aufsteigen würde, weil sie an einen Ort zog, wo Menschen wohnten, anstatt an ihm begraben zu sein. Sie war auch sexuell unglaublich attraktiv für ihn. Wenn sie sich vorbeugte, um das Autoradio einzustellen, und ihr Duft zu ihm herüberwehte, fühlte sein Blut sich an, als würde es ihm gleich aus allen Poren spritzen.

Er hatte damit gerechnet, daß es Ärger geben würde, und dann kam seine Schwester Margaret eines Tages, nachdem Mary Roe in der Damentoilette der Sacred Heart Academy einen Nervenzusammenbruch vor denkbar zahlreichem Publikum hingelegt hatte, nach Hause und fragte ihn, ob es wirklich wahr sei, daß er jetzt mit einer Puertoricanerin ging. Aber ansonsten wurde wenig über seine Liebschaft gesprochen, bis Tommy Connie sechs Wochen nach ihrer ersten Verabredung und fünf Wochen nachdem er beschlossen hatte, sie zu heiraten, zum Sonntagsdinner mit nach Hause brachte.

Connie war die ganze Woche lang durch die Geschäfte gelaufen und hatte schließlich alles Geld, das sie mit ihrem Gelegenheitsjob als Sekretärin zusammengespart hatte, für ein rotes Satinkleid mit tiefem Dekolleté und enger Taille ausgegeben, aus dem ihre Büste wie ein Streifen cremefarbener Crêpe de Chine hervortrat. Als sie die lange Auffahrt zum Haus der Scanlans hinauffuhren und Tommys Schwester mit einer ihrer Freundinnen in marineblauen Röcken und hellblauen Twinsets auf dem Rasen sitzen sahen, war Connie klar gewesen, daß sie einen fürchterlichen Fehler gemacht hatte.

Beim Essen sagte niemand auch nur ein Wort zu ihr, außer Mary Frances, die die Schalen herumreichte und fragte »Erbsen?« oder »Kartoffeln?«, als wären sie und Connie Figuren aus der *Philadelphia Story*. Nachdem Tommy sie nach Hause gefahren hatte, fand er seinen Vater im dunklen Wohnzimmer sitzend. Seine Zigarre war am einen Ende heruntergebrannt, am anderen völlig zerkaut. »Wenn du glaubst, daß ich mir den Arsch aufgerissen habe, damit du irgendein verdammtes Flittchen aus der Bronx heiraten kannst, bist du schief gewickelt«, sagte Mr. Scanlan, der ziemlich betrunken war. Tommy ging nach oben, während sein Vater immer noch weiterredete; das einzige Wort, das er sonst noch verstehen konnte, war »Spaghettifresser«. Am Freitag danach sagte Connie ihm, daß sie ihre Periode nicht bekommen hatte.

Und das war es dann also. Sie waren in die Falle gegangen, und Tommy hatte gespürt, wie sich die Maschen um ihn herum mit jedem Baby immer enger zusammenzogen. Keines dieser Kinder war geplant gewesen, aber sie knüpften sie jedesmal enger aneinander, und jedes der Kinder hinderte sie daran, zu – ja, zu was? Er wußte es nicht. Seine Vorstellungen, wie ihr Leben hätte aussehen können, waren ebenso vage wie seine Gefühle für Connie. Ein Zusammenspiel von seltsam intensiven, spontanen Bedürfnissen. Manchmal fragte er sich, wie sie wohl als Paar gewesen wären, was für ein Leben sie geführt hätten, wären sie nicht sofort eine Familie geworden, und wäre sein leeres Gefäß nicht Jahr für Jahr neu mit diesen Babys gefüllt worden, die sie so sehr liebte und so voller Trauer aufwachsen sah. Manchmal, wenn er am Morgen aufwachte und der Himmel noch so gräulich-blau war wie der Rücken eines Delphins, fragte er sich, nur für einen ganz kurzen Moment, wer denn das da neben ihm im Bett war und ob er jetzt wohl zur Neunuhrstunde zu spät kommen würde. Dann fiel es ihm ganz langsam wieder ein: Das Haus war voller Menschen, die er selbst hervorgebracht hatte und die fürs Leben an ihn gebunden waren, und es schien ihm so unglaublich, daß ihm ganz schwach wurde vor Angst. Er wußte, was von einem Vater erwartet wurde: Man mußte sicher sein und direkt, kritisch, mutig und beherrscht. Wie John Scanlan mußte man sein. Sein ganzes Leben war eine Maskerade.

Aber dann drehte er sich zur Seite, umarmte seine Frau, schob ihr Rüschennachthemd hoch und schlang die Beine um ihren nackten Körper, so wie er es auch heute morgen gemacht hatte. Wenn er hinterher die Decke zur Seite warf und die Boxershorts anzog, um ins Bad zu gehen, ging es ihm wieder gut, und er dachte nur ganz flüchtig an vielleicht noch ein Baby im nächsten Jahr – ob es heute wohl ungefährlich gewesen war? – und zog T-Shirt und Anzughose an, um zum Frühstück hinunterzugehen.

»Wie ich höre, ist dein Boß mit dir einen halbstündigen Umweg gefahren, um sein Öl wechseln zu lassen«, sagte Tommy zu Mark und wischte mit der Hand über seine feuchte Stirn. »Was habe ich jetzt wieder falsch gemacht?«

»Kannst du dir vorstellen, daß der Eigentümer dieser Firma vielleicht einfach nur ab und zu mal vorbeikommen und nach dem rechten sehen will?« entgegnete Mark, der bei den Worten »dein Boß« rot angelaufen war.

»Kann ich mir vorstellen, daß er einfach nur mal nach dem rechten sehen wollte? Nein, kann ich nicht«, sagte Tommy. »Aber ich kann mir vorstellen, daß er mir wegen irgendwas die Hölle heißmachen will. Und das weißt du ganz genau. Was ist es diesmal, außer daß ich die verdammten Lutschbonbons habe dreckig werden lassen?«

»Er sagte, daß du mit Connie und den Kindern am Sonntag nach Hause kommen sollst«, antwortete Mark und fuhr sich mit dem Finger am Kragen entlang.

»Warum?«

»Als ob er mir das sagen würde«, meinte Mark. »Ich überbringe nur die Nachricht. Er hat gelächelt, als er es sagte.«

»Das ist von allen heute die schlechteste Nachricht«, sagte Tommy. »Er hat also etwas in petto. Vielleicht hat er endlich die Annullierung meiner Ehe durchgesetzt.«

Mit dem Rücken zu seinem Bruder sah Tommy wieder aus dem Fenster und beobachtete, wie sein Vater ins Führerhaus des Zementmixers stieg. Es gab ein dumpfes Rumpeln, als der Motor ansprang, und dann begann John Scanlan das schwere Ding immer im Kreis über den ganzen Parkplatz zu fahren, wie ein Kind mit einem neuen Fahrrad.

Tommy fing an sein Gewissen zu erforschen. Vor der

Beichte hatte man seine Sünden zu ordnen. Als Junge hatte Tommy das versucht und war jedesmal wieder bei irgendeinem Bagatelldiebstahl, Ungehorsam und Onanie gelandet. Aber wenn er es mit seinem Vater zu tun hatte, schien es immer zahllose Sünden zu geben, die er zu bedenken hatte, obwohl er in letzter Zeit eigentlich das Gefühl gehabt hatte, als sei John Scanlan ihm gegenüber eher gnädig gestimmt. First Concrete machte keine Verluste. Maggie hatte bewiesen, daß John Scanlans Geld in ihrer schulischen Ausbildung gut angelegt war, indem sie den besten Durchschnitt der ganzen Klasse erzielte. Connie hatte sich sage und schreibe bereitgefunden, an einem Bridgenachmittag mit den anderen Scanlan-Frauen teilzunehmen. Er versuchte immer noch herauszufinden, warum sein Vater sie alle auf einmal sehen wollte, als Mark nachschob: »Er sagte etwas über irgendeinen Neubau hinter eurem Haus. Ich glaube, er ist sauer, daß wir keinen der Aufträge an Land gezogen haben. Vor allem die Zementierungsarbeiten.«

»Ich hatte nicht die geringste Ahnung davon, bis heute morgen plötzlich die Hölle losbrach«, sagte Tommy. »Die Firma ist in der Bronx. Seit wann halten wir nach Arbeit in Westchester Ausschau? Wir haben in der Stadt genug zu tun.«

»Komm am Sonntag nach Hause«, sagte Mark. »Was kann schon passieren? Die Kinder können draußen spielen. Vielleicht will er nur ein bißchen Gesellschaft haben.«

»Das glaubst du doch selber nicht.«

»Wir sehen euch sowieso viel zu selten. Gail sieht Connie praktisch nie. Sie hatte sie für letzten Donnerstag zum Bridge eingeladen, aber sie sagte, es ginge ihr nicht gut.«

»Connie fühlt sich nicht besonders.« Marks Mund verzog sich zu einer bitteren Linie, so daß er aussah, als wollte er seine Zähne festhalten. »Was, schon wieder?« sagte er schließlich.

»Vielleicht, vielleicht auch nicht. Es ist noch zu früh, um sicher zu sein.«

Unter ihnen auf dem Parkplatz drehte der Zementmixer noch immer seine Kreise. Um ein Haar hätte John Scanlan seinem eigenen, frischpolierten Wagen die Beifahrerseite weggerissen, als einer der Mechaniker aus einer Parkbucht zurücksetzte. Wie ein enormer Wasservogel saß der alte Herr über der Hupe, die ein tiefes, kehliges Tuten von sich gab.

»Ich muß jetzt gehen«, sagte Mark. »Bis Sonntag.«

Tommy antwortete nicht. Er sah zu, wie sein Vater wieder aus dem Zementmixer kletterte. Der Alte wechselte ein paar Worte mit dem Mechaniker, und Tommy konnte sehen, wie der Mann grinste und heftig mit dem Kopf nickte.

Es fühlten sich so viele Menschen von John Scanlan angezogen – von seiner Macht, und auch von seiner Persönlichkeit; von der sonoren Stimme, der tatkräftigen Energie, seinem Erzähltalent, von der puren Kraft des Mannes. An der Wand hinter seinem Schreibtisch bei Scanlan & Co. hatte er ein gerahmtes Zitat über Teddy Roosevelt aufgehängt: »Das Baby bei jeder Taufe, die Braut bei jeder Hochzeit, die Leiche bei jeder Beerdigung.« Niemand, der John Scanlan kannte, brauchte sich zu fragen, was damit gemeint war. Jeder, der einmal bei einer Taufe, einer Hochzeit oder einer Beerdigung gewesen war, an der auch John Scanlan teilnahm, wußte, daß er Baby, Braut und Leiche unweigerlich in den Schatten stellte. Er konnte innerhalb von Augenblicken in jedem Liebe für sich erwecken, der zufällig gerade in seiner Gunst stand – nur kam das so furchtbar selten vor.

Tommy konnte sich nicht erinnern, je das Wohlwollen seines Vaters genossen zu haben. Während er noch so hinaussah, kam Mark über den Parkplatz gelaufen und stieg zu seinem Vater ins Auto.

Tommy stellte das Radio wieder an. Sinatra sang »A Foggy Day in London Town«, Tommys Lieblingslied. Er schloß die Tür zu seinem Büro und setzte sich an den Schreibtisch. Er nahm das Foto seiner Frau aus der Schublade und stellte es in eine Ecke des Tisches. Noch ein Baby, noch mehr Kinderschuhe. Noch ein Teller, der gefüllt werden wollte. Es drehte ihm den Magen um. Der Kopf tat ihm weh.

In einer halben Stunde würde er zum Lunch zu Sal's rübergehen. Dann konnte er noch mal über alles nachdenken. Nicht ob er zu seinem Vater gehen sollte oder nicht. Natürlich würde er da sein, und zwar in Begleitung von Connie, auch wenn er sich damit wieder Streit einhandelte. Die Frage war, was er tun sollte, wenn er erst mal da war. Er warf wieder einen Blick auf das Foto. Diese wundervollen Augen. Noch ein Baby. Er durfte es mit seinem Vater nicht zu weit treiben. Das letzte Mal, als er sich gegen ihn behauptet hatte, war diese schon gar nicht mehr vorstellbare Nacht gewesen, in der er seine Frau gewonnen hatte. Für Tommy würde das immer sein größter Triumph bleiben.

»Scheiße, was kann es jetzt schon wieder sein?« sagte er in das anschwellende Gefiedel der Geigen hinein, als Sinatra aufhörte zu singen.

4

»Zähl die sieben Todsünden auf«, sagte John Scanlan abwesend, als er in der Küche seines Hauses stand und Martinis mixte.

»Müßiggang«, sagte Maggie. »Gefräßigkeit, Neid.« Sie steckte den Finger in ein Olivenglas und versuchte die drei letzten herauszufischen. »Geiz«, fügte sie dann hinzu. »Lust.«

»Die zwölf Apostel.«

»Johannes«, fing Maggie an wie immer.

Ihr Großvater war mit den Gedanken ganz woanders. Sie hatte es gleich gewußt, als sie ihn am Morgen gesehen hatte und seine blauen Augen so trübe gewesen waren, so als schaute er nach innen. Als er gesehen hatte, wie Connie und Tommy das Haus betraten, wobei Maggies Vater schützend die Hand auf Connies Hüfte legte, hatten seine Augen einen ganz kurzen Augenblick lang aufgeleuchtet und gefunkelt und getanzt. Jetzt war er wieder mit sich beschäftigt.

Maggie konnte die Todsünden schon seit der ersten Klasse herunterbeten, und die zwölf Apostel waren Pipifax gegen das, was ihr Großvater neuerdings von ihr verlangte: Sie sollte das Markusevangelium auswendig aufsagen. Maggie war baßerstaunt gewesen, als sie es tatsächlich erfolgreich gelernt hatte. Noch erstaunter aber war sie, als ihr Großvater sie bei zwei kleinen Sätzen korrigierte. Als sie hinterher zu Hause im Neuen Testament nachsah, stellte sie fest, daß er recht gehabt hatte. Sie fragte sich, wer ihn wohl dazu gebracht hatte, das Evangelium auswendig zu lernen; sie konnte sich nicht vorstellen, daß irgend jemand ihren Großvater zu irgend etwas brachte.

John füllte die Gläser aus dem silbernen Shaker mit seinen eingravierten Initialen. Seine Frau hatte ihn gekauft, weil sie dachte, er würde eines Tages ein nettes Erbstück abgeben. Er nahm das dazu passende Silbertablett und drehte sich zu Maggie um. »Komm, die Vorstellung findet im Wohnzimmer statt«, sagte er, und dazu blitzten seine Augen, und sein breiter Mund war zu einem humorlosen, schmallippigen Grinsen verzogen.

»Was für eine Vorstellung?« Maggie fummelte immer noch in dem Olivenglas herum.

»Ha!« sagte ihr Großvater und marschierte durch die Schwingtür. Ihre Cousine Monica war hereingekommen. Sie trug das Taftkleid mit der hohen Taille und den riesigen Puffärmeln, das sie in der Woche zuvor bei ihrer High-School-Abschlußfeier getragen hatte. Sie sah hübsch und unschuldig darin aus. Ihre honigfarbenen Haare sprangen von den Schultern auf, und ihre Fingernägel waren in derselben Farbe lakkiert wie ihre Sammel-Perlenkette, die ihre Eltern ihr als Abschlußgeschenk vervollständigt hatten. Als Maggie nach der Feier bei Helen Malone stehengeblieben war, die mit Monica in der Abschlußklasse gewesen war, hatte Helen ein leises Lächeln aufgelegt und gesagt: »Deine Cousine gewinnt den ersten Preis für die beste Verkleidung.« Als sie sich nun über die

Schulter nach Monica umsah, dachte Maggie, daß sie genau wußte, was Helen gemeint hatte. Monica sah mit ihrem hübschen Gesicht und dem geschwungenen Lächeln nett und lieb aus. Aber sie starrte Maggie mit diesem kalten, unumwundenen Blick an, den sie so gut beherrschte. Dann sah sie betont auf Maggies Finger in dem Olivenglas. »Wie appetitlich«, sagte sie, und Maggie zog so schnell die Hand zurück, daß das Glas umkippte und das Salzwasser vom Küchentresen auf ihr geblümtes Kleid und den Fußboden spritzte. »Wirklich sehr appetitlich«, sagte Monica und ließ Maggie in der Küche stehen, damit sie die Bescherung aufwischen und sich wünschen konnte, sie wäre zu Hause und hätte ihre Shorts an.

Wenn Maggie sonntags zu ihren Großeltern ging, kam meistens nur ihr Vater mit. Ihre Mutter blieb mit den jüngeren Kindern zu Hause. Maggie hatte alles erfahren, was sie über ihre Mutter und die Familie ihres Vaters wissen mußte: Mit vier Jahren hatte sie begonnen, in Tommys und Connies Fotoalbum von ihrer Hochzeit zu blättern. Sie würde nie verstehen, was den Fotografen dazu bewogen haben konnte, auf die Chorempore zu steigen und von dort oben ein Bild von der Hochzeitsgemeinde zu machen, auf dem auf der Brautseite der Kirche eine ganze Kompanie von Verwandten zu sehen war und auf der Seite des Bräutigams niemand außer den Trauzeugen in ihrer Cutaways, seine Brüder, die gegen den Wunsch ihres Vaters erschienen waren. Sie würde auch nie verstehen, warum ihre Mutter dieses Bild in das Album geklebt hatte. »Das ist ein trauriges Bild, Mami«, hatte Maggie einmal gesagt, als sie noch klein war und noch nicht insgeheim Partei ergriffen hatte.

»Es zeigt etwas«, hatte ihre Mutter gesagt und dann die Lippen zusammengepreßt wie einen roten Reißverschluß. Maggie nahm an, daß dieses Etwas, was immer es auch sein mochte, von einiger Dauer war, denn ihre Mutter betrat das Haus ihrer Schwiegereltern nur, wenn sie ausdrücklich dazu aufgefordert wurde.

Maggie war oft dort. Sie mochte die Ordnung und die Sauberkeit und den Geruch nach Möbelpolitur, Dinge, die sie in ihrem täglichen Leben nicht kannte. Im Wohnzimmer ihrer Großmutter gab es einen Stutzflügel, ein Bild mit Blumen über dem Kamin, einen Eckschrank voller Porzellanfiguren, die Personen aus Shakespeares Stücken darstellten, und massenhaft Brokat in einer Farbe, die ihre Großmutter als Flieder bezeichnete. Es gab eine große Küche mit einer Geranientapete und dazu passenden Vorhängen, und eine Speisekammer mit Glasschränken. Sämtliche Lebensmittel hinter den Scheiben waren in alphabethischer Ordnung sortiert. Die Familie witzelte gewöhnlich, daß Mary Frances Scanlan nur deshalb niemals buntes Gemüse servierte, weil sie nicht wußte, ob sie es unter B oder G einordnen sollte.

Es war ein Reiche-Leute-Haus. »Mag, bist du reich?« hatte Debbie sie einmal gefragt, als sie mit ihren Fahrrädern die lange Auffahrt entlangfuhren, vorbei an dem Rasen, der sich zu beiden Seiten erstreckte. Maggie hatte ehrlich wie immer geantwortet. »Sie sind es. Wir nicht.«

Jetzt waren die Brokatmöbel im Wohnzimmer voller Menschen. Ihre Mutter saß am einen Ende des Sofas, und Joseph hatte sich mit halb geschlossenen Augen an sie hinsinken lassen und lutschte am Mittelfinger. Neben ihrer Mutter saß Tante Cass, Monicas Mutter. Onkel James saß neben seiner Frau.

»Letzte Nacht Zwillinge zur Welt gebracht, Concetta«, sagte James mit einem Grinsen.

»Ach, du liebes bißchen«, meinte Connie, deren Magen schwer mit dem Martini zu kämpfen hatte, den ihr Schwiegervater ihr aufgedrängt hatte, »die arme Frau.«

»Nein, nein«, antwortete James und schwenkte die linke Hand mit dem schon ein wenig ins Fleisch eingesunkenen Ehering. »Ganz leichte Geburt. Kamen einfach rausgeflutscht, eins nach dem anderen.«

»Um Gottes willen, Jimmy«, sagte Mary Frances Scanlan

und stellte ihren Drink auf einen Untersetzer auf den Couchtisch. »Fachsimpeleien über die Arbeit sind immer furchtbar, aber was du erzählst, ist wirklich am schlimmsten.«

»Tschuldigung«, sagte James freundlich. »Das ist alles Teil des Lebens, Mutter. Wozu soll man das leugnen?«

»Wozu soll man darüber reden?« erwiderte Mary Frances, als Maggie mit einem neuen Tablett voller Drinks hereinkam. »Maggie, hier ist deine Kirsche. Komm schnell, oder ich gebe sie einem deiner Brüder.«

Ihre Großmutter ließ eine große, tropfende Maraschinokirsche am Stengel über ihrem Whiskey Sour baumeln. Maggie aß jedesmal die Kirsche aus dem Drink ihrer Großmutter, wobei sie versuchte, den beißenden Alkohol zu ignorieren, bevor der sirupartige Geschmack der Frucht durchschlug. Wie viele andere Gepflogenheiten in ihrer Familie war auch diese weit über die Zeit hinaus fortgeführt worden, in der die anderen Beteiligten noch ihren Spaß dabei gehabt hatten. Eigentlich konnte Maggie sich nicht erinnern, daß es ihr je Spaß gemacht hatte. Es war einfach zur Tradition geworden, und daran rührte und rüttelte man nicht. Wenn sie das Ding gegessen hatte, fühlte sich ihre Zunge immer ganz taub an. Einen Moment lang überlegte sie, ob sie ablehnen sollte, aber statt dessen nahm sie die Kirsche und hielt sie über ihre Hand, in der Hoffnung auf eine Gelegenheit, sie wegzuwerfen. Sie sah sich im Zimmer um und bemerkte, daß Monica ihr zulächelte. Da machte sie den Mund auf und ließ das ganze Ding mit Stumpf und Stiel darin versinken. Als sie sich die Hände am Rock abwischte, sah sie Monica lachen.

»Nun, meine Herren«, sagte ihr Großvater, der hinter Maggie aufgetaucht war und sich einen Scotch zwischen den Martinis auf dem Tablett herausfischte, »die Römisch-Katholische Kirche wird bald beim Teufel sein.« John Scanlan neigte dazu, einmal gewählte Ausdrücke beizubehalten. »Beim Teufel sein« war eine seiner Lieblingswendungen.

»Fachsimpelei«, sagte Mary Francis, schlug die Beine übereinander und zupfte mit Zeigefinger und Daumen an einem losen Faden in ihrem Brokat.

»Fachsimpelei bezahlt dieses Haus«, sagte ihr Mann. »Und Fachsimpelei bezahlt auch für den Lincoln Continental und die Privatschulen für all die vielen Kinder.«

Maggie hörte einen Seufzer vom Flur her. Monica hatte sich in den Schatten zurückgezogen.

»Und für deine Zahnspange, junge Dame«, sagte John Scanlan, ohne sich nach Monica umzudrehen, deren Zähne, als sie noch nicht perfekt gewesen war, so schief und krumm gestanden hatten wie die Grabsteine auf einem alten Friedhof.

John Scanlan sagte das ganz freundlich und ruhig, wie er fast alles andere auch sagte. Die alten Hasen in der Fabrik erzählten immer, daß die Leute, wenn sie gefeuert wurden, jedesmal mehrere Stunden brauchten, bis ihnen aufging, was passiert war, weil John Scanlans »Sie sind gefeuert« am Nachmittag genauso klang wie sein tägliches »Guten Morgen«. Maggie hatte vor einiger Zeit festgestellt, daß es ganz ähnlich klang wie die Stimme, in der sie Fragen zum Katechismus beantwortete: Warum hat Gott mich erschaffen? Gott hat mich erschaffen, damit ich ihn erkennen, ihn lieben und ihm in dieser Welt dienen möge, auf daß ich in der nächsten bis in alle Ewigkeit in seinem Reich glücklich sein kann.

»Da sehe ich doch heute in der Kirche vier Frauen ohne Hut«, fuhr er fort. »Nichts auf dem Kopf. Ich sage ja schon gar nichts mehr zu diesen lächerlichen schwarzen Schleierchen, die ihr Mädchen immer tragt« – ihr Großvater sah zu Maggie herüber, deren Spitzentuch auf ihrer kleinen Wildlederhandtasche auf dem Telefontischchen im Flur lag – »jetzt gibt es auch schon Frauen ohne Kopfbedeckung. Ohne Kopfbedeckung! Als wollten sie nach Coney Island statt ins Haus des Herrn über alle himmlischen Heerscharen.

Daran ist nur diese Frau schuld«, fügte er hinzu und meinte die Witwe des Präsidenten, die vor vielen Jahren angefangen hatte, an den Sonntagen im Sommer mit einer Mantille zur

Messe zu erscheinen. »Wahrscheinlich hat sie im ganzen Leben nicht einen Gedanken an die Nöte der Hutindustrie verschwendet.

Johnnie, dem der Hutladen in der Hauptstraße gehörte, sagt auch, daß das Geschäft nicht gut läuft. Er sagt, die Männer trügen keine Hüte mehr. Und wer ist daran schuld?«

Sie kannten die Antwort. Jeder einzelne von ihnen. Mary Frances, die ihrem Mann nicht nur als Ehefrau diente, sondern auch als Stichwortgeberin, nippte an ihrem Drink, stellte ihn ab, faltete die Hände im Schoß und sagte gehorsam: »Der Präsident.«

»Ganz genau!« John Scanlan ließ seine breite Hand flach auf den Tisch an seiner Seite niedersausen.

Hinter sich hörte Maggie wieder einen Seufzer von Monica. Sie sah zu ihrer Mutter hinüber, deren Augen glasig waren vom Alkohol. Connie sah aus, als hätte sie ihr Bewußtsein zu Hause in Kenwood gelassen und ihren Körper allein zu den Scanlans losgeschickt. Dabei fiel Maggie auf, daß ihre Mutter immer so aussah, wenn sie mit Tommys Familie zusammen war. Sie bemerkte auch, daß ihre Eltern im Haus von John und Mary Frances nie zusammensaßen. Im Moment saß Maggies Vater auf der anderen Seite des Zimmers auf der Klavierbank.

So oder so ähnlich lief die Unterhaltung im Haus der Scanlans jeden Sonntag ab. John haßte die Kennedys, die für ihn nichts weiter waren als eine Bande Scanlans zweiter Klasse mit zuviel Haaren. Und er haßte auch die Veränderungen in der katholischen Kirche, an denen Papst Johannes XXIII. schuld war, und zwar nicht etwa, weil er sie für gotteslästerlich hielt, wie die meisten seiner Zeitgenossen, sondern weil er fand, sie seien schlecht fürs Geschäft. »Die beiden Johns« nannte er die Männer, die er für den unnötigen Wandel Amerikas verantwortlich machte, obwohl der jugendliche Präsident und der populistische Papst inzwischen längst tot waren.

Während sich alle anderen in der Gemeinde Unserer Lieben Frau von Lourdes ganz allmählich und nicht ohne Schwierigkeiten an die englisch gelesene Messe gewöhnten, flüsterte John Scanlan immer die lateinischen Worte mit. Es war nicht eben ein Vergnügen, die Kirchenbank mit ihm zu teilen. Jedesmal, wenn der Priester sein »Der Herr sei mit euch« anstimmte, kam aus Johns Ecke ein Geräusch wie das Zischeln einer Schlange, aus dem sich ein »Dominus vobiscum« heraushören ließ. Manchmal, wenn sie mit ihrem Großvater, einem großen, gutaussehenden Mann mit ins Gelbliche getöntem weißen Haar, zusammen waren, wandte er sich an Maggie und fragte: »Confiteor deo?« Und dann mußte Maggie »omnipotenti« antworten oder manchmal auch das ganze Gebet zu Ende sprechen. »Eins plus« sagte Monica manchmal, und das klang dann, wie alles, was sie sagte, ganz freundlich und war von einem unverfänglichen Lächeln begleitet, aber gemeint war es abgrundtief böse.

John Scanlan hatte mit der Herstellung von Abendmahlsoblaten angefangen, als er einundzwanzig Jahre alt gewesen war, ein jungverheirateter Mann mit zwei Jahren College, elf jüngeren Geschwistern und einer Mutter, die an einem Lungenkrebs dahinstarb, der zehn Jahre früher auch ihren Mann das Leben gekostet hatte. Nach Abschluß seines Studiums hatte er eine Woche lang über mögliche Wachstumsbranchen nachgedacht, und dann hatte er sich eine Preßmaschine und eine Garage in einer Seitenstraße der South Bronx gemietet und damit begonnen, kleine runde Kreise aus ungesäuertem Brot herauszustanzen. Die Juden, die ihm den Raum vermietet hatten, dachten, er sei verrückt. Zwei Jahre später hatte er seine eigene Fabrik und einundzwanzig Angestellte.

Er machte mit Besinnungsbildchen, Meßgewändern, einer Kollektion Kommunionsschleier und Firmungskleidern weiter, und die drei seiner Söhne, die in der Branche arbeiteten, wußten genau, wie man das alles vermarkten mußte: Kauft von einem Katholiken. So einfach war das. John Scanlans einziger ernstzunehmender Konkurrent war eine Firma in Illinois gewesen, die einem Methodisten gehörte; in dem Jahr, in dem

Maggie geboren worden war, hatte sie dichtgemacht, keine sechs Monate, nachdem ihr Gründer sich bei einer Tagung betrunken und einen Witz über Scanlan & Co. und die Iren und ihren Schnaps gerissen hatte.

Inzwischen besaß John Scanlan eine Fabrik in Manila, wo die liturgischen Gewänder und Altardecken maschinell bestickt wurden, eine in White Plains mit einhundertsechzig Mitarbeitern und völlig unverhohlene Beteiligungen an drei Baugesellschaften, zwei Bekleidungsfirmen und den Zementbetrieb, für den Tommy arbeitete. Er war sehr, sehr reich.

Reich genug, um sich aus dem Geschäft zurückzuziehen und für den Rest seines Lebens reich zu sein, aber dazu verspürte er nicht den geringsten Wunsch. Er wollte nichts als über das Leben seiner Kinder bestimmen und ansonsten in Ruhe gelassen werden. Es gab doch tatsächlich schon die eine oder andere Gemeinde in fortschrittlicheren Vororten, wo die Altäre und die auf ihnen gefeierten Zeremonien in sehr viel einfacherem Stil gehalten wurden. John Scanlans Zukunftsvision für das Jahr 2000 sah so aus, daß die Priester die heilige Messe in Bermudashorts zelebrierten und Rosinenbrötchen zum Abendmahl verteilen würden. Scanlan & Co. wäre dann bankrott.

»Gleich sagt er ›dann fängt der Ernst des Lebens an‹«, dachte Maggie und sah an ihrem Rock hinunter.

»Dann fängt der Ernst des Lebens an«, sagte John Scanlan, bevor er seinen Drink wieder in die Hand nahm.

»Paps«, mischte sich Mark nun ein. »Wir können unser Sortiment vergrößern. Wir können uns anpassen. Wenn die Kirche in Zukunft schlichtere Roben benutzten will und andere Altardecken – es kostet uns doch keine drei Tage, die Maschinen von dem alten Lamm-Motiv auf ein einfaches Kreuz umzustellen. Die Kirche ändert sich, wir ändern uns mit ihr.«

»Wir sprechen hier nicht von Stickereien. Wir sprechen über eine Katastrophe.«

»Herrgott, warum versuche ich es überhaupt?« sagte Onkel Mark und füllte sein Glas aus dem Cocktailshaker nach.

»Das frage ich mich auch oft«, sagte seine Vater prompt.

Maggies Vater trat immer wieder abwechselnd die beiden Klavierpedale herunter und hielt sich aus allem raus. Sein Glas war leer, aber er machte keine Anstalten, es nachzufüllen. Connies Glas war immer noch halb voll. Ihr stand der Schweiß auf der Oberlippe, was selbst für Anfang Juli nicht ganz angemessen schien. »Concetta?« sagte Mary Frances und beugte sich elegant und mit einem freundlichen Lächeln vor, was aussah wie aus einer Modezeitschrift. »Noch einen?«

»Nein, danke. Wirklich nicht«, sagte Maggies Mutter, die bis heute noch nicht auf eine passende Anrede für ihre Schwiegermutter gekommen war und sie deshalb seit dreizehn Jahren überhaupt nicht direkt angesprochen hatte.

»Nun, dann laßt uns mal über unsern Tom reden«, sagte Mr. Scanlan, ohne seinen Sohn anzusehen. »Hinter seinem Haus reißen sie die Erde auf. Da werden Vorstadthütten gebaut. Ich weiß nur aus zweiter Hand davon, weil es niemand für nötig befunden hat, uns mit irgendeinem der Bauaufträge zu beehren. Aber wie dem auch sei, spätestens nächstes Jahr ist es mit diesem Teil der Welt vorbei.«

»Sie haben an einem Tag sechs Fundamente ausgehoben«, sagte Maggie.

»Braves Mädchen«, kommentierte ihr Großvater. »Sechs Fundamente. Bald werden es sechsunddreißig sein. Auf dieser Baustelle sind zweiundsiebzig Häuser geplant, und keine, in denen ich freiwillig wohnen würde. Diese Gipsplatten, die man mühelos mit den Ellbogen durchstoßen kann. Billige Küchen. Ihr wißt schon: Wohnen Sie auf der Sonnenseite des Lebens.«

»Vielleicht treibt die Siedlung die Grundstückspreise nach oben«, meinte Tommy. »Ein nettes Neubaugebiet hinter den alten Häusern – viele meinen, daß die Häuser da besser sind als die alten.«

»Ich glaube, sie werden sehr schön«, sagte Connie. »Ich habe gehört, daß sie Wäscherutschen und einen Abfallschacht in der Küche einbauen, und zum Wohnzimmer geht es ein paar Stufen runter, und eine Veranda gibt es auch.«

Danach herrschte minutenlange Stille. Maggie zupfte an einem Fingernagel herum und vermied es, ihre Mutter anzusehen. Im Haus der Scanlans galt es als abgemachte Sache, daß Altes immer besser war als Neues. Daran wurde nicht gerüttelt, ebensowenig wie an der Kirsche. Maggie kaute an ihrem kleinen Finger.

»Das erste, worauf ein Mann achten wird, sind deine Hände«, sagte Mary Frances leise zu Maggie, zog ihrer Enkelin die Finger herunter und legte die Stirn in Falten, als sie das getrocknete Blut in den Ecken der heruntergebissenen Nägel sah.

»Ich habe gehört, daß es sehr schöne Häuser werden sollen«, schob Connie hinterher, und Maggie konnte den Ärger in ihrer Stimme hören.

»Davon kann nicht die Rede sein, Mädchen. Wenn du sie erst siehst, wirst du mir etwas anderes erzählen. Nur halb unterkellert. Teppichboden gleich auf dem Estrich. Die Grundstückspreise da drüben werden ins Bodenlose sinken. Itzigs rechts und Itzigs links.« John nahm einen großen Schluck von seinem Martini und lächelte ein Lächeln, das, wie Maggie bemerkte, dem von Monica seltsam ähnlich war. Maggie dachte, daß die Augen ihres Großvaters aussahen wie die Saphire in den dicken Diamant-und-Saphir-Ohrringen ihrer Großmutter. Sie erinnerte sich noch, daß sie als kleines Mädchen gedacht hatte, sie könnte ihrem Großvater durch diese blauen Augen direkt in den Kopf sehen, wo Rädchen und Zapfen ineinandergriffen wie in einem Uhrwerk. Jetzt konnte sie das schnappende Geräusch beinahe hören.

»Aber ihr beide werdet euch darüber keine Gedanken machen müssen«, sagte John, indem er etwas aus der Hosentasche zog und mit einem Grinsen Connie in den Schoß warf, wo es ein metallisches Geräusch verursachte, als es auf ihre Verlobungs- und Eheringe traf. Maggie drehte sich nach ihrem Vater um, aber der sah nur vor sich auf die Klaviertasten hinunter.

»Herzlichen Glückwunsch«, sagte Mary Frances strahlend, aber Connie hatte noch immer die Hände nicht aus ihrem Schoß erhoben. Joseph murmelte leise etwas im Schlaf und wälzte sich herum und preßte seiner Mutter den Kopf in die Seite. Schließlich sagte James: »Also wenn ihr mich fragt, sieht das aus wie Schlüssel.«

»Wie scharfsinnig«, sagte John kaum hörbar, und dann laut: »Und die Tür, die man mit ihnen aufschließen kann, ist aus zehn Zentimeter dicker Eiche mit einem Sprossenfenster, und die Zimmer drinnen sind allesamt mindestens dreißig Quadratmeter groß, sogar die Küche. Sechs Schlafzimmer, vier Bäder, und im Wohnzimmer ein Kamin, in dem man aufrecht stehen kann. Und die schönsten Azaleen im ganzen Viertel.«

»Erinnerst du dich noch an die Ryans, Tom?« sagte Mary Frances. Strahlend. »Sie sind nach Florida gezogen. Nur drei Häuser von hier. Maggie könnte einfach den Berg raufgehen zum Sonntagsessen mit deinem Vater.«

»Das Haus könnten wir uns nie leisten, Mutter«, sagte Tommy ruhig, und Maggie sah auf ihre Wildlederschuhe hinunter, die im Halbdunkel leuchteten.

»Schon gekauft und bezahlt«, sagte John Scanlan. »Alles schon erledigt.« Connie hob den Kopf, und Maggie dachte, daß das Haar ihrer Mutter auch aussah wie Wildleder. Connies Stimme klang weich und warm.

»Wieso hast du solange dazu gebraucht?« fragte sie und sah John Scanlan gerade in die Augen. Im Zimmer war es jetzt ganz still. Maggie sah ihren Großvater Connies Blick direkt erwidern, als wären nur sie beide im Raum, als liebte er sie. »Ach, Mädchen, ich habe eben ein Talent, den richtigen Zeitpunkt abzupassen.«

»Paps, wir ziehen nicht um«, sagte Tommy, aber sein Vater sah ihn nicht an.

»Wir reden ein anderes Mal darüber«, sagte John, aber er sah Connie immer noch tief in die Augen und lächelte nach wie vor.

»Nein«, sagte sie, aber niemand schien sie zu hören. Plötzlich erhoben sich die diversen gebürtigen und angeheirateten Scanlans wie auf Kommando, um ihre Handtaschen zu suchen und ihre Kinder zusammenzutrommeln. Es war, als wäre das, weswegen sie gekommen waren, nun vorbei. Nur Connie blieb sitzen und starrte zu ihrem Mann auf der Klavierbank hinüber.

»Tom, bring bitte die Gläser in die Küche«, sagte Mary Frances auf dem Weg zum Flur, und Tommy erhob sich und nahm das Tablett, während seine Frau ihm schweigend dabei zusah.

Als sie nach oben zur Toilette ging, hörte Maggie, wie sich unten verabschiedet und Geschirr hinausgetragen wurde. Dann hörte sie die Haustür ins Schloß fallen und wußte, daß ihre Eltern draußen im Auto auf sie warten würden. Ohne ein Wort zu wechseln. Die Jungs tobten wahrscheinlich auf dem Rücksitz herum.

Monica war oben in dem Schlafzimmer gleich bei der Treppe und betrachtete sorgfältig ihr Gesicht in einem Spiegel. In dem Zimmer standen zwei Einzelbetten mit rosa Überwürfen, zwei Frisiertische mit rosa-weißem Rüschenvorhang, zwei Schreibtische, zwei Brautpuppen. Es wurde immer allgemein das Mädchenzimmer genannt, aber benutzt hatte es immer nur Tante Margaret. Das andere Mädchen war Elizabeth Ann gewesen, das Baby der Scanlans, das bei der Geburt gestorben war. Manchmal kam Mary Frances in dieses Zimmer hinauf, setzte sich auf das nie benutzte Bett, das bessere am Fenster, und starrte, ein Kissen vor die Brust gepreßt, über den weiten Rasen und das Gestrüpp hinaus, wie jemand, der von plötzlicher Blindheit geschlagen worden ist. Und wenn Maggie dann zufällig dazukam, winkte sie sie zu sich und streichelte ihr so lange übers Haar, bis ihr Kopf sich ganz taub anzufühlen begann und ihre Schultern sich verkrampften. Und während dieser ganzen Zeit blickte Mary Frances in weite, weite Ferne, ohne irgend etwas zu sehen.

Es sah Monica ähnlich, dachte Maggie, daß sie jetzt wie selbstverständlich auf diesem Bett saß und den sorgsam glattgestrichenen Überwurf verkrumpelte. Die wenigen Male, die Maggie in diesem Zimmer verbracht hatte, wäre sie nicht auf die Idee gekommen, sich auf Elizabeth Anns Bett zu setzten, geschweige denn, darin zu schlafen.

»Ihr zieht also um«, sagte Monica.

»Du hast doch gehört, was meine Mutter gesagt hat«, gab Maggie zurück.

»Ja, das habe ich gehört. Und was unser Großvater gesagt hat, habe ich auch gehört. ›Feuer und Wasser‹ hat meine Mutter die beiden mal genannt. Also das Feuer fand ich für deine Mutter ja sehr passend, aber bei Wasser für Großpapa bin ich mir nicht so sicher. Ich nehme an, deine Eltern sind auch wie Feuer und Wasser. So spielt sich das wohl ab, wenn man sich begegnet. Man verlobt sich und heiratet nach nur ein paar Wochen. Feuer und Wasser.«

»Halt die Klappe, Monica«, sagte Maggie.

Monica wandte sich wieder dem Spiegel zu. »Denk dir nur«, sagte Monica, ganz mit ihrem Gesicht beschäftigt, »wir haben eine ganze Woche, um uns alles zu erzählen, wenn wir mit Großmama an den Strand fahren. Und für mich ist es das letzte Mal, jetzt, wo ich mit der Schule fertig bin.« Sie sah Maggie über den Spiegel direkt in die Augen. »Ich habe dir so viel zu erzählen. Da hat mir doch zum Beispiel Richard Josephs große Schwester neulich erst erzählt, daß ihr Bruder und seine Freunde dich den Tischlertraum nennen – flach wie ein Brett. Ich wußte nicht, daß er dein Freund ist.«

Maggie sah auf ihren Rock hinunter. Auf der einen Seite war ein Olivensaftfleck, auf der anderen eine nasse Stelle von verschüttetem Gin. Sie schnüffelte und stellte fest, daß sie komisch roch. Dann fuhr ihr Kopf wieder hoch. Monica sollte nicht denken, daß sie weinte. Sie machte sich wieder auf den Weg nach unten.

»Ich kann es gar nicht erwarten, deinen neuen Badeanzug zu sehen«, rief Monica im süßesten Ton hinter ihr her. »Und dein neues Haus.«

Als Maggie am Fuß der Treppe ankam, stand ihr Großvater in der Haustür und betrachtete seine riesige Rasenfläche und den Kombi in der Auffahrt. Maggie stellte sich eine Weile neben ihn und versuchte, mit seinen Augen zu sehen. Sie hoffte nur, daß ihre Mutter sie nicht sehen konnte.

»Dieses eine Mal hat deine Großmutter recht«, sagte John Scanlan und legte seine große Hand auf ihren Kopf. »Du und ich können zusammen zu Mittag essen. Du mußt noch viel lernen, mein Mädchen. Dieses ganze Trara wird ein guter Anschauungsunterricht für dich sein. Und für ein paar andere Leute auch.«

»Ich will nicht umziehen, Großpapa«, sagte Maggie.

»Es geht hier nicht um wollen, junge Dame. Wir reden hier über eine Frage der Notwendigkeit.« Er steckte die Hand in die Hosentasche und brachte die Schlüssel hervor, die er Connie in den Schoß geworfen hatte. »Deine Mutter hat das hier auf der Couch liegenlassen«, sagte er grinsend. »Gib sie ihr.«

»Ich werde sie Dad geben.«

»Deiner Mutter«, sagte John Scanlan. »Du hast gehört, was ich gesagt habe. Und jetzt lauf.«

5

Am nächsten Morgen fuhr Maggie in die Bronx, um ihren Großvater zu besuchen – Großvater Mazza, nicht Scanlan. Ihr Großvater Scanlan tat alles, um New York City fernzubleiben, obwohl er dort aufgewachsen war; als er das große Haus in Westchester County kaufte, hatte er sein Geschäft nach White Plains verlegt, und von der Bronx sprach er nur als »die gottverlassene Bronx«, (Brooklyn war »der Slum« und Manhattan »das Höllenloch«, Queens »die Heimat der geistig Unterbelichteten«. Staten Island erwähnte John Scanlan gar nicht erst.) Maggies Großvater Mazza wiederum war an die zehn Jahre nicht aus der Bronx herausgekommen.

Maggie sollte eigentlich mit der Bahn zu ihm fahren, aber normalerweise nahm sie das Fahrrad und stieg ab und rannte nebenher, wenn sie die Highways überquerte, auf denen die Leute von New York City nach New England unterwegs waren. Sie brachte Lebensmittel für ihren Großvater mit und stellte sie, noch warm von der Sonne und dem Metallgitter ihres Fahrradkorbes, auf den roten Tisch in der Küchenmitte. Dann verräumte sie die Lebensmittel, bis auf die Tomaten, die sie auf der Arbeitsplatte liegenließ. Einmal hatte sie vergessen, die Sachen wegzustellen, und als sie dann eine Woche später wiederkam, waren sie immer noch da, Fleisch und Gemüse verströmten einen süßlichen Verwesungsgeruch, und Milch und Butter stanken wie Gorgonzola. Es schien eine weniger gefährliche und sauberere Lösung zu sein, den ganzen Kram gleich in die Mülltonne am Ende der Einfahrt zu versenken, als ihren Großvater um eine Erklärung zu bitten. Dafür gab es keine Erklärung mit nur einer Silbe, und sie war sicher, daß keine mehrsilbige kommen würde. Ihr Großvater Mazza zog die Kontemplation der Konversation vor.

Tatsächlich hätten ihre beiden Großväter ein perfektes Paar abgegeben – der eine redete gern, der andere konnte zuhören –, nur hätte jeder den anderen verachtet für seinen Hintergrund, seine Arbeit, Familie, und für seinen Charakter. Niemand schien etwas Komisches daran zu finden, daß sie sich nie begegnet waren.

Angelo Mazza war ein kleiner, äußerst eleganter Mann, der stets ein sorgfältig zugeknöpftes, weißes Hemd und beigefarbene oder hellgraue Hosen trug, die sein Schwager, ein Hosenschneider, für ihn anfertigte. Als er nach dem Ersten Weltkrieg aus Italien gekommen war, hatte ihm ein Cousin, der schon länger da war, eine Stelle als Totengräber auf dem Calvary-Friedhof verschafft, einem katholischen Friedhof, der kurz vor der Grenze zwischen Westchester County und der Bronx lag. Angelo wollte den Job solange behalten, bis sich etwas Besseres bot, aber dieser Fall trat nie ein. Die Stelle brachte ihm ein winziges Gehalt und ein kleines Steinhaus gleich am Friedhofseingang ein: Wohnzimmer, kleines Eßzimmer, Küche, ein Schlafzimmer unten und ein sehr kleines oben unter der Dachschräge. Damit es reichte, war seine Frau immer mit der U-Bahn in den Bekleidungsdistrikt in der City gefahren, wie Manhattan bei ihnen hieß. Sie hatte dort als Weißnäherin gearbeitet.

Nicht wenige in Angelos Familie hatten gedacht, daß er sein Leben lang unverheiratet bleiben würde. Er war ein sehr in sich gekehrter Mann, das älteste von fünf Kindern, die anderen alle Mädchen; also hatte er immer ein eigenes Zimmer gehabt, und seine Mutter, an die er sich fast nur mehr als Witwe erinnern konnte, behandelte ihn wie einen Prinzen. Aber sobald er alt genug gewesen war, sich einen Schnurrbart stehen zu lassen, waren ihm andauernd seine weiblichen Verwandten auf die Pelle gerückt, um ihm mal dieses, mal jenes Mädchen ins Haus zu schleppen. Die armen jungen Frauen wurden ganz rot, wenn sie die fadenscheinigen Erklärungen hörten, warum sie angeblich gerade jetzt aufgetaucht waren. Als er schließlich doch heiratete, war er vierzig Jahre alt. Auf einer Party bei seiner Schwester Rose hatte er neben einer jungen Frau mit dikken, schwarzen, um den Kopf gewundenen Zöpfen und schwerfälligem Gesichtsausdruck und Körperbau gesessen. Sie sprach kein Wort Englisch und kannte niemanden auf der Party. Sie war die Nichte einer Frau aus derselben Straße und war nur aus Höflichkeit eingeladen worden, weil sie jung verwitwet war. Ihr Mann und ihre beiden Kinder waren bei einer Grippeepidemie auf dem Land in der Nähe von Mailand gestorben. Angelo hatte es so leid getan, wie verängstigt und unbehaglich sie dahockte, daß er den ganzen Nachmittag bei ihr gesessen hatte, ohne viel zu sagen. Am nächsten Tag war er zu ihrer Tante zum Kaffee gegangen, und drei Monate später waren sie verheiratet.

Sein einziges Kind war einmal, nach einer seiner vielen Auseinandersetzungen mit seiner Mutter über Kleidung, Betragen,

Leistungen in der Schule und über sein Wesen im allgemeinen, zu ihm gekommen und hatte unter Tränen gefragt: »Warum hast du sie geheiratet?« Angelo hatte sich abgewandt und angefangen, auf der Arbeitsplatte herumzuwischen, dann hatte er sich ganz plötzlich wieder umgedreht, seinen silbrigen Kopf gehoben und auf italienisch gesagt: »Weil sie jemanden brauchte.« »Aber warum du?« hatte Connie heulend zurückgeschrien, während ihr die Tränen über die vors Gesicht gepreßten Hände liefen. »Sie brauchte jemanden wie mich«, sagte Angelo und ging nach draußen zu seinen Rosensträuchern, während seine Tochter schluchzend am Kopfende des Küchentisches sitzen blieb.

Maggie fand ihren Großvater eigentlich immer bei den Rosensträuchern auf einem Stück Baumwollstoff kniend, das er extra für diesen Zweck in einer Werkzeugkiste aufbewahrte. Seiner Meinung nach war jeder von vornherein schon schief gewickelt, der meinte, sich im Stehen um seine Pflanzen kümmern zu können. Er selber harkte sorgfältig um die Wurzeln herum, mischte eine Handvoll Torfmoos unter die schwarze Deckerde, und sehr gelegentlich erlaubte er auch seiner einzigen Enkelin, ihm zu helfen. Es machte ihn traurig, daß Maggies Brüder so gar kein Interesse zeigten, aber so insgeheim waren sie für ihn irische Kinder, also Kinder ohne jedes innere Band zur Erde. Maggie war eine von seinen Leuten.

Er nannte sie nie Maggie, sondern nur Maria Goretti, wie sie vollständig hieß, und zwar nach dem italienischen jungen Mädchen, das heiliggesprochen worden war, weil es sich gegen seinen Vergewaltiger gewehrt und lieber gestorben war, als zu kapitulieren und überleben zu können. Angelo hatte schon immer geglaubt, daß Concettas Wahl eines derart auffälligen Namens für ihr erstes Kind eine Art Auflehnung gegen die übermächtige, alles erdrückende Familie ihres Mannes war. Aber wenn dem so war, dann hatte der Spitzname, den die Scanlansche Großmutter ihr verpaßt hatte, erfolgreich allen Protest im Keim erstickt. Selbst die Nonnen in der Schule nannten Maggie nur dann bei ihrem richtigen Namen, wenn sie sie zur Zeugnisvergabe nach vorne riefen.

»Hallo, Opa«, sagte sie, als sie sich neben ihn auf den Boden setzte.

»Du wirst dich erkälten«, sagte er.

»Opa, morgen ist der erste Juli. Es ist zu heiß, um sich zu erkälten. Der Boden ist ganz trocken. Darf ich helfen?«

»Wenn du dir dein Werkzeug holst.«

Als sie aus dem Geräteschuppen kam, trat sie für einen Moment ins Haus, um zur Toilette zu gehen. Wie immer öffnete sie den kleinen Medizinschrank und sah hinein. Dort lagen die kleine Dose mit Wimperntusche und der Rougetopf, die ihre Mutter zurückgelassen hatte. Im kleinen Schlafzimmer unter der Dachschräge waren auch noch das High-School-Jahrbuch ihrer Mutter und ein ganzer Schrank voll alter Kleider: ein schwarzes Kostüm, ein rotes Satinkleid mit tiefem Ausschnitt, ein kariertes Dirndl, eine Bauernbluse.

Es war sehr stickig unter dem Dach, und deshalb sparte sich Maggie diesmal den Blick auf das Jahrbuchfoto. Sie wußte auch so, was dort stand: Concetta Anne Mazza, Chor 2,3,4; Tanzclub 4. Und darunter der Spruch in Kursivschrift: »Schön wie die Nacht zieht sie dahin.«

Draußen, auf er anderen Seite der Steinmauer hinter den Rosensträuchern, sah man über die Nachbarschaft – ganze Straßenzüge still und weiß in der Sonne leuchtender Fertigreihenhäuser, die genauso waren wie zahllose andere in der North Bronx, mit Tomatenpflanzen im Hinterhof und Schmuckschalen mit Hortensien. Daß es aber irgendwo noch so einen Friedhof geben könnte wie den ihres Großvaters, war noch nie irgend jemandem in den Sinn gekommen. Als Angelo Mazza damals seine Stelle angetreten hatte, waren bisher wohl nur die Hälfte der Gräber belegt gewesen, und es standen nur auf einer Seite Grabsteine, obwohl viele der anderen Grabstellen schon von Familien angekauft worden waren, die in die nähere Umgebung zogen. Es hatte ein wenig wie auf einem Golfplatz ausgesehen, schön grün und gleichzeitig ein wenig streng und dazu am Eingang eine große Eisenpforte mit einem riesigen Kreuz in der Mitte und zwei kleineren rechts und links. Dann hatte Angelo sich an die Arbeit gemacht.

Er hatte zu beiden Seiten der Pforte rosa Azaleen gepflanzt und am Zaun entlang, der den Friedhof zu einer Seitenstraße mit Hinterhöfen begrenzte, eine Glyzinienart, stockartige Dinger mit jeweils drei zarten Ranken. An der Feldsteinmauer waren orangefarbene Lilien gesetzt, die er eines Tages wild blühend inmitten grüner Blätter an einem Flüßchen in Westchester County entdeckt hatte. An seiner eigenen Haustür blühten Veilchen, die sich vermehrten wie die Feldmäuse, und hinter dem Haus lagen der Rosengarten und die Gemüsebeete mit einer Kräuterecke. Als Concetta noch ein kleines Mädchen gewesen war, hatte er an Sonntagen manchmal mit ihr einen Picknickausflug nach Norden gemacht, wenn es gerade nicht so viele Beerdigungen gab und ihre Mutter sich ein wenig ausruhen wollte. Dann hatte er jedesmal wilde Blumen ausgegraben und in nasses Zeitungspapier gewickelt, um sie wieder einzupflanzen, wenn er nach Hause zurückkam. Angelo hatte das nun schon vierzig Jahre hindurch so gemacht, und infolgedessen sah man auf dem Kalvarienfriedhof im Juni überall nur Blumen. Die Leute sagten, er sei schöner als der Botanische Garten, und kurz vor Maggies Geburt war sogar einmal dessen Direktor gekommen, um mit ihm zu reden. Der Großvater erzählte Maggie immer, daß der Mann erstaunlich wenig darüber zu wissen schien, wie man mit Pflanzen umgeht.

Als Maggie sich neben ihn kniete, mengte er gerade mit bloßen Händen Kaffeesatz unter die Erde. Neben ihm stand eine Schale mit Wasser, Schwamm und Seife, um die Blattläuse von den Rosensträuchern zu wischen. Seine Lieblingsrosen waren die mit einem grell pinkfarbenen Blütenrand. Es gab drei Büsche davon hinter dem Haus und einen rechts und links am Grab von Maggies Großmutter, die in den drei Jahren, seit der Grabstein aufgestellt und die Büsche gepflanzt worden waren, so üppig heranwuchsen, daß inzwischen schon nur noch das MAZZA in Großbuchstaben lesbar war, während die Blätter längst das »Anna 1890–1963« und »Angelo 1880–« verdeckten. Das Grab lag im hinteren Teil gleich bei der Mauer, und heute stand ein gelbbraunes Segeltuchzelt ganz in der Nähe. Paul Fogerty und sein mongoloider Bruder waren gerade mit dem Graben fertig und standen jetzt schwitzend und auf ihre Schaufeln gelehnt da.

»Wer wird da begraben?« wollte Maggie wissen.

»Mrs. Romano«, sagte ihr Großvater. »Sie ist im Schlaf gestorben.«

»Ihre Tochter war eine Freundin von Mami.«

»Ihre Nichte«, sagte Angelo Mazza, während er mit dem Schwamm einen langen grünen Stiel hinunterstrich, so daß die etwas heller grünen Läuse in die Gegend sprangen. »Die hier hatte nur Söhne.«

Eine halbe Stunde lang arbeiteten sie gemeinsam in der prallen Sonne, aber Maggie war unruhig, und ihr fiel ständig das Haar ins Gesicht. Sie ging hinein, um sich die Hände zu waschen und ihre Haare mit einem Gummiband nach hinten zu binden, aber statt wieder zu den Blumen zurückzugehen, wanderte sie danach kreuz und quer über den Friedhof. Weiter hinten lagen die älteren Gräber, bei denen die eingemeißelten Inschriften und Rosenreliefs im grauen Granit schon ganz schwarz nachgedunkelt waren. Maggie hatte sich immer an einem Engel auf seinem Podest orientiert, der das Grab einer Frau verschönte, die vor vierzig Jahren gestorben war. Seine Augen waren leer wie bei einem Blinden, und über einem Arm hing ein Blumenbukett, als wäre er eine Schönheitskönigin. Maggies Großvater hatte Azaleen um den Fuß der Statue gepflanzt, aber sie hielten sich nur bis Anfang Mai; danach liefen ihre weißen Blüten mokkabraun an, rollten sich zusammen und fielen schließlich ab. Die grünen Blätter der Pflanzen sahen aus, als schwitzten sie in der Julihitze. Bei einem Monument an der Rückwand hockte ein Mann.

»Hallo, Schätzchen«, sagte Mr. Gennaro, der die Inschriften in die Steine meißelte. »Du wirst ja richtig groß. Ich wette, du bist inzwischen größer als deine Mama.«

»Fünf Zentimeter«, sagte Maggie. »Sie sagt, ich bin eine Scanlan.«

»Hör nicht auf solchen Quatsch«, sagte der alte Mann, band seinen ledernen Werkzeuggürtel ab und legte ihn vor einen viereckigen rosa Marmorstein, auf dem bisher nichts anderes stand als der Name JESSUP in Großbuchstaben. Maggie erinnerte sich, daß sie, als sie gerade lesen lernte, geglaubt hatte, das hier sei das Grab von Jesus, und dann wurde ihr in der Schule eine Strafe aufgebrummt, weil sie darauf bestand, das Heilige Grab sei in der Bronx und nicht etwa in Rom und es sei noch nicht einmal halb so groß wie das Mausoleum von Joe, dem Gemüsehändler.

»Wer war Jessup?« fragte sie.

»Alter Kerl, der ein paar Straßen die Avenue rauf über seinem Büro wohnt. Ein Anwalt. Netter Mann, keine Familie. Tagsüber wickelte er Konkurse ab und so was, und nachts ist er oben in seinen drei Zimmern. Vor ungefähr zehn Jahren hat ihm sein Arzt gesagt, er sei krank, und da ist er hierher gekommen und hat sich eine Grabstelle ausgesucht. Dein Großvater hat was Schönes für ihn gefunden. Den Stein haben wir vor fünf Jahren aufgestellt. Den Namen und das Geburtsdatum kann ich schon machen.«

»Er ist noch gar nicht tot?«

»Ach was. Du weißt doch, wie Ärzte sind. Er war überhaupt nicht so krank.«

Mr. Gennaro ging in die Hocke und begann den Stein auszumessen. Er zog eine Wachskreide hinter dem Ohr hervor, das so haarig war wie eine Kokosnuß, und machte einen Strich hier und einen da. Maggie schüttelte die Beine aus.

»Also, wenn du mich fragst, siehst du mehr wie eine Mazza aus als wie eine Scanlan«, sagte er nach einer Weile, immer noch damit beschäftigt, mit seinem Stift Buchstabenumrisse auf den Stein zu malen. »Du siehst deiner Mama, als sie in deinem Alter war, ziemlich ähnlich. Sie war kleiner als du und hatte nicht so viele Haare, aber eure Gesichter sind die gleichen.«

»Sie sind schon ziemlich lange hier«, meinte Maggie blinzelnd, weil plötzlich ein Sonnenstrahl durch die Bäume fiel, und versuchte sich ein Mädchen in ihrem Alter vorzustellen, das aussah wie sie, sich auf dem Friedhof herumtrieb und ihre Beine sonnte.

»Ach Gott, ja«, sagte Mr. Gennaro. »Ich kenne deinen Großvater schon fast mein ganzes Leben lang. Und auch deine Großmutter, möge sie in Frieden ruhen. Was für ein Besen. Ja, und deine Mutter – ich erinnere mich noch an den Tag, als sie geheiratet hat. Die Trauergäste zu einer Beerdigung trafen gerade ein, da kam deine Mama in ihrem Hochzeitskleid aus dem Haus, all dieser schimmernde Stoff und die viele Spitze, und dann wäre sie beinahe in die falsche Limousine gestiegen. Wenn du glaubst, daß du so als Kind auf dem Friedhof schräge Blicke erntest, hättest du mal die Leute in dieser Limousine sehen sollen, als sie deine Mutter so zurechtgemacht auf sich zukommen sahen. Es war erst zehn Uhr morgens, und die dachten schon, sie sehen Gespenster. Gott, war sie schön, aber so klein, wie ein kleines Vögelchen. Ich habe deinem Großvater gesagt, er soll sich nichts daraus machen, daß der Junge kein Italiener ist, sondern ein Amerikaner, er ist ein netter Junge und wird gut zu ihr sein.«

»Und was hat Opa da gesagt?«

»Gott«, sagte Mr. Gennaro und ließ sich auf die Hacken sinken, um sich mit dem Arm den Schweiß von der Stirn zu wischen. »Das weiß nicht nicht mehr. Gar nichts wahrscheinlich. Dein Vater war ein netter Junge. Ich weiß noch, wie er mal hier draußen war und dem alten Mann mit den Tomaten zu helfen versuchte, aber dein Opa wollte nichts mit ihm zu tun haben. Also hat dein Vater mit mir geredet. Was wurde der Junge rot in der Sonne. Ich dachte, er würde jeden Moment einen Hitzschlag bekommen. Und dann sagt er ganz plötzlich zu mir: ›Mr. Gennaro, ich liebe sie von ganzem Herzen.‹ Na ja, was soll man schon dazu sagen. Es war schön. Also: Er war ein amerikanischer Junge. Und wenn schon. Was man hier sieht, sind alles italienische Namen«, fügte er dann hinzu und suchte den Friedhof nach einer Ausnahme ab, bis er schließlich wieder bei dem JESSUP landete. »Aber eine Menge italienischer Jungs heiraten amerikanische Mädchen.«

»Wir sind alle Amerikaner«, sagte Maggie ein wenig steif.

»Ja, na ja, so kann man es wohl auch sehen«, meinte Mr. Gennaro und bohrte sein Stemmeisen in den Mamor. »Wie auch immer. Deine Eltern haben jedenfalls ein gutes Paar abgegeben, sieh nur dich und deine Geschwister an. Übrigens, wie geht es deinem Vater?«

»Gut, nehme ich an«, sagte Maggie. »Ich glaube, wir ziehen bald um.«

»Wieso das?«

»Wieso ich das annehme, oder wieso wir das tun?«

»Meine Güte«, sagte Mr. Gennaro grinsend, du bist mir ja eine ganz große Philosophin. Beantworte am besten beide Fragen. Dann sehen wir weiter.«

»Ich glaube das, weil mein Großvater es gesagt hat, und wir machen es, weil er es will.«

Mr. Gennaros Lächeln verschwand. »Dein anderer Großvater.« Maggie nickte. »Kein Mensch hat immer recht, und man kriegt auch nicht immer gleich alles, was man will«, sagte er und schaute in die Ferne.

»Mein Großvater ist nicht irgend jemand«, sagte Maggie, aber Mr. Gennaro antwortete nicht.

Maggie sah ihm noch ein bißchen bei der Arbeit zu und schlendert dann mit auf dem Rücken gefalteten Händen den Weg des Trostes hinunter. Es war ihr bisher nie ernsthaft in den Sinn gekommen, ihre Eltern als menschliche Wesen zu betrachten, erst recht nicht als menschliche Wesen, die ein geheimnisvolles, zartes Band aneinanderknüpfte. Wenn sie miteinander tanzten wie letzten Abend oder sich manchmal berührten, hatte sie immer das Gefühl gehabt, sie beobachte da etwas Künstliches, etwas in weiter Ferne, als wären sie in einem Film und spielten nur die Rollen von Mann und Frau. Bis jetzt hatte sie immer ganz ähnlich an sie gedacht wie an das Haus, als etwas, das für ihr Leben notwendig war.

Letzten Abend war sie nach dem Abendessen mit ihren Brüdern über die Baustelle marschiert und hatte die Löcher gezählt, die die Arbeiter gegraben hatten, und mit einer Taschenlampe in jedes hineingeleuchtet. Connie und Tommy saßen in Gartenstühlen auf der Veranda, und wenn Maggie sich im Dunkeln umdrehte, konnte sie sie dort sitzen sehen und sah sogar bis in die erleuchtete Küche hinein mit dem kleinen Untersetzer über dem Herd, den sie von den Deutsch-Amerikanern in Pennsylvania gekauft hatten und auf dem stand: »Wen ich auch frage von meinen Gästen, in der Küche gefällt's ihnen immer am besten.« Das Haus selber war nur ein grauschwarzer Schatten, in dem die gelben Rechtecke der Fenster zu schwimmen schienen. In Bodennähe sah Maggie zwei rotglühende Punkte von den Zigaretten ihrer Eltern, und manchmal hörte das leise Gemurmel ihrer Stimmen plötzlich auf und ihr Vater rief laut herüber: »Vorsichtig da draußen. Ich habe keine Lust, heute abend noch zur Notaufnahme zu fahren.«

Damien trug die Taschenlampe, obwohl sowohl Terence als auch Maggie sie ihm wegzunehmen versuchten; unter seinen Schuhen schnellten die Grashüpfer hoch, und seine Beine blitzten im Lichtkegel auf, als wären sie körperlos. »Da ist noch eins«, sagte er, als er an den Rand einer weiteren Grube kam, und als sein Bruder und seine Schwester ganz vorsichtig nachrückten, weil sie Angst hatten, hineinzufallen, fuhr er mit dem Lichtstrahl einmal die Begrenzungen ab.

»Gar nicht mal so groß«, sagte Maggie. »Ich hätte gedacht, die wären viel größer.«

»Großpapa hat gesagt, daß sie nur halb unterkellert werden. Der Rest wird mit Estrich ausgegossen«, sagte Terence.

»Trotzdem nicht besonders groß«, meinte Maggie.

»Es sind fünf Stück«, steuerte Damien jetzt bei.

»Der Mann in der Küche hat gesagt, es wären sechs.«

»Was für ein Mann in der Küche?«

»Hat mit Mom geredet.«

»Bist du sicher?« wollte Terence wissen. »Ein Mann, den wir nicht kennen?«

»Ich hab' ihn selber gesehen, du Blödmann«, sagte Maggie und rannte davon, ohne über die Löcher in der Wiese noch weiter nachzudenken.

Von der hinteren Seite aus konnte man in der Nacht in alle Häuser hineinsehen, das blaue Licht der Fernseher und die Köpfe der Leute, die drinnen umherliefen. Maggie strich langsam durch das hohe Gras am Rand der Gärten, es piekte ihr in die nackten Beine. Sie tat das weniger wie ein Spanner es wohl tun würde, sondern eher wie ein Museumsbesucher. Früher hatte sie sich im Sommer um diese Tageszeit normalerweise von Büchsenfußball oder Himmel und Erde erholt oder war mit einem leeren Mayonnaiseglas bewaffnet auf Glühwürmchenjagd gegangen, oder sie hatte drüben bei Debbie in Mrs. Malones Ein-Mann-Zelt aus Armeebeständen übernachtet, das hinten im Garten aufgeschlagen war. Das alles kam ihr inzwischen öde vor, allerdings wußte sie auch nicht, was sie sonst mit sich anfangen sollte. Manchmal ging sie zum Tagescamp im Park und bastelte Ohrringe aus Plastikbändchen oder Mosaikaschenbecher, aber nach fünf Jahren Tagescamp konnte sie inzwischen keine Ohrringe und Aschenbecher mehr sehen. Also durchstreifte sie abends die Wiesen und beobachtete hier einen Streit, da einen Kuß. Die Häuser gefielen ihr, so von außen betrachtet, und abends war die Luft auch frischer, obwohl die Hitze nicht nennenswert nachließ; es war, als würde der Tag das unbewegt Stickige des Nachmittags abschütteln.

Durch ein Seitenfenster ihres eigenen Hauses sah sie, daß ihre Eltern inzwischen ins Wohnzimmer umgezogen waren.

Sie standen einander gegenüber, und als Maggie näher kam, konnte sie Musik hören. Das Lied kannte sie, und den Sänger auch: Frank Sinatra, »Here's that Rainy Day«. Tommy Scanlan liebte Musik, und Maggie bekam jedesmal einen Quarter von ihm, wenn sie ein Lied nach den ersten Takten richtig erkannte, bevor der Text anfing. »Here's that Rainy Day« war das zweitliebste Lied ihres Vaters, gleich nach »A Foggy Day in London Town«.

Jetzt merkte Maggie, daß ihre Eltern tanzten. Ihre Köpfe drehten sich langsam hin und her, und sie konnte sehen, wie ihre Schultern im Rhythmus mitschwangen. Manchmal hatte ihr Vater Maggie hochgezogen, um mit ihr zu tanzen, aber sie stolperte nur und trat ihm auf die Füße, und dann wurde er ungeduldig und hatte nach ein paar Drehungen schon wieder genug. »Du führst schon wieder«, sagte er dann, und Maggie antwortete: »Na und?« und ging aus dem Zimmer. Aber Tommy und Connie hatten sich bei einem Tanzwettbewerb kennengelernt, und sie waren hervorragend aufeinander eingespielt. Er führte ganz selbstverständlich, und sie paßte sich ihm mühelos an. Es schien kaum vorstellbar, daß der Mann und die Frau, die da durchs Wohnzimmer glitten, die gleichen Leute waren, die nicht selten grummelnd in der Küche umeinander herumschlichen und sich darüber zankten, wer mal wieder vergessen hatte, die Frühstücksflocken zu kaufen, und ob die Fliegengitter eine Wäsche vertragen könnten oder nicht. Maggie fragte sich, ob vielleicht jeder mehr als eine Person war wie bei *Dr. Jekyll und Mr. Hyde* oder in *The Three Faces of Eve,* wo diese Frau von einer Person in die andere schlüpfte. Sie dachte sich, daß die Malones vielleicht mehr waren, als man so ohne weiteres sehen konnte, und auch ihre Tante Margaret und erst recht Monica, die absolut perfekte Manieren an den Tag legte, solange nur ein Erwachsener über dreißig anwesend war. Nur bei ihrer Tante Celeste und Helen Malone war sie ganz sicher, daß sie genauso waren, wie sie zu sein schienen. Was aber ihre Eltern anging, hatte sie schon immer vermutet, daß sie abends am Eßzimmertisch nur einen Teil von ihnen präsentiert bekam, besonders seit ihr aufgegangen war, was sie hatten durchexerzieren müssen, um ihre vier Kinder zu bekommen. Die so was gemacht hatten, mußten völlig andere Menschen sein als die, die sie kannte. Vorsichtig sah sie zu, wie sie sich lautlos zur Musik drehten. Jetzt fühlte sie sich als heimliche Beobachterin, und das Blut stieg ihr in den ohnehin schon heißen Kopf.

Hinter ihr kamen Damien und Terence mit viel Radau zurückgelaufen. »Ssscht«, flüsterte sie zischelnd, und sie waren sofort still und sahen ihr über die Schulter. »Ich finde, Mom ist hübscher als Tante Celeste«, sagte Damien, der seiner Mutter immer noch mal gerne auf den Schoß kroch und ihr wortlos mit den Händen in Gesicht und Haare fuhr. »Finde ich auch«, sagte Maggie, und die Jungen machten ein erstauntes Gesicht, weil Maggie sonst an jedem was zu meckern hatte, besonders an denen, die sie am besten kannte.

»Sie küssen sich«, sagte Terence ganz leise, und der s-Laut klang wie eine sanfte Begleitung zur Musik.

»Die küssen sich nicht«, sagte Maggie, »sie tanzen.«

»Sie dürfen sich aber küssen«, sagte Damien laut, knipste seine Taschenlampe an und hielt sie auf Maggies Gesicht. »Sie sind verheiratet.«

Maggie schlug ihm die Lampe aus der Hand, und die beiden Jungen stürzten sofort hinterher, um sie zu schnappen. »Maggie«, jammerte Damien dann, »sie ist weg.« »Halt den Mund«, sagte Maggie. Die Musik verstummte, und plötzlich hörte sich das Zirpen der Grillen um sie her sehr laut und scharf an, als wären sie irgendwie bösartig. Maggie hörte ihren Vater etwas murmeln, und dann tönte Connies antwortende Stimme laut heraus: »Bitte sag, daß nicht stimmt, was ich da höre.«

»Maggie.« Damiens weinerliche Stimme tönte wieder schwach vom anderen Ende des Gartens zu ihr herüber. Maggie hielt die Nase näher ans Gitter. »Nur über meine Leiche«, sagte Connie und wollte sich losmachen, aber Maggie konnte sehen, wie ihr Vater sie mit seinen sehnigen Unterarmen festhielt. Connie schlug mit ihren kleinen Fäusten auf seine Brust ein, und er ließ seinen sandfarbenen Kopf auf ihren dunklen sinken.

Jetzt waren Damien und Terence wieder hinter Maggie. »Du hast die Taschenlampe kaputtgemacht«, sagte Damien traurig. Mit seinem roten und vom ständigen Lutschen abgewetzten Daumen schob er den Schalter rauf und runter. »Wir müssen jetzt rein«, sagte Maggie, und als sie nun die Fliegentür öffnete, konnten die Jungen sehen, wie ihre Eltern schnell einen Schritt auseinander machten und ihre Mutter sich die Haare glattstrich. Ihr Vater ging rüber in die Küche. »Sag deinen Brüdern, sie sollen reinkommen«, sagte er zu Maggie, als er den Eisschrank aufmachte. Im weißen Schein der Innenbeleuchtung sah seine blasse Haut fleckig rosa aus. Er holte sich ein Bier heraus und hielt sich die Flasche an die Stirn. Terence und Damien sahen immer noch von außen durch das Fliegengitter, als wäre er ein Fernsehbild. »Steht da nicht so rum«, rief Tommy ungeduldig, als er rübersah und sie entdeckte, Terence mit leicht geöffnetem Mund und Damiens helle Haut noch rosiger als seine eigene. »Rein mit euch und ins Bett.«

Als Maggie ins Wohnzimmer ging, war es leer, und sie fragte sich, wohin ihre Mutter wohl verschwunden war. Es hatte sie nicht weiter interessiert, worüber ihre Eltern gesprochen hatten. Im Auto auf dem Heimweg am Sonntag hatte die ganze Zeit diese angespannte Atmosphäre geherrscht, wenn Eheleute kurz davon sind, sich zu streiten. Dabei war Maggie zum erstenmal aufgegangen, daß ihre Mutter sehr gut daran tat, sich von den Scanlans fernzuhalten. Im Haus ihres Großvaters Scanlan war ständig gereizte Stimmung. Das ihres Großvaters Mazza dagegen war der friedlichste Ort auf Erden. Aber auch da ging ihre Mutter eigentlich nie hin. Maggie nahm an, daß sie wie alle anderen den Friedhof nur als einen Ort des Todes betrachtete.

Als Maggie nun zurückging und sich wieder neben ihren Großvater kniete, glitt ein Leichenwagen, der hier so alltäglich war wie sonst ein Kombi, am Haus vorbei und bog in den Weg von Nazareth zu den hinteren Grabstellen. Dahinter kam ein über und über mit Gladiolen beladener Blumenwagen. Angelo Mazza senkte die Lider. Er haßte Schnittblumen, aber von seinen Gefühlen sah man kaum mehr als ein Zucken im Gesicht. Im Führerhaus der Limousine hielt jemand grüßend die Hand hoch. Maggie bekreuzigte sich.

»Wenig Autos bei den alten Leuten«, sagte Angelo, als ein Dutzend weitere Wagen vorbeikamen, deren Scheinwerferlicht von der grellen Sonne fast geschluckt wurde.

»Was ist mit Mrs. Romanos Jungen?«

»Zwei sind im Krieg umgekommen, einer vor fünf Jahren an einem Herzanfall während der Messe. Einer ist weggezogen und lebt ganz woanders.«

Über den Rasen hinweg konnte Maggie die Leute aus ihren Gefährten steigen sehen, nur der Obelisk der Familie DiGenova und das Mausoleum mit dem Bleiglasfenster mit dem guten Hirten, in dem die Familie Lisa begraben war, versperrten ihr ein wenig die Sicht. Ein Priester – welcher, konnte sie von hier nicht ausmachen –, trat an seinen Platz und öffnete sein in schwarzes Leder gebundenes Meßbuch. Von seinen gekrümmten Schultern hing ein purpurner Schal. »Im Namen des Vaters, des Sohnes und des Heiligen Geistes«, begann er, und alle bekreuzigten sich gleichzeitig.

Etwas abseits von den anderen Trauergästen standen zwei Männer im grauen Anzug. Sie drehten sich um und sahen zum Mazza-Haus hinüber, die Hände vor dem Bauch gefaltet. »...läuft es einem kalt den Rücken runter«, hörte Maggie den einen sagen und wußte, daß sie mal wieder über sie sprachen und darüber, daß Kinder auf einem Friedhof nichts zu suchen hätten.

»Warum haben die Romanos denn die O'Neals beauftragt, ihre Beerdigung durchzuführen?« fragte sie.

»Es gibt keine italienischen Bestattungsinstitute«, war die Antwort.

Der ältere und kahlere der beiden Männer schlenderte davon und kam dann die Straße herunter auf sie zu. Sein Gesicht hatte er mühevoll in freundliche Lachfalten gelegt. »Angelo«, sagte er wie ein Zeremonienmeister bei einem offiziellen Empfang, mit lauter, öliger Stimme. Dazu zog er ein Atemfrischbonbon aus der Tasche, baute sich vor Maggie und ihrem Großvater auf und schnippte es sich in den Mund.

»Hallo, Mr. O'Neal«, sagte Maggie. »Wie geht's Cathy?«

»Gut, Schätzchen, wirklich gut«, sagte Mr. O'Neal und senkte die Stimme, damit die Versammlung am Zelt ihn nicht hören konnte. »Aber sie vermißt die Mädchen vom Herz Jesu ziemlich.«

»Und, gefällt ihr ihre neue Schule? Mrs. Malone hat gesagt, daß sie da ein Schwimmbecken haben und Tennisplätze.«

»In der Tat«, sagte er und lutschte an seinem Bonbon.

»Grüßen sie sie von mir«, sagte Maggie, obwohl sie Cathy O'Neal nicht mochte, weil sie so fett war und Korkenzieherlocken trug und ständig die hanebüchensten Geschichten erzählte, was so alles im Präparierzimmer beim Bestattungsinstitut im zweiten Stock vor sich ging.

»Ich werd's ausrichten«, sagte Mr. O'Neal, »und meine Empfehlung an deinen Großvater«, fügte er hinzu und meinte natürlich den Großvater Scanlan.

Mit einer Drehung zu dem anderen der beiden Großväter, der immer noch vor seinen Rosen saß, sagte er: »Der Sohn von Mrs. Romano macht sich wirklich Sorgen wegen der Kletterpflanzen hinter dem Grab seiner Mutter. Er fürchtet, daß sie über den Stein wachsen könnten.«

»Ich werde sie beschneiden«, sagte Angelo knapp.

»Viele Leute machen sich Gedanken wegen der Pflanzen«, sagte Mr. O'Neal. Das ist wegen dieser Vorstellung...« Maggie wußte, was er meinte. Die Leute dachten nicht gern darüber nach, was unter der Erdoberfläche auf einem Friedhof passierte. Wenn sie Angelos üppige Blumen mit ihren bunten Blüten sahen, gab es dafür ja nur eine Erklärung.

»Guter Boden«, sagte Maggies Großvater wie zur Antwort auf ihre Gedanken, und seine Augen glitzerten in der Sonne.

»Ja.« Mr. O'Neal legte die Hände hinter dem Rücken zusammen und nahm sie dann wieder nach vorn. Er seufzte. Er und Angelo führten diese Diskussion nicht zum erstenmal.

Tatsächlich beschwerten sich nur sehr wenige seiner Kunden über den prachtvollen Bewuchs auf dem Calvary-Friedhof. Er übertrieb damit genauso wie damals vor vielen Jahren, als er Angelo weismachen wollte, daß die Leute etwas dagegen hätten, wenn Maggie sich hier rumtrieb und an ihren Zöpfen kaute und wie ein kleines Gespenst in Baumwollbluse und Shorts hinter den Grabsteinen hervorschoß. Er selber störte sich an diesen Dingen. Er hatte schon immer gefunden, daß das seltsame Benehmen dieses Kindes und ihre wachsame Art ein sprechendes Beispiel waren, was passierte, wenn man Blut vermischte, das nicht miteinander vermischt werden sollte, obwohl nicht zu leugnen war, daß sie die Intelligenz der Scanlans geerbt hatte. Schließlich räumte sie in der Schule Jahr für Jahr die Preise ab. Aber ob seine Tochter nun mit der Bruchrechnung zurückkam oder nicht, Matthew O'Neal verstand etwas vom Geschäft, und er wußte, daß Friedhöfe nicht wie ein Garten aussehen sollten und Kindern der Zutritt prinzipiell verboten werden müßte. Bei einer Ehrenfeier bei den freundlichen Söhnen des heiligen Patrizius hatte er John Scanlan gegenüber einmal ein paar Kommentare fallen lassen, wie schön es doch sei, Maria Goretti auf dem Calvary zu sehen und wie das das Bild doch gleich so ganz veränderte. Aber John hatte nur entschlossen am Ende seiner langen Zigarre herumgekaut und ihn aus zusammengekniffenen Augen angesehen, als wüßte er, daß der Ton nicht recht zur Botschaft paßte. Als Matthew O'Neal fortging, um sich einen neuen Drink zu holen, hörte er John Scanlan mitten in die plötzliche Stille hinein sagen: »Verdammter Leichenfledderer«, und dann setzte das dumpfe allgemeine Gemurmel wieder ein.

»Meine Empfehlung an deinen Großvater, Maggie«, sagte

Matthew O'Neal noch einmal, als er sich umwandte, um zu den Leuten am offenen Grab zurückzugehen, die ihre Rosenkränze durch die Finger gleiten ließen. Ohne eine Antwort beugten sich Großvater und Enkelin wieder über die schwarze Erde, unter den Nägeln hatten sie schmutzige Ränder. Maggie fragte sich, ob ihre Mutter wohl schon mit ihren Fahrstunden begonnen hatte, und ob ihr wohl mittendrin übel werden würde. Und sie fragte sich auch, was sie den ganzen Sommer über tun sollte und ob sie es aushalten konnte, nur noch einen einzigen Tag mehr damit zu verbringen, hier ziellos herumzuhängen und Insekten und die Zeit totzuschlagen.

6

Als alle Kinder an dem rot gesprenkelten Resopaltisch saßen, der nur so mit Frühstücksschälchen und Fred-Feuerstein-Tassen übersät war, ging Connie nach hinten in den Garten, um den Bautrupp bei der Arbeit zuzusehen. Sie spürte eher, als daß sie es hörte, wie sich Maggie und Terence kabbelten, dann kam das Geklapper bei der Spüle, als Tommy auf der Suche nach einem Löffel dort herumfuhrwerkte. Sie hielt ihre eigene Kaffeetasse in beiden Händen, als wolle sie sich daran wärmen. Die Sonne hinter ihr stieg immer noch am Horizont hinauf, und sie hatte in ihren karierten Shorts mit der weißen Bluse dazu noch ganz kalte Ellbogen und Knie.

Mit den Jahren war sie nach und nach immer mehr dazu übergegangen, sich wie ihre Schwägerinnen zu kleiden, also mehr wie ein Mädchen von einer katholischen Privatschule und weniger wie eines, das auf eine öffentliche Schule gegangen ist, in der es rauh zuging und die italienischen Jungen so steifgestärkte Hemden trugen, daß sie ganz allein hätten stehen können. Nur in ihrer Abendgarderobe und dem dazugehörigen Make-up, beide immer in rot oder schwarz, sah sie noch aus wie früher. Ein Mann fuhr mit seiner großen Baumaschine einen Bogen näher an sie heran und winkte: Es war Joey, in Arbeitskluft und Schutzhelm und einer Schutzbrille aus Kunststoff, die ihm an einem wippenden Gummiband um den Hals hing. Connie winkte zurück, drehte sich dann um und ging wieder ins Haus. Leicht fröstelnd stolperte sie über die Steine und das Unkraut, die in ihrem Garten die Oberhand über den zaghaft sprießenden Rasen hatten. Als sie hereinkam, lächelte sie immer noch.

»Das ist Joey Martinelli«, sagte sie zu Tommy und ließ sich auf ihren Platz neben Josephs Stuhl fallen. »Jimmy Martinellis älterer Bruder. Ich kenne ihn aus der Schule. Er ist hier der Baustellenleiter.«

»Mami sagt, er sei ein Freund von uns«, sagte Maggie.

»Meiner nicht«, sagte Tommy.

»Er sagt, sie wollen die Musterhäuser in der ersten Septemberwoche fertig haben«, fügte Connie hinzu.

»Der spinnt ja«, meinte Tommy und schenkte sich Kaffee ein.

»Nur drei insgesamt«, sagte Connie. »Eins im Landhausstil, eins mit drei Ebenen und dann noch ein Kolonialhaus wie unseres hier.«

»Wie das hier nicht«, sagte Tommy.

»Also bitte, Tom«, sagte Connie. »Ich möchte mir nicht schon wieder anhören müssen, wie schrecklich neue Häuser sind. Ich dachte nur, es würde dich interessieren.«

»Woher wußte er, daß wir hier wohnen?«

»Er wußte es gar nicht. Er kam eines Tages, weil er telefonieren mußte, und hat sich ganz zufällig unser Haus dafür ausgesucht. Vorhin hab' ich ihn da draußen gesehen und ihm eine Tasse Kaffee gebracht und hallo gesagt.«

Tommys eigene Tasse war nur halb voll. »Aber für mich ist nicht genug Kaffee übrig, verdammt noch mal.«

»Tom.«

»Laß mich in Ruhe mit deinem ›Tom‹«, brüllte er über den Baulärm hinweg. »Ich esse nichts von diesem verdammten

Frühstück. Alles, was ich morgens will, ist eine Tasse Kaffee, und die will ich auch heute haben.«

»Ich mache eine neue Kanne«, sagte Connie.

Tommy marschierte durch die Schwingtür auf den Flur, nahm Jacke und Schlips vom Treppengeländer und verschwand. Die halbvolle Kaffeetasse stand unberührt auf dem Tisch. Die Kinder konnten nichts hören, aber Maggie war sicher, daß die Tür mit einem lauten Knall ins Schloß gefallen war.

»Großpapa hat ganz recht«, sagte sie, »diese Dinger machen wirklich einen Heidenlärm.«

Connie sagte gar nichts. Sie sah nur aus dem Küchenfenster und wusch die Tasse ab; ihre Schulter hoben und senkten sich, als ob sie seufzte. Lange Zeit stand sie einfach so da, während ihre Kinder sich eins nach dem anderen verdrückten: Maggie zu den Malones, Terence und Damien zum Sportplatz und Joseph ins Eßzimmer, wo er einen Papierknüddel in eine Tasse schob und immer wieder herausholte.

Connie hatte es satt. Endlich hatte sie fürs Küchenfenster Vorhänge gefunden, die ihr gefielen, und nun sollte sie vielleicht bald wieder ihre Sachen zusammenpacken und in irgendein Haus umziehen, das sie noch nie im Leben gesehen hatte und das sogar noch weiter von den nächsten Nachbarn entfernt lag als das, in dem sie jetzt lebte. Es würde in noch größere Stille gehüllt sein. Nie im Leben würde sie genug Möbel für ein solches Haus zusammenbringen. Connie stellte sich vor, wie sie und Mary Frances kleine Streifzüge durch die Einrichtungshäuser machten und Brokat-Stoffmuster begutachteten, während ihre Schwiegermutter über den Preis verhandelte.

Erst als die Erdbagger stillstanden und draußen die Zementwagen anrückten, merkte sie, daß sie schon sehr lange da an der Spüle stand und mechanisch Geschirr abwusch. Connie konnte an den Firmenlabels auf den Türen sehen, daß sie von einer Firma kamen, die zu Tommys schärfsten Konkurrenten gehörte. Tommy behauptete immer, da stecke die Mafia dahinter, als wäre Mord und Schutzgelderpressung für Italiener die einzige Art, Geld zu verdienen, und Connie ärgerte das maßlos, obwohl ihr Onkel Frank auch meinte, es wären Mafiosi. Die eine Zugmaschine hatte einen langen, niedrigen Bauwagen ans andere Ende der Wiese gefahren, und die Arbeiter kamen jetzt dort zusammen und schraubten die Kappen von ihren Thermoskannen, aus denen dünne Dampfschwaden aufstiegen. Einer ließ eine weiße Pappschachtel herumgehen. Sie konnte ihre Stimmen hören, verstand aber nichts. Kaffeepause. Sie stellte die Kaffeemaschine an und machte eine neue Kanne.

Sie hatte versucht, mit Tommy über das neue Haus zu reden, aber es war zwecklos. Wenn er zu Hause war, waren die Kinder es auch, und bis die Kinder endlich schliefen, war auch Connie gewöhnlich längst in einen unruhigen Schlaf des Erschöpften gefallen, und ihre Augen flatterten hinter den transparenten Lidern hin und her.

Celeste hatte ihr immer gesagt, daß sie selber noch gerade eben rechtzeitig wieder aus ihrer Ehe herausgekommen sei, dabei war sie nur etwa ein Jahr verheiratet gewesen; sie hatte den Rückzug angetreten, als sie noch miteinander sprachen, wenn es sich dabei auch eher um gegenseitiges Anschreien handelte. Connie hatte eine Weile gebraucht, bis sie begriff, was ihre Cousine meinte, aber jetzt war sie offenbar soweit. Unterwegs sah sie manchmal in einem Auto ein Paar auf dem Vordersitz sitzen, die beide unverwandt nach vorn durch die Windschutzscheibe sahen und kein Wort miteinander wechselten. Es war ihr erst vor kurzem aufgegangen, daß sie und Tommy auch nichts anderes taten.

Nicht, daß sie ihn nicht mehr liebte. Aber sie fühlte sich, als säßen sie umgeben von Glas und Metall in verschiedenen Autos und könnten nichts vom anderen hören. Es war anzunehmen, daß sie beide das gleiche Ziel hatten, aber es schien sinnlos, überhaupt danach zu fragen. In ihrer Ehe war so vieles unausgesprochen geblieben, und jetzt hatten sie keine Worte mehr dafür. Sie war ganz sicher, daß sie einander nie wieder reden hören würden, wenn sie in dieses Haus zogen, das ihr Schwiegervater gekauft hatte.

Sie streckte die Hand aus und strich über die Vorhänge. »Ich bleibe hier«, sagte sie laut, als würde es allein schon dadurch wahr werden, und dabei fühlte sie eine derartige Wut in sich aufsteigen, daß es sie schier aufzufressen schien. *»Verdammt noch mal«,* sagte sie leise, und dann wiederholte sie noch einmal lauter: »Verdammt noch mal. *Ich bleibe hier.* Es ist mir egal, wo die anderen hinziehen. Ich bleibe hier.« Und jetzt liefen ihr heiße Tränen der Wut über die Wangen. Sie stellte sich vor, wie ihr Mann, ihre Kinder, die Stühle und Betten und Laken und Handtücher zu dem großen alten Haus abgefahren würden, während sie ganz allein in den leeren Räumen zurückblieb. Immerhin noch besser, als in diesen anderen Räumen zu sein, alle mindestens dreißig Quadratmeter groß, und für John Scanlan die Geisel zu spielen.

Ein paar Minuten später stieg Joey Martinelli aus dem Bauwagen und kam über die Wiese herüber. Die Arbeiter unterbrachen ihr Gespräch und starrten hinter ihm her. An Joeys Zeigefinger baumelte die Kaffeetasse, aber Connie hätte auch so gewußt, daß er zu ihr kam. Als er näher heran war, sah er auf und lächelte ihr zu.

»Du hättest sie nicht sofort zurückzubringen brauchen«, sagte Connie, öffnete das Fliegengitter an der Hintertür und trat zur Seite, um ihn einzulassen.

»Ich dachte, du hättest es lieber so«, meinte er und streckte ihr die Tasse hin. »Ich weiß doch, wie ihr Mädels seid. Meine Mutter hat in ihrem Schrank lauter Haken, wo die Tassen dranhängen. Es macht sie ganz verrückt, wenn einer davon leer ist.«

Connie wünschte, ihr Leben wäre auch so geordnet. Sie konnte sich nicht erinnern, wann sie sich das letzte Mal die Mühe gemacht hatte, die Kaffeetassen an die kleinen Haken in ihrem Schrank zu hängen. »Ich mochte deine Mutter«, sagte Connie. »Weihnachten hat sie uns immer Kuchen gebracht.«

»Deinem Vater bringt sie immer noch welchen«, sagte Joey. »Sie ist überzeugt, daß er Hungers sterben wird. Sie hat ihm immer irgendwelche Kleinigkeiten rübergebracht; Hühnchen, Sauce, irgendwas in der Art. Und dann hat eine ihrer Freundinnen eine Bemerkung fallenlassen, daß sie sich wohl einen neuen Mann angeln wolle, und da hat sie damit aufgehört. Sie sagt, daß sich deine Tochter ohnehin um ihn kümmert.«

»Maria Goretti.«

»Dieses dünne Mädchen, ja? Mit den vielen Haaren? Ein bißchen sieht sie dir schon ähnlich, aber nicht allzusehr.«

»Ich habe keine Ahnung, wem sie ähnlich sehen«, sagte Connie. »Komm rein. Möchtest du ein Brötchen?«

»Ich hab' gerade gegessen, danke«, sagte er, »aber vielleicht noch etwas Kaffee?«

Er setzte sich an den Resopaltisch, und Connie bemerkte ein wenig bestürzt, daß die Ringe vom Frühstücksgeschirr immer noch nicht ganz weg waren. Sie goß Kaffee in die Tasse, die er zurückgebracht hatte, und legte einen Doughnut auf einen Teller.

»Dein Mann ist auch im Baugeschäft?« fragte Joe.

»Tommy«, sagte Connie. »Er leitet eine Firma namens First Concrete.«

»Die mit den gestreiften Trucks. Ziemlich gute Firma. Teuer. Gehört seinem alten Herrn.«

»Ich wußte nicht, daß das so allgemein bekannt ist«, sagte Connie und setzte sich ihm gegenüber.

»Seinem alten Herrn gehört doch alles«, meinte Joe und nahm seine Tasse in beide Hände. Dann sah er ihr Gesicht und fügte hinzu: »Tut mir leid.«

»Nein, nein, ist schon gut«, sagte Connie. »Weißt du, Tommy ist so was wie das schwarze Schaf in der Familie. Übrigens meinetwegen.«

»Tatsächlich?« rief Joe, der genau wußte, daß sie die Wahrheit sagte, weil das in der Nachbarschaft seiner Mutter auch immer gesagt wurde. Er streckte und dehnte seine Finger und inspizierte sie eingehend, als er hinzusetzte: »Er hat das Große Los gezogen. Ich kenne ein paar von den anderen Frauen, von Bällen und so. Waschechte Irinnen. Sommersprossen, krumme Beine und nichts in der Bluse. Er hat das Große Los gezogen.«

Connie spürte, wie sie vom Hals her rot anlief. In ihren Lippen puckerte das Blut. Schließlich sah Joey sie unverhohlen an und sagte: »Du bist immer so hübsch, gewesen«, als wollte er sie zum Widerspruch herausfordern.

»Hat dein Bruder Jimmy Kinder?« fragte Connie irgendwann, als sie wieder atmen konnte.

»Drei«, sagte Joe, und wie auf ein Stichwort kam Joseph aus dem Eßzimmer hereingezuckelt. »Bär«, trompetete er und hielt seinen kaputtgeliebten braunen Teddybär hoch.

»Danke«, sagte Joe und streckte die Hand danach aus, aber der Kleine zog ihn schnell zurück. »Nein, nein«, sagte er, und Connie hob ihn hoch und gab ihm einen Kuß auf den Scheitel.

»Der Bär ist sein liebstes Schmusetier«, meinte sie. »Er muß ihn immer dabei haben. Meinst du, es ist Zeit für dein Mittagsschläfchen, JoJo?« fügte sie hinzu.

»Nein«, sagte Joseph.

»Ich muß sowieso gehen«, sagte Joey Martinelli, stand auf und stellte seine Tasse in den Ausguß. »Wann bringe ich dir Autofahren bei?«

»Du mußt das nicht tun«, sagte Connie.

»Nein, wirklich, es wird Spaß machen. Meinem Bruder habe ich es auch beigebracht. Und meinen Vettern auch. Wir suchen uns irgendwo einen schönen Parkplatz, und dann kannst du erst mal im Kreis rumfahren. Vielleicht müssen wir dir ein Telefonbuch unterlegen, aber ansonsten kann ich dir das Fahren in ein paar Wochen beibringen, wenn du willst.«

Connie war selber überrascht, als sie sagte: »Okay, wenn es dir nichts ausmacht. Ich würde wirklich gern ein bißchen mehr rauskommen. Einfach nur meine Einkäufe selber machen können und die Kinder irgendwohin fahren und meine Cousine besuchen.«

»Ich komme also morgen um vier, und dann können wir anfangen. Den Kleinen setzen wir hinten rein. Abgemacht?«

Connie lächelte. »Abgemacht.« Er streckte seine Hand aus, und sie schüttelten sich eine Weile die Hände. Der kleine Junge stand zwischen ihnen. Es war eine seltsam beruhigende Geste. »Meine Güte«, sagte er und schaute hinunter. »Du hast die kleinsten Hände, die ich je an einem Mädchen gesehen habe.« Er öffnete seine kräftige Faust, und da lag ihre Hand. Wie auf ein Kissen gebettet, dachte Connie. Sie zog die Hand fort und versteckte sie tief in den Taschen ihrer Shorts.

»Bis morgen dann«, sagte Joey, öffnete die Hintertür und ging hinaus.

Als er fort war, hängte Connie sämtliche Kaffeetassen an ihre kleinen Haken im Küchenschrank. Dann brachte sie Joseph zum Schlafen nach oben. Im ersten Stock blieb sie auf Zehenspitzen vor dem Flurspiegel stehen und sah sich an. Die Spiegel hingen alle in der richtigen Höhe für Tommy, so daß die untere Hälfte ihres Gesichts, Mund und Kinn, immer verdeckt war. Sie dachte, daß sie sich wirklich die Haare schneiden lassen sollte. »Ich bleibe, wo ich bin«, sagte sie nur eben halblaut zu sich selbst und fragte sich, während sie hinunterging, wie sich das wohl anfühlte, fahren zu können, hingehen zu können, wohin und wann man wollte.

7

Am Mittwoch morgen saß Maggie gerade auf den Stufen vor dem Haus, als ihre Tante Celeste vorbeikam. Damien hatte in einem Schuhkarton Grillen gesammelt und winzige Grasbüschel und verschiedene abgebrochene Zweige dazugetan, und jetzt wollte er ihnen allen Namen geben. Als er mit Matthew,

Mark, Luke, John, Mickey, Donald und Pluto durch war, kam er zu Maggie, um sich weiterhelfen zu lassen. Es kam zu einer Meinungsverschiedenheit: Maggie schlug ein paar Mädchennamen vor, aber Damien war der unerschütterlichen Überzeugung, daß alle Grillen männlich waren. Als Celeste in ihrem roten Wagen mit den mehrstufigen, verchromten Heckflossen vor dem Haus hielt, wollte er sich gleich ihre Unterstützung sichern. Sie warf einen Blick auf die Käfer, die wie reglose Patronen zwischen dem Gras und den Stöckchen hockten und mit ihren schillernden Rückenpanzern in der Sonne leuchteten, und sie befand: »Das sind männliche Tiere.« Dann öffnete sie das Fliegengitter und ging hinein. Maggie ließ Damien allein mit seinen Grillen reden und folgte ihr.

Celeste war nicht wirklich Maggies Tante, aber immerhin die Cousine ihrer Mutter und ihre beste Freundin. Als Mädchen waren die beiden Frauen wie Schwestern gewesen – zumal Connie nicht damit rechnen durfte, je eine richtige Schwester zu haben –, und als sie größer wurden, stand Celeste ihr näher als jeder andere Mensch auf der Welt. Im Sommer, wenn nicht soviel los war, kam sie einmal in der Woche. Sie brachte eine Einkaufstüte voller Kleider und Modeschmuck für ihre Cousine Connie mit (»die arme Connie«, wie sie mit einem Seufzer zu sagen pflegte) und Spielschminke für Maggie, die Connie später beiseiteschaffte und im obersten Fach ihres Kleiderschranks zwischen der Dusche und dem Exemplar von *Wendekreis des Krebses* versteckte. »Voilá, dein neues Ich«, verkündete Celeste dann und zog Capri-Hosen und eine Bluse mit tiefangesetzten Rüschenärmeln aus der Tüte. Dann nötigte sie Connie, die Sachen anzuziehen und dazu noch ein Paar große Kreolen, und so angetan im Wohnzimmer auf und ab zu spazieren, bis sie beide so furchtbar lachen mußten, daß Celeste irgendwann losprustete: »Ich mach' mir gleich in die Hose!« und auf die Toilette stürmte, während ihr die Wimperntusche in kleinen Rinnsalen in die Krähenfüße lief. Maggie sah ihre Mutter nie ein zweites Mal in den Sachen, die Celeste ihr mitbrachte; sie verschwanden in der untersten Schublade und rochen weiter nach Appretur. Es waren keine Scanlan-Sachen.

»Was meinst du, Mag?« fragte Connie und drehte selbstvergessen eine Pirouette auf ihren kleinen Füßen.

»Ach, ich weiß nicht«, meinte Maggie verdrießlich, was nur zur Hälfte eine ehrliche Antwort war, weil Connie nämlich andererseits auf eine seltsame, ekzentrische Weise reizvoll aussah. Wie eine Zigeunerprinzessin.

»Ach, sei nicht so ein altes Weib«, sagte ihre Mutter. »Ce, komm mal her. Deine Patentochter ist nicht einverstanden mit mir.«

»Ach, du lieber Gott«, rief Celeste, die gerade von der Toilette zurückkam und sich den Rock glattstrich. »Meine arme Blase. Mädchen, Mädchen, Mädchen.«

Celeste war der einzige Mensch in Connies Umgebung, der geschieden war. Sie hatte ein Jahr vor Connie und Tommy einen Schulfreund von Tommy geheiratet, der Charlie Black hieß und trank. Das Trinken hatte sie nicht fortgetrieben, obwohl es eine willkommene Erklärung abgab, auch nicht die Tatsache, daß Celestes ganzer Abdeckpuder am Sonntagmorgen während der Messe die blauen Flecken nicht verbergen konnte. Maggie hatte sie einmal zu Connie sagen hören, daß es die absolute Langeweile gewesen sei, die ihr schließlich den Rest gab, dieses immer gleiche Herumsitzen am Abend, wenn sie zusah, wie Charlie mit strähnig nach vorne fallendem Haar und einem T-Shirt, das unter den Armen schon ganz gelb war, in seinem Skaysessel saß und sich betrank. Jeden Morgen machte Celeste das Haus sauber, machte die Wäsche, bereitete das Abendessen vor, rief ihre Mutter an, führte den Pudel Gassi, entfernte ihren Nagellack und legte eine andere Farbe auf, sah sich ihre kleinen Episoden im Fernsehen an und war so gegen drei fertig mit allem und zu Tode gelangweilt. Sie wußte, daß sie das alles vorher hätte wissen können; wenn sie darüber nachdachte, hatte sie Connie mal gesagt, wurde ihr klar, daß der Anfang des Lebens aus einer Aneinanderreihung von großen Ereignissen bestand: der erste BH, die erste Verabredung, der erste Kuß, die Abschlußbälle und Tanzabende und schließlich die Hochzeit – und dann gab es plötzlich für den ganzen Rest des Lebens nichts mehr zu tun. Zu Anfang hatte sie Connie jeden Nachmittag besucht, besonders, als Connie und Tommy noch in dem Haus von Celestes Mutter in Celestes altem Zimmer wohnten. Aber nachdem das Baby geboren war, hatte Connie zuviel um die Ohren, um sich noch unterhalten zu können.

Sechs Monate, nachdem Maggie zur Welt gekommen war, nahm Celeste eines Tages den Zug, ohne zu wissen, wohin sie überhaupt wollte, stieg am Times Square aus, betrat vier Bürogebäude, füllte vier Stellengesuche aus und wurde sofort als Sekretärin engagiert. Als sie nach Hause kam und Charlie davon erzählte, schlug er ihr den rechten oberen Schneidezahn aus und warf den Pudel aus dem Fenster im ersten Stock. Ohne ein Wort (Connie erzählte, daß sie wegen des Zahns sowieso nicht sprechen konnte) packte sie ihren Kosmetikkoffer und zog wieder nach Hause in ihr altes Zimmer. Tommy und Connie waren einen Monat vorher nach Westchester gezogen.

Celeste wohnte immer noch zu Hause, und es war wie eine verlängerte Kindheit: Sie gab ihr ganzes Geld für Kleider und Schminke aus und verbrachte eine Menge Zeit damit, am Essen ihrer Mutter herumzukritteln. Sie war eine aufsehenerregende Mischung aus Weiß und Schwarz, genau wie Connie, dunkles Haar und helle Haut, aber sie war dick und wurde immer noch dicker. Celeste war eine schwere Fregatte mit enormem Vorbau. Wenn sie zu ihrem derzeitigen Job als Chefsekretärin des Direktors einer Blusenfabrik durch das Viertel der Kleidermacher ging, warfen die jungen Puertoricaner, die mit Kleiderstangen von einem Gebäude zum anderen schoben, ihr Küsse zu und riefen »Mama« hinter ihr her. Celeste tat, als hörte sie nichts, aber es war ihr auch wirklich egal.

»Also, ich glaube, ich werde wieder heiraten«, sagte Celeste und machte es sich mit einer Tasse Kaffee in einem Sessel bequem.

»Soso«, sagte Connie. »Erzähl mir mehr davon.«

»Bei meiner Ehre«, rief Celeste und starrte auf den birnenförmigen Diamanten hinunter, der gelb war wie ein Ei und den sie als einzige Erinnerung an ihre letzte Verbindung immer noch trug, wenn auch jetzt an der rechten Hand. Maggie hatte einmal gehört, wie eine ihrer Scanlanschen Tanten sagte, Celeste hätte die größte Sammlung gelber Diamanten auf der ganzen Welt, und als sie später ihre Mutter fragte, ob das tatsächlich stimmte, hatte Connie nur »diese Schlange« gezischt und war aus dem Zimmer gestürmt.

»Warum willst du heiraten? Du hast doch alles. Du verdienst gutes Geld, du hast ein hübsches Haus, bist ungestört, frei. Du hast alles, was du in der High-School auch hattest, nur daß du jetzt alt genug bist, es zu genießen. Und übrigens: Du hast es gehaßt, verheiratet zu sein.«

»Ich habe keine Kinder.«

»Kinder«, sagte Connie. »Du bist selber ein Kind. Nebenbei würde es deine Mutter umbringen. Kannst du dir deine Mutter vorstellen, wenn du dich von einem Friedensrichter oder so trauen lassen müßtest? Oder vielleicht von einem Rabbi? Sie würde einen Herzinfarkt kriegen.«

Celestes momentaner Freund war Jude. Alle ihre Freunde seit der Scheidung waren Juden gewesen. Sie meinte, es sei eine bekannte Tatsache, daß Juden ihre Frauen nicht schlugen.

»Ich kenne einen netten kleinen Italiener, mit dem ich dich verkuppeln könnte.«

»Du? Wen? Mach keine Witze.«

»Nein, wirklich. Erinnerst du dich an Jimmy Martinelli, mit dem ich früher gegangen bin? Denk nach – du warst in einer Klasse mit seiner Cousine Anna Maria.«

»Der mit der Brille? Und der Nase?«

»Also, sein Bruder Joseph arbeitet hier auf der Baustelle, wo sie die Siedlung...«

»Connie, du liebe Güte«, sagte Celeste und steckte sich eine Zigarette an. »Meine Mutter versucht seit Ewigkeiten, mich mit dem Kerl zu verkuppeln. Er war nie verheiratet, stimmt's? Also, was hat er für ein Problem? Er ist genau wie ich – er kann nicht ohne sie leben, aber auch nicht mit ihnen.«

»Ich glaube, er ist nur schüchtern«, sagte Connie, streckte den Arm vor, nahm Celestes Zigarette und steckte sich damit selber eine an. Maggie hielt diese Geste für den Gipfel stilvoller Lebensart. Sie beugte sich vor, um zuzusehen, wie ihre Mutter an der Zigarette zog, wie sich ihre Wangen leicht füllten und wieder abschwollen, wie bei einem kleinen Tier. Da sah Connie auf und merkte, daß Maggie sie anstarrte. »Gehst du gar nicht schwimmen?« fragte sie.

»Ich denke schon«, sagte Maggie.

»Na dann, viel Spaß.«

Maggie rührte sich nicht vom Fleck.

»Zisch ab, Kleines«, sagte Celeste. »Ich hoffe, dir gefällt dein Lipgloss.« Sie hielt ihre Wange zum Kuß hin. »Du riechst gut«, sagte Maggie. *»Tabu«,* sagte Celeste. »Das trägt Monica auch«, sagte Maggie. »Scheiße«, war die Antwort ihrer Tante. »Celeste!« sagte Connie.

Maggie ging hinauf, um Badeanzug und Handtuch zu holen. Die eine Seite ihres Gesichtes roch immer noch nach Parfum; immer wenn sie den Kopf drehte, zog ihr ein Hauch davon in die Nase und gab ihr das Gefühl, erwachsen zu sein und ein ganz klein wenig verrucht.

Ihr Zimmer war das hübscheste im ganzen Haus. Es hatte Baumwollvorhänge am Fenster und eine Baumwolldecke über dem Himmelbett, eine Pinnwand über dem Schreibtisch und einen kleinen Frisiertisch mit Baumwollschürze. Es sah aus wie ein Mädchenzimmer aus einem Magazin, und tatsächlich hatte Connie es bis ins Detail von einem Zeitschriftenfoto kopiert, als Maggie noch so klein gewesen war, daß sie in einer Wiege schlief. Am Boden neben dem Bett lag ein alter braungelb gestreifter Koffer mit den Sachen, die sie mit ins Seebad nahm. Mary Frances fuhr jeden Sommer Mitte Juli mit ihren sämtlichen weiblichen Enkelkindern ab einem gewissen Alter in ein Seebad namens South Beach. In ihrer Vorstellung war das die große Fahrt, die sie ihr Leben lang nicht vergessen würden. Für Maggie bedeutete es, daß sie eine Woche lang ein Zimmer mit Monica teilen mußte. Sie erinnerte sich, daß die Fahrt früher einmal, als sie noch ganz klein gewesen war, wirklich Spaß gemacht hatte – das Essen im Restaurant, die Hotelbetten, die nach Wäschestärke rochen, den lieben langen Tag in der Brandung herumspringen. Jetzt aber konnte sie nur noch daran denken, wie Monica mit diesem Lächeln an ihr rauf und runter sah.

Sie hörte schwere Schritte auf der Treppe und wollte schon ihre Tür schließen, als sie sah, daß es Celeste war. Ihre Tante hatte eine braune Tüte bei sich und grinste. Sie schlüpfte herein und machte die Tür hinter sich zu. »Heute kommt der Weihnachtsmann«, sagte sie, wobei sie sich mit einem ihrer langen Fingernägel ein Stückchen Tabak zwischen den Zähnen vorpulte. Dann griff sie in die Tasche, holte ein zusammengekrumpeltes, grün-orange bedrucktes Stück Stoff hervor und breitete es auf dem Bett aus. Es war ein zweiteiliger Badeanzug mit trägerlosem Oberteil und statt dessen eingearbeiteter, gebogener Fischbeinstäbchen, die sogar jetzt, wo sie nur so auf dem Bett lagen, eine Büste vortäuschten. Celeste drehte ihn herum. Am Po war er mit lauter Reihen winziger Rüschen besetzt. Es war der auffälligste Badeanzug, den Maggie je gesehen hatte, und sie brauchte nur einen Blick darauf zu werfen, um zu sehen, daß er ihr ganz genau passen würde.

Celeste schien plötzlich selbst ein wenig beschämt in Anbetracht der eigenen Waghalsigkeit. Sie zwinkerte Maggie zu. »Du kannst schließlich nicht als Shirley Temple am Strand aufkreuzen, wenn du in Wirklichkeit Lana Turner bist«, sagte sie. Maggie versuchte sich zu erinnern, welche noch mal Lana Turner war. Sie sah auf den geöffneten Koffer am Boden. »Die Tasche da hatte deine Mutter bei ihrer Hochzeitsreise dabei«, sagte Celeste. »Ich weiß das noch, weil ich sie damals mit Reis gefüllt habe. Mein Gott, sie hätte mich beinahe umgebracht. Sie erzählte mir hinterher, daß sie in der ersten Nacht ihr Peignor herauszog, und plötzlich sah es um sie herum aus wie in einem chinesischen Restaurant.« Celeste bekam nachdenkliche Augen. »Wie auch immer. Viel Spaß mit dem hier, Kindchen. Ich weiß allerdings nicht, ob er sich besonders gut zum Brustschwimmen eignet. Du könntest zum Beispiel das Oberteil verlieren. Aber ich garantiere dir: Da guckt jeder zweimal hin.« Sie gab Maggie einen Kuß auf die Wange und ging zur Tür, wobei sie die Tüte zusammenknüllte. »Mach es deiner Mom nicht so schwer«, sagte sie noch. »Sie macht eine ziemlich schlimme Zeit durch.«

»Warum?« fragte Maggie, die sich schon das Oberteil vorhielt.

»Ach, so dies und das.«

»Großpapa sagt, sie muß sich fügen«, sagte Maggie.

»Manchmal wünschte ich, es würde jemand deinen Großvater zerquetschen wie einen der Käfer, die dein Bruder da draußen in seiner Schachtel hat«, sagte Celeste. »Er glaubt, er kann über das Leben aller anderen bestimmen.«

»Er bestimmt über das Leben aller anderen«, sagte Maggie.

»Ich möchte gern mal sehen, wie er das bei mir versucht«, meinte Celeste. »Tu mir einen Gefallen – sag deiner Mutter kein Wort von dem, was ich gesagt habe, sag ihr gar nicht, daß wir diese Unterhaltung hatten, und hör nicht auf alles, was dein Großvater sagt.« Celeste leckte einen Finger an und drückte eine ihrer Locken wieder fest. »Ich laß dich jetzt allein, damit du dieses Ding da anprobieren kannst.«

Als sie weg war, machte Maggie die Tür wieder zu und schlüpfte aus Shorts und T-Shirt. Mit dem Rücken zum Spiegel zog sie den Zweiteiler an, rückte das Oberteil zurecht und atmete einmal viel zu stark aus, um herauszufinden, ob es auch ohne größere Anstrengung halten würde. Dann endlich drehte sie sich zum Spiegel. Der Anzug paßte perfekt. Das Grün verlieh ihren Augen die Farbe von Erfrischungsbonbons; durch die Rüschen sah es aus, als hätte sie Hüften, und durch die Fischbeinstäbchen im Oberteil konnte man meinen, sie hätte einen Busen. Sie sah an sich hinunter. Wenn sie aufpaßte, konnte niemand sehen, daß zwischen dem Oberteil und ihrer Brust mehrere Zentimeter Luft waren. Sie streckte die Arme aus und drehte sich vor dem Spiegel.

Sie hörte Damien rufen: »Maggie.« Sie rannte zur Tür und ließ sich mit dem Rücken dagegenfallen. »Geh weg, Damien«, rief sie, und nach einer Minute konnte sie wieder das Trippeln seiner Schuhe vor dem Haus hören. Sie ging zum Spiegel zurück und stützte die Hände auf die Hüften.

Sie hörte Stimmen unter ihrem Fenster, und als sie hinaussah, sah sie ihre Mutter mit vor der Brust gekreuzten Armen im Gras stehen. Sie sah sehr klein aus, und Maggie fühlte sich, als betrachte sie sie durch ein falsch herum gehaltenes Teleskop. Jetzt fiel ihr auf, daß sie ihre Mutter in letzter Zeit immer nur aus der Entfernung sah, wie auf einem Foto – von einem Fenster eingerahmt und in irgendeiner Pose eingefroren und mit einem Gesicht, das Geheimnisse preisgab. Gestern erst war sie mit nackten Füßen geräuschlos ins Eßzimmer gekommen und hatte Connie durch die Tür zur Küche hochrot und strahlend mit dem Rücken an den Küchentresen gelehnt stehen sehen. Einen Augenblick lang war sie ganz irritiert gewesen, wie ähnlich ihre Mutter jemandem sah, den sie nicht richtig einordnen konnte. Und dann war ihr klargeworden, daß es das Bild im Goldrahmen neben der Statue des kindlichen Jesus von Prag war, das Bild von Concetta Mazza bei ihrer High-School-Abschlußfeier mit einem üppig drapierten schwarzen Stoff um die nackten Schultern und einem selbstzufriedenen, glücklichen Ausdruck im Gesicht. Schön wie die Nacht zieht sie dahin.

Dann hatte sich Maggie bewegt, und ihre Mutter hatte sich bewegt, und der Moment war vorüber. Und da erst hatte sie den Mann in der Küche gesehen.

»Da ist ja das große Mädchen«, hatte er mit einem falschen Ton in der Stimme gesagt. »Ich bin Mr. Martinelli. Ich kenne deinen Großvater.«

»Welchen?« hatte Maggie gefragt, während sie sich an den Tisch setzte und die Kaffeetassen von sich schob.

»Den italienischen«, sagte er auf Italienisch, und Connie wandte sich um und sagte in der gleichen Sprache: »Sie sprechen es nicht. Weißt du, sie vergessen es mit der Zeit. Sie hören es eben nie.« Maggie verstand das meiste, aber sie blieb dennoch mit gesenktem Kopf sitzen und ließ sich das Haar vors Gesicht fallen.

»Ich werde deiner Mutter Autofahren beibringen«, sagte der Mann mit der gleichen falschen Stimme und lächelte Maggie wieder an, während er mit den Fingern auf einem Schlüssel herumklopfte, der gleich bei der Tischkante lag.

»Warum?« Maggie hätte sich am liebsten in seinen Augenbrauen verkrallt und kräftig gezogen. Bei dem Gedanken wurde sie rot.

»Warum nicht?« gab Connie zurück, und Maggie zuckte die Achseln. Sie wußte, daß sie die Stimmung in der Küche verdorben hatte, aber das war ihr egal. »Sind Sie fertig mit Arbeiten?« sagte Maggie zu Mr. Martinelli, als ihr plötzlich bewußt wurde, wie still es draußen war. Connie begann, das Geschirr einzusammeln.

»Ich gehe jetzt«, sagte er. »Aber wir sehen uns noch.«

»Ich fahre nächste Woche ans Meer«, sagte Maggie feindselig, aber als sie den Kopf hob und ihm ins Gesicht sah, merkte sie, daß er mit ihrer Mutter gesprochen hatte.

»Ist das der, mit dem du tanzen gewesen bist?« wollte Maggie wissen, nachdem er durch die Hintertür verschwunden war, und Connie drehte sich um und fragte: »Wer hat dir das erzählt?«

»Celeste.«

»Tante Celeste. Nein, das war sein Bruder. Joe war damals zu alt für mich. Vier Jahre älter.«

»Dann ist er aber ziemlich alt«, meinte Maggie.

Ihre Mutter ließ so etwas wie ein Schnauben hören und spülte weiter ihre Tassen ab. Joseph quäkte in seinem Laufstall auf der Terrasse, und Maggie ging zu ihm hinaus. »JoJo«, gurrte sie, »JoJo«, und das Baby griff nach ihren langen Haaren und steckte sie sich in den Mund. Sie setzte ihn sich auf die Hüfte und trug ihn hinein. »Er hat Hunger«, sagte sie, setzte ihn in seinen Hochstuhl – und dann sah sie, daß ihre Mutter über der Spüle würgte, holte eine Banane und begann, sie für das Baby in einer Schale zu zerdrücken. Nachdem Connie sich den Mund abgewaschen und abgetrocknet hatte, fragte Maggie: »Weiß Daddy Bescheid?«

Connie machte riesige Augen. »Worüber?« fragte sie.

»Daß du fahren lernst.«

»Ach so, das. Nein, ich glaube, ich werde ihn damit überraschen.«

Maggie, die immer noch Joseph fütterte, sah auf. »Na, das wird bestimmt eine Überraschung«, sagte sie. »Wann ziehen wir um?«

»Was?«

»Wann ziehen wir in das neue Haus?«

»Wir ziehen nicht um. Das hier ist unser Haus.« Connies Gesicht war ganz blaß, und sie hatte graue Ringe unter den Augen. »Ich weiß nicht, wie du darauf kommst, daß wir umziehen könnten.«

»Großpapa hat uns ein größeres Haus gekauft. Er hat dir die Schlüssel gegeben und alles. Er sagt, er hat einen Basketballreifen und ein kleines Zimmer über der Garage, das ich ganz für mich alleine haben kann.«

Connie trocknete sich die Hände an einem Geschirrtuch ab. »Auf wessen Seite stehst du?«

Maggie hatte das Gefühl, sie müßte sich auch gleich übergeben, und fragte sich, ob das an dem scharfen Essiggeruch lag, der über der Küche schwebte. »Ich wußte nicht, daß es verschiedene Seiten gibt«, sagte sie.

»Laß nur«, sagte Connie. »Ich hätte das nicht sagen sollen. Wir ziehen jedenfalls nicht um.«

»Bist du sicher?« fragte Maggie.

»Wir ziehen nicht um«, sagte Connie mit zitternder Stimme, nahm Joseph wieder aus seinem Stühlchen und brachte ihn auf die Veranda zurück.

Draußen auf der Veranda trat Celeste in die Sonne hinaus. Zwischen ihren blutrot lackierten Fingernägeln steckte eine strahlend weiße Pall Mall. Sie folgte Connie auf den Rasen hinaus, ein wenig staksig, weil ihre hohen Absätze im Boden versanken. Dort standen sie dann mit dem Rücken zu ihr, aber Maggie schnappte trotzdem ein paar Wortfetzen auf. Celeste legte den Kopf in den Nacken und entließ eine ganze Reihe von Rauchkringeln in die stehende Luft. Dann drehte sie sich plötzlich zu Connie um und sagte laut und vernehmlich: »Irgendwann müssen wir alle erwachsen werden, Con.«

»Und wann bist du damit an der Reihe?«

»Ich bin so erwachsen, wie ich überhaupt nur werden kann. Aber laß uns der Wahrheit doch ins Gesicht sehen: Du bist ein größeres Kind als ich, trotz Ehemann und der vier Kinder und trotz Haus. Du mußt langsam anfangen, dich wie die Mutter eines heranwachsenden Mädchens zu benehmen, und nicht immer nur in einer Traumwelt leben.«

»Ich bin nie ein Kind gewesen, Cece. Wie kommt das? Warum war ich nie ein Kind? Es ist ungerecht.«

»Das stimmt«, sagte Celeste. »Aber jetzt hast du gar keine Wahl, Schätzchen. Du mußt diese Familie zusammenhalten.«

»Ich dachte immer, der Mann wäre dazu da, die Familie zusammenzuhalten.«

Celeste blies noch mehr Kringel in die Luft. »Das einzige, was die Männer halten, ist ihr Ding, wenn sie pinkeln. Okay, tut mir leid«, fügte sie hinzu, als sie das Gesicht ihrer Cousine sah. »Aber manchmal glaube ich, du siehst dir zu viele Filme an. Deine Tochter braucht dich jetzt.«

»Sie mag mich nicht, Con.«

»Ach, hör doch auf«, sagte Celeste, warf ihre Zigarette ins Gras und trat sie mit der Schuhspitze aus. »Was gibt es da zu mögen? Du bist ihre Mutter. Hast du deine Mutter gemocht? Mag ich etwa meine Mutter? Du mußt ihr Dinge zeigen. Weißt du noch, wie die alte Rose mich geschlagen hat, als der Fluch der Frauen mich zum erstenmal erwischt hatte? Peng! ›Das ist eine alte italienische Sitte‹, hat sie gesagt. Ich hätte ihr danken sollen, daß sie mich auf Charlie vorbereitet.«

Connie antwortete nicht. Sie hatte die Arme um sich geschlungen, als wollte sie ihren Körper zusammenhalten. Maggie konnte den Bautrupp bei der Mittagspause sehen; die beiden Frauen winkten einmal kurz hinüber, und die Männer winkten zurück. Maggie trat von dem Fliegengitter zurück, weil sie Angst hatte, daß man sie sonst vielleicht sehen würde. Celeste legte Connie den Arm um die Schulter, und dann standen sie eine ziemlich lange Zeit so da: Celeste mit Connie im Arm, deren schwarzgelockter Kopf auf ihrer Schulter ruhte, und Maggie, die die weißen Stores unter den rosa Baumwollvorhängen ein wenig zur Seite hielt. Dann schrie einer der Arbeiter: »Zurück an die Arbeit, Männer!« und die beiden Frauen drehte sich um und gingen wieder ins Haus. Maggie sah, daß das Gesicht ihrer Mutter ganz naß war und die Nase ein wenig glänzte, und dann hörte sie sie ganz leise, mit brechender Stimme sagen: »Sie werden gewinnen, Cece. Ich fühle es. In zehn Jahren werde ich in einem ihrer Häuser wohnen, auf ihren Möbeln sitzen, ihre Kleider tragen, und meine Kinder werden ihre sein. Sie ist jetzt schon eine von ihnen.«

»Nun übertreib mal nicht, Schätzchen«, sagte Celeste. »Das paßt gar nicht zu dir. Bin ich nun deine Freundin oder nicht? Du hast wohl deine Tage, was? Wir beide hatten doch immer den gleichen Rhythmus.«

Maggie hörte ihre Mutter ein wenig zittrig und hoch lachen und sah, wie Celeste ihr über die Haare strich.

»Ich wünschte, es wäre so«, sagte Connie mit seltsam schriller Stimme.

»Ach du Scheiße«, sagte Celeste, blieb stehen und musterte ihre Cousine von oben bis unten. »Nicht schon wieder. Kannst du denn nicht zählen?« Maggie fragte sich, worüber sie eigentlich sprachen, und als sie so auf ihre Mutter hinuntersah, füllten sich ihre Augen mit Tränen, ohne daß es dafür einen anderen Grund gegeben hätte, als daß ihre Mutter eben auch weinte.

8

Am vierten Tag ihrer alljährlichen Fahrt an den Strand ließen die Scanlan-Frauen in Cap'n Jim's Restaurant ein Foto von sich machen. Schon bei der Ankunft war Maggie sicher gewesen, daß ihre Großmutter schwere Einwände gegen ihren Badeanzug haben und daß ihre Cousine Teresa sich einen so schlimmen Sonnenbrand holen würde, daß sie einen Monat lang nach Brandsalbe roch. Ebenso sicher hatte Maggie gewußt, daß sie am vierten Tag ihres Aufenthalts ein Bild von sich machen lassen würden, damit alle sehen konnten, was für eine wunderbar glückliche Familie sie waren und wieviel Spaß sie miteinander hatten.

Während der Fotograf sein Stativ aufstellte, sah Maggie sich um, um zu sehen, was er sehen würde: eine lachende Monica, deren Haar im Licht schimmerte; Teresa, die so alt wie Maggie war und blaßblaue Augen hatte, in einem etwas leeren Gesicht; und die Zwillinge, die, beide mit dem gleichen Rosaton auf Gesicht und Armen, selbstzufrieden auf ihre Krabbencocktails hinuntersahen. Mary Frances war zur Toilette verschwunden, um Lippenstift aufzulegen, der dann am Rand ihres Glases mit Whiskey Sour kleben bleiben würde. Das Bild würde fünf Dollar kosten, und wenn sie es nach Hause geschickt bekam, würde Mary Frances es in den Silberrahmen tun, in dem bisher noch das vom letzten Jahr steckte. Eines Tages hatte Maggie die samtbespannte Rückpappe herausgenommen und darunter eine Serie von sieben Bildern ihrer Gruppe gefunden. Auf dem ältesten war sie sechs Jahre alt und hatte die Lippen zu einem merkwürdigen Lächeln heruntergezogen, damit man nicht sah, daß ihre beiden Vorderzähne fehlten. Monica war auf diesem ersten Bild elf Jahre alt und sah zu Maggies großem Kummer ganz ähnlich aus wie sie selber heute, nur daß man bei ihr die Zahnspangen blitzen sah. Bei Monica sahen sogar Zahnspangen gut aus, als hätte sie Schmuck auf den Zähnen.

»Meinen Glückwunsch, Maggie«, sagte Monica gerade, während sie sich das Haarband an ihrem Mozartzopf neu festmachte. »Mein Vater sagt, daß deine Mutter wieder ein Baby bekommt.« Monica ließ das »wieder« lange, lange ausklingen.

»Na und?« sagte Maggie.

»Tatsächlich? Wann? Ooooh…«, sagte Teresa und pickte mit ihren kurzen, sommersprossigen Fingern die letzte Krabbe auf. »Ich hoffe, es wird diesmal ein Mädchen.«

Ihr Tisch stand genau an einem Spiegelglasfenster. Eigentlich war es gar kein Restaurant, sondern ein großer, breiter, rein nach zweckmäßigen Gesichtspunkten umgebauter Schleppkahn, der zwischen sechs und halb neun Uhr abends die Gäste an einem Pier in der Bucht von South Beach einsammelte und dann mit ihnen die Küste entlangschipperte, während das Essen serviert wurde. Jedes Jahr wieder ging Mary Frances mit den Mädchen zu Cap'n Jim's, weil sie meinte, daß es für sie mal etwas anderes war, und jedes Jahr wieder spielten sie ihr freudige Begeisterung vor, weil sie wiederum dachten, es sei Mary Frances' Lieblingsrestaurant. Dabei konnte Mary Frances nach den über die Jahre unzähligen fleischlosen Freitagmahlzeiten keinen Fisch mehr sehen, und den Seegang vertrug sie sowieso nicht. Also aß sie nur wenig und trank dafür um so mehr. Maggie ging es in diesem Punkt genauso. Sie trank bei diesen Gelegenheiten jedesmal so viel Brause, daß sie mindestens zweimal zur Toiletten gehen mußte. Wenn sie zog, fragte sie sich dann immer, was wohl jetzt passieren würde, so weit weg vom Festland.

»Worüber kichert ihr denn«, fragte Mary Frances aufgeräumt, als sie wieder an den Tisch kam, obwohl Teresa die einzige war, die kicherte. Mary Frances setzte sich in die Mitte zwischen Monica und Maggie, und der Fotograf fummelte an den Einstellungen an seiner Kamera herum. »Was für eine hübsche Gruppe«, sagte er, Mary Frances lachte, es machte klick. »Lauter Schwestern, nehme ich an«, sagte er, und Mary Frances lachte, und es klickte wieder. Es war derselbe Fotograf wie immer, mit Kapitänsmütze und Zigarre im Mundwinkel. Er sagte jedes Jahr die gleichen Sätze.

Den Tag hatten sie am Strand verbracht, wo sie alle irgendwann am Nachmittag von der Brandung und der sengenden Sonne in den Schlaf gewiegt worden waren. Selbst Mary Frances in ihrem gemieteten Liegestuhl war schließlich die Zeitschrift in den Schoß gerutscht, ihr Mund hatte leise gurgelnde Laute von sich gegeben, und sie döste, bis sie plötzlich hochschreckte und etwas beschämt bemerkte: »Es ist aber auch warm.« Mary Frances fühlte sich in Gegenwart ihrer Enkelinnen nie so ganz wohl – sie war die Jüngste von neun Kindern gewesen und daran gewöhnt, selber die Kleine zu sein –, und weil sie sich das nicht anmerken lassen wollte, spielte sie die Rolle der Großmutter, wie sie sich selbst eine Großmutter vorstellte. Sie verlegte sich auf eine forsch-elegante Pose, die in großen Augen, einem süffisanten Lächeln und dem Spruch »also, Mädchen« bestand, und untermalte das Ganze durch eine leichte seitliche Neigung des Kopfes. Maggie hatte einmal einen Film mit Greer Garson gesehen und sich wirklich aufgeregt, wie Greer Garson dazu kam, ihre Großmutter zu imitieren. Erst vor ungefähr einem Jahr war ihr schließlich aufgegangen, daß Mary Frances das Nachäffen besorgte.

Maggie hatte am Strand Radio gehört und rücklings auf ihrem Handtuch gelegen. Die ungefilterte Sonne ließ die Luft ganz weiß erscheinen, und ihre Lippen schmeckten salzig vom Meer und von ihrem eigenen Schweiß. Überall um sie her waren Mädchen, die von Sonnenöl glänzten, ununterbrochen an ihren Haaren herumfingerten und mit den Augen den Horizont nach dem einen oder dem anderen Jungen absuchten, während ihre schlanken Taillen einen perfekten Kontrast zu Brust und Hüften bildeten.

Und natürlich gab es auch die kleineren Mädchen. So war Maggie vor einem Jahr auch noch gewesen: kreischig und quirlig, mit einem nassen weißen T-Shirt über dem Baumwollanzug, damit sie keinen Sonnenbrand bekam, und mit ihrem Eimerchen neben sich auf der Decke. Und dann gab es noch die mittelgroßen wie ihre Cousine Teresa, die immer noch im Ufersand nach Taschenkrebsen buddelte und ihren unförmigen Nylon-Einteiler trug, obwohl sie sich ein bißchen nach vorn beugen mußte, damit sich ihre Brustwarzen nicht unter dem marineblauen Stoff abzeichneten. Maggie fühlte sich, als würde sie nirgends hingehören, zu keiner von ihnen. »Dreht euch herum, dreht euch herum«, flötete der Ansager jeweils zur vollen Stunde, um seine Zuschauer anzuhalten, sich gleichmäßig zu bräunen, aber Maggie blieb trotzdem auf dem Rücken liegen, weil sie Angst hatte, daß sie ihr Oberteil einbeulen würde, wenn sie sich auf den Bauch legte.

Monica saß unter einem Sonnenschirm; sie hatte in *Seventeen* gelesen, daß man von zuviel Sonne Falten bekam, deshalb ließ sie sich nur eine Stunde pro Tag bräunen. Ab und zu stand sie auf, um am Strand entlangzuschlendern. Ihr durchbrochener rosa Badeanzug schmiegte sich eng an ihren Körper, und Maggie sah zu, wie sie am Rettungsturm stehenblieb, um sich mit den beiden jungen Männern zu unterhalten, deren mit Zinkoxid eingeschmierten Nasen wie zwei Leuchtzeichen am Horizont schwebten. Andere Jungen kamen dazu, und Monica schwirrte von einem zum anderen. Irgendwann kam sie dann wieder zurück und legte sich unter ihren Sonnenschirm.

Am Nachmittag, Maggie war gerade kurz davor, wegzudösen, sagte die Stimme im Radio: »Und jetzt haben wir hier eine ganz besondere Bitte von den Jungs im Sportclub am Fordham-College. Das nächste Lied ist für die schöne und unberührbare, die unglaubliche Helen. Bitte keine Nachnamen.« Dann wurde ein Lied gespielt, das Maggie nie zuvor gehört hatte. Es war von Johnny Mathis, der bei den hohen Noten immer seine Stimme kippen ließ. Als Monica zu ihrer Cousine hinübersah, starrte Monica mit zusammengekniffenen Augen aufs Meer hinaus. »Unberührbar, daß ich nicht lache«, grummelte sie.

»Was sagst du, Liebes?« fragte Mary Frances freundlich

»Nichts, Großmama«, sagte Monica. Dann stand sie langsam auf und ging wieder zum Rettungsturm.

Als Monica weg war, drehte Maggie sich ganz vorsichtig auf den Bauch. Eine Minute lang blieb sie flach liegen und spürte, wie sich der Sand unter ihrer Wange ganz sacht bewegte, dann stützte sie sich auf ihre Ellbogen und sah hinunter. Sie hatte es ja gewußt: Ihr konvexes Oberteil war jetzt konkav.

»Oooh«, stöhnte sie.

»Was ist, Liebes?«

»Nichts, Großmama«, sagte Maggie und drückte die Körbchen mit den Fingern wieder richtig herum.

»Dein Badeanzug gefällt mir, Maggie«, sagte Teresa kichernd. »Du siehst aus wie eine Cancantänzerin.«

»So etwas sagt man nicht, Liebes«, sagte Mary Frances.

Wenn sie nicht am Strand waren, schlenderten sie auf der Strandpromenade entlang, spielten Minigolf, wobei Mary Frances ihnen zusah, und aßen Steak und Hummer in Restaurants mit künstlichen Fischernetzen an den Wänden. Mary Frances erzählte jedes Jahr dieselben Geschichten, und inzwischen dachte Maggie, daß sie eigentlich ein trauriger Haufen waren, als gäbe es etwas, das Mary Frances nie ansprach und das irgendwie anders und dunkler war als diese netten kleinen Anekdoten.

Maggie wußte nicht viel über das Leben ihrer Großmutter, außer daß Mary Frances noch immer um Elizabeth Ann trauerte, das Baby, das gestorben war, und manchmal fragte Maggie sich, ob sie sich vielleicht gerade, wenn sie von ihren Enkelinnen umgeben war, an den Verlust erinnerte. Tante Margaret hatte Maggie erzählt, daß Mary Frances' Vater zwei Monate vor ihrer Geburt an Tuberkulose gestorben war und sie als kleines Mädchen gedacht hatte, ihr Name sei »posthumes Kind«, weil die Leute das immer von ihr sagten. Es war nicht anders zu erwarten gewesen, als daß sich Mary Frances zu den verwundbaren Kindern am meisten hingezogen fühlte. Maggie wußte, daß ihre Großmutter Tommy am liebsten mochte, und sie versuchte, nicht darüber nachzudenken, was das bedeutete für ihren Vater und für sie. Maggie wußte, daß ihre Großmutter sie auch liebte, obwohl alle anderen in der Familie glaubten, sie sei John Scanlans Liebling.

Als das Foto gemacht war, stieg vor den Fenstern von Cap'n Jim's der Vollmond auf, und während sie den Käsekuchen aßen, den es zum Nachtisch gab, sahen sie zum Mann im Mond hinauf. Das Schiff näherte sich wieder dem Pier, und die Mädchen sammelten ihre weißen Lacktäschchen ein und machten sich hinter ihrer Großmutter auf den Weg zum Ausgang. Die Pension, in der sie wohnten – die sie »beehrten«, wie Mary Frances sich ausdrückte, als müßte man ihnen irgendwie dankbar dafür sein –, lag gleich auf der anderen Straßenseite. Es war ein recht ansehnlicher, behäbiger weißer Bau mit weißen Kieselsteinen vor dem Haus, anstelle einer Rasenfläche, und dicken Geranientöpfen rechts und links des Weges zum Eingang. Abends saßen sie auf der Veranda, die an drei Seiten des Hauses entlang verlief, sahen aufs Meer hinaus und schaukelten in ihren Schaukelstühlen.

»Großmama, ich habe Bauchkrämpfe«, sagte Monica, als sie eine nach der anderen in ihren gelb-weißen Sommerkleidern mit den glänzend weißen Abendschuhen dazu die Straße überquerten. Wie eine Gänsefamilie, dachte Maggie. »Kann ich reingehen und mich hinlegen?«

»So genau brauchen wir es gar nicht zu wissen«, sagte Mary Frances. »Geh nur. Wir anderen bleiben hier draußen.«

Sie setzten sich mit den Gesichtern zum Meer. Um sie her wurde es langsam still. Die Ausflugsgäste hatten das Schiff verlassen, und nach und nach erstarben sämtliche Geräusche bis auf das rhythmische *Schsch-Schsch* der Brandung, das nur ab und zu durch ein schrilles Auflachen draußen am Strand unterbrochen wurde.

Maggie brütete über der Nachricht von dem neuen Baby, die im Grunde keine Überraschung für sie gewesen war, nachdem sie neulich bemerkt hatte, wie übel ihrer Mutter war. Eines der nachhaltigsten Bilder von ihrer Mutter war das einer Frau ohne Kopf, deren schmaler Oberkörper über den Ausguß gebeugt war, während sie erstickte Würgelaute von sich gab. So und nicht anders hatte sie lange Zeit an ihre Mutter gedacht, das heißt die wenigen Male, wo sie voneinander getrennt waren und sie überhaupt an sie dachte. Jetzt allerdings schob sich in ihrer Vorstellung unerwünschterweise manchmal ein anderes Bild davor: ihre Mutter mit einem Ausdruck wie auf ihrem Schulabschlußbild, mit leuchtendem Gesicht und gar nicht aussehend wie eine Mutter.

Maggie wußte, daß Mary Frances jetzt demnächst mit ihren Geschichten anfangen würde. Wenn sie am Strand waren, erzählte Mary Frances immer wieder gern, wie sie John Scanlan kennengelernt hatte. Sie war klein und hübsch gewesen, mit weichem braunen Haar und Haselnußaugen, und John Scanlan hatte auf sie heruntergeschaut und gesagt: »Du wirst mich heiraten, ob es dir gefällt oder nicht.« Es war ein Meilenstein in der Familiengeschichte. Die Episode enthielt alles, was sie alle gerne als die besondere Direktheit und Entschlossenheit der Scanlans betrachteten, Charakterzüge, die in Wirklichkeit nur zwei besaßen: John und Maggies Tante Margaret, Schwester im Orden des heiligen Johannes vom Kreuze. Inzwischen wußte Maggie, daß die Tatsache, daß ihr Großvater sich durchgesetzt hatte, ebensoviel über Mary Frances aussagte wie über ihn. In Wirklichkeit war es nämlich so gewesen, und Maggie konnte es immer noch in der Stimme ihrer Großmutter hören: Mary Frances hatte nicht gewußt, ob es ihr gefiel oder nicht. Sie wußte nicht einmal, ob *er* ihr gefiel. Sie wußte nur, daß John die Situation in die Hand genommen hatte, und das war's dann gewesen.

So war es seitdem immer gewesen. In den ersten zehn Jahren bekam sie acht Kinder, während ihr Mann ein großer, gefürchteter und von fast jedem, der ihm begegnete, umschmeichelter Mann wurde. Und irgendwie hatte sie über diese langen Jahre angefangen, ihn zu lieben. Maggie konnte sehen, wie sie darunter litt, daß John sie vor aller Welt als dumm und kindisch hinstellte, obwohl Connie einmal gesagt hatte, eben das gehöre ja zu den Gründen, warum er Mary Frances überhaupt geheiratet hatte. Er konnte sie für dumm verkaufen und herumkommandieren. Irgendwie machte die »Ob es dir gefällt oder nicht«-Geschichte Maggie jedesmal traurig.

»Erzähl von dem Rettungsschwimmer«, sagte Maggie mit einem Seitenblick auf ihre Großmutter, die unverwandt in die endlose Schwärze vor sich am Horizont starrte.

»Ach, die alte Geschichte«, sagte sie.

»Mir gefällt sie«, sagte Teresa.

»Nun, wie ihr ja alle wißt, bin ich keine sehr gute Schwimmerin«, begann Mary Frances, die ihre Enkelinnen nie etwas anderes im Badeanzug hatten tun sehen, als am Strand zu sitzen. »Ich war damals mit meiner Freundin Ruthie Corrigan hier, und wir wohnten im Alden, einer Pension ein kleines Stück weiter die Straße hinunter, ich glaube, sie nennt sich heute »Grande«. Wir hatten eins von diesen Giebelzimmern direkt unter dem Dach, wo gerade mal genug Platz war für zwei. Es kostete sieben Dollar die Woche, was euch heute vielleicht billig vorkommt, aber damals war das viel Geld, das kann ich euch versichern, besonders für mich. Wir waren zwar nicht wirklich arm, aber Geld zu verschenken hatten wir auch nicht.«

»Und ihr seid schwimmen gegangen«, soufflierte Maggie.

»Und wir sind schwimmen gegangen«, erzählte Mary Frances weiter. »Der Sog war so stark, daß man sich kaum aufrecht halten konnte. Ihr wißt, wie das ist. Er zog an unseren Füßen, aber Ruthie war kräftiger als ich, ein richtig kräftiges Mädchen mit schweren Knochen und großen Füßen, Schuhgröße 43, stellt euch bloß mal vor, und sie blieb mühelos stehen, während ich da draußen hin und her gespült wurde. Ich versuchte ja, ruhig zu bleiben, aber irgendwann sagte ich doch: ›Ruthie, ich ertrinke, laß uns beide noch einmal beten.‹ Und da schrie sie los, oh, wie sie schrie. Und bevor ich noch wußte, was los war, zog mich auch schon dieser junge Mann an den Haaren aus dem Wasser.«

Mary Frances hielt inne, um Atem zu holen; ihr Gesicht war so rosarot wie die Stickerei auf ihrem Taschentuch.

»Er sah sehr gut aus, wie Francis X. Bushman...«

»Wer ist Francis X. Bushman?« fragte Teresa, die ein Gedächtnis wie ein Sieb hatte, wie John Scanlan immer sagte.

»Still«, sagte Maggie. »Ein Schauspieler. Hör jetzt zu.«

»Er sah aus wie Francis X. Bushman«, wiederholte Mary Frances, »mit herrlich gewelltem Haar und wunderbaren Zähnen. Eigentlich war ich ganz in Ordnung, als er mich endlich am Strand hatte, nur ein wenig aus der Puste und verängstigt, aber Ruthie schrie immer noch wie am Spieß, so daß ich ihr schließlich sagen mußte, sie soll still sein, damit er mir seinen Namen sagen konnte. Er hieß Roderick. Ist das zu fassen? Roderick. Wie ein Herzog, sagte ich zu Ruthie. Und dann sagte er doch, wie wir da waren, am Strand: ›Darf ich Sie heute abend zum Essen ausführen?‹ Und ich versuchte immer noch, wieder zu Atem zu kommen, und nickte nur. ›Darf ich Sie ausführen?‹ Wie ein Herzog, habe ich zu Ruthie gesagt.«

»Aber du bist nicht hingegangen?« sagte Maggie.

»Nein, ich bin nicht hingegangen«, sagte Mary Frances mit einem leichten Schnalzen, weil ihr nach den vielen Whiskey Sours der Mund trocken war. »An dem Nachmittag lernte ich euren Großvater kennen. Und das war's.«

Maggie wartete.

»Er hat mich einfach umgeworfen«, sagte Mary Frances mit einem Seufzer.

Plötzlich schien es um sie her so still, daß ihnen das Rauschen des Ozeans richtig laut vorkam. »Ich muß mal«, sagte eine der Zwillinge leise, als wäre sie ein Kleinkind, dem man dabei helfen mußte. »Dann geh doch, Liebes«, sagte Mary Frances ungeduldig. »So was muß man doch nicht ankündigen.«

»Großmama, darf ich am Strand spazierengehen?« fragte Maggie, als ihre Cousine davonschlich.

»Mit Strümpfen?«

»Ich habe heute abend keine angehabt.«

»Wenn ich das gewußt hätte. Ich hätte dich gleich wieder hochgeschickt. Na gut, dann geh ruhig.«

Maggie gab Teresa ihre weißen Lackschuhe und rannte die Treppen hinunter. Die Straße zwischen der Pension und dem Strand lag völlig leer da, und der Sand fühlte sich erstaunlich kühl an. Es war so dunkel, daß Maggie erst wußte, daß sie das Meer erreicht hatte, als ihr die Wellen um die Füße spülten. Als sie zum Mond hinaufsah, merkte sie, daß er sich hinter einer Wolke versteckt haben mußte, und sie fragte sich, ob es wohl bald regnen würde und was sie dann wohl tun würden, alle miteinander am Strand an einem Regentag. Von einer Seite hörte sie ein seltsames, surrendes Geräusch und erkannte ganz schwach durch das Dunkel hindurch die Silhouette eines Wellenreiters. Sie ging in die andere Richtung.

Es war angenehm, so allein am Strand entlangzulaufen. Dieses einsame, leere Gefühl im Bauch, das ihr im täglichen Leben – im Schwimmbad, beim Softballspielen, wenn sie mit ihren Brüdern zusammen war – so deplaziert vorkam, schien am Strand gerade passend. Lange ging sie immer so vor sich hin und drehte dann an einer der Steinmolen um und machte sich auf den Rückweg, immer mit den Augen nach den Lichtern der Pension hinter den Dünen Ausschau haltend. Als sie dann schon in einiger Entfernung in Sicht kamen, begann sie, auf den Strand hinaufzulaufen.

Sie war vielleicht noch einen Block vom Haus entfernt, da

stolperte sie im Dunkeln beinahe über eine nacktes Pärchen, das auf einer Decke lag. Sie zuckte zurück, blinzelte und erkannte schließlich in der Dunkelheit die runden Pobacken eines Jungen und die lächerlich um seine Füße heruntergerutschten Hosen. »O Gott«, sagte er immer und immer wieder und bewegte sich auf und ab. »O Gott.« Unter ihm lag ein Mädchen und starrte in den dunklen Himmel hinauf, anscheinend ins Leere. Das Weiße in ihren Augen war trotz der Dunkelheit zu sehen. Dann merkte Maggie, daß das Mädchen sie anstarrte und daß es ihre Cousine Monica war, die da so ausdruckslos vor sich hin starrte und deren Fingernägel auf der Schulter des Jungen kurz aufflackerten, als der Mond für einen Moment hinter den Wolken hervortrat. »O Gott«, stöhnte er wieder, und Maggie lief weg und rannte über den Sand auf den Durchlaß in der Düne zu.

Sie rannte und rannte, über die Straße und auf die Veranda der Pension hinauf; dort blieb sie ein paar Minuten sitzen, die Arme um die Knie geschlungen, bevor sie in das Zimmer hinaufging, das sie mit Monica teilte. In einem der beiden Betten schien jemand zu liegen, aber Maggie wußte ja nun, daß es nur kunstvoll aufgehäufte Kissen waren. Sie zog ihr eigenes Kissen hervor, drehte sich zur Seite, und als sie eine Stunde später Schritte hörte, tat sie so, als schliefe sie schon. Die ganze Nacht über fragte sie sich, was sie tun sollte, aber dieses Problem wurde ihr abgenommen, als sie und Monica am nächsten Morgen ein paar Schritte hinter ihrer Großmutter nebeneinander her zum Strand gingen. Monica bedachte sie mit einem ungerührten Blick, der dem von letzter Nacht ganz ähnlich war, und sagte leise: »Wer sollte dir das glauben? Großmama sagt, du hättest zuviel Phantasie.« Dann beschleunigte sie ihren Schritt und lief plaudernd neben Mary Frances her, während ihre sorgfältig eingecremten Schenkel in der Sonne glänzten.

Maggie zuckelte hinterher, und deshalb erreichte sie Mrs. Polisky als erste, als sie hochroten Kopfes hinter ihnen hergeschnauft kam: »Sag deiner Großmutter, ihr müßt reinkommen«, schnaufte sie. »Ihr müßt nach Hause fahren. Deinem Großvater ist etwas zugestoßen.«

9

John Scanlan lag in seinem Krankenhausbett, und die linke Seite seines Gesichtes sah aus, als wolle sie in seine Schulter zerfließen. Am Kinn entlang zog sich ein dicker Faden Spucke. »Wischen Sie ihm den Mund ab«, sagte Mark zu einer der Schwestern, aber kaum hatte sie es getan, begann der Sabber schon wieder herunterzulaufen.

Abgesehen davon, daß die Familie außer Mary Frances die Intensivstation nicht betreten durfte – eine Vorschrift, gegen die Onkel James gerade anzugehen versuchte – sondern hinter einer Glasscheibe bleiben mußte, fand Maggie, daß das alles aussah wie eine der Sterbeszenen der englischen Königsfamilie in ihrem Buch über Königin Viktoria. Ihr Großvater sah nicht tot aus; er sah zerstört aus, so, als müßte er von Kopf bis Fuß erneuert werden, um auch nur annähernd wieder dem Menschen zu gleichen, der er vorher gewesen war. Neben seinem Bett saß Mary Frances, streichelte seine Hand und umklammerte den Plastikschlauch am Tropf.

»Wird er sterben?« fragte Maggie, die als einziges der Enkelkinder geblieben war, nachdem man die Zwillinge nach Hause geschickt und Teresa mit einem hysterischen Anfall in die Cafereria verfrachtet hatte. Monica war mit einigen der Tanten im Wartezimmer zurückgeblieben, wo sie eine alte *Vogue* durchblätterte.

»Was soll das denn für eine Frage sein«, gab Mark zurück. »Himmel noch mal, natürlich nicht.«

Maggie bemerkte, daß der Schlauch, der unter der Bettdecke hervorkam und seitlich am Bett heruntergeführt wurde, hellgelb war, und ihr wurde jetzt doch ein wenig übel. Sie war erst zweimal zuvor im Krankenhaus gewesen, einmal, als ihr

Knie genäht werden mußte, und einmal, um ihre Mutter zu besuchen, als Joseph geboren wurde und ihr Vater sie am Schwesternzimmer vorbeigeschmuggelt hatte, aber das war ganz anders gewesen. Es roch sogar anders. Auch jetzt wieder hing der Geruch von Desinfektionsmittel in der Luft, aber er wurde von dem von Gummi und schmutziger Kleidung übertönt. Sie ging hinaus in den Aufenthaltsbereich, wo ihr Vater gerade am öffentlichen Fernsprecher stand.

»Hast du sie gefunden?« fragte Maggie.

»Kümmer dich um deine eigenen Angelegenheiten«, sagte Tommy Scanlan und warf noch eine Münze ein.

»Maggie, Liebchen, hast du irgendeine Idee, wo deine Mutter sein könnte?« fragte Tante Cass.

»Zu Hause.«

»Nein, da ist sie nicht.«

»Bei Celeste?«

»Deine Brüder sind bei ihr, Gottseidank, aber Celeste weiß auch nicht, wo deine Mutter hingegangen ist.«

Tommy schmiß den Hörer auf und schimpfte: »Sie kann noch nicht mal Auto fahren, Himmel noch mal. Und sie haßt den Zug. Wo ist sie?«

»Hast du bei Opa angerufen?« fragte Maggie, die beschloß, daß es wahrscheinlich nicht der richtige Augenblick war, um zu erwähnen, daß ihre Mutter vielleicht doch fahren konnte.

»Er hat gesagt, er würde sie finden. Wie will er sie finden? Angelo Mazza hat vielleicht mal bei einer Beerdigung den Blumenwagen lenken müssen, aber näher ist er dem Autofahren im ganzen Leben nicht gekommen.«

»Vielleicht besucht sie ja eine Freundin in der Nachbarschaft«, sagte Tante Cass.

»Sie hat keine Freundinnen«, sagte Tommy, und Maggie zuckte zusammen. »Sie hat Celeste«, sagte sie leise.

Maggie ging wieder hinein und starrte durch die Glasabschirmung. Von hier aus sah man auf ihren Großvater wie auf die Babys in der Säuglingsstation. Ab und zu bewegte sich der

Mund ihrer Großmutter, aber es drang kein Laut durch die dicke Scheibe, die von einem engen Drahtgitter durchzogen war.

Ihre Tante Margaret fummelte an den dicken schwarzen Perlen des Rosenkranzes herum, der immer an ihrer Taille hing, aber Maggie hätte nicht sagen können, ob es nun eine Geste der Demut oder der reinen Nervosität war. Maggie lehnte sich gegen sie, was sie bei keiner anderen Nonne getan hätte und übrigens auch nicht bei irgendeiner anderen von ihren Tanten. »Ach, mein Spätzchen«, sagte Tante Margaret und nahm sie fest um die Taille, »das Leben ist hart, nicht? Weißt du, was einmal jemand gesagt hat? ›Das Leben ist eine Komödie für die Denkenden und eine Tragödie für die, die fühlen.‹« Margaret drückte sie noch einmal, und Maggie spürte, wie ihr die Tränen hochkamen, als würden sie von der warmen Hand ihrer Tante hervorgepreßt.

»Ich weiß nicht, wie irgend jemand je auf die Idee kommen könnte, das hier sei eine Komödie«, sagte Maggie.

Ihre Tante holte zwei Butterkaramellbonbons aus einer ihrer scheinbar bodenlosen Nonnentaschen, gab Maggie eines davon ab und steckte das andere sich selber in den Mund. Maggie dachte sich, daß ihre Tante nett sein wollte, aber sie wußte aus Erfahrung, daß Tante Margaret in Streßsituationen immer gern auf Süßigkeiten zurückgriff. Einmal hatte sie Maggie erzählt, daß sie immer Zitronendrops lutschte, wenn sie Arithmetik unterrichten mußte. Es war ihr schlechtestes Fach.

Maggie konnte ihren Vater draußen im Wartezimmer fluchen hören. »Für eine gläubige Familie führen wir den Namen des Herrn wirklich ziemlich oft lästerlich im Munde«, sagte ihre Tante.

»Glaubst du, daß Großpapa sterben wird?«

»Es sieht nicht gut aus, nicht wahr, mein Schätzchen? Ich weiß es nicht. Viele Leute haben einen Schlaganfall und sterben nicht daran. Aber dann sind sie gelähmt oder können nicht sprechen oder sonst irgendwas in der Art.«

»Großvater würde es hassen, ganz bestimmt«, sagte Maggie, und jetzt spürte sie diesen Druck hinter Nase und Augen, der ankündigte, daß sie vielleicht bald weinen mußte.

»Ich weiß«, sagte ihre Tante und ließ das hölzerne Kruzifix, das an ihrem Rosenkranz baumelte, immer wieder durch die Hände gleiten.

»Glaubst du, das Kruzifix ist zu groß«, fragte Mark plötzlich seine Schwester.

»Was?«

»Das Kruzifix. Wir haben darüber nachgedacht, ob wir es kleiner machen sollten. Ich finde es zu groß. Am liebsten würde ich auch die Christusfigur verschwinden lassen und einfach nur das schlichte Holzkreuz behalten, das würde irgendwie dem Zweiten Vatikanischen Konzil viel eher entsprechen. Aber Dad sagt, er glaubt, die Nonnen würden das nicht mitmachen. Wenn wir die Kreuze nur halb so groß machen würden, könnten wir die Herstellungskosten um einiges senken.«

»Mark, findest du wirklich, daß wir uns jetzt, in dieser Situation, über so etwas unterhalten müssen?« fragte seine Schwester und musterte ihn durchdringend mit ihren großen, blauen, irischen Augen. Sie waren fast so dunkelblau wie die Uniformen an der Klosterschule. Sie hatte ihr »Mein Gott, Jungens«-Gesicht aufgesetzt, wie Maggies Vater es immer nannte, und Maggie fand, daß sie sehr jung und hübsch aussah.

Ihr Onkel Mark sagte bei jeder Gelegenheit, es wäre ein Jammer, daß Margaret ins Kloster gegangen war. Während einer ihrer religiösen Phasen hatte Maggie sich einmal sehr ernst bei ihrer Tante erkundigt, woran sie denn gemerkt hätte, daß sie zum Dienst an Gott berufen war. »Eine sehr schwierige Frage«, hatte ihre Tante erwidert. Aber Maggie hatte ihren Vater sagen hören, daß das mit der göttlichen Berufung reiner Blödsinn wäre und daß Margaret, als er seine Schwester einmal gefragt hatte, warum sie unbedingt ihr Leben zerstören wollte, ein wenig traurig geantwortet hätte: »Es ist ruhig, und sie schicken mich aufs College.«

»Also war dein Vater daran schuld«, hatte Connie gesagt, und Tommy hatte seufzend geantwortet: »Ja, Concetta. Die Sintflut, die sieben Plagen Ägyptens, der Zweite Weltkrieg, daß meine Schwester den Schleier genommen hat, an all dem ist nur John Scanlan schuld.«

Maggie wußte noch, daß sie nicht ganz sicher gewesen war, ob ihr Vater nun Spaß gemacht hatte oder nicht.

Die Tür zum Krankenzimmer öffnete sich, und Onkel James in seinem weißen Kittel kam herein. »Sie lassen nur Mutter und mich zu ihm«, sagte er hörbar gereizt. »Der Direktor hat gesagt, es wäre ihm auch egal, wenn wir Kennedy hießen.«

»Laß das bloß Daddy nicht hören«, sagte Margaret. »Er bekommt sofort gleich noch einen Schlaganfall.«

»Das finde ich nicht lustig, Schwester«, sagte James, der Margaret schon »Schwester« genannt hatte, als sie noch gar nicht ins Kloster gegangen war. »Dies ist ein ernster Moment.«

Wieder öffnete sich die Tür, und Connie schlüpfte herein. Sie war in Shorts und Turnschuhen und schien außer Atem zu sein. Die Neonlampen an der Decke ließen ihre Haut milchigblau und ungesund erscheinen; als Maggie sich umschaute, merkte sie erst, daß sie alle so aussahen, abgesehen von Onkel Mark, der seine Bräune beim Golfspielen zu züchten pflegte und auch jetzt nur zu einem hellen Kaffeebraun erblaßt war. »Hallo, Con«, sagte Margaret. Sie mochte ihre Schwägerin.

»O Gott«, sagte Connie, als ihr Blick auf die Gestalt hinter der Glasscheibe fiel.

»Wo bist du gewesen? Dein Mann hat sich schier zu Tode geängstigt«, sagte Onkel James und stemmte die Hände auf seine schmalen Hüften.

»Wird er sich wieder erholen?« fragte Connie mit der Nase an der Scheibe, und nur für einen ganz kurzen Moment dachte Maggie, sie meinte Tommy. Jetzt hatte Mary Frances Connie entdeckt und winkte schwach herüber. Maggie bemerkte, daß ihre Großmutter, die doch Haltung zu ihrer Lebensaufgabe gemacht hatte, jetzt zusammengesackt auf ihrem Stuhl saß. Das und die klägliche kleine Geste mit den Fingern zu der Schwiegertochter, die sie doch scheinbar am wenigsten mochte, und dann noch die Hilflosigkeit von John Scanlan da neben ihr im Bett, ließen Mary Frances ganz plötzlich alt erscheinen. Und machtlos.

Maggie hatte die Heimfahrt vom Strand damit verbracht, Monica auf dem Sitz vor ihr anzustarren und nach etwas zu suchen, nach irgend etwas – einem blauen Fleck, einem Schatten unter ihren weiten, bernsteinfarbenen Augen, einem Ausdruck im Gesicht –, irgendeinem Beweis für das, was sie in der letzten Nacht am Strand gesehen hatte. Sie fragte sich schon, ob ihr Leben vielleicht eine Wendung zum Schlechten genommen hatte und sie so müde machen würde, daß sie kaum mehr laufen konnte, genau wie heute.

»Es ist in der Nacht passiert«, sagte Margaret zu Connie. »Er hat James angerufen, aber James konnte seine Stimme nicht erkennen.«

»Ich dachte, es wäre ein obszöner Anruf«, warf James ein. »Alles, was ich hören konnte, war Keuchen und Gestöhne.«

»O mein Gott«, sagte Connie.

Tommy trat hinter seiner Frau ins Zimmer. Er ergriff sie bei den Schultern, als wollte er sie hochheben, und drehte sie zu sich herum. »Wo zum Teufel bist du gewesen?« fragte er, und seine Augen blitzten vor Wut. »Alle waren hier. Nur du nicht. Du warst wie vom Erdboden verschwunden.« Er sprach so laut, daß Mary Frances sich zu ihnen umdrehte. »Er hätte sterben können. Wo zum Teufel warst du?«

»Tom«, sagte Connie und versuchte sich loszumachen.

»Wo warst du? Ich habe Angst um dich gehabt.«

»Hör auf damit.«

»Sag's mir.«

»Ich bin spazieren gewesen.«

»Spazieren? Zeig mir irgend jemanden in unserer Nachbarschaft, der spazieren geht. Kein Mensch. Nicht einmal die Leute, die Hunde haben, gehen spazieren.«

»Ich wollte allein sein.«

»Du bist dein ganzes Leben lang allein gewesen. Und jetzt ganz plötzlich *möchtest* du es auch sein? Na, dann bitte.« Er ließ sie los, daß sie nach hinten stolperte und gegen Maggie fiel. Connie blickte auf ihre Tochter hinunter, als sähe sie sie zum ersten Mal. »Du bist wieder da«, sagte sie, und da begann Maggie zu weinen.

»Hör auf damit, Tom«, sagte Margaret und beugte sich vor, um Maggie mit ihren schwarzen Gabardin-Armen zu umfangen.

»Sie sollte nicht hier drin sein«, sagte Connie. Dann nahm sie Maggie bei der Hand, wandte sich von ihrem Mann ab und ging zur Tür. »Das hier ist kein Ort für Kinder.«

»Wo sollte sie sonst sein?« sagte Tommy. »Da drinnen stirbt ihr Großvater.«

Inzwischen strömten Maggie die Tränen nur so übers Gesicht und liefen ihr naß in den Kragen ihres Baumwollhemdes. Sie warf noch einen Blick durch die Glasscheibe und erkannte, daß ihr Vater recht hatte. Mary Frances starrte sie alle mit tellergroßen Augen an, aber Maggie konnte nicht erkennen, ob die stumme Szene von Wut und Trauer daran schuld war, die sie vor sich sah, oder eine andere stumme Szene, die sich nur in ihrem Kopf abspielte.

»Schick Maggie nach draußen zu Monica«, sagte Onkel James.

»Nein«, sagte Maggie. »Ich will hierbleiben.«

Connie gab die Hand ihrer Tochter frei und ließ sich auf einen Stuhl sinken.

»Ach, zum Teufel damit«, sagte Tommy, und jetzt waren aller Zorn und Ärger aus seiner Stimme verschwunden, und er lehnte den Kopf an die Glasscheibe und fing an zu weinen. Maggie konnte sehen, wie Mary Frances' Mund drinnen immer wieder das Wort »Tom« formte, aber man hörte nichts außer Tommys Schluchzen. Schließlich ging Connie zu ihm hinüber und legte sanft die Hand auf seinen Arm.

»Geh nach Hause, Concetta«, sagte er mit gepreßter Stimme, und dann rückte er von ihr ab.

10

»Und, wie rieche ich?« fragte Debbie.

Die Grillen draußen machten einen solchen Lärm, daß es sich wie Baumaschinen anhörte; die Luft war schwer von Hitze und dem Parfum, das die beiden Mädchen aufgelegt hatten, bevor sie das Haus der Malones verließen. Debbie hatte nur das *Chanel No. 5* ihrer Mutter finden können, eine noch ganz volle Flasche, die Mrs. Malone zu Weihnachten geschenkt bekommen und nie benutzt hatte. Maggie fand, sie roch wie eine Großmutter auf dem Weg zur Kirche. Maggie selber hatte sich aus einem Probefläschchen, das ihrer Tante Celeste gehörte, mit *Tabu* eingenebelt. Immer wenn sie sich bewegte, mußte sie an Monica denken und an die weiß leuchtenden Hinterbacken am Strand, und dann wurde ihr gleichzeitig heiß und kalt, als hätte sie die Grippe.

»Du riechst raffiniert«, sagte Maggie und sah sofort an dem Ausdruck in Debbies Gesicht mit den Sommersprossen auf der Stupsnase, daß sie genau das richtige gesagt hatte.

Die Neubausiedlung hinter Maggies Haus war im Nu aus dem Nichts gewachsen, schneller, als sich die Kotzanfälle von Maggies Mutter in ein neues Baby verwandeln konnten. Die Gerüste der Häuser waren weit über die Wiesen verteilt und reichten bis an den Wald am Ende ihrer Straße. Der Bautrupp hatte die Grundrisse für mindestens zwei Dutzend Häuser festgelegt, rote Schlammstraßen in die graubraune Erde gefurcht und überall ganze Paletten mit Badewannen und Heißwasserboilern abgesetzt. Der Lärm war jetzt nicht mehr ohrenbetäubend – alle Fundamente waren bereits ausgehoben –, aber dafür war er hartnäckig und lästig wie die kleinen runden Mückenschwärme spätnachmittags hinter dem Haus.

Den Kindern war das Spielen auf der Baustelle streng verboten, weshalb hier nach Einbruch der Dunkelheit natürlich mehr los war als in der ganzen übrigen Nachbarschaft zusammengenommen. Sobald sie zu Abend gegessen hatten und das Gehämmer und die Unterhaltungen tiefer Stimmen erstorben waren, schlichen sich alle von sechs an aufwärts die Straße hinunter in den Wald und machten sich dann von dort aus zu den skelettartigen Gebilden auf, spielten Fangen, sahen durch Dächer, die noch nicht mehr waren als ein Balken alle sechzig Zentimeter, zu den Sternen hinauf und saßen auf dem kühlen Beton im Keller und schnippten sich gegenseitig verbogene Nägel vor die Füße. Zum erstenmal in ihrem Leben bewegten sie sich in Häusern, die ihnen ganz alleine gehörten.

In der ersten Nacht, nachdem Maggie vom Meer zurückgekommen war, hatte Debbie sie zu einem Haus am Rand der Neubausiedlung mitgenommen. Es gab eine Aussparung für ein Panoramafenster von der Küche in den Vorgarten. Noch war keine Scheibe darin, und die Glühwürmchen und die Mükken flogen ab und zu eine Runde durch die Zimmer und dann wieder raus. Die Tiere, die in den Wiesen gelebt hatten, die Kaninchen und Feldmäuse und der eine oder andere Waschbär, der gelegentlich die Mülltonnen durchstöberte, hatten sich an die Ränder zurückgezogen, wo die Bagger noch nicht hingekommen waren, nur um dann in Käfigen davongetragen zu werden, nachdem jemand den Tierschutzverein alarmiert hatte. Die Schmetterlinge waren noch da, aber auch die schienen nur auf der Durchreise, setzten sich auf einen Haufen Schindeln, um gleich wieder davonzuflattern. Nur das Flüßchen floß unverändert schmal und träge durch Kenwood hindurch bis in die nächste Stadt und suchte sich seinen Weg zwischen den Brückenpfeilern am Bahndamm. Jahrelang waren Debbie und Maggie an seinen Ufern entlangspaziert, hatten mit den blaugrau schimmernden Lehmhaufen am Wasser gespielt, Steine aufgehoben, die Panzerkrebse geschnappt, die Schlamm und Wasser spritzend in allen Richtungen davonstoben, und nach Wassermolchen gesucht, die man in Marmeladengläser setzen und beobachten konnte, wie sie sich mit ihren Saugnäpfen am Glas festhielten.

Als sie so mit gekreuzten Beinen im großen Schlafzimmer saßen, kam ihnen das Haus wie ein Puppenhaus ohne Möbel vor. Der gelbe Sommermond schien durch das Viereck herein, wo später einmal das Fenster sein würde. Sie warteten auf die Jungen – den berüchtigten Richard Joseph und Bruce Stroud, der Richard überallhin folgte wie der kleine Robin seinem Freund Batman. Auf ihren knochigen Knien balancierten sie eine Alphabettafel, und zwischen ihnen lag eine Taschenlampe, deren Lichtkegel den kleinen Tisch von unten her beleuchtete und dessen herzförmigen Schatten auf das Sägemehl und die Nägel fallen ließ, die überall auf dem Sperrholz verstreut waren. Es roch nach Weihnachtsbäumen.

»Wie heißt der Mann, den ich heiraten werde?« fragte Maggie mit raunender Stimme, und Debbie kicherte. Tief in ihrem Herzen wußte Maggie genau, daß die Tafel nur funktionierte, wenn sie jemand anschubste, obwohl sie bei Parties steif und fest behauptete, sie glaube an ihre Zauberkraft. Jetzt fragte sie sich, warum offenbar keine von ihnen beiden die Tafel herumschieben wollte, um den Namen eines imaginären zukünftigen Ehemannes zusammenzubuchstabieren.

»Vielleicht heiratest du ja nicht«, sagte Debbie schließlich. Maggie nahm die Hände hoch und fragte dann, was die Zukunft ihren Eltern bringen würde. »Blöde Frage«, sagte Debbie, rümpfte die Nase und zog ihre Hände weg. »Wer interessiert sich denn für die Zukunft von Eltern?«

»Ich interessiere mich zum Beispiel für die Zukunft deiner Eltern. Ich mag deine Eltern«, sagte Maggie.

»Ich finde sie ja auch ganz in Ordnung«, meinte Debbie, »aber irgendwie ist für die doch schon alles geregelt. Sie kennen ihre Zukunft, sie wissen, mit wem sie verheiratet sind, wie viele Kinder sie haben werden, was sie an ihrem Abschlußball anhatten. Irgendwie ist es mit denen gelaufen.«

»Es könnte doch was passieren.«

»Zum Beispiel?« sagte Debbie, und das klang so skeptisch, daß Maggie es nicht über sich brachte, zu sagen: Und wenn sie anfangen, sich zu hassen? Was, wenn einer von ihnen sich in jemand anderen verliebt? Wenn sie nie mehr miteinander – oder mit dir – reden würden? Debbies Leben kam Maggie so einfach vor. Wie sollte sie ihrer Freundin klarmachen, daß sie und ihre Mutter nicht einmal zu derselben Familie gehörten?

Eine Minute lang sagten sie gar nichts, das ferne Murmeln von Fernsehgeräten kam über das Baugelände zu ihnen herübergeweht – und dann sagte Debbie: »Kommst du morgen mit zu Bridget? Sie hat ein eigenes Telefon.«

Bridget Hearn war vierzehn und wohnte gleich neben den Malones. In den ersten Ferienwochen hatte sie sich sporadisch mit Debbie abgegeben, weil ihre eigene beste Freundin bis zum Labor Day an der Küste war, und weil sie eine Gelegenheit suchte, durch Helens Schubladen zu schnüffeln.

»Nein.«

»Neulich hat sie Richard angerufen und gefragt, ob er Eisbeine hat.«

Maggie stöhnte. »Der Gag funktioniert doch nur, wenn man bei einem Schlachter anruft.«

»Nein, nein. Wart doch erst mal ab. Rat mal, was er gesagt hat. Also, sie fragt: ›Entschuldigung, haben Sie vielleicht Eisbeine?‹ Und Richard sagt: ›Manchmal schon, aber ich hab' auch schöne warme Strümpfe.‹ Er hat total klasse reagiert, obwohl er doch vorher gar nicht wußte, daß sie anrufen würde.«

»Sie ist blöd«, sagte Maggie. »Sie interessiert sich nur für Jungs und Klamotten. Und für Helen.«

»Ihre Eltern gehen abends oft aus«, sagte Debbie. »Neulich waren Richard und Bruce bis um Mitternacht bei ihr. Mit Richard ist sie eine Stunde lang in den Keller gegangen, und Bruce mußte alleine oben sitzen und fernsehen.«

»Und?«

»Woher soll ich das wissen? Mir hat sie das doch nicht erzählt.« In der Stille konnten sie ganz in der Nähe jemanden lachen hören. Schließlich sagte Debbie: »Sie hat gesagt, Richard wollte ihr einen Zungenkuß geben.«

»Und?« fragte Maggie.

»Sie hat gesagt, sie hätte ihn nicht gelassen.«

»Die lügt doch«, sagte Maggie, deren Eltern ihr den Umgang mit Bridget Hearn verboten hatten, nachdem ihnen eines Tages bei der Messe an Bridgets Hals ein Pflaster aufgefallen war, das nur unvollständig einen dicken Knutschfleck verdeckte. Maggie mußte wieder an Monica denken. »Glaubst du, Helen hat es schon mal gemacht?« fragte sie.

»Meine Güte, Mag, bist du verrückt? Sie ist doch nicht verheiratet.«

»Na und? Auch Leute, die nicht verheiratet sind, tun es wahrscheinlich ab und zu.«

»Genau, und dann geht's ihnen wie dem Mädchen vor zwei Jahren, wie hieß die noch mal? Die, die ins Heim mußte, und dann sind ihre Eltern weggezogen? Vergiß es.«

»Vielleicht ist es besser, als wir denken. Unsere Eltern tun es.«

»Die müssen ja auch.«

»Vielleicht wollen sie selber«, sagte Maggie.

»Du spinnst«, sagte Debbie und knipste die Taschenlampe aus. Maggie legte die Hände wieder auf die Alphabettafel. »Laß uns fragen, ob ich wirklich umziehen werde«, sagte sie.

»Hat das nicht dein Großvater gesagt, daß ihr umzieht?« Debbie zupfte angelegentlich an einer Schorfstelle an ihrem Knie herum.

»Er hat ein Haus für uns gekauft, aber meine Mutter sagt, wir ziehen da nicht ein. Mein Vater hat auch nein gesagt. Wie auch immer, jetzt ist mein Großvater krank.«

»Krank oder nicht krank, wenn dein Großvater euch ein Haus gekauft hat, dann zieht ihr auch um«, sagte Debbie.

Maggie fragte sich, warum alle Welt plötzlich so ungeheuer selbstsicher zu sein schien, und nur sie hatte das Gefühl, ständig die falschen Antworten zu geben und eine merkwürdige Situation nach der anderen zu erleben. Als sie am Morgen an die Krankenhausszene in der vergangenen Nacht dachte, hatte sie überlegt, ob sie auf den Friedhof zu ihrem Großvater Mazza gehen sollte. Aber dann dachte sie an ihr Werkzeug und ihr Stoffstück und stellte fest, daß sie einer anderen Person zu gehören schienen, mit der sie früher mal befreundet gewesen war, die aber nicht mehr hier wohnte oder auf eine andere Schule ging. Heute morgen hatte sie sich selbst auf ihren altvertrauten Kenwooder Straßen nicht so richtig wohl gefühlt. Das Wummern der Bulldozer hatte die Luft erfüllt, und die alte Bordsteinkante, auf der sie und Debbie mit neun ihre Initialen hinterlassen hatten, als der Zement noch weich gewesen war, war unter den schweren Rädern der Lastwagen, die zwischen den Häusern rangierten, zu kleinen Steinchen zerbröselt worden. Als sie schließlich bei den Malones eintraf, hatte die Eingangstür offengestanden, als wäre das Haus aufgegeben worden.

Unterwegs, während sie so mit den Turnschuhen über den Zement schlurfte, hatte sie über den vergangenen Sommer nachgedacht, als Debbie und sie in Schlafsäcken im Garten der Malones gelegen und sich alles aufgezählt hatten, woran sie nicht mehr glaubten. Sie waren sich einig, daß sie nicht mehr daran glaubten, daß man jemandem den Bandwurm herauslocken konnte, wenn man ihm ein Milky Way vor den offenen Mund hielt. Sie glaubten auch nicht mehr, daß jemand, der vier Kinder hatte, es viermal gemacht haben mußte. (»Oder jemand mit sechs Kindern sechsmal«, hatte Maggie noch hinzugefügt, weil sie nicht wollte, daß ihre Eltern als die einzigen Sexbesessenen von ganz Kenwood dastanden.) Sie glaubten nicht mehr, daß das Paradies im Himmel war oder daß Nonnen einen Stoppelschnitt hatten. (Maggie hatte eines Tages im Bad bei ihren Großeltern das Haar von Tante Margaret gesehen.)

An diese Nacht mußte Maggie denken, als sie sich in der Hitze voranschleppte, denn inzwischen war sie nicht mehr sicher, woran sie überhaupt noch glaubte. Sie hatte von dem Zimmer im Krankenhaus geträumt, und die Schläuche hatten sich überall um das Bett geschlungen wie die Dornenhecke in Dornröschen. Im Traum hatte Monica dort gelegen statt John Scanlan, und ihre Augen starrten. Sie sah aus wie tot, aber sie lächelte. Als Maggie aus ihrem Traum erwachte, war das Licht, das durch die Baumwollvorhänge fiel, noch ziemlich schwach, und sie fragte sich, was davon sie geträumt, was im Fernsehen gesehen und was in einem Buch gelesen hatte. Sie wußte, daß es den Streit zwischen ihren Eltern wirklich gegeben hatte, weil sie sich noch daran erinnerte, wie gut es sich anfühlte, die Hand ihrer Mutter zu halten, und wie lange es ihr vorgekommen war, seit sie das das letzte Mal gemacht hatte. Sie erinnerte sich noch an die Angst und Enttäuschung, als Connie sie wieder weggenommen hatte.

Als sie aber darüber nachdachte, ob sie Debbie alles erzählen sollte – von ihrer Cousine, die im Mondschein am Strand unter einem Jungen lag, von ihrem sabbernden Großvater in seinem Krankenbett, wie ihre Mutter verschwunden war und ihr Vater die Trennscheibe im Wartezimmer angeschluchzt hatte, so daß sie beschlug –, wußte sie nicht, wie sie es so hätte erzählen können, daß es auch nur annähernd in das Leben zu passen schien, daß sie bisher geführt hatten. Und sie weigerte sich, eine andere Art von Leben in Betracht zu ziehen, in dem andauernd etwas schiefging, kein Teil zum anderen gehörte und die Leute sämtliche Grenzen übertraten, oder eher niedertrampelten, von denen sie eine gewisse Ordnung für ihr tägliches Leben erwartete. Sie fragte sich, wieviel von dem, was sie empfand, nur in ihrer Phantasie existierte. Sie starrte auf dem Weg zu den Malones zur Sonne hinauf, als wollte sie alles ausbrennen, was sich in ihrem Kopf befand, und sie fragte sich, ob nicht vielleicht, wie ihr Großvater Scanlan manchmal sagte, ihre »Phantasie mit ihr durchging«.

Aber als sie dann bei den Malones die offene Haustür sah, wußte sie, daß auch an dem einzigen Ort auf der Welt, von dem sie erwartet hatte, daß er immer gleich verläßlich bleiben würde, der Irrsinn eingekehrt war. Mitten in der Eingangshalle, wo man darüber stolpern und sich ein Bein brechen konnte, wenn man nicht vorsichtig war, standen zwei hellblaue Samsonites und eine Bücherkiste.

Maggie warf einen Blick hinein: Obenauf lagen *Sturmhöhe* von Emily Brontë und ein Buch mit dem Titel *Der Prophet,* von dem sie noch nie etwas gehört hatte. Die Koffer rochen nach frischem Kunststoff. Auf den Nummernschlössern waren die Initialen HAM eingraviert. Jeder andere als Helen Malone hätte sich mit diesen Anfangsbuchstaben lächerlich gemacht, aber sie schien es nicht einmal zu merken. Debbies Initialen waren DAM, worauf sie ziemlich stolz war. Mrs. Malone hatte soviel zu tun. Da konnte sie sich nicht auch noch viele Gedanken darüber machen, was für Mittelnamen sie ihren Kindern geben sollte. Also bekamen die Mädchen alle Ann und die Jungs Robert.

Maggie stand mehrere Minuten lang allein in der Halle herum und fragte sich, ob sie vielleicht wie sonst auch ums Haus gehen sollte, als plötzlich Mrs. Malone die Treppe heruntergelaufen kam. Ihr Gesicht sah im Mondlicht ganz farblos aus, und sie bewegte sich so schnell, daß ihr dicker Bauch wie ein abgetrennter Körperteil vor ihr auf und ab und hin und her wippte. Als sie die Koffer sah, runzelte sie verärgert die Stirn. »Das Schlimmste ist«, grummelte sie, »daß ich ihr diese verdammten Koffer auch noch selber zum Schulabschluß geschenkt habe.« Dann bemerkte sie Maggie. »Schon wieder zurück?« fragte sie. »Miss Debbie ist oben. Frag sie mal, ob sie nicht vielleicht heute nachmittag nach Paris fliegt.«

»Helen zieht aus«, sagte Debbie, kaum daß Maggie die Tür zu ihrem Zimmer geöffnet hatte.

Maggie hatte, während sie an der See war, die beiden denkwürdigsten Tage in der gesamten Geschichte der Malones verpaßt. Am Montag Nachmittag hatte Helen, ein gestreiftes Handtuch um den Hals drapiert, Mrs. Malone auf dem Heimweg vom Kenwoodie Club darüber informiert, daß sie sich eine Wohnung gemietet hatte. Kein Mensch hatte Mrs. Malone je für dumm gehalten, aber sie hatte volle fünf Minuten gebraucht, bis sie begriff, was Helen meinte.

Es stellte sich heraus, daß Helen in einem Sonderkurs über englische Literatur im Frühjahr am Fordham-College eine Studentin kennengelernt hatte, die ein Apartment in Manhattan, ganz in der Nähe der Columbia University, bewohnte. Das Mädchen hatte Helen eines der Schlafzimmer angeboten, wenn sie die Hälfte der Miete übernahm. Helen hatte ihr Sparkonto geräumt und ihre Sachen zusammengepackt, bevor noch jemand begriff, was da vor sich ging; in ihrem Schrank hingen nur noch die Schuluniform vom Herz Jesu und das getupfte Mousselinkleid, daß sie vor drei Wochen zu ihrer Abschlußfeier getragen hatte. Aggie hatte sie ihren Schmuckkasten gegeben und Debbie ihr Wörterbuch.

»Ich wollte eigentlich den Bikini, aber sie hat nur darüber gelacht«, sagte Debbie.

Mrs. Malone war völlig ausgerastet. Zwei Tage lang hatte sie lautstark bis spät in die Nacht in der Küche herumgepoltert und zum Beispiel den Eisschrank abgetaut. Dabei knallten ihre Latschen auf den Fußboden, als wollte sie ihn verprügeln. Selbst jetzt noch konnte Maggie heraushören, wie sie unten tobte. Sie hielt einen Vortrag darüber, daß manche Leute einfach nicht wußten, wie gut es ihnen ging. Sie würden es eben auf die harte Tour lernen müssen. Für Mr. Malone hatte sich die Sache noch dadurch verkompliziert, daß das andere Mädchen die Tochter eines Richters war, mit dem er schon lange ins Gespräch kommen wollte. Die beiden Männer hatten sich in der Wohnung getroffen, hatten Wasserhähne auf- und zugedreht, um den Wasserdruck zu prüfen, ein ernstes Wort mit dem Hausmeister geredet und sich geeinigt, daß sie dem Blödsinn so lange zusehen würden, bis die Mädchen kein Geld mehr hatten, womit ihrer Meinung nach so ungefähr zu Weihnachten zu rechnen war.

»Sie kommt«, sagte Debbie plötzlich und brach mitten in der Beschreibung ab, die sie Maggie von den Ereignissen der letzten Tage lieferte, und sie hörten Schritte von Helens Zimmer her den Gang entlangkommen. Die beiden Mädchen folgten ihr lautlos und bohrten mit den Blicken Löcher in ihren Rükken, während sie die Treppe hinuntertrabte. Mrs. Malone stand, die Hände in die Hüften gestemmt, neben den Koffern in der Halle.

»Hast du meine blaue Bluse genommen?« fragte sie.

Maggie stand oben auf der Treppe und hörte Helen lachen. Hinter Helen konnte sie durch die offene Tür das Sonnenlicht sehen. An der Bordsteinkante stand ein himmelblauer Wagen. Helen legte den Arm um ihre Mutter. Sie war viel größer als Mrs. Malone.

»Deine blaue Bluse hängt sicher oben im ersten Stock. Und ich werde in der 113. Straße auch sicher sein. Bald komme ich mal wieder nach Hause, und ich rufe jeden Tag an.«

»Ich will gar nicht jeden Tag mit dir reden.«

Helen lachte wieder. »Ich weiß«, sagte sie, »aber ich tu's trotzdem.« Als sie jetzt zum Treppenabsatz hinaufsah, leuchtete ihr Gesicht so rosa, als wäre sie gerade gerannt.

»Schon wieder zurück?« sagte sie zu Maggie. »Was war los? Ist Monica ertrunken?«

»Leider nicht«, sagte Maggie.

»Kommt mich mal besuchen«, sagte Helen, und Maggie fragte sich, ob sie das wohl ernst meinte. »Dann bringe ich euch beiden das Rauchen bei.« Mrs. Malone knuffte Helen an der Schulter, und dann mußte sie selber lachen. Maggie sah, daß beide, Mutter und Tochter, Tränen in den Augen hatten.

»Ach, du«, sagte Mrs. Malone.

Von dem Wagen am Bordstein ertönte ein doppeltes Hupen, und Helen nahm ihre Koffer auf. »Debbie, kannst du die Kiste nehmen?« rief sie, und Debbie segelte vor Maggies Augen nach unten mitten in die Aufregung hinein. Als Helen auf die Tür zuzugehen begann, drehte Mrs. Malone sich um und verschwand mit gesenktem Kopf in der Küche. Debbie war schon zur Tür hinaus.

Im Eingang sah Helen sich noch einmal um. Die Sonne umspielte ihr schwarzes Haar. »Ich habe etwas für dich in meiner obersten Schublade gelassen«, sagte sie zu Maggie, und dann war sie verschwunden.

Maggie rannte wieder die Treppe hinauf in Helens Zimmer am Ende des Ganges. Helen hatte A BIENTOT auf ihre Tafel geschrieben, was auf Französisch irgendwas bedeutete, das wußte Maggie. Das Bett war abgezogen, und die Schreibtischplatte, auf der immer ein großes Durcheinander von Armbändern, Postkarten und Haarschleifen geherrscht hatte, war blankgefegt.

Maggie machte die oberste Schublade auf. Da lag der Bikini aus Kalifornien. Sie hielt ihn vors Gesicht und atmete den scharfen Chlorgeruch ein. Die Farbe war verblaßt und der Bügel in einem der Körbchen etwas verbogen. Maggie fühlte die ganze Schublade ab, um sicherzugehen, daß Helen nicht vielleicht etwas anderes gemeint hatte, aber außer dem Bikini war nichts darin gewesen. Dann hörte sie, wie die Haustür ins Schloß fiel und dann Schritte die Treppe heraufkamen, und ohne nachzudenken, glitt sie in Debbies Zimmer und stopfte den Bikini ganz unten in ihre Strandtasche.

Sie mußte an etwas denken, das Helen einmal über Maggie und Debbie gesagt hatte, die schon seit der ersten Klasse befreundet waren, obwohl Maggie nachdenklich und ernst und fleißig war, während Debbie in ihrer eigenen Familie oft »das Spatzenhirn« genannt wurde: »Debbie mag Maggie, weil Maggie ihr das Gefühl gibt, etwas Besonderes zu sein, und Maggie mag Debbie, weil sie sich in ihrer Gegenwart normal fühlen kann.«

Sie hatte noch den ganzen Tag darüber nachgedacht, und jetzt, wo sie mit Debbie auf der Baustelle saß und auf die Jungen wartete, ging es ihr wieder unaufhörlich durch den Kopf: Debbie normal, Maggie was Besonderes.

Sie seufzte tief.

Maggie haßte die Luft zu dieser Jahreszeit, diese stickig-schwere Juliluft, die sich einem wie Wolle um den Kopf legte und die Ohren verstopfte und einem das Atmen schwer machte. Ihre Haare lagen ihr im Rücken wie nasse Wäsche. Am Nachmittag hatte sie einen Kranz aus Kleeblättern gemacht und vergessen, ihn wieder vom Kopf zu nehmen. Inzwischen waren die Pflanzen längst braun und vertrocknet. Debbie trug einen etwas seltsamen Pagenschnitt. Jeden Abend rollte sie die Haarspitzen auf rosa Wickler, so daß sich ihre Haare morgens wie Kommas nach innen bogen, was allerdings nicht bis zum Abend hielt.

»Also, so stelle ich mir Helens Tagesablauf vor«, sagte Maggie. »Sie ruft ein paar Jungs an und sagt: ›Komm rüber, wir sehen zusammen fern. Wenn du mir gefällst, darfst du bleiben. Wenn nicht, schmeiß ich dich raus. Das ist meine Wohnung, und hier bestimme ich. Du bist nicht mit mir verheiratet, und ich tue, was ich will.«

Debbie sah nicht besonders überzeugt aus. »Ich glaube, daß nicht einmal Helen Richard rausschmeißen würde«, sagte sie.

Richard Joseph war der coolste Junge in ganz Kenwood. Jeder sagte das. Er war erst vierzehn, und trotzdem interessierten sich auch die sechzehnjährigen Mädchen für ihn. Er war groß, hatte blondes Haar und blaue Augen, Härchen auf dem Handrücken und ein Lächeln, das ganz langsam in den Mundwinkeln begann und sich dann erst in die Mitte ausbreitete.

»Keine Ahnung, wie Mary Joseph zu diesem Jungen mit seinen Schlafzimmeraugen gekommen ist«, hatte Mrs. Malone einmal über ihn gesagt.

Richard Joseph spielte Gitarre in einer Vorstadtband und hatte einem ganzen Tisch voller Mütter vom Zehnmeterbrett im Kenwoodie-Club seinen blanken Hintern präsentiert und dann auch noch dem Manager eingeredet, ihm sei das Badehosengummi gerissen. Und einmal, während der Weihnachtsferien, hatte er Maggie auf einer Party zum Tanzen aufgefordert.

Sie war das jüngste Mädchen, um das er sich je gekümmert hatte, und viele der anderen Mädchen am Herz Jesu meinten, daß er es nur getan hatte, um sie in Verlegenheit zu bringen.

Maggie glaubte das auch. Sie wußte nicht, was sie von diesem Abend erwarten sollte. Irgendwie war es etwas ganz anderes, sich hier im ersten Stock alleine mit Jungs zu treffen, als wenn man sie im Schwimmbad sah oder bei irgend jemandem zu Hause im Wohnzimmer. Debbie hatte ihrem Vater gesagt, sie sei bei Maggie, und Maggie hatte einen Zettel geschrieben, daß sie bei den Malones sei.

»Sie kommen«, sagte Debbie leise, was völlig überflüssig war, weil die Jungs, wenn auch nicht sehr melodisch, dafür aber um so lauter, »She Loves You« grölten, daß auch der letzte Halbton wie ein Trompetenstoß durch die Nacht tönte. Maggie sah, wie in einem Haus gar nicht weit von ihrem eigenen das Licht anging.

»Ssssch«, zischte Debbie, die sich von einem Schwall *Chanel No. 5* umgeben aus dem Fenster lehnte. »Yeah, yeah, yeah«, sangen die beiden Jungen, schlugen die Hände vor ihren Shorts auf und ab, als würden sie Gitarre spielen, und achteten gar nicht auf sie. Eine Minute später erschienen ihre Köpfe oben auf der Leiter, die die Bauarbeiter angenagelt hatten, bis sie die richtige Treppe einsetzen konnten. »Cool«, sagte Richard, dessen helles, gewelltes Haar selbst im Dunkeln leuchtete. »Wirklich cool«, sagte Bruce, Richards Dauerbewunderer, ein dünner Junge mit stoppeligem hellen Haar und staksigen Beinen, der Maggie immer an die Bilder von ihrem Vater, als er etwa so alt war, erinnerte.

»Wir können ziemlichen Ärger kriegen, wenn sie uns hier erwischen«, sagte Maggie.

»Also weißt du, du hörst dich an wie eine Nonne«, sagte Richard. »Mein Gott, alle sind hier draußen. Die Kelly-Zwillinge sind da drüben mit ein paar Mädchen vom Herz Jesu, die Kathy oder Kelly heißen oder so…«

»Die beiden Kathys«, sagte Debbie. »Stark. Sie machen alles

zusammen. Die lassen sich sogar einen gemeinsamen Termin geben, wenn sie sich die Haare schneiden lassen.«

»Machen die Kellys auch«, meinte Richard.

»Stimmt«, sagte Bruce, aber es schien niemand auf ihn zu hören.

»Alle kommen jetzt hierher. Wartet erst mal, bis sie das Wasser anschließen«, schob Richard nach. »Dann komme ich hier raus zum Duschen.«

»Stark«, sagte Debbie.

»Mein Dad sagt, daß sie wohl bald eine Wache anstellen müssen«, sagte Maggie.

»Ich mag deinen Dad«, sagte Richard. »Netter Kerl. Hast du den mal auf den Korb werfen sehen? Der kann unheimlich gut Basketball spielen.«

»Ich mag deine Mutter, Maggie«, sagte Bruce.

»Flotter Käfer«, sagte Richard.

»Ihre Mutter?« sagte Debbie. »Bist du noch ganz bei Trost? Ihre *Mutter?*«

»Monica auch«, sagte Richard. »Die ist auch ein flotter Käfer. Mein Bruder kennt ihren Freund.«

»Sie hat einen Freund hier in der Gegend?« fragte Maggie.

»Wieso ›hier in der Gegend‹?« wollte Richard wissen. »Wo sollte sie ihn denn sonst haben? Ich glaube, er heißt Donald, aber alle nennen ihn Duck. Er geht mit meinem Bruder aufs College.«

Maggie ließ sich an der Wand runtergleiten, bis sie mit den Knien vor der Nase dasaß. Richard kam herüber und setzte sich neben sie. »Eben haben deine Eltern bei euch im Wohnzimmer getanzt.«

»Du hast ins Fenster gelinst?« fragte Maggie. Sie wußte nicht, warum, aber es machte sie wütend und auch ängstlich. Wer wußte schon, was Richard gesehen oder gehört hatte.

»Ich linse nicht, ich gucke«, sagte Richard und legte Maggie den Arm um die Schulter, als wollte er sie wegen irgendwas trösten. »Ich gucke immer in die Fenster.«

»Das stimmt«, sagte Bruce und warf einen traurigen Blick auf den Arm dort im halbdunklen Mondlicht.

»Tolles Parfum«, sagte Richard.

»Ich kann es einfach nicht glauben, daß du in unsere Fenster gelinst hast«, sagte Maggie, machte sich aus seinem Arm frei, stand auf und begann die Leiter hinunterzuklettern. Sie dachte, sie ginge, weil ihre Privatsphäre verletzt worden war, aber in Wirklichkeit wußte sie, daß es einen ganz anderen, tieferen Grund dafür gab, den sie sich nicht erklären konnte.

»Heh«, sagte Richard.

»Mein Gott, Maggie«, sagte Debbie. Sie lehnte sich aus dem Fenster und sah ihre Freundin gerade aus der Haustür kommen. »Maggie«, sagte sie noch einmal, aber sie bekam keine Antwort.

»Maggie«, rief Bruce und polterte die Stufen hinab.

»Ach, vergiß es«, sagte Richard. »Ich laufe der doch nicht hinterher.« Aber Bruce's Kopf war schon verschwunden.

»Neulich erst hat Bridget Hearn gesagt, daß Maggie sich manchmal wirklich seltsam aufführt«, sagte Debbie.

Maggie hörte Bruce hinter ihr ihren Namen rufen, während sie über Erdklumpen und Schutt stolperte. Sie ging mit gesenktem Kopf und wäre zweimal beinahe gefallen, als sie um den Kellerschacht eines Hauses herumlavierte. »Maggie«, hörte sie ihn wieder hinter sich. »He, Maggie. Halt doch mal an.« Als sie zu einem großen Balkenstapel gelangte, setzte sie sich hin und stützte das Kinn auf die Hände. Den Kopf hielt sie gesenkt, weil sie wußte, daß sie Tränen in den Augen hatte.

Bruce kam heran und setzte sich neben sie, aber nicht zu nahe. Eine Minute lang ließ er seine Fingergelenke knacken, dann sagte er schließlich mit etwas zittriger Stimme: »Er hat es nicht wirklich getan. Ich meine das In-die-Fenster-Sehen. Nicht wirklich. Er sagt ständig so was, damit die Leute ihn für cool halten.«

Maggie sah auf. Sie wußte sofort, daß Bruce log, weil er nett sein wollte.

»Ist schon in Ordnung«, sagte sie. »Ich weiß auch nicht, warum ich das getan habe. Irgendwie ist alles so durcheinander. Ich kann es nicht richtig erklären.«

»Das ist schon okay«, sagte Bruce. »Manchmal fühle ich mich genauso.«

»Echt?«

»Klar.«

»Ich habe mich bis vor kurzem nie so gefühlt. Und jetzt kommt es mir so vor, als wäre alles völlig irre.«

»Ich weiß«, sagte Bruce. Er fing wieder mit den Fingern zu knacken an. »Richard mag dich«, sagte er endlich. »Er hat mir gesagt, daß er dich wirklich mag. Er hat gesagt, du würdest mal ein flotter Käfer werden.«

»Ganz genau«, sagte Maggie sarkastisch.

»Warum bist du mit Debbie befreundet?« fragte Bruce, und Maggie mußte wieder an Helen denken. Neben Bruce konnte Richard sich normal vorkommen, und Richard gab Bruce das Gefühl, etwas Besonderes zu sein. Vielleicht war das der Schlüssel jeder Freundschaft.

»Sie ist es eben«, sagte Maggie.

Bruce lächelte. Im schwachen Licht der Straßenlaternen eine Straße weiter konnte Maggie sehen, daß er Haare an den Beinen hatte. Wie sie ihn so betrachtete, sah er vor sich in den Dreck und nahm dann einen alten Nagel auf und schnippte ihn nach vorne ins Dunkle.

Dann nahm er einen anderen, der sich silbrig von seiner gebräunten Haut absetzte, und rollte ihn hin und her. Wortlos gab Bruce ihr den Nagel. »Sieht hübsch aus«, sagte er nach einer Weile.

»Was?«

Er zeigte auf ihren Kopf, und Maggie faßte sich an die Haare und merkte, daß sie immer noch den Kleeblattkranz aufhatte. Sie begann ihn herunterzuziehen. »Laß ihn dran«, sagte Bruce. »Es sieht so hübsch aus. Meine Mutter hat auch immer solche Dinger gemacht, als meine Schwester noch klein war.«

Maggie ließ wieder den Kopf hängen. Bruce' Mutter war gestorben, als sie in der fünften Klasse gewesen waren. Sie fühlte sich ganz scheußlich, weil ihr jetzt plötzlich aufging, warum Bruce denken mußte, daß die Welt aus den Fugen geraten war. »Wer kocht bei euch zu Hause?« fragte sie plötzlich, obwohl sie das gar nicht hatte sagen wollen.

»Die Haushälterin«, sagte Bruce. »Wenn sie das Abendessen fertig hat, geht sie nach Hause. Eine besonders gute Köchin ist sie nicht gerade. Macht ziemlich oft Hamburger.«

»Ich weiß nicht, warum ich dich das gefragt habe.«

»Das ist schon okay. Die Leute fragen mich immer solche Sachen. Ich glaube, sie können sich nicht vorstellen, wie das ist, wenn man eine Familie hat, die nicht so ist wie alle anderen.«

»Ich kann es mir vorstellen«, sagte Maggie und hatte schon wieder das Gefühl, als wären ihr diese Worte nur so entschlüpft.

»Wieso? Du hast doch die normalste Familie von der Welt. Wie würdest du dir denn vorkommen, wenn du genau wüßtest, daß jedesmal, wenn du in die Kirche gehst, alle mit dem Finger auf dich zeigen und sagen: ›Das sind die, bei denen die Mutter gestorben ist.‹«

Maggie wußte nicht, was sie sagen sollte. Bruce hob schon wieder einen Nagel auf. Maggie dachte, daß sie noch nie eine Unterhaltung mit so vielen Pausen geführt hatte, außer denen mit ihrem Großvater Mazza natürlich. Schließlich räusperte sich Bruce und sagte: »Ich weiß noch, wie du zur Beerdigung von meiner Mutter gekommen bist. Du hattest ein schwarzes Kleid an mit einem roten Band am Kragen. Und du hast eine Karte geschickt. Das war wirklich nett.«

»Die ganze Klasse hat Blumen geschickt.«

»Ich weiß. Das war auch nett. Ich fand es nur schrecklich, wie sie mich alle angestarrt haben, als ich dann wieder in die Schule kam. Als wäre ich krank oder so was.«

Sie saßen lange so da. In der dunklen Nacht war selbst das

kleinste Geräusch deutlich zu hören. Dann schnüffelte Maggie plötzlich.

»Sie rauchen«, sagte Bruce. »Richard hat seiner Mutter eine Packung Salem geklaut.«

Von irgendwoher in dem Neubau kam ein komisches klikkendes Geräusch, dann ein leiser Aufschrei. Maggie sah, wie Debbie den Kopf aus dem Fenster streckte. »Kommt her«, zischte sie.

»Laß mich in Ruhe«, sagte Maggie, und ihre Stimme klang laut durch die stille Nacht.

»Es ist wichtig«, sagte Debbie, und dann leuchtete es hinter ihr plötzlich hellorange auf, wie wenn am Morgen die Sonne über dem Strand aufgeht.

»Oh, verdammt«, sagte Bruce.

»Was ist denn?«

Ohne ein Wort zog er sie auf die Füße, und dann rannten sie über die Wiese und sprangen über die größeren Erdklumpen einfach hinweg. Maggie geriet ein wenig ins Stolpern. Sie wußte, daß sie sich jetzt auf den Weg konzentrieren sollte, aber sie konnte an nichts anderes denken, als daß er ihre Hand hielt.

In dem Nebenhaus roch es strenger nach Rauch, und durch die freie Stelle am Kopf der Leiter schimmerte es hell. Sie stürzten hinauf. In einer Ecke brannte ein Haufen Pappkartons lustig vor sich hin; die Flammen leckten schon an der Wand hoch und schwärzten die Deckenbalken ein. Ein Windhauch schien die Glut mittendrin zu erfassen, und sie stieg höher, und Maggie konnte in dem orange gefärbten Licht Debbies glasige Augen sehen und daß Richard ganz leise lächelte und sich mit seinen langen Fingern durch die Haare fuhr.

»Heiliger Strohsack«, flüsterte Bruce.

»Ich hole Wasser«, sagte Maggie, aber Richard griff nach ihrem Arm und hielt sie fest, mit dem Gesicht zum Feuer.

»Sei nicht blöd«, sagte er.

»Ihr seid verrückt«, sagte Maggie. »Ihr seid wirklich verrückt.«

»Ihr seid verrückt«, äffte Richard sie mit schriller Stimme nach und verdrehte ihr ein wenig den Arm.

»Wir brennen alles ab«, flüsterte Debbie, aber noch wie sie das sagte, begannen die Flammen in sich zusammenzusacken, die Kartons stürzten zu einem Häuflein rosiggrauer Asche ein. Das Holz war schwarz ausgehöhlt, wo es von Feuer zerfressen worden war. Die vier standen glotzend davor, bis nur noch eine große graue Rauchwolke übrig war.

»Verdammt«, sagte Richard. »Das Holz muß feucht sein.«

»Du hast das mit Absicht gemacht?« fragte Maggie.

»War das nicht cool?« sagte Debbie. »Du hättest es mal zu Anfang sehen müssen. Es ist hochgezischt wie eine Welle. Wir hätten uns fast die Haare verbrannt.«

»Feuerzeugbenzin«, sagte Richard.

»Du hättest das ganze Haus niederbrennen können«, sagte Maggie.

»Himmel noch mal«, sagte Richard, »bist du immer so? Das ist kein Haus. Hier lebt niemand. Keiner wurde verletzt. Willst du nicht auch mal irgendwas anstellen? Kannst du nicht mal ein bißchen Aufregung vertragen?« Richard drehte ihr den Arm noch ein bißchen mehr nach hinten. »Bei mir kannst du kostenlosen Unterricht nehmen.«

Debbie kicherte.

»Ihr seid alle verrückt«, sagte Maggie. Sie machte sich wieder auf den Weg die Leiter hinunter. »Mein Gott, ist die immer so?« hörte sie Richard noch einmal sagen.

»Ich bringe dich nach Hause«, sagte Bruce, der hinter ihr hergekommen war.

»Ich weiß schon selber, wie ich nach Hause komme.«

»Ich möchte es gern.« Wortlos und ohne sich umzudrehen, gingen sie nebeneinanderher. Dann sagte Maggie schließlich: »Ich wünschte, ich könnte verstehen, was in den Leuten vor sich geht.«

»Bei ihm ist das doch leicht. Er langweilt sich.«

»Das kann doch nicht der einzige Grund sein, so komische

Dinge zu tun. Da muß einfach noch irgend etwas anderes dahinterstecken.«

»Wenn du mich fragst, nicht.«

Maggie konnte den Nagel in ihrer Shortstasche spüren. Sie gingen schweigen nebeneinanderher, bis sie hinter dem Haus angekommen waren, und dann lief Maggie vor und quer über den Rasen. Sie meinte noch, daß er ihr ein leises »Tschüß« hinterherrief, dann hörte man nichts mehr außer den Grillen. Als sie dann aber oben in ihrem Zimmer angekommen war, sah sie, bevor sie das Licht anmachte, noch einmal hinaus und entdeckte Bruce noch immer am Rande des Gartens. Sie dachte, daß er sie auch gesehen hätte, denn sobald sie am Fenster erschienen war, hatte er auf dem Absatz kehrtgemacht und war mit gesenktem Kopf auf die Baustelle zurückgegangen.

Ihre Zimmertür ging auf, und ihre Mutter stand im Türrahmen. Das Flurlicht fiel durch die blassen Falten ihres Nylonnachthemds, und Maggie wandte den Blick ab.

»Ich dachte, du bleibst über Nacht bei den Malones«, sagte Connie.

»Ich hab's mir anders überlegt.«

»Ich konnte deine Stimme draußen hören«, sagte Connie, immer noch im Halbdunkel. »Warst du mit einem Jungen da draußen?«

»Ich habe mit einem Jungen gesprochen, den ich ganz gut kenne. Bruce.«

»Ist das nicht der arme Junge, dem die Mutter gestorben ist?«

Maggie zuckte zusammen. Dann fügte Connie hinzu: »Bist du nicht ein bißchen jung, um dich nachts mit Jungen herumzutreiben?«

»Wie alt muß man sein, damit man alt genug ist, um sich nachts mit Jungen herumzutreiben?«

Connie zuckte die Achseln. Sie sah müde aus. Die Linien, die von ihrer Nase zu den Mundwinkeln liefen, schienen tiefer zu sein als sonst. »Ich weiß nicht. Ich frage dich.«

»Frag nicht mich. Du bist die Mutter.«

»Dann glaube ich, daß du zu jung dafür bist.«

»Ich werde älter«, sagte Maggie, die am liebsten noch viel mehr gesagt hätte. »Viel älter.« Sie hatte erwartet, daß ihre Mutter fragen würde, was sie denn damit meinte, aber statt dessen seufzte sie nur. »Ja«, sagte Connie, »ich weiß.« Sie schnüffelte, und Maggie fürchtete schon, daß sie den Rauch riechen konnte, bevor sie merkte, daß es das *Tabu* sein mußte. Connie knipste die Nachttischlampe an und bedachte Maggie mit einem traurigen Blick. Dann lächelte sie. »Hübsch«, sagte sie und zeigte auf Maggies Kopf.

Maggie nahm die vertrocknete Kleeblattkette ab und ließ sie in der Hand baumeln. »Wo hast du die her?« fragte Connie.

»Selbstgemacht«, sagte Maggie. »Ist ganz einfach. Man bindet sie nur aneinander. Mrs. Malone hat uns das beigebracht. Kannst du das nicht auch?«

Connie schüttelte den Kopf.

»Hat dir das deine Mutter denn nie beigebracht?«

Wieder schüttelte Connie den Kopf. »Ich weiß nicht, ob sie es nicht konnte oder mir auch einfach nicht zeigen wollte, wie es geht.«

»Ich glaube, wenn sie es dir nicht beigebracht hat, dann konnte sie es wahrscheinlich selber nicht. Wenn sie es gekonnt hätte, hätte sie es auch getan.«

»Vielleicht«, sagte Connie. »Schlaf jetzt.« Dann strich sie mit der Hand über Maggies Oberarm. »Was hast du denn da gemacht?« fragte sie, und Maggie erkannte im Runtersehen, daß sich auf der braunen Haut über ihrem Ellbogen rot angelaufene Fingerabdrücke abzeichneten.

»Ich bin hingefallen«, sagte sie und trat etwas zurück. Ihre Mutter sah sie ziemlich lange eindringlich an, drehte sich dann ab, verließ das Zimmer und machte die Tür hinter sich zu.

Als ihre Mutter fort war, starrte Maggie sich selbst im Spiegel an. Sie untersuchte die blauen Flecken und legte dann den Nagel aus ihrer Hosentasche in ihren roten Lederschmuckkasten, den sie von Celeste zum Geburtstag bekommen hatte. Dann lag sie im Bett – der Mond warf einen silbrig-kalten Lichtschein auf die Decke – und fragte sich, ob sie sich wohl am Morgen mit der nächsten traumartigen, halb realen, halb unglaublichen Erinnerung würde herumschlagen müssen. Lange Zeit starrte sie mit offenen Augen ins Dunkle, bis sie schließlich einschlief. Den Rauchgeruch hatte sie immer noch in der Nase.

11

In John Scanlans Krankenzimmer sah es aus wie bei einer Kommiteeversammlung der Freundlichen Söhne von Sankt Patrizius. Nach Feierabend versammelten sich hier ein halbes Dutzend soignierte, seersucker- oder kammgarngewandete Herren im besten Alter, um ihm die gesunde Hand zu schütteln und herumzuwitzeln, daß er doch nur hier war, um die Krankenschwestern in den Po zu kneifen. Tommy blieb auf dem Flur, wanderte im Schwesternbereich herum, zog sich eine Tüte M & Ms aus dem Automaten und setzte sich damit ins Treppenhaus, um Zeitung zu lesen. Es war kühl im Krankenhaus, und nach nunmehr zehn Tagen hatten sich die Schwestern an die Scanlan-Familie gewöhnt und achteten nicht mehr weiter auf sie.

Am Tag zuvor hatte eine Lernschwester Tommy dabei erwischt, wie er einige Papiere auf ihrem Tisch durchging, und sie ihm mit kindlicher Empörung in ihrem kleinen, sommersprossigen Gesicht aus der Hand gerissen. »Mr. Scanlan«, hatte sie gesagt, und ihre weiße Baumwolltracht spannte heftig über ihrer vor Idignation bebenden Brust, »das ist die Akte ihres Vaters.« »Ganz genau«, hatte Tommy geantwortet. Der Arzt hatte eine furchtbare Klaue – der war bestimmt nicht auf der katholischen Schule gewesen. Kein Wunder, daß die Ärzte alle Juden waren, für so ein Gekritzel hätten ihnen die Nonnen sofort eins mit dem Lineal übergezogen –, und das einzige, was Tommy entziffern konnte, tauchte Tag für Tag wieder auf: »Zustand unverändert.«

Tommy schlief schlecht in letzter Zeit. Genau vor dem Haus machte die Straße eine Kurve, und wenn ein Auto vorbeifuhr, sah er zu, wie die diamantenförmig zulaufenden Lichtkegel der Scheinwerfer über die Zimmerdecke und bis an das Kopfende von Connies Bett glitten wie Suchscheinwerfer. Wenn er schlief, träumte er schlecht und konnte sich später immer nur an Einzelheiten erinnern. Hier ein Gesicht, dort ein Sturz ins Nichts, eine Verfolgungsjagd, ein Messer, eine Pistole, aber keine Geschichte, die das alles miteinander verbunden hätte. Wenn er dann aufwachte, pulsierte das Adrenalin in seiner Brust, und er sah zu seiner Frau hinüber, die mit vor der Brust gefalteten Händen schlief, während ihr Haar wie ein Fächer auf dem Kopfkissen ausgebreitet lag. Er fragte sich, was sie wohl träumte.

Er weigerte sich, einen Zusammenhang zwischen seinen Alpträumen und dem Anblick seines Vaters im Krankenhausbett zu sehen. Er wollte nicht einmal zugeben, daß der Mann schwer krank war. John Scanlan hatte sein Zimmer im Krankenhaus in ein Büro verwandelt. Auf den Fensterbänken lagen Haufen mit Rechnungen und Korrespondenz. Seine frühere Sekretärin, eine etwas gedrungene, stille Frau namens Dorothy O'Haire mit ausgeblichenem blonden Haar und dunklen Augen, kam jeden Tag für drei Stunden vorbei, um ihn auf dem laufenden zu halten und ihm die Zeitung vorzulesen. Eigentlich arbeitete sie schon seit neun Jahren nicht mehr für John Scanlan, nachdem ihre Tochter geboren war, aber als sie von seinem Schlaganfall hörte, hatte sie ganz von allein ihre Hilfe angeboten. John hatte dem Verwaltungsleiter des Krankenhauses gesagt, sie würden nie wieder auch nur einen einzigen Penny von seinem Geld sehen, wenn er nicht bis zum Ende der Woche entlassen würde, aber die Ärzte hatten sich strikt geweigert, ihn nach Hause gehen zu lassen, und so nötigte sie der alte Mann schließlich, wenigstens Dorothy außerhalb der Besuchszeiten zu ihm zu lassen. Mehr konnte er nicht erreichen. »Ich habe da so meine Methoden«, sagte er zu seinem Sohn, der sich nach dieser Sondervereinbarung erkundigte. »Kümmere dich um deine eigenen Angelegenheiten.«

Wenn Tommy im Krankenhaus war, kam sein Vater ihm mehr oder weniger vor wie sonst auch, nur daß er gestreifte Schlafanzüge trug, die extra für seinen Krankenhausaufenthalt angeschafft worden waren. (»Diese verdammten Dinger sind was für Weichlinge«, war sein Kommentar gewesen, als sie damit ankamen. »Ich habe in fünfundsechzig Jahren kein einziges Mal so einen Schlabberanzug angehabt. Bis heute.«) Tagsüber zeigte er sich in Hochform: Er schimpfte auf das Personal, verlangte mehr Kopfkissen, ließ sich von der Krankenschwester das Kruzifix von der Wand holen, damit er kontrollieren konnte, um was für ein Modell es sich handelte und wieviel das Krankenhaus vermutlich für religiöse Gegenstände investierte, und polterte auf Dorothy ein, die ihn nur einfach stur ansah.

Tommy sah seinen Vater nie nachts, wenn er fast so krank schien wie ganz am Anfang, als sein Mundwinkel so weit herunterhing, daß sein Gesicht aussah wie die beiden Masken für Komödie und Tragödie in einer; wenn er mit seiner Mutter, die doch nun schon fast ein halbes Jahrhundert tot war, über seine Anfangsjahre im Geschäft und James' Keuchhusten sprach; wenn er wie ein Baby in die Biesen einer Schwesterntracht weinte und endlos wiederholte: »Ich weiß es nicht, ich weiß es nicht«. Nicht einmal John selber konnte sich am nächsten Tag so richtig daran erinnern.

Tommy wußte auch so, daß sein Vater an seine frühe Vergangenheit zurückdachte, sie mit sich herumtrug wie einen schlechten Geschmack im Mund. Manchmal ließ er sich in die Kissen zurücksinken, so daß sich seine Schultern bequem in die schmalen Ausbuchtungen schmiegten, die jahrelanger Gebrauch in der Matratze hinterlassen hatte, und dann wußte

Tommy, daß sein Vater sich an all die anderen erinnerte, die ihr Leben in Kneipen verträumt oder auf ihrem Sofa in einem engen Vorderzimmer verschlafen hatten, an all die Männer aus seiner Kindheit, die ihre Zeit damit vergeudet hatten, auf Verandas herumzusitzen und Geschichten zu erzählen und für die anderen »dieser Jack, was für cin feiner Kerl« zu sein oder »dieser Joe, der kann vielleicht erzählen, so leicht macht dem das keiner nach«, die keinerlei Ehrgeiz hatten und einfach so dahinlebten, bis sie nur noch Totenköpfe waren, die zum Wohle der Allgemeinheit nichts anderes beigesteuert hatten als ein Leben voller Witze. Manchmal dachte John Scanlan, daß er genau diesen Männern alles verdankte, weil sie ihn jeden einzelnen Tag seiner Existenz verfolgt hatten. Auch sein eigener alter Herr war einer von ihnen gewesen. Er hatte sein Leben im Amt für Straßenbau abgesessen und am Ende eine Lebensversicherung hinterlassen, die gerade eben ausreichte, um die zweitägige Totenwache und seine Grabstelle auf dem St. Anna-Friedhof zu bezahlen. Hier im Krankenhaus tanzten sie in seinem Kopf herum, sobald er sich ausruhte, und dann setzte er sich plötzlich auf und begann, Zahlenreihen zu addieren wie der Besessene, der er im Grunde ja auch immer gewesen war. Tommy wußte genau, wann sein Vater wieder diese Gesichter gehabt hatte, weil John seinen Sohn dann immer mißtrauisch ansah und einmal mehr dessen Ähnlichkeit mit diesen sogenannten Lebenskünstlern aus längst vergangenen Zeiten konstatierte.

Tommy kam täglich ins Krankenhaus und entschuldigte sich, daß Connie nicht auch da war. Er sagte, sie fühle sich unwohl, was ja stimmte, aber nicht das eigentliche Problem war. Sie behauptete, sie hasse Krankenhäuser, obwohl sie damit offenbar immer gut zurechtgekommen war, wenn sie ihre Kinder bekam. Manchmal sagte sie, es wäre doch gut gewesen, daß ihre Mutter so plötzlich gestorben sei – einfach eines Abends am Küchentisch purpurn angelaufen und aufs Linoleum gerutscht und irgendwo zwischen der Tischkante und den Stuhlbeinen gestorben –, weil sie es nicht hätte ertragen können, im Krankenhaus bei ihr am Bett zu sitzen. Tommy dachte bei sich, daß Connie es auch nicht hatte ertragen können, überhaupt bei ihr zu sitzen.

Auch Margaret kam fast jeden Nachmittag, und nach einer Weile begann Tommy sich zu wundern, warum sie eigentlich soviel Zeit hatte. »Es ist Sommer«, hatte seine Schwester gesagt, aber das schien keine ausreichende Erklärung. Sie kam immer mit einem Buch ins Krankenhaus, und zunächst dachte Tommy, es sei das Neue Testament. Dann aber, als er auf dem Flur darauf wartete, daß das Besuchskommitee das Zimmer seines Vaters für ihn freigab, hatte er einmal auf den Titel geschielt: Es war *Jane Eyre. Eine Autobiographie.*

»Wieso liest du denn *Jane Eyre?*« fragte Maggie ihre Tante, die ihrem Vater über die Schulter sah.

»Ach, nur so«, sagte Margaret.

»Hast du es noch nicht gelesen?« fragte Maggie wieder. »Ein tolles Buch.«

»Religiös?« fragte Tommy.

Margaret lachte. »Tom, Liebchen, unter dieser Tracht stecke immer noch ich. Das Durchschnittsmädchen. Die gute Tänzerin. Die Bücher, die ich lese, müssen nicht unbedingt religiös sein, nicht einmal lehrreich.« Tommy machte ein skeptisches Gesicht.

»In jeder Nonne steckt eine Frau«, fügte sie hinzu.

»Tust du mir einen Gefallen, Peg?« sagte Tommy und benutzte ihren alten Spitznamen. »Sag's Dad nicht. Er hatte schon einen Schlaganfall.«

Nachdem sämtliche Herren gegangen waren, die, die mit John Scanlan Geschäfte machten, und die, die gerne mit John Scanlan ins Geschäft kommen wollten, und die, denen das Zementwerk und die Baufirma und die Kerzen- und die Sargfabrik gehörten, ging Tommy zu seinem Vater ins Zimmer. Seine Tochter und seine Schwester kamen gleich hinterher. Buddy Phelan hatte einen Früchtekorb mitgebracht, der noch immer in farbige Plastikfolie gewickelt war. Auf dem Nachttisch standen eine Flasche Canadian Club und zwei Dosen Ginger Ale.

»Vor einer Stunde war diese Monica hier«, sagte John zu Maggie. »So was von zuckersüß. Ich wette, die hat es faustdick hinter den Ohren. Sie sagte, ihr Mädchen hättet euch an der Küste prima amüsiert, bevor ich euch so einen Schreck versetzt habe. Was suchst du denn da unten, meine Kleine?«

»Ich binde mir den Schuh zu«, sagte Maggie. Sie wollte nicht, daß er ihr Gesicht sah.

»Wenn du hierherkommst, solltest du keine Turnschuhe anziehen, als wolltest du Basketballspielen gehen, anstatt deinen alten Großvater zu besuchen. Was habt ihr Mädchen nur im Kopf? Gestern war deine Cousine Teresa hier, und was hatte sie unter ihrer kleinen Bluse an? Ein Skapulier. Kann man sich so was vorstellen? Das Herz Jesu schimmerte unter dem weißen Stoff hervor wie ein dicker Schmutzfleck. Dieses Mädchen ist eine Idiotin.«

»Sie ist bei Schwester Luke. Sehr religiös. Sie liebt solche Sachen.«

»Nonnen«, schnaubte John Scanlan, und Margaret lachte. »Ich habe in meinem ganzen Leben nur eine einzige kennengelernt, die noch alle ihr von Gott gegebenen Sinne beisammen hatte, und das ist deine Tante. Du sollst keine Nonne werden, Kindchen. Gib mir dein Wort darauf.«

»Ich weiß nicht recht, Großpapa«, sagte Maggie und dachte dabei an den Auftritt bei den Malones und wie die Flammen an der Wand des Neubaus emporgeleckt waren. »Es hört sich irgendwie friedvoll an.«

»Ha«, sagte ihr Großvater. »Friedvoll. Wer will das schon. Friedvoll. Genau so sieht ein langweiliges Leben aus, Kindchen. Vergiß das nicht. Was macht dein Bruder?«

»Welcher?«

»Mein Gott, alle. Wie zum Teufel soll ich mir denn wohl alle diese Kinder merken?« Er griff in die unterste Nachttischschublade und holte einen Flachmann heraus, der im Licht der

Krankenhauslampen golden schimmerte. »Wenn ich meinen Scotch nicht hätte, hätten die mich hier schon vor Tagen erledigt«, sagte er. Er füllte zwei Fingerbreit davon in einen Plastikbecher und goß Wasser aus einem Krug dazu. »Verpetz mich aber nicht«, sagte er zu Maggie, als wären seine Kinder nicht auch im Zimmer, und trank mit einem Zug aus.

»Paß besser auf, daß du nicht zuviel trinkst, Paps«, sagte Margaret.

»Und Sie passen auf Ihr Mundwerk auf, Schwester«, sagte John Scanlan. »Ich bin immer noch dein Vater, auch wenn du eine Braut Christi bist. Und jetzt muß ich mal ein bißchen mit deinem Bruder hier allein sein. Geh mit deiner Nichte in die Cafeteria und kauf ihr eine Tafel Schokolade.«

Als die beiden gegangen waren, lehnte der alte Herr sich zurück und schloß die Augen.

»Mein Gott, Dad, du wirst dich noch umbringen«, sagte Tommy und sammelte leere Gläser ein, um sie auf das Fensterbrett zu stellen, aber sein Vater lag einfach nur da und sah ihn mit trüben Augen an. Kaum daß seine Tochter und seine Enkelin gegangen waren, schien John Scanlan in sich zusammenzusacken, regelrecht zu ergrauen. Tommy setzte sich auf den Besucherstuhl und machte sich auf so etwas wie eine Strafpredigt gefaßt.

»Ich weiß nicht, Tommy«, sagte John schließlich mit schläfriger Stimme. »Ich weiß nicht, was ich denken soll, zum Teufel noch mal. Ich habe dieses verdammte Krankenhaus so satt. Heute ist Pater McLeod hergekommen, um mit mir zu sprechen. Ein Iroschotte, du lieber Himmel! Wer zum Teufel hat den ordiniert? Er sagt, ich sei besonders reich gesegnet worden, indem ich mein Leben als Geschäftsmann den Geschäften Gottes widmen durfte. An dem Spruch hat er doch bestimmt die ganze Fahrt hierher in seinem schwarzen Buick gebastelt.« Langsam schlich sich der irische Slang wieder in die Stimme seines Vaters. Tommy holte tief Luft. Das Zimmer hatte etwas Beengendes und stank nach Sagrotan. »Ich hab' ihm gesagt:

›Genau da liegt mein Problem, Vater. Ich hätte mein Leben als Geschäftsmann lieber dem Geschäft des Geldmachens widmen sollen. Und jetzt rückt mir dein Bruder hier auf die Pelle und will eine von den Fabriken in Manila auf Mädchenblusen umstellen. Er sagte, die Mädchen da unten takeln sich auf wie Wahrsagerinnen und würden gestickte Blusen kaufen. Eine Marktlücke. Ich hab' gesagt: ›Mein Gott, Mark, warum machen wir nicht gleich Kleider?‹ Er dachte, ich meine das ernst. Das wäre der nächste Punkt, den er gern mit mir besprechen würde, hat er mir gesagt. Mein Gott im Himmel. Ich habe mein Leben vertan.«

»Hör auf«, sagte Tommy.

»Dann fragt mich der Priester, ob ich die letzte Ölung will. Er sagt, ich bräuchte keine Angst zu haben, und er wüßte, daß ich weiß, welcher Lohn mich im ewigen Leben erwartet. Das ewige Leben, so eine Scheiße.« Das Gesicht des alten Mannes begann rot anzulaufen, und seine langen Finger auf der Bettkante fingen an zu zittern. Tommy ging zum Bett hinüber. Er dachte daran, die Hand seines Vaters zu nehmen, aber statt dessen hielt er sich an dem Klingelknopf für die Krankenschwester fest. »Ich hab' ihm gesagt, das ganze verdammte ewige Leben kann mir gestohlen bleiben. Alles. Das Sterben fürchte ich gar nicht so sehr. Aber die Veränderung. Verstehst du, was ich meine?« Er sah zu Tommy auf, und der Jüngere mußte weinen, als er dieses schreckliche Licht in den Augen seines Vaters sah, so als hätte er Visionen. »Alles so, wie ich es haben will. Nach dieser langen Zeit. Du willst doch auch, daß alles so bleibt, oder? Oder?«

»Ich weiß nicht, Dad«, sagte Tommy.

Der graue Kopf fiel nach vorne. Die silbernen Haare sahen grau und fettig aus. John Scanlan streckte die Hand nach einem Marmeladenglas auf dem Nachttisch aus und nippte daran. »Hör auf zu winseln«, sagte er, ohne Tommy anzusehen. »Deine Tochter ist ein seltsames Mädchen. Nimmt die Dinge viel zu ernst. Immer brütet sie über irgendwas. Ganz anders als diese Monica. Die ist aalglatt. Aber mir macht sie nichts vor. Ich hab' mal ein Mädchen gekannt, das ganz genauso war. Ist nach Hollywood gegangen und wollte zum Film. Hat dann einen Mann geheiratet, der ihr Vater hätte sein können und dem halb Los Angeles gehörte. Wo war ich?«

»Connie läßt sich entschuldigen, daß…«

»Ach, laß mich doch damit in Ruhe, Tommy«, sagte der alte Mann und winkte ab. »Wo ist deine Mutter?«

»Sie kommt später und bringt Kuchen mit. Rhabarberkuchen von deiner Schwester Anne.«

»Oh, Gott. Die Kleinen müssen wirklich glauben, daß es mit mir zu Ende geht, wenn sie schon Kuchen schicken. John Scanlan nannte seine jüngeren Brüder und Schwestern immer »die Kleinen«. Einmal im Jahr sah er sie auf einer Party in der Empfangshalle von Scanlan & Co. Im letzten Jahr hatte sich sein jüngster Bruder so betrunken, daß er auf John zugekommen war, mit dem Finger seine rote Ansteckblume aufgespießt und gelallt hatte: »Du kotzt mich an.« »Ich weiß, Jamie, ich weiß«, hatte der Ältere gesagt. »Du hast ja so recht.«

»Und erst deine Mutter. Schleppt hier Kuchen von Tante Annie an«, sagte John dann und nippte an seinem Drink. »Sie muß ganz schön Angst haben.«

»Hör auf damit«, sagte John wieder.

»Tu mir einen Gefallen«, sagte John Scanlan plötzlich mit listig zusammengekniffenen Augen wie ein Raubvogel. »Komm zu uns ins Geschäft, sonst tut sich dein Bruder bald mit den Itzigs unten in der 38. Straße zusammen und verhökert Damenunterwäsche. Ich glaube, der weiß nicht mehr, wo ihm der Kopf steht.«

»Ich denk' drüber nach«, sagte Tommy.

»Und wie steht's mit den Bauarbeiten bei dir draußen?«

»Die kommen ziemlich schnell voran.«

»Diese Woche kommen die Leute, um dein neues Haus fertigzumachen. Deine Mutter läßt die Fußböden polieren und die Wände übertünchen.«

Tommy richtete sich auf, und alles Mitgefühl, das er bis eben gespürt hatte, verpuffte, als hätte mit einemmal alles Blut seinen Körper verlassen, und statt dessen fühlte er Ablehnung und Angst in sich anwachsen, daß ihm ganz kalt wurde. Wie groß seine Angst wirklich war, merkte er aber erst, als er sich zu fragen begann, ob die ganze Verzweiflung und Schwäche seines Vaters vielleicht nur eine List gewesen waren, um diesen Augenblick herbeizuführen.

»Wir wollen das Haus nicht«, sagte er. »Wir fühlen uns wohl, wo wir sind. Wirklich. Schenk es Joe. Er und Annette werden begeistert sein.«

John Scanlan schloß die Augen, und Tommy dachte schon, er wäre vielleicht eingeschlafen, als sich die schweren Lider langsam wieder öffneten und Tommy die Augen seines Vaters wie zwei Geschosse auf sein Innerstes gerichtet sah.

»Keine Hypothekenzinsen mehr«, sagte er.

»Ich krieg' das schon hin mit meinen Zinsen«, sagte Tommy.

»Nicht, wenn du keinen Job mehr hast«, sagte John Scanlan, und Tommy hörte in seinen Worten ein »schachmatt!« mitschwingen.

»Was zum Teufel soll das denn heißen?«

»Denk mal drüber nach, Jungchen. Ich habe meinen Teil getan. Ich habe dir einen guten Job in dieser Zementfabrik verschafft, und ich habe dir und deiner Frau ein Haus gekauft wie für eine Königsfamilie. Ich habe meinen Teil getan. Jetzt bist du dran.«

»Warum tust du das? Ich bin erwachsen. Ich kann mein Leben selber regeln.«

John Scanlan ließ ein gewaltiges Schnauben hören. Dann mußte er husten, und zwar so lange und erstickend, daß Tommy schon meinte, er würde nie wieder Luft bekommen. Einen Augenblick lang dachte er, daß er ihn sich am liebsten zu Tode würgen lassen würde, aber dann schenkte er seinem Vater ein Glas Wasser ein und gab es ihm in die Hand. Schließlich kam John wieder zur Ruhe, sein Brustkorb hob und senkte sich. Die beiden Männer starrten sich an. Tommy wußte, daß sein Vater sterben würde, und er wußte auch, daß John Scanlan sich eine Aufgabe gesetzt hatte, bevor er starb, nämlich daß er auch den letzten der Scanlan-Söhne dorthin bekam, wo er ihn haben wollte. Er wußte gleichzeitig, daß sich die Familie um sie scharen und warten und warten würde, bis er, Tommy, einem sterbenden Mann diesen letzten kleinen Wunsch erfüllte, und daß er das, was ihn zu dem machte, was er war, auf immer verloren haben würde, wenn er nachgab, und zu dem werden würde, als den man ihn schon immer bezeichnet hatte: einer von den Scanlan-Jungen. Einer von den Söhnen des Alten. In Cowboyfilmen nannten sie so was einen Kampf auf Leben und Tod, und genau das war es. Tommy wußte, daß er verlieren würde. Plötzlich lächelte John Scanlan, und Tommy merkte, daß sie dasselbe gedacht hatten.

»Es wird dir nicht gelingen«, sagte er.

»Wollen wir wetten?« gab John zurück. »Ich wette mit dir um einen Stutzflügel für dein neues Wohnzimmer.«

Tommy stand auf. Er konnte seine Mutter draußen mit einer der Schwestern reden hören. »Warum?« sagte er wieder.

»Das bin ich dir schuldig, mein Sohn«, sagte John. »Allein würdest du doch nur alles vermasseln.«

»Nein.«

»Tom«, sagte der alte Herr, als Tommy schon bei der Tür war, »James hat gesagt, deine Frau ist wieder guter Hoffnung.«

Tommy nickte.

»Gut«, sagte John Scanlan. »Freut mich zu hören.«

Danach herrschte lange Zeit Stille. Tom hörte seinen Vater atmen, wie ein Grollen, das in dem eingesunkenen Brustkorb gefangen war. Die Augen seines Vaters verschmälerten sich, und er atmete noch schwerer. »Nur dieses eine noch«, sagte der alte Mann mit der Hand auf seinem Herzen.

»Mein Gott, du tust es wirklich«, sagte Tommy. »Pat O'Brian und die Szene am Totenbett. Der alte irische Vater und sein letzter Wunsch.«

»Ich bin immer noch lebendiger als du, mein Jungchen«, sagte John Scanlan.

»Fahr zur Hölle.«

»Jetzt hör mir mal zu, Tommy. Soll ich dir was verraten? Es gibt gar keine Hölle. Und auch keinen Himmel. Es gibt nur das hier. Man muß das Beste draus machen. Ich werde für dich das Beste daraus machen. Für dich und deine hübsche Frau.«

»Nein.«

»Doch«, sagte John Scanlan. »Und jetzt schick mir deine Mutter rein. Und geh deinem Bruder ein bißchen zur Hand, bevor er den ganzen verdammten Karren in den Dreck fährt.«

12

Connie saß im neuen Wagen ihres Schwagers Mark. Sie lehnte sich im Sitz zurück und dachte dabei, daß das Wageninnere roch wie das Innere einer neuen Handtasche. Wenn sie es recht bedachte, sah es auch aus wie das Innere einer neuen Handtasche oder wenigstens wie das Innere der Handtasche von Marks Frau. Connie erinnerte sich genau, wie sie eines Abends in Gails schwarzer Unterarmtasche nach einem Aspirin gesucht und dabei entdeckt hatte, daß sie außer einer brandneu wirkenden Brieftasche, einem Schlüsselbund, Lippenstift und Kamm vollkommen leer war. Es gab nicht einmal eine vereinzelte Haarnadel. Einen ganz kurzen Augenblick lang hatte sie damals gedacht, daß Gail vielleicht deshalb keine Kinder bekommen konnte, weil sie keine Krümel, kein Kleingeld und keine benutzten Taschentücher auf dem Grund ihrer Handtasche herumliegen ließ. Sie wußte, es war gemein, so etwas zu denken, und bekreuzigte sich ganz automatisch, genau wie Tante Rose es ihr als Kind beigebracht hatte.

Gail brachte Connie von der Bridgeparty nach Hause, weil ihr schlecht war. Ihr war jetzt ständig schlecht. Sie mußte um jeden Atemzug kämpfen in der schweren Juliluft. Ihr Leib saß wie eine Kanonenkugel direkt unter ihrem Rippenbogen und drängte ihre Lungen zusammen. Sie starrte zum Fenster hinaus. Für ihre kinderlose Schwägerin mußte sie wie ein personifizierter Vorwurf sein.

Links und rechts der Straße wuchsen lauter Anemonen. Connie dachte daran, wie sie und ihr Vater einmal an einem Sonntag vor vielen Jahren hier ganz in der Nähe welche ausgegraben hatten. Sie war zwölf Jahre alt gewesen in dem Sommer, und Anna Mazza hatte die meiste Zeit in Brooklyn zugebracht. Die Tante, die Anna aufgenommen hatte, als sie nach Amerika gekommen war, war alt und krank, ihr Bauch blaugeschwollen vom Krebs. Connie war allein bei ihrem Vater geblieben und hatte zum erstenmal mit ihm im Garten gearbeitet. Mit einer schwarz verlausten Stockrose mit schmutzig-knorrigem Stamm hatte es angefangen, und es endete, als ihre Mutter nach Hause kam und über die Grasflecken auf Connies Kleidern schimpfte. Oder vielleicht war es auch der Augenblick gewesen, als Celeste von der Küste zurückkam, durch die Eingangspforte ging und die Auffahrt hinaufschlenderte. Ihr ausladender Popo steckte in einer Art Spielanzug aus einem glänzenden, mit Cowboys und Indianern in Blau und Rot bedruckten Synthetikstoff. »Wie ein Filmstar«, hatte Connie ein bißchen verächtlich gesagt, wie sie so vor ihren Tomaten kniete. »Für wen hältst du dich, für Lana Turner?«

»Rita Hayworth«, antwortete Celeste, die Rita Hayworth tatsächlich ziemlich ähnlich sah, und gab ihrem Onkel Angelo einen schmatzenden Kuß. Er zuckte zurück, als hätte sie ihn in die Nase gebissen, und sah mit einem Ausdruck zwischen Schock und Entsetzen an ihr rauf und runter. Und dann drehte er sich um und starrte, immer noch diesen Ausdruck im Gesicht, seine Tochter an. So mußte Gott Eva im Paradies angesehen haben, dachte Connie.

»Du bist ganz dreckig.« Mehr sagte er nicht.

Erst viele Jahre später wurde ihr bewußt, daß ihr Vater an diesem Tag erkannt hatte, daß sie eine Frau war. Danach hatte sie sich ihm nie wieder nahe gefühlt, und sie war sicher, daß es ihm genauso ging.

Einen ganz ähnlichen Ausdruck meinte sie über sein Gesicht huschen zu sehen, als sie in ihrem Hochzeitskleid mit Sträußchen in der Hand die Treppe hinunter auf ihn zukam. Sie wußte noch, was sie damals gedacht hatte: Er ist nur ein Mann, ein ganz normaler Mann.

Das gleiche hatte sie gedacht, als sie John Scanlan im Krankenhaus sah, einen normalen, verletztlichen, zusammengeschrumpften Mann inmitten weißer Laken. Manchmal, wenn sie nachts neben ihm lag, dachte sie das sogar von Tommy, obwohl es sie bei ihm nicht so wütend machte wie bei seinem Vater oder ihrem eigenen. Bei ihm weckte es nur ihr Mitgefühl. Als ihr Vater sie das erste Mal so angesehen hatte, hatte sie sich geschämt, aber jetzt dachte sie einfach, daß Männer eben immer vor den Dingen Angst hatten, die sie am meisten liebten; sie waren die wirklichen Kinder dieser Welt, nur waren ihnen die Freuden vorenthalten, die man, wenigstens für eine gewisse Zeit, als Kind noch haben kann.

Sie kannte die Umrisse ihres Schlafzimmers im Dunkeln besser als irgend etwas sonst: der Schatten der zweiarmigen Lampe in W-Form an der Decke, das fahlgelbe Licht, das von der Straßenlaterne am Ende des Rasens durch die Vorhangfalten fiel, die seltsamen Flecken der Bauernrosen auf der Tapete, die aussahen wie Gesichter, die gleitenden Schatten der Sprossenfenster, wenn ein Wagen die Straße entlang und um die Ecke fuhr und das Surren seines Motors die nächtliche Stille durchbrach. An der Wand hing ein Gruppenfoto ihrer drei ältesten Kinder: Maggie, die Terence umarmte, der Damien im Arm hielt, sieben, sechs und ein Jahr alt; dazu Einzelbilder aller Kinder, das Baby mit ein wenig spastisch verdrehter Haltung auf einem Podest, die beiden anderen mit eingefrorenem, gezwungenem Lächeln. Zwischen den beiden ersten und den beiden jüngeren hatte sie zwei Fehlgeburten gehabt. Sie hatte die seltsamen Blutklumpen, die aus ihr herausströmten, als

Strafe dafür genommen, daß sie ihre Kinder nicht genug liebte und nicht glauben mochte, daß sie tatsächlich das waren, was sie sich immer von ihnen erwartet hatte. Die Schwangerschaften waren auch nicht gerade einfach gewesen. Sie hatte sie vornehmlich auf dem Badezimmerboden kniend verbracht, wo sie auf den Wasserspiegel in der Kloschüssel vor sich starrte. Beim erstenmal hatte sie geglaubt, sie müsse sterben, oder das Kind würde behindert sein oder zu wenige oder zu viele Finger haben, oder es wäre vielleicht mongoloid wie Leonard Fogarty. »Hör mal, Kindchen«, hatte Celeste gesagt, »alle kotzen, wenn sie in anderen Umständen sind. Daran merkst du es doch erst.« Wie fast alles, was ihre Cousine sagte, hörte es sich nicht besonders glaubwürdig an; und wie fast alles, was sie sagte, stellte es sich hinterher als richtig heraus.

Connie ließ nie einen Schwangerschaftstest machen. Kurz nach Maggies Geburt hatte sie eines Abends an einem Muschelstand auf Coney Island eine verdorbene Muschel gegessen und sich die ganze darauffolgende Woche gefragt, wie sie für ein zweites Baby aufkommen sollten. Es war ein bißchen lächerlich gewesen, bis sie sich zwei Monate später wieder ständig übergeben mußte und sich herausstellte, daß sie mit Terence schwanger war.

Ihren Schwägerinnen war nie schlecht, wenn sie ein Kind bekamen. Joes Frau Annette hatte bis zur letzten Woche, bevor sie ihre Zwillinge bekam, Tennis gespielt, obwohl allgemein ein solches Aufhebens darum gemacht wurde. Connie wunderte sich eigentlich viel mehr darüber, daß sie dieser ganzen Kritik hatte trotzen können, als darüber, daß sie es noch bis ins Netz schaffte.

Am Nachmittag war Connie mit ihren versammelten Schwägerinnen bei einer Bridgeparty in einer der Jungsschulen nördlich von Kenwood gewesen, einem großen, neogotischen Gebäude mit lateinischer Inschrift über der Doppeltür, und natürlich hatten sie sich mal wieder Blicke zugeworfen, als sie aufgesprungen war, um das einzige Damenklo in dem ganzen höhlenartigen Bau ausfindig zu machen. »Die Arme hat es wirklich schwer, nicht wahr?« hatte Jacks Frau Maureen angeblich voller Mitgefühl gesagt, und die anderen hatten genickt und alle dasselbe gedacht: »Mein Gott, was für ein Aufstand.«

Dann schienen aller Augen mehr oder weniger an Gail mit ihrer leichten Neigung ins Pferdegesichtige hängenzubleiben, und sie sahen schnell wieder in ihre Karten und machten sich angelegentlich daran zu schaffen. »Ja ja, die Arme«, sagte Gail. Sie hatte oft das Gefühl, ungerechterweise mit Connie in einen Topf geworfen zu werden, auch als eine Art Außenseiter betrachtet zu werden, nur weil sie geborene Protestantin war. Gail tat alles, um zu demonstrieren, daß dem nicht so war.

»Bist du okay?« hatte Annette gefragt, als Connie frisch gepudert und mit dunklem Lippenstift auf blasser Haut wieder an den Tisch zurückgekehrt war. Sie hatte die richtige Toilette nicht finden können und sich statt dessen in ein Stahlbecken im Chemiesaal übergeben.

»Alles in Ordnung. Ich bin dran gewöhnt.«

»Vielleicht ein bißchen Tee mit Milch?« hatte Cass gefragt.

»Nein danke, ich möchte nichts. Ich gehe wohl besser nach Hause.«

Wieder hatten die Frauen Blicke gewechselt. Eine von ihnen würde Connie heimfahren müssen, und bisher waren noch nicht einmal die Petits fours herumgereicht worden, und der große Preis war auch noch nicht verkündet. Es war ein schwarzer Kaschmirpullover mit einem Kragen aus gefärbtem Nerz, und alle waren in Verzückungsschreie ausgebrochen, als sie ihn sahen, außer Mrs. O'Neal, die meinte, sie hätte schon so einen, und Mrs. Malone, die ihn verschenken wollte, sollte sie ihn gewinnen. »Sie können ihn Helen geben«, schlug jemand vor. »Er hat genau ihre Haarfarbe.« Einen Augenblick lang herrschte absolute Stille. Dann sagte Mrs. Malone: »Helen hat vielleicht ihren Verstand verloren, aber ich nicht.«

Connie sagte schließlich: »Gail, könntest du mich nach Hause fahren?«

»Natürlich«, sagte ihre Schwägerin, und während die beiden Frauen ihre Blöcke und die weißen Sommerhandschuhe zusammensuchten, saßen die anderen zurückgelehnt da und stierten in ihre Karten. »Tommy sieht in letzter Zeit müde aus«, sagte Cass, als sie ihnen hinterhersahen und das Spiel wieder aufnahmen.

»Tommy sieht in letzter Zeit müde aus«, sagte Gail, als sie in ihrem schwarzen Sedan die Straße entlangfuhren und Connie bei sich dachte, daß Gail keine Ahnung hatte, wie man eine Kurve richtig ausfuhr.

»Er ist müde«, sagte Connie. »Er arbeitet hart den ganzen Tag, und dann geht er abends andauernd ins Krankenhaus.«

»Und wie steht es seiner Meinung nach um Dad?« fragte Gail.

»Furchtbar.« Die Stille hielt mehrere Straßenzüge an. Dann sagte Connie: »Sag Mark, er soll ihn in Ruhe lassen. Er macht ihn noch verrückt mit diesem ganzen Gerede um das Haus und die Firma. Das mit seinem Vater macht Tom so schon genug zu schaffen. Es ist nicht fair, ihn jetzt auch noch damit zu behelligen.«

Gail griff sich an die Haarspangen und strich ihr Haar zurück. Nie zuvor hatte sie Connie so viel auf einmal sagen hören. »Ich glaube, darüber sollte Tommy mit Mark reden. Ich mische mich nicht in seine Angelegenheiten.«

»Ach, laß doch die Scheiße, Gail«, sagte Connie und zupfte an den Fingern ihrer Handschuhe. Im selben Augenblick merkte sie, daß sie dieses Wort zum erstenmal laut ausgesprochen hatte, und es fühlte sich irgendwie gut an im Mund, der Klang gefiel ihr, wie ein mächtiger, verachtungsvoller Nieser. »In dieser Familie sind die Angelegenheiten jedes einzelnen auch die der ganzen Sippschaft. In all den Jahren, seit ich dazugehöre, hat kein Mensch hier je eine eigenständige Entscheidung getroffen.«

»So fühlst du dich ja vielleicht, aber…«

»Wer hat dein Haus ausgesucht, Gail?«

Die schmalen Lippen ihrer Schwägerin preßten sich zu einem Strich zusammen. »Ich.«

»John Scanlan. Am Tag, nachdem der alte Mann, der darin gelebt hatte, gestorben war, hörte er, daß es verkauft werden sollte, und noch am selben Nachmittag hat Mark es gekauft. Also erzähl du mir nichts über deine eigenen Angelegenheiten. Wenn ihr es nicht gekauft hättet, hätte er Tommy dafür ranzukriegen versucht. Und wenn nicht Tommy, dann Joe. Margaret ist aus dem Schneider wegen des Klosters. Fahr an den Rand.«

»Wie bitte?«

»Fahr an den Rand«, sagte Connie, »oder ich kotze dir auf deine Autositze.«

Als sie fertig war und sie wieder rollten, herrschte erst mal Stille. Dann streckte Connie zaghaft die Hand aus und legte sie ihrer Schwägerin auf den Arm.

»Tut mir leid«, sagte sie. »Ich möchte nur nicht, daß Tommy sich Sorgen macht. Er tut das sowieso andauernd.«

»Er muß auch seine Verantwortung für die Familie übernehmen, Connie«, sagte Gail steif.

»Warum? Warum muß er das? Sie sind alle erwachsen. Er trägt schon so genug Verantwortung.«

Sie bogen in die Park Street ein, und die Bäume neigten sich über ihnen zu einem Tunnel, zusammengesäumt von Backstein- und Stuckfassaden mit geschlossenen Türen und undurchdringlichen Gittern davor. Von irgendwoher klang Kindergeschrei und das Geräusch von Bulldozern. Als sie in die Auffahrt einschwenkten und von dem Sonnenlicht geblendet wurden, das in wirren Lichtpunkten durch die Äste auf die Windschutzscheibe fiel, dachte sie, sie hätte Terence mit seinem großen, zotteligen Kopf zwischen den Knien drüben auf den Eingangsstufen sitzen sehen. Aber als er dann aufsah, merkte sie, daß es Joey Martinelli war, und sie stieß die Autotür auf und angelte, immer noch ein wenig schwindlig, mit ihren hochhackigen Lackpumps nach einem festen Halt. »Ich habe auf dich gewartet«, rief er, ohne sich zu rühren.

»Danke fürs Herfahren«, sagte Connie.

»Ist das…?« setzte Gail an und sprach dann doch nicht zu Ende.

»Ist das wer, Gail?«

»Mark hat gesagt, daß du dich mit einem der… Arbeiter von der Baustelle… ähm… angefreundet hättest.« Gail druckste herum, als wäre Englisch eine Fremdsprache für sie, und Connie lächelte.

»Also, ich habe ja verstanden, daß *Arbeiter* dreckiger Spaghettifresser bedeutet, aber ich bin noch nicht ganz sicher, was ich mir unter *angefreundet* vorstellen soll. Heißt angefreundet, daß ich mit ihm rede, wenn er sich bei mir in der Küche ein Glas Wasser holt, oder heißt es, daß ich mich mit ihm nur im Slip hinter die Bulldozer verziehe?«

Gail schnappte hörbar nach Luft. »Ich weiß wirklich nicht, warum du immer so sein mußt«, sagte sie. »Niemand will irgend etwas andeuten, aber du faßt ja immer gleich alles als Beleidigung auf, egal, was man sagt. Jede andere Frau wäre begeistert, wenn ihr ihre Schwiegereltern ein großes Haus kaufen würden. Es ist viel größer als eins von unseren, aber ich neide es dir nicht, wo du schließlich diese vielen Kinder hast. Aber daß man eine Familie hat, die sich so um einen kümmert, und sich dann auch noch andauernd beschwert – ich begreife das einfach nicht. Du bist bei der kleinsten Kleinigkeit beleidigt, du unterstellst ständig, daß man dir irgendwas will, du…«

»Was hat denn meine unstandesgemäße Verbindung mit der Baugewerkschaft mit einem großen Haus zu tun, das ich weder will noch brauche?«

»Es geht ums Prinzip«, sagte Gail mit vor Aufregung häßlich verzerrtem Gesicht. »Bei dir ist alles ein Kampf. Was für andere Leute schlicht zum Leben gehört, muß bei dir jedesmal zu einer großen Sache aufgebauscht werden. Du machst alles kompliziert, du isolierst Tommy von seiner Familie, du zeigst uns allen deutlich, daß du uns verachtest…«

»Ich verachte euch? Den Witz muß ich mir merken.«

»Kein Mensch interessiert sich noch für deine ethnischen Probleme, Connie. Darüber denkt doch niemand mehr nach.«

»Und warum, bitte schön, sagt John dann, mein ältester Sohn hätte ein richtiges Makkaronigesicht?«

»Siehst du, so ist das immer. Da macht er mal einen kleinen Scherz...«

Als Connie aus dem Auto stieg, fiel ihr plötzlich einer von Celestes Lieblingsausdrücken ein, und bevor sie noch nachdenken konnte, sagte sie auch schon: »Halt den Sabbel, Gail.« Während ihre Schwägerin aus der Auffahrt zurücksetzte, ging sie zu Joey hinüber. »Tut mir leid«, sagte er, als sie ganz blaß und mit ein wenig glänzender Nase auf ihn zukam. »Schon okay«, sagte sie und setzte sich neben ihn.

»Du wirst dir das Kleid schmutzig machen. Außerdem wirst du nach wie vor von deiner Freundin beobachtet.«

Connie sah auf und winkte Gail zu. Dann stützte sie die Ellenbogen auf die Knie und legte den Kopf in die Hände. Und plötzlich ging ihr auf, daß ihr Herz wie wild klopfte und daß sie eigentlich prima Laune hatte. Lag das nun an Gail oder an Joey? Schwer zu sagen. Als sie zu ihm aufsah, konnte sie ihr Spiegelbild in seinen Augen sehen. »Ich weiß nicht, was über mich gekommen ist«, sagte sie dann, beinahe zu sich selbst, und dann fügte sie hinzu: »Warum hast du überhaupt auf mich gewartet?«

»Zeit für die nächste Fahrstunde.«

»Ich weiß nicht, ob ich das im Moment kann. Sind die Kinder im Haus?«

»Nicht das ich wüßte.«

Connie streifte ihre Schuhe ab und streckte die Beine aus. »Meine Schwägerinnen sind eigentlich keine Unmenschen. Sie können mich nur nicht leiden«, sagte sie.

»Das verstehe ich gut«, sagte Joey.

»Vielen Dank.«

»Das ist die alte Geschichte, oder etwa nicht?« sagte er. »Welche Frau versteht sich schon mit einer anderen, die gut aussieht.« Danach duckte er den schimmernden Kopf, als hätte er erst jetzt gemerkt, was er da gesagt hatte. »Du weißt schon, was ich meine. Ich erinnere mich noch, daß sogar meine Mutter und ihre Freundinnen immer darüber geredet haben, daß du das hübscheste Mädchen seist, das sie je gesehen hätten.« Er lachte. »Nur hat das immer keiner gemerkt, weil du eine kleine Zwergenprinzessin warst, die in einem tiefen, dunklen Friedhof gefangengehalten wurde.«

Connie lachte auch, aber sie wußte genau, daß sie knallrot angelaufen war wegen des Kompliments. »Deine Mutter ist nett«, sagte sie, weil sie nicht wußte, was sie sonst sagen sollte.

»Ich glaube, sie hat immer gehofft, daß mein Bruder dich mal heiraten würde. Als sie herausfand, daß du den Scanlan heiraten wolltest, war sie stinksauer. Sie behauptete, du würdest dir nur Ärger einhandeln.« Einen kurzen Moment lang sahen die beiden sich an. Dann seufzte Connie.

»Laß uns reingehen«, sagte sie schließlich.

Drinnen war es absolut still und roch ganz schwach nach Thunfisch. Sie warf ihre Schuhe im Wohnzimmer auf den Fußboden und stellte sich barfuß am Fuß der Treppe auf. »Maggie?« rief sie, aber es kam keine Antwort.

Draußen hielt ein Auto, tuckerte ein bißchen und war dann still. Als Connie die Tür aufmachte, sah sie gerade Celeste aussteigen, die aus unerfindlichen Gründen einen großen Hut mit künstlichen Blumen an der Krempe trug. Sie winkte und wakkelte mit ihren gefährlich hohen Schuhen mit Pfennigabsätzen und schwarzen Striemen im weißen Lackleder die Stufen hinauf. »Verdammt«, sagte sie, sah auf ihre Füße und leckte einen Finger ab. Dann hob sie den einen Fuß an und balancierte auf dem anderen wie ein Flamingo und versuchte, die schwarzen Streifen wegzureiben. Connie lachte und hielt ihr die Tür auf. Diesen Auftritt wenigstens hatte Gail verpaßt.

»Tut mir leid, daß ich hier so reinplatze«, sagte Celeste. »Ich hab' dir im Ausverkauf eine Bluse gekauft.«

Da fiel ihr Blick auf Connies dunkelblaues Leinenkleid mit

den weißen Paspeln. »Sag's nicht, laß mich raten. Lunch mit deiner Schwiegermutter.«

»Sehr gut, Ce, wirklich sehr gut. Bridgeparty mit meinen Schwägerinnen.«

»Allen?«

»Allen.«

Celeste kreischte los, riß die Hände vor die Brust und ließ sich auf die Couch fallen. Dann griff sie in ihre Einkaufstasche. »Zieh beim nächsten Mal das hier an«, sagte sie. »Das ist Größe 36. Du bist der einzige Mensch auf der Welt, der so was anziehen kann.« Celeste hielt eine weiße Rüschenbluse hoch, die so dünn war, daß Connie das Tageslicht durchschimmern sehen konnte. Im Türrahmen erschien jetzt Joey mit einem Glas Wasser in der Hand. »Für wen ist das denn?« fragte er und zog seine dichten Augenbrauen hoch.

»Hoppla«, sagte Celeste.

»Wie geht's dir, Celeste?« fragte Joey Martinelli. »Kennst du mich noch?«

»Wenn ich dich so ansehe, schon«, sagte Celeste und gab Connie die Bluse. »Du warst doch immer mit Bobby zusammen, der in der nächsten Straße wohnte. Der, der heute bei der Polizei ist? Mit dem Bruder, der auch Polizist ist?«

»Giambone. Bobby Giambone. Ja, genau. Ich hab' dich mal bei ihm getroffen. Da warst du vielleicht sechzehn, siebzehn. Ihr wart verlobt.«

Celeste seufzte. »Ich war damals andauernd verlobt. Also, wie kommt's, daß man dich überhaupt nicht mehr sieht?«

»Ach, ich weiß nicht. Du kennst das ja... wir sind eben alle erwachsen geworden. Keine Parties mehr, keine Tanzabende. Ich treffe mich kaum mal mit irgend jemandem. Ich arbeite, gehe nach Hause, falle ins Bett. Das war's dann auch schon so ungefähr.«

»Hast du Bobby mal wieder gesehen?«

»Er ist aus der Stadt rausgezogen. Hat jetzt ein nettes kleines Haus mit einem von diesen oberirdischen Swimmingpools auf der Insel. Er haßt die Stadt. Da geht es ihm wie allen Polizisten. Sie hassen die Stadt.«

Celeste griff nach seinem Wasserglas und nippte nachdenklich daran. Am Rand zeichnete sich ein roter Lippenstiftmond ab. »Und wie ist das hier zu verstehen?« fragte sie und machte eine so ruckartige Kopfbewegung zum Fenster hin.

»Okay. Wir haben ein paar Probleme mit den Kindern hier. Die wissen zum Teil nichts mit sich anzufangen in den Ferien, und dann lassen sie ihren Frust an unserer Baustelle aus. Haben uns ganz schon zurückgeworfen.«

»Kinder sind eben Kinder«, sagte Celeste.

»Ja, na ja, manche sind schon auch ein bißchen mehr. Vorletzte Nacht hat irgend jemand eins von den Musterhäusern angezündet. Zum Glück ist nicht allzuviel passiert.«

»Welche Nacht war das?« fragte Connie und kniff die Augen zusammen.

»Vor zwei Tagen. Wenn das noch mal passiert, kommen wir ziemlich in Schwierigkeiten.«

»Ihr seid also noch nicht fertig?« fragte Celeste.

»Mit den Musterhäusern schon, demnächst. Eine Menge von den anderen sollen dann im Oktober soweit sein, der Rest im November. Vorgestern haben wir das erste verkauft.«

»Ihr habt eins verkauft?« fragte Connie.

»Ja. An ein junges Paar aus Queens. Er hat ein Geschäft. Eine Tochter, die muß aber adoptiert sein. Koreanerin. Ich glaube, sie sind Juden.«

Celeste fing an zu lachen, daß die Blumen auf ihrem Hut nur so wackelten. »Was ist daran so komisch?« wollte Joey Martinelli wissen.

»Sie denkt an den Vater meines Mannes«, sagte Connie und fing jetzt auch an zu lächeln.

Celeste stieß einen Juchzer aus. »Ihr müßt den alten Knaben aus dem Krankenwagen herschaffen lassen«, sagte sie und japste nach Luft. »Juden. Und dann noch mit einem Schlitzauge als Kind. Ach, du liebe Güte. Er wird auswandern.«

»Mein Schwiegervater findet das ganze hier nicht gerade erfreulich. Er möchte uns am liebsten in eine bessere Gegend verpflanzen.«

»Na, was soll man da schon dagegen haben?« grinste Joey Martinelli.

»Dann zieh *du* doch um«, sagte Connie. »Ich suche mir meine Nachbarn lieber selber aus.«

»Ich find' den Typ klasse«, sagte Celeste. »Er ist einfach genial. Letzte Woche erzählt mir meine Mutter: ›Pater O'Nearn von der Erlösergemeinde drüben hat heute eine unglaubliche Predigt gehalten. Über Jesus und Golf!‹ Und ich sage: ›Ma, tu mir den Gefallen und ruf im Krankenhaus an und erzähl das Mr. Scanlan.‹«

Joey Martinelli lächelte. »Toller Hut, den du da aufhast«, sagte er, aber seine Augen hingen an Connie, die die Beine ausstreckte und mit ihren von den guten Pumps befreiten Zehen wackelte. Der Rock war ihr ein wenig hochgerutscht, und die schimmernden Seidenstrümpfe betonten den Schwung ihrer Schenkel. »Die Bluse gefällt mir«, sagte Joey zu niemand besonderem, und Connie knüllte sie in einer Faust zusammen, so daß nur noch ein kleines Stück Spitze zwischen den Fingern hervorsah. Celeste sah von Joeys Gesicht zu dem ihrer Cousine und wieder zurück. »Machst du mir was zu trinken, Con?« sagte sie mit zusammengekniffenen Augen. Dann klopfte sie mit der flachen Hand auf die Couch neben sich. »Joe«, sagte sie, »komm mal her und setz dich zu mir.«

13

Sal's war eine Kneipe, eine Straßenkreuzung weit entfernt von First Concrete. Die Eingangstür lag auf der Ecke, an der zwei sehr belebte Straßen aufeinandertrafen, und wurde von der U-Bahn-Brücke in ständigen Schatten getaucht. Sal's sah aus wie jede andere amerikanische Kneipe damals auch, mit Neon-

Bierreklamen im Fenster, roten Kunststoffsitzecken und einem Haufen Barhocker an einer langen, langen Theke, an der nachmittags lauter alte Männer saßen und abends die, die arbeiteten. Über der Kasse hing der erste Dollar, den Sal vor neunzehn Jahren eingenommen hatte. Das einzig wirklich Erwähnenswerte an Sal's war, daß es dort einfach hervorragende Hamburger aus Qualitätshackfleisch gab; Sal D'Alessandro bekam es von einem Streifenpolizisten, der es wiederum als Teil seiner Bezahlung von einem Großschlachter vom Fleischmarkt bezog. Polizisten brauchten bei Sal's nichts zu bezahlen, und wenn mal eine der Ehefrauen anrief, erzählte ihnen Sal, ihre Männer wären eben noch auf ein kurzes Bier dagewesen, aber leider gerade zu einem Notfall gerufen worden. Tommy kam normalerweise zum Lunch zu Sal's. Er mochte die Leute und das Essen.

Als sein Bruder Mark ihn in der letzten Juliwoche zum Mittagessen einlud, nahm er ihn dorthin mit. »Mein Gott, jetzt sieh dir das mal an«, sagte Mark und starrte auf die Rentner mit ihren grauen Stoppeln im Gesicht, die sich gerade einen Film im Fernsehen ansahen. Als ihre Biere vor ihnen standen, kam Sal mit einem Geschirrtuch im Gürtel an ihren Tisch. Er schüttelte Mark übertrieben zutraulich die Hand wie der Maître d'hôtel in einem schlechten französischen Restaurant und sagte, er sähe aus wie seine Mutter. »Wann war denn Mom jemals hier?« fragte Mark tief über den Tisch gebeugt, nachdem Sal wieder verschwunden war. »Da fragst du mich zuviel«, sagte Tommy. »Dad ist immer hergekommen, als er noch unten an der Straße war, aber ich kann mich nicht erinnern, daß er Mom je mitgebracht hätte.« Mark sah sich noch einmal um: »Na, freiwillig war sie jedenfalls ganz bestimmt nicht hier.«

Tommy war gerne so mit seinen Brüdern zusammen, allein, nur zu zweit, und besonders gern mit Mark, der nur ein Jahr älter war als er und für den er diese ein ganz klein wenig herablassende Sympathie empfand, die ein Mann, der problemlos Kinder zeugen kann, für einen anderen empfindet, dem das einfach nicht gelingen will. (»Vielleicht liegt es an ihm«, hatte Connie eines Abends gesagt, als sie sich darüber unterhielten, warum Gail keine Kinder bekam. »Daß ich nicht lache«, hatte Tommy geantwortet und dabei wie sein Vater ausgesehen.) Daß er keine richtige Familie hatte, machte Mark zu einem Außenseiter. In den Augen der anderen hatte es ihn irgendwie kleiner gemacht, und dazu kam auch noch seine Größe. Mark war dazu verdammt, sich sein Selbstwertgefühl dadurch zu erhalten, daß er mit seinem Vater Auseinandersetzungen über die Farbc von Stickereien auf Ordensgewändern ausfocht. Für Tommy war es eine ausgemachte Sache, daß er, wenn er sich zwischen der Rolle als schwarzes Schaf und Marks als verdorrter Zweig am Stammbaum der Familie hätte entscheiden können, jederzeit seine eigene gewählt hätte.

Gail hatte einmal die Möglichkeit einer Adoption erwähnt, aber dem Gerede hatte John Scanlan umgehend ein Ende bereitet. »Das ist doch nicht dasselbe«, hatte er hingeworfen. »Man hat doch keine Ahnung, was, zum Teufel, einem da ins Nest gelegt wird.« Dann hatte er seine hellblauen Augen über seine eigene Familie schweifen lassen, die sich in der üblichen Habachtstellung im Wohnzimmer verteilt hatte, und hinzugefügt: »Na, vielleicht weiß man das nie.«

Tommy hatte schon gewußt, daß es irgend etwas gab, als er und sein Bruder sich zwei Tage zuvor vor dem Zimmer ihres Vaters im Krankenhaus begegnet waren und Mark vorgeschlagen hatte, sie könnten sich doch mal treffen. »Mark hat dich zum Lunch eingeladen?« hatte Connie sich erkundigt und dazu wie zur besonderen Betonung eine Augenbraue hochgezogen. »Was will er?« Sie wußte natürlich, was er wollte. Es ging entweder um die Firma, das Haus oder um sie.

Etwa einmal pro Jahr setzte sich jemand aus der Familie mit Tommy zusammen und sprach mit ihm über seine Frau, als wäre sie ein Auto, das mal neu lackiert werden müßte. Von einem etwaigen Tausch war dabei nie die Rede; Mary Frances fragte Celeste immer noch, was denn ihr Mann so mache, obwohl Celeste inzwischen viel länger geschieden als verheiratet gewesen war. »Er säuft«, antwortete Celeste dann jedesmal gut gelaunt. Nein, sie wollten alle nur, daß Connie besser funktionierte, sich einfügte, anpaßte, daß sie einfach so war wie sie. Tommy hatte die schlimmsten Momente seines Lebens durchgemacht, als Mark zu ihrem zehnjährigen Hochzeitstag vor drei Jahren eine Dinnerparty für sie schmiß. Connie hatte sich mit wunderbar fruchtigen Whiskey Sours einen ziemlichen Schwips angetrunken, weil der Alkoholgeschmack in dem vielen Ananassaft völlig unterging. Es gab viele Tischreden und eine Torte mit einem kleinen Brautpaar drauf. Und plötzlich hatte Connie sich, die Kuchenfiguren in der Hand, zu ihnen allen umgedreht und mit seltsam quäkender Stimme gefragt: »Wo wart ihr alle, als ich geheiratet habe?« Dabei hatte sie John Scanlan direkt ins Gesicht gestarrt, und er starrte zurück. Der Effekt war dann nur dadurch ein wenig abgeschwächt worden, daß Connie sich plötzlich die Hand vor den Mund preßte und zur Toilette stürzte. Tommy lief ihr hinterher, und als sie zurückkamen, hatten seine Eltern den Tisch verlassen. »Wie lange geht das schon so?« hatte James sich mit professionellem Interesse in der Stimme an die graugesichtige Connie gewandt, und Tommy hatte gesagt: »Mein Gott, James, sie hat zuviel getrunken.« Aber James hatte dann doch recht behalten; sie war zu der Zeit mit Joseph schwanger gewesen, nur hatten sie beide es noch nicht gewußt.

Jetzt also saß Mark mit Tom bei Sal's und sagte: »Deine Frau ist also wieder schwanger.« Die Bemerkung schwang zwischen ihnen nach. Dann bekam Mark ganz leere Augen, und fügte hinzu: »Hör mal, Tom, egal, was du sagst, ihr werdet das neue Haus brauchen. Ihr seid dann fünf. Ihr braucht mehr Platz.«

»Wir haben massenhaft Platz«, sagte Tommy und rieb sich den Nacken. »Laß uns nicht wieder mit diesem Haus anfangen. Ich will nicht umziehen.«

»Deine Frau will nicht umziehen.«

»Sie auch nicht.«

»Weißt du, daß sie Gail erzählt hat, sie würde gern in einem von diesen Neubauhäusern wohnen, die sie bei euch hochziehen?«

»Mark, so was sagt sie doch nur, um die Leute zu ärgern. Sie hat es einfach satt, daß ständig irgendwelche anderen über ihr Leben entscheiden wollen.«

Sal kam mit den Hamburgern. »Medium für Mr. Scanlan«, sagte er und stellte den mit dem blauen Stäbchen im Brot vor Tommy hin. »Und englisch für Mr. Scanlan«, sagte er dann und stellte den mit dem roten Stäbchen Mark vor die Nase. Tommy fragte sich, wo er wohl diese kleinen Stäbchen aufgetrieben hatte und wie außergewöhnlich die Gelegenheit sein mußte, damit Sal sie hervorholte. Tommy bestellte nun schon seit Jahren Hamburger bei Sal's, aber ein solches Stäbchen hatte er noch nie zuvor gesehen.

Die beiden Männer aßen schweigend, während das Ketchup auf ihre Teller tropfte. Dann sagte Mark mit vollem Mund: »Die Leute reden über deine Frau.«

»Ich will nichts davon hören«, sagte Tommy.

»Joe sagt, er wäre in der St.-Pius-Schule gewesen, um eine Kiste Votivkerzen abzugeben, und da sieht er doch, wie sie hinten auf dem Hof mit so einem Typ Himmel und Hölle spielt. Springt rum wie ein Kid mit irgend so einem großen Makkaroni...«

»Hey!« fuhr Tommy so laut auf, daß sich zwei Männer an der Bar zu ihnen umdrehten.

»Ist ja schon gut, ist ja schon gut. Also jedenfalls winkt sie Joe zu, als wäre es das Normalste von der Welt, daß sie da mit so einem Typ rumhängt. Na ja, und wenn Joe sie so sieht, dann denkt er sich eben sein Teil. Es werden sich auch noch andere fragen, was, zum Teufel, da los ist.«

Tommy fragte sich das auch, aber eher würde er sich die Zunge abbeißen, als Mark etwas davon sagen. Sein Bruder redete weiter. »Sie ist ständig mit diesen Leuten unterwegs, die diese Häuser da bauen«, sagte er. »Und da war sie auch, als

Paps neulich ins Krankenhaus gekommen ist. Man hat sie durchs Fenster gesehen, wie sie mit den Typen gesprochen hat.«

Tommy legte seinen Hamburger hin, wischte sich die Hände mit einer Papierserviette ab und setzte sich zurück. »Sie kennt den Projektleiter. Er kommt aus ihrer alten Gegend. Netter Kerl. Sie kennt seine Mutter gut, und früher ist sie mal mit seinem Bruder ausgegangen.« Er nahm seinen Hamburger wieder auf. »Ich werde mich nicht mehr darüber unterhalten. Ihr seid alle gegen sie. Alle wie ihr da seid. Immer gewesen.«

Tommy war wütend und verwirrt. Am Morgen war ihm aufgefallen, daß sie lila Furchen im Gesicht hatte, alles andere wirkte gelblich, und die Augen sahen darin aus wie schwarze Murmeln. Es ging ihr immer schlecht, wenn sie schwanger war, als hätte sie ein eingebautes Frühwarnsystem. Joseph fing langsam an, ganze Sätze zu bilden; bald würde er Dinge sagen, die sie weder hören wollte noch verstand. So war es jedesmal für sie, das Mutter-Sein: erst die große Übelkeit und dann der Schnitt ins Herz – eine Zeit vollkommener Liebe und dann diese schreckliche Abnabelung. Manchmal konnte sie sie nur lieben, wenn sie daran zurückdachte, wie sie als kleine Kinder gewesen waren, und ihr Gesicht in die Schachtel mit den Babysachen im Wäscheschrank drückte, die so flauschig und zart waren wie der Kopf eines Babys.

Vor ein paar Tagen hatte sich Tommy abends im Fernsehen das Baseballspiel angesehen. Er hatte die Werfer bei den Yankees gerade nur so mit Schimpfwörtern überhäuft und den Apparat mit Kissen beworfen, als er plötzlich merkte, daß Connie nicht im Haus war. Die größeren Kinder auch nicht; er war ganz allein mit Joseph, der durch seine verstopfte Nase schnorchelnd in seinem Bettchen lag, während das Nachtlicht seltsame Schatten auf sein rundes kleines Gesicht warf. Sie waren auch nicht draußen auf der Straße, es war absolut nichts zu hören außer dem leisen Gemurmel von Leuten, die sich ein paar Häuser weiter vor ihrer Haustür unterhielten. Dann aber sah er hinter dem Haus nach, und da stand gleich hinter der unbewachsenen Stelle in der Mitte des Rasens, wo sie immer ihr Schlagmal hatten, eine einsame Gestalt und blickte über das Neubaugelände hin. Erst dachte Tommy, Maggie wanderte da herum, aber die Haltung stimmte nicht, die Schultern waren ein bißchen zu weich und unentschlossen, die Arme, die sich um die Taille schlangen, nicht eckig und linkisch genug. Es war seine Frau.

Ein junges Pärchen, Teenager, die nur wenige Straßen weiter wohnten, kam vom Baugelände heruntergestolpert und hätte sie, still und klein, wie sie war, beinahe umgerannt, aber die beiden schwenkten im letzten Moment ab und hielten sich dabei gegenseitig an der Taille fest. Der Junge hatte keine Augen für irgend etwas. Sein zerknittertes Hemd hing ihm an einer Seite aus der Hose. Connie sah ihnen nach, und dann legte sie den Kopf zurück und starrte zu den Sternen hinauf. Tommy bekam Angst.

Er ging wieder zum Fernseher zurück, zurück zu seinem Sessel, und als sie mit einem Glas Eistee ins Zimmer kam, tat er so, als wäre sie die ganze Zeit dagewesen, nur vielleicht für einen Moment außer Sichtweite. Und sie tat genauso. Er hatte seinem Bruder James erzählt, daß sie diesmal seltsam war, so wechselhaft und in sich zurückgezogen, selbst mit den Kindern. Aber sobald er das gesagt hatte, war ihm aufgegangen, daß sie schon eine ganze Weile so gewesen war. Einmal war er dazugekommen, wie sie auf dem Boden saß und einfach nur ihr Geschirr ansah. Er konnte sich einfach nicht abnehmen, daß das normal war.

»Frauen haben solche seltsamen Vorlieben, wenn sie ein Kind erwarten, Tom«, hatte James gesagt, seinen großen, hübschen Kopf geschüttelt und gelacht. Und dabei hatten sie es belassen. James war noch nie die Art Bruder gewesen, dem Tommy hätte beichten können, daß er vielmehr befürchtete, die Vorliebe seiner Frau gelte einem großen Makkaroni mit kräftigen Unterarmen aus ihrer alten Gegend.

Er konnte einfach nicht glauben, daß sie sich nach diesem Teil ihres Lebens zurücksehnte. Sie besuchte nur ganz selten ihren Vater und schickte statt dessen Maggie hin, und er hatte sich nie darüber gewundert. Er wußte noch, wie er das erste Mal bei ihr zu Hause gewesen war, bei diesen beiden alten Leutchen und diesem einen lieblichen, einsamen Kind. Damals hatte er gedacht, daß sie tatsächlich fern von aller Welt lebte, als wäre sie im Innern einer von diesen kleinen Halbkugeln, in denen es schneit. Es hatte ihn schon erstaunt, daß sie überhaupt tanzen gelernt hatte und die Melodie von »Moonlight Serenade« kannte, bis er später in Celestes Elternhaus gewesen war und gesehen hatte, wo Connie den Anschluß ans normale Leben gefunden hatte. Er war immer ein ganz klein wenig stolz gewesen, sie von alldem weggeholt zu haben, von der schwerfälligen, schweigenden Mutter mit der V-förmigen Einkerbung in dem einen Schneidezahn vom Abbeißen des Fadens an der Nähmaschine, und von dem Vater, der alle Zuwendung, die er aufbringen konnte, nach draußen trug und in den Boden rund um seine geliebten Pflanzen einarbeitete. Einmal, als sie mit ihrem zweiten Kind schwanger gewesen war, war er hinzugekommen, wie sie gerade hinter dem Haus Tomaten pflanzte – das war noch gewesen, bevor eine seiner Schwägerinnen eine Bemerkung darüber hatte fallenlassen, wie gut sich doch die Italiener auf solche Dinge verstünden –, und da hatte er Tränen auf ihre Hände fallen sehen. »Ich vermisse meinen Vater«, hatte sie gesagt, obwohl er nur zwanzig Minuten mit dem Auto von ihr entfernt war. »Geh hin und besuch ihn«, hatte Tom geantwortet, aber sie schüttelte nur den Kopf. »Du verstehst das nicht«, hatte sie geschluchzt. »Manchmal sind die Leute ganz nah, aber sie könnten genausogut auf dem Mond sein.« Er glaubte, jetzt verstand er, was sie damals hatte sagen wollen.

»Und, wie steht's sonst?« sagte er schließlich zu seinem Bruder, um das Schweigen zu beenden.

»Komm zu uns ins Geschäft, Tom«, sagte Mark und sah zu ihm auf.

»Mein Gott, nicht das schon wieder.«

»Vielleicht habe ich es falsch angefangen. Ich weiß, daß deine Frau sauer auf mich ist, weil ich dich beredet habe…«

»Wer behauptet das?« wollte Tommy wissen.

»Sie hat Gail gesagt, ich soll dich in Ruhe lassen.«

»Weiter«, sagte Tommy.

»Ich brauche deine Hilfe. Die Dinge ändern sich. Es gibt so viel zu tun.« Mark sah auf seine Hände. »Ich bin die Bücher durchgegangen, Tommy. Es sieht nicht gut aus. Der alte Knabe hat eine Menge Geld in seltsame Kanäle fließen lassen. Ich glaube, wir stehen längst nicht so gut da, wie er immer behauptet hat. Die Baufirmen machen zum Teil Verluste, und für die neuen Geräte, die wir vor ein paar Jahren gekauft haben, hat er zwei von den Mietshäusern belastet. Es wird einiges brauchen, um das alles wieder ins Lot zu bringen.«

»Wie soll ich das verstehen, wieder ins Lot bringen?«

»Ich meine, die Firma steckt in Schwierigkeiten, Tom. Ich brauche deine Hilfe.«

»Herrgott«, sagte Tommy.

»Jack und Joe sind ja ganz in Ordnung, aber sie sind eben nicht gerade die Hellsten. Wenn ich ihnen sage, was sie machen sollen, tun sie's auch. Aber ich brauche einen richtigen Partner.«

»Du übertreibst«, sagte Tommy. »Du willst nur jemand, mit dem du dich streiten kannst, bis Paps wieder zurückkommt.«

»Ich brauche deine Hilfe. Ich brauche jemanden, mit dem ich arbeiten kann. Es wäre genau das Richtige.«

»Ich habe einen Job«, sagte Tommy und wischte sich den Mund ab. »Ich habe eine Familie, ich habe ein Haus, und ich habe einen Job.«

»Das Zementgeschäft läuft auch von selbst. Nebenbei bemerkt hat er mir gesagt, er überlegt, ob er nicht verkaufen soll.«

Tommy lächelte säuerlich. »Ach, ja?« sagte er.

»Ich dachte, du wüßtest es?«

»Daß er so weit gehen würde«, sagte Tommy.

»Es hat nie viel Geld eingebracht.«

»Er erzählt doch nur Scheiße, Mark«, sagte Tommy. »Neulich im Krankenhaus hat er mir gesagt, er würde mich feuern lassen, damit ich meine Hypotheken nicht mehr bezahlen kann und in dieses Haus einziehen muß, das er gekauft hat. Er wollte mich feuern lassen, damit ich mit dir zusammenarbeiten muß und meine Kinder auch in Zukunft noch etwas zu beißen haben. Er muß ein kleines Schachbrett im Kopf haben, auf dem er die Figuren nach Belieben hin und her schiebt. Nur bei zweien ist ihm das nicht gelungen. Zwei sind noch übrig. Ich und meine Frau. Und er wird keine Ruhe geben, bis das Spiel zu Ende ist und er gewonnen hat.«

»Mein Gott, wie kannst du nur so was sagen«, sagte Mark. »Mein Gott, Tommy, ich schäme mich für dich.«

»Was hat er dir darüber gesagt, daß ich zu euch in die Firma komme?«

Als Sal den Kaffee brachte und die leeren Teller abräumte, hing diese Frage zwischen ihnen. Mark schenkte sich Milch ein, nahm Zucker – er ließ sich viel Zeit. Dann sagte er schließlich: »Der Alte hat mir gesagt, daß du am ersten Oktober als stellvertretender Geschäftsführer einsteigst. Er sagte, du bekommst fünftausend mehr im Jahr als ich.«

Tommy lachte. »Und du schämst dich für mich?« sagte er und lehnte sich über den Tisch, bis sie beinahe mit der Stirn zusammenstießen. »Mein Gott, Markey, ich will dein Leben nicht schlechtmachen, aber sieh dich doch mal an. Du bist doch der Lakai für ihn. Du hast noch nicht einmal ein Kind, weil er gesagt hat, eine Adoption wäre nichts. Hältst du ihm auch den Schwanz beim Pinkeln? Er hat dich doch genau, wo er dich haben will. Ich hatte ja gedacht, er hätte mich schon vor langer Zeit aufgegeben, wegen Concetta, weil ich aus der Reihe getanzt bin. Aber jetzt glaube ich, er hat nur gewartet, bis er wußte, daß ich mich sicher fühle, und dann hat er zum Todesstoß angesetzt.«

»Hörst du dir eigentlich selber zu? Du sprichst von deinem eigenen Vater, als wäre er ein Monster.«

»Erinnerst du dich noch, als wir Kinder waren und Schwester Ann Elizabeth uns aufgefordert hat, ein Bild von Gott zu malen? Weißt du noch? Dein Gott war groß, und du hast ihm gelbe Haare und blaue Augen gemalt. Und ich genauso. Sie fand es einfach zu köstlich, daß unsere Bilder von Gott beide gleich aussahen. Das war kein Zufall, Mark.«

»Ich weiß nicht, wovon du sprichst«, sagte Mark. »Ich möchte nur, daß du zu mir in die Firma kommst. Du würdest dich gut machen. Wir beide zusammen würden uns gut machen. Der Alte will sich nicht mit der Realität abfinden. Die Welt verändert sich. Die Kirche verändert sich. Er liegt mit seinen Witzen über die Rosinenbrötchen gar nicht so weit daneben. Und wenn sie nun tatsächlich beschließen, daß sie beim Abendmahl in Zukunft ganz normales Brot verteilen wollen? Dann geht eine ganze Million glatt den Bach runter.«

»Du redest hier mit dem Falschen. Geh wieder ins Krankenhaus und sprich mit dem Besitzer des Unternehmens.«

»Er kommt nicht zurück, Tom«, sagte Mark.

Tommy griff es kalt ans Herz, und er zog beinahe automatisch die Schultern zusammen. »Jetzt hör aber auf«, sagte er, aber seine Stimme klang gedämpft.

»Er ist in keinem guten Zustand. Es geht ihm schlechter, als wir alle denken. James sagt, der alte Knabe wird nie wieder wie früher sein.«

»Hör doch auf«, sagte Tommy noch leiser.

»Komm zu mir in die Firma, Tom. Nimm das Haus. Es ist ein schönes Haus, viel schöner als irgendeins von diesen Häusern in der Neubausiedlung. Bring deine Frau dort weg. Es ist nicht gut für sie. Und für dich auch nicht.«

»Ihr geht's prima«, sagte Mark. »Und mir genauso.«

»Tut es nicht«, sagte Mark.

»Aber klar doch.«

»So? Wo ist denn deine Frau jetzt, in diesem Augenblick?

Ich kann dir zum Beispiel sagen, daß Gail mit Mom beim Ausverkauf ist, hinterher geht sie mit ein paar Freundinnen Bridge spielen, und danach treffen wir uns zum Abendessen. Und wo ist Connie jetzt?«

»Zu Hause und paßt auf ihre Kinder auf«, sagte Tommy.

»Wenn du dir da sicher bist, wunderbar. Wenn du dir sicher bist, hab ich nichts mehr zu sagen. Wenn du dir sicher bist.«

14

Das fünfte Feuer zündete Maggie selber an. Sie hatte das Gefühl, als wäre das Streichholz von allein aus ihrer Hand zu dem großen nassen Fleck gesprungen, wo das Feuerzeugbenzin auf dem Sperrholz der Garage zusammengelaufen war. Das Haus stand im hinteren Teil des Geländes an einem kleinen Hügel über dem alten Flüßchen, und seine Holzbalken waren noch ganz gelborange. Als sie später allein war, dachte sie, sie hätte wohl deshalb geglaubt, daß das Feuer sich nicht ausbreiten würde, weil da dieser Fleck an der Wand war und das Holz noch so frisch aussah. Selbst als die Flammen schon wie ein lodernder Umhang die Wände bedeckten, dachte sie das noch.

»Ist es nicht unglaublich?« sagte Debbie, die direkt hinter ihr stand.

Maggie fiel verschiedenes gleichzeitig auf: der feuchte Geruch der Nacht, dieses Gefühl, wie ihr der Schweiß unaufhörlich in der kleinen Vertiefung direkt unter dem Schädel im Nacken zusammenlief, wie schnell die Flammen diese ungeheure Hitze entwickelten. Es schoß ihr durch den Kopf, daß sie gerade dabei war, sich eine Erinnerung zu schaffen, und daß sie nie im Leben in der Lage sein würde, dieses kranke Gefühl zu beschreiben, das sie befiel, wenn das Feuer um sie her zu lodern begann, diese Übelkeit, die in ihr aufstieg, während sie die drei in der Stille hinter ihr so schwer atmen hörte. Sie fragte sich, ob sich so vielleicht ihre Mutter fühlte, wenn sie ein Baby erwartete. Wenn das so war, würde sie selber keine Kinder kriegen. Niemals.

Sie waren auf dem Baugelände, in einer Doppelgarage. Der große, viereckige, leere Raum war voller Kisten: ein Eisschrank mit Selbstenteisung, ein Geschirrspüler mit Auslaufstop und eine ganze Ansammlung von anderen Geräten samt Zubehör in brauner Wellpappe. Die kleineren Kinder hatten sich einen schönen Tag gemacht, indem sie Tunnel, Höhlen und Häuser aus leeren Kisten zusammenbauten, die sie aus einem großen Abfallhaufen am Rand des Baugeländes gezogen und hinter sich her mit nach Hause geschleift hatten, während ihre Mütter aus den Küchenfenstern schrien: »Du bringst das sofort wieder dahin zurück, wo du es hergeholt hast.« Damien hatte sich eine Sammlung aus Resopalstückchen angelegt, lauter kleine ausgestanzte Kreise und Halbmonde, die beim Zuschneiden entstanden waren, als die Kücheninstallateure die Löcher für Rohre und Leitungen ausgesägt oder die Kanten der Küchenplatte abgerundet hatten. Er hatte eine ganze Schachtel davon in seinem Zimmer zwischen seinen Schmetterlingen und Kakteen stehen, und manchmal holte er sie hervor und sah sich seine Schätze an, befühlte die glatten Oberflächen, roch sogar daran und lächelte. »Du spinnst«, sagte Terence.

Maggie war nach dem Abendessen bei Debbie vorbeigegangen, aber Mrs. Malone hatte gesagt, sie sei nicht zu Hause. »Habt ihr beiden euch gestritten?« fragte sie dann stirnrunzelnd.

»Nicht richtig«, sagte Maggie.

»Komm mal rein und nimm dir ein Eis. Und dann erzählst du mir davon«, sagte Mrs. Malone, aber Maggie wollte lieber allein zum Bauplatz rüber. Sie wußte genau, wo sie Debbie und die anderen finden würde. Sie konnte sie inzwischen riechen wie ein Spürhund; sie roch den Brandbeschleuniger und den Schwefel.

Das zweite Feuer war aufgeflackert und gleich wieder in sich zusammengefallen wie das erste auch. Beim dritten und vierten war sie nicht dabeigewesen. Beim einen hatten die Wände eines Klos dran glauben müssen, das andere hatte ein Loch in der Größe einer Abschlagspunktmarkierung in der Sporthalle auf dem Fußboden eines Schlafzimmers hinterlassen. Bei dem Haus waren noch nicht einmal alle Wände hochgezogen gewesen. Maggie hatte sich inzwischen daran gewöhnt, Debbie nie vorzufinden, wenn sie sie suchte, und sie dann im Schwimmbad zu entdecken, wo sie mit Bridget Hearn irgendwas hinter vorgehaltener Hand zu kichern hatte. Sie verstummten und machten nichtssagende Gesichter, sobald sie auf der Bildfläche erschien. Es war mitten im Sommer, und Maggie hatte das Gefühl, daß die Grundfesten ihres Lebens um sie her zusammenstürzten; ihr sicherer Hafen auf dem Friedhof war jetzt irgendwie fremd und unbefriedigend, ihr unbesiegbarer Großvater siechte in seinem weißen Krankenhausbett dahin, ihre Eltern waren manchmal geistig und viel häufiger auch körperlich abwesend, ihre beste Freundin war eine Fremde geworden. Von dem dritten und vierten Feuer hatte sie nur erfahren, weil Joey Martinelli eines Nachmittags ihrer Mutter davon erzählte, als die beiden in der Küche Kaffee tranken und nicht merkten, daß Maggie im Haus war. Als Maggie dann barfuß und ohne großen Krach die Treppe heruntergekommen war, um sich ein Glas Limonade zu holen, war ihre Mutter von ihrem Stuhl aufgesprungen wie eine Maus, die in die Falle gegangen ist, und Mr. Martinelli war so aus der Fassung geraten, daß er sie gefragt hatte, was denn die Schule so machte. Maggie hatte sich in ihrem eigenen Zuhause wie ein Eindringling gefühlt, und als sie später auf ihrem Bett lag, hatte sie sich gefragt, ob sie wohl je wieder irgendwo hingehören würde.

Am selben Nachmittag war sie zu den Malones rübergegangen und hatte Debbie in ihrem Zimmer gefunden, die, immer noch ganz rosig von ihrem Tag im Club, auf ihrem Bett lag. Maggie hatte sich ihrerseits auf Aggies Bett ausgestreckt, und dann hatten sie eine Weile irgendwas hin- und hergeredet, bis die Unterhaltung ganz verstummte. Schließlich hatte Debbie sich geräuspert: »Ich glaube, du solltest lieber anrufen und fragen, ob ich da bin, bevor du herkommst«, hatte sie gesagt. »Und sieh zu, daß ich auch allein und nicht schon mit jemand anderem zusammen bin.«

Maggie hatte weiter an die Decke gestarrt. Über die eine Ecke zog sich ein Riß, den sie so gut kannte wie ihr eigenes Gesicht im Spiegel. Sie fuhr mit den Augen daran entlang. Hin und her und hin und her.

»Kann ja sein, daß ich mit anderen zusammen bin«, fügte Debbie hinzu. »Ich interessiere mich jetzt für Sachen, die dich nicht so interessieren.«

»Zum Beispiel?« fragte Maggie.

»Woher soll ich das wissen?« schnappte Debbie. »Vielleicht haben wir einfach ein anderes Tempo beim Erwachsenwerden. Bridget sagt, daß sie jahrelang mit Gigi McMenamin befreundet war und dann nicht mehr, weil Gigi sich einfach für nichts interessiert hat. Sie wollte ständig nur im Haus rumhängen und lesen.«

»Ich weiß, wofür du dich interessierst«, sagte Maggie. »Du bist meine beste Freundin.«

»Vielleicht interessiere ich mich jetzt aber für andere Sachen. Vielleicht ändere ich mich. Bridget sagt, daß ich jetzt ganz anders bin, wo ich nicht mehr in Helens Schatten stehe. Sie sagt, ich benehme mich viel mehr wie eine High-School-Schülerin als die meisten in meinem Alter.«

»Bridget ist eine alte Ziege«, sagte Maggie, stand auf und ging aus dem Zimmer.

Da hatte sie gewußt, daß sie das nächste Mal dabei sein würde, wenn es ein Feuer gab.

Aber sie hätte nie damit gerechnet, daß sie selber das Streichholz halten und das Feuer anzünden würde. Richard hatte ihr mit gelangweiltem Blick die Küchenstreichhölzer hingehalten und gesagt: »Jetzt bist du an der Reihe, Maria Goretti«, und da hatte sie gewußt, daß es nie mehr so sein würde wie früher, es gab keinen Weg zurück zum Lehmpanschen am Fluß und spiritistischen Sitzungen über ihrer Alphabettafel. Sie schnüffelte und dachte, daß dieser Geruch eine Mischung aus Vergangenem war und dem, was kommen würde, aus den alten Gerüchen: frischgemähtem Gras und Plastikspielzeug und Eintopf auf dem Herd und der süßen Fäulnis von stehendem Wasser; und den neuen: Gips und Linoleum, Zement und Beton. Alles irgendwie angenehme Gerüche. Manchmal machte sie die Augen zu und versuchte, sich die Wiese so zurückzudenken, wie sie vor zwei Monaten noch gewesen war, unkrautüberwachsen und voller Feldmäuse und hier und da ein weggeworfener Eisstiel. Was sie dann sah, war schon eine Wiese, aber nur ihre Vorstellung davon, ein Bild wie in einem Buch, mit gleichmäßig schräg ausgerichteten, graugrünen Grashalmen. In Wirklichkeit war sie ganz anders gewesen. Manchmal fragte sie sich, ob es ihr mit ihren Erinnerungen an ihr eigenes Leben wohl genauso ging.

»Mach schon«, sagte Debbie.

Maggie wußte, warum Debbie wütend war. Am Tag zuvor hatten sie Helen in der Stadt besucht. Sie hatten Sommerkleider angezogen, weil sie immer Kleider trugen, wenn sie in die Stadt fuhren, und dann waren sie durch die Vordertür geschlüpft, die sonst nur für Vertreter oder bei wichtigen Anlässen benutzt wurde, während Mrs. Malone ein Fläschchen für das neue Baby warm machte. Maggie hatte einen Regenschirm dabei. Es war immer noch naß vom letzten Tag und dem davor. Mrs. Malone sagte, es sei einer der regnerischsten Sommer seit Menschengedenken. Sämtliche Mütter hatten inzwischen das Gefühl, sie würden bald wahnsinnig werden, wenn das Wetter sich nicht änderte. »Ich mache euch einen Vorschlag«, hatte Mrs. Malone eines Morgens beim Frühstück gesagt, als Maggie bei den Malones übernachtet hatte. »Ich bleib euch bis Labor Day von der Pelle, wenn ihr dafür mich in Ruhe laßt.« Sie aßen alle ungerührt weiter. Das Baby in seiner Ecke nuckelte lautstark an einer Hand. Es war ein kräftiger Junge ohne Haare und mit einem riesigen, zerknautschten Gesicht. Maggie dachte oft daran, daß das, was Mrs. Malone da so nebenbei von sich gab, für jeden ihrer Eltern ein wirklicher Wendepunkt hätte werden können.

Die Arbeiten auf der Baustelle hatten tagelang stillgestanden, und das Wasser lief in breiten Strömen über die unbepflanzten braunen Hänge, die bisher als Gartenfläche herhalten mußten, und grub tiefe Furchen in die Erde, bis sich vor all den neuen Häusern der Schlamm häufte. Die bisher erst aufgerichteten Bauten nahmen eine hennarote Farbe an, und wenn am Nachmittag die Sonne herauskam, stand das Wasser in den Kellern. Selbst das verschwindend schmale Flüßchen, über das Maggie und Debbie schon seit der zweiten Klasse mit einem einzigen kräftigen Sprung hatten hinwegsetzen können, schwoll an und überflutete die Steine, auf denen man sonst übers Wasser hüpfen konnte, schwappte wütend über die Uferschwellen und umwirbelte die Stützen an der Bahntrasse, wo es eine ursprünglich schmale Erdspalte bis auf einen Meter Tiefe ausgehöhlt hatte. Irgendwann kam ein Kipplaster, und die Vertiefung wurde mit Kies zugeschüttet. Maggie war mittlerweile so gelangweilt, daß sie hinausging, um zuzusehen. Sie hatte ihren gelben Regenmantel angezogen, und ihre Handgelenke staken aus den weiten Ärmeln hervor wie Besenstiele. Sie war innerhalb von nur drei Monaten aus dem Mantel herausgewachsen, und sie war auch aus dem Alter heraus, wo man Arbeitern beim Steineschippen zusieht. Manchmal nahm sie den Nagel, den Bruce ihr gegeben hatte, aus ihrem Schmuckkasten, legte ihn auf ihre Handfläche und sah ihn sich an, als würde er sich jeden Augenblick in etwas anderes verwandeln. Wenn Connie zu Hause war, versuchte Maggie ihr aus dem Weg zu gehen. Wenn ihre Mutter aber fort war, blieb sie in ihrem Zimmer, lugte durch ihr Fenster nach draußen und hielt durch den Regen nach Feuer Ausschau.

Maggie und Debbie waren mit der U-Bahn zu Helen gefahren und von der Haltestelle aus drei Blocks gemeinsam unter einem Schirm gelaufen, und als sie dann endlich bei dem Apartmenthaus angekommen waren, einem häßlichen, gelbbraunen Backsteinkasten mit einem engen Luftschacht in der Vorderfront, waren ihre Röcke fast bis zur Taille hinauf durchnäßt. »Scheußliches Wetter heute, was, meine Damen?« hatte der freundliche Mann gesagt, der den Marmorfußboden in der Lobby trockenwischte, und dabei auf ihre glänzenden, dünnen Beine geschielt.

Maggie hatte gedacht, daß Debbie sie mitgenommen hatte, weil ihr klargeworden war, daß Bridget Hearn eine dumme Kuh war und man mit Maggie viel besser so einen wichtigen Ausflug machen konnte. Aber dem war nicht so. Debbie hatte Helen gesagt, daß sie vielleicht vorbeikommen würde, und Helen hatte ihr erklärt, wenn Bridget mitkäme, würde sie sie gar nicht erst in die Wohnung lassen. »Maggie bewahrt dich vor dir selber«, hatte sie gesagt.

Debbie war schon dreimal bei Helen gewesen, da war dann immer Aggie mitgekommen, und jetzt tat sie betont gelassen, obwohl sie in Wirklichkeit Todesängste ausstand. In Helens Haus wohnten fast überall die Witwen von irgendwelchen Columbia-Professoren, die sich alle ziemlich ähnlich waren: kleine, ein wenig gebeugte Frauen mit runden Hütchen wie Knollenblätterpilze und unüberhörbarem ausländischen Akzent. Wenn sie sich im Aufzug unterhielten, ging es meistens um die Preise beim Gemüsehändler, wo sie alltäglich ihre kleinen Rationen einkauften. Wenn Helen oder ihre Zimmergenossin mit im Aufzug waren, schwiegen sie sich normalerweise aus und machten ihre Lippen so fest zu wie die Schnappschlösser an ihren Handtaschen.

Eine dieser Frauen, die selber vor ihrer Ehe Anthropologin in Deutschland gewesen war, hatte in ihrer akkuraten, etwas spinnenbeinigen Handschrift mehrere Briefe verfaßt, um herauszufinden, wie diese Mädchen zu dem Apartment kamen und ob es überhaupt gesetzlich zulässig war, daß sie in ihrem Alter schon alleine wohnten. Ausgerechnet sie betrat nun gemeinsam mit Maggie und Debbie den Fahrstuhl und starrte auf die Pfütze hinunter, die sich unter ihren tropfnassen Röcken auf dem Boden gebildet hatte. Maggie bemerkte, daß die Frau die gleiche Sorte Schuhe mit Überschuhen trug wie die Nonnen in der Schule, flache schwarze Schnürschuhe mit durchbrochenem Oberteil und darüber durchsichtige Plastikstiefel, die sich der Form der Schuhe perfekt anpaßten. Maggies Tante Margaret hatte ihr einmal gesagt, daß diese Schuhe ihrer Meinung nach zu den störendsten Dingen am Klosterleben überhaupt gehörten.

Die ältliche Frau sah Maggie an. »Allein?« stieß sie plötzlich hervor.

»Wie bitte?« fragte Maggie.

Debbie kicherte.

»Seid ihr allein?«

»Wir besuchen meine Schwester«, sagte Debbie. »Acht-B.«

Die Fahrstuhltür öffnete sich. »Aha«, sagte die Frau und stieg aus.

»O Gott«, sagte Debbie, als sich die Tür wieder geschlossen hatte.

Aus Helens Apartment kam kein Laut. Fahles Regentagslicht fiel durch das Fenster zum Luftschacht herein auf die Tür. »Jetzt haben wir den ganzen Weg umsonst gemacht«, sagte Debbie und drückte mit dem Daumen auf die Klingel. Maggie konnte ein leises Dingdong hinter der Tür hören. Schließlich machte Debbie sich wieder auf den Weg zum Fahrstuhl. »Komm schon«, sagte sie ärgerlich. »Die sind bestimmt was essen gegangen.«

Maggie lehnte sich noch einmal gegen die Klingel. Als sie gerade gehen wollte, öffnete sich die Tür. Ein Mädchen mit braunen langen Haaren und einem geblümten Kimono, der ihren Popo nur gerade eben bedeckte, erschien in der Tür und sah auf Maggie hinab. In einer Hand hielt sie eine Tasse Kaffee, in der anderen eine Zigarette.

»Ja?« sagte sie ein wenig von oben herab und mit leichtem

englischen Akzent. Dann sah sie Debbie den Gang entlanggaloppieren. »Ach, du liebes bißchen«, sagte sie. »Kommt rein. Helen. Es ist deine kleine Schwester.«

»Debbie«, sagte Debbie.

»Debbie«, rief das Mädchen nach hinten.

Maggie ging rein und setzte sich auf das Sofa, das ganz ähnlich war wie das im Haus ihres Großvaters Mazza, braun und speckig, und die Schäbigkeit wurde noch von einem über die Rückenlehne drapierten Häkelschal betont. Auf beiden Armlehnen war der Bezug durchgewetzt. Bis auf einen Plattenspieler und ein paar aus Backsteinen und Brettern zusammengebaute Bücherregale gab es sonst keine Möbel im Zimmer. Oben auf dem Regal prangte die *Pietà* in Plastik, und am Hals der heiligen Mutter Gottes baumelte ein Rosenkranz. Als Wandzierde diente ein Rolling-Stones-Plattencover.

Daneben hing eine offenbar von einem Profi gemachte Schwarzweißaufnahme von Helen. Sie hatte einen dicken Lidstrich und sah älter aus und wunderschön. Ihre Schultern waren nackt. Maggie stand auf, um sich das Bild von nahem anzusehen, und in diesem Moment atmete Helens Zimmergenossin den Rauch aus und sagte: »Ihr Theda-Bara-Look. Toll, nicht?« Maggie nickte. Sie hatte keine Ahnung, was das Mädchen meinte.

Als Helen hereinkam, trug sie einen ganz ähnlichen Kimono wie das andere Mädchen, nur hatte ihrer einen leuchtenden Lachston, und ihre dicken Haare waren so verwuschelt, daß nicht einmal mehr ein Scheitel zu sehen war. Maggie dachte, daß sie mit ihrem blassen, herzförmigen Gesicht, das auf Wangen und Kinn noch ganz rosig war, und den Beinen, die unter dem Kimono hervorragten, noch schöner aussah als auf dem Foto. »Hat euch denn nie jemand beigebracht, daß man vorher anruft?« fragte sie.

»Du hast kein Telefon«, sagte Debbie, die mit gesenktem Blick und vor der Brust gekreuzten Armen dasaß.

»Klar haben wir eins«, sagte die Mitbewohnerin. »Letzte Woche gekriegt.«

»Sag ja Mom nichts davon«, stieß Helen in scharfem Ton hervor und sah plötzlich, als sie in die Küche verschwand, wieder ganz so aus wie früher. »Wollt ihr auch Kaffee?« rief sie, aber keines der beiden Mädchen antwortete.

Als sie mit einer Tasse in beiden Händen wieder ins Zimmer kam, hatte Maggie das Gefühl, als wäre Helen schon unendlich lange fort. Aber dann fiel ihr ein, daß es erst einen Monat her war seit Helens Auszug, und da dachte sie, dieses andere Gefühl käme vielleicht daher, daß sie nie wirklich dorthin gehört hatte und immer kurz davor gewesen zu sein schien, zu gehen. Sie sah auch hier in dieser Wohnung nicht richtig zu Hause aus, ganz anders als ihre Zimmergenossin, die sich streckte und gähnte wie ein Kleinkind nach dem Mittagsschlaf.

»Mom läßt keinen von uns in dein Zimmer ziehen«, sagte Debbie und nahm ihre Arme auseinander. »Aggie hat gebettelt und gebettelt. Und sie hat das Geld eingeschickt, damit dein Platz im Marymount nicht verfällt.«

Helen lachte, nicht etwa sarkastisch, sondern wirklich amüsiert. Ihre blauen Augen leuchteten. »Das ist schon in Ordnung«, sagte sie. »Ich wußte, daß sie sich so verhalten würde. Irgendwann nächste Woche komme ich mal zum Abendessen, und dann spreche ich mit ihr darüber. Wie geht's Charles?«

»Gut. Er schläft in einer Tour. Ganz anders als Jennifer damals.«

»Hast du ihnen von deiner Rolle erzählt?« fragte die Mitbewohnerin und drückte ihre Zigarette in der milchigen Neige ihres Kaffees aus.

Helen lächelte.

»Deine Schwester hat eine Rolle in einer Revue bekommen. In einem Club in der Innenstadt. Das Ganze heißt *A New World.* Irgendwie so was mit ganz vielen Folksongs. Helen wird noch berühmt, ich schwör's euch.«

»Ist das wahr?« fragte Maggie.

Helen zuckte nur wieder die Achseln. »Erzähl es bloß nicht Mom«, sagte sie.

»Du singst in einer Show?« fragte Debbie.

»Mach nicht so ein schockiertes Gesicht«, sagte Helen. »Ich habe eine gute Stimme.«

»Das Gesicht hat auch nicht gerade geschadet«, bemerkte ihre Mitbewohnerin.

Vom Flur her tönte ein schnarchendes Geräusch, wie wenn jemand ausgiebig die Nase hochzieht und sich räuspert. Dann hörte man es spucken, und danach wurde die Toilette gezogen. Maggie und Debbie starrten sich entgeistert an, als ein großer Mann mit wirrem roten Haar ins Wohnzimmer spaziert kam. Brust und Füße waren nackt, und seine Hose hing ihm so tief auf den Hüften, daß vorne aus dem Bund ein schmaler Streifen Schamhaar hervorsah. Er kratzte sich am Bauch und gab immer noch schnorchelnde Geräusche von sich. Als er die Mädchen sah, warf er ihnen einen schläfrigen Blick zu. »Verzeihung, falsch verbunden«, sagte er und marschierte wieder den Flur hinunter. Dann hörten sie, wie eine Tür ins Schloß fiel.

»Hoppla«, sagte die Mitbewohnerin.

»Ich muß zur Arbeit«, sagte Helen.

»Wird das Stück denn tagsüber gegeben?« fragte Debbie.

»Ich arbeite immer noch als Bedienung. Für das Stück kriege ich drei Dollar pro Vorstellung. Damit kann ich nicht mal mein Schampoo bezahlen.«

Maggie hatte Angst, zur Toilette zu gehen, aber sie mußte so dringend, daß sie es garantiert nicht bis nach Hause schaffen würde, wenn sie jetzt nicht ging. Sie warf erst einmal einen kurzen Blick um die Ecke, aber von dem Mann mit dem roten Haar war nichts zu sehen. Der Sitz am Klo war hochgeklappt, und der Duschvorhang von innen naß. Maggie hätte gern in den Toilettenschrank geguckt, aber sie fürchtete, daß sie jemand dabei sehen oder hören würde. Sie ließ das Wasser laufen und kniff sich in die Wangen, damit sie auch so schön rosig würden.

»Kannst du mir mal eben helfen?« hörte sie Helen aus einem Zimmer ein Stück den Flur entlang rufen, und sie wartete, ob der Mann reagieren würde, bevor sie selber in das Zimmer ging.

Es war ein seltsames Sammelsurium mit Helens alter kobaltblauer Überdecke auf dem Bett und einem seidigen Souvenirschal mit New-York-Aufdruck als Lampenüberwurf. An der Wand hing ein Poster von einer Taschenuhr, die aussah, als würde sie gleich in den Boden schmelzen, und daneben ein Foto von einem jungen Mann, der Maggie ein wenig an Richard erinnerte. »Dali«, sagte Helen. »James Dean.« Maggie fiel keine passende Antwort ein; es war, als würden die hier in diesem Apartment nur in Geheimsprache verkehren. Helen zeigte auf eine Reihe kleiner Knöpfe am Rücken ihres Kleides. »An die mittleren komme ich nicht dran«, sagte sie, und Maggie beugte sich mit gerunzelter Stirn darüber.

»Du bist gewachsen«, sagte Helen. »Bald wirst du so groß sein wie ich.«

»Größer als meine Mutter bin ich schon«, sagte Maggie.

»Aber nicht größer als Richard Joseph. Ist er immer noch *en vogue*?«

Für Maggie waren sie damit mal wieder bei der Geheimsprache angelangt. Sie zuckte die Achseln. »Er ist gar nicht so toll, wie alle denken«, sagte Maggie, während sie versuchte, den nächsten Knopf durch seine Öse zu pfriemeln, und sich fragte, wie Helen je in dieses Kleid kommen wollte, wenn gerade niemand da war.

»Bravo«, sagte Helen. »Ich kenne diese Sorte Jungs. Alles nur heiße Luft. Er ist niedlich, aber irgendwie ein bißchen zu sehr von sich selbst eingenommen.«

»Debbie mag ihn trotzdem sehr.«

»Überrascht mich gar nicht. Du und Debbie, ihr seid wie Feuer und Wasser.« Maggie runzelte die Stirn. Sie war fertig mit den Knöpfen, aber sie fummelte immer noch hinten an dem Kleid herum, weil sie die Unterhaltung gerne fortsetzen wollte. »Ich kann dir jetzt schon ganz genau sagen, was Debbie in zwanzig Jahren machen wird«, fügte Helen hinzu.

»Was?«

»Sie wird drei Kinder haben und in Kenwood leben oder einem ganz ähnlichen Ort. Sie wird mit jemandem verheiratet sein, den sie auf der High-School kennengelernt und geheiratet hat, bevor sie mit der Uni fertig war. Sie wird sagen, daß sie ihr Studium zu Ende macht, sobald die Kinder in die Schule gehen. Wenn du sie fragst, ob sie glücklich ist, wird sie sagen ›Oh, natürlich bin ich glücklich‹, und das wird die volle Wahrheit sein.«

»Und was ist daran so schlimm?« wollte Maggie wissen.

»Gar nichts, wenn es das ist, was man will. Nur, daß die meisten Leute sich nicht wirklich dazu entscheiden, es passiert einfach so. Mein Leben in zwanzig Jahren wird anders aussehen.«

»Erzähl mir von deinem«, sagte Maggie, gab es auf, so zu tun, als gäbe es noch Knöpfe zuzumachen, und setzte sich aufs Bett.

»Ich habe nicht die blasseste Ahnung. Vielleicht werde ich Schauspielerin sein. Vielleicht Tänzerin. Vielleicht bin ich aber auch nicht gut genug für irgendwas davon und ende doch mit drei Kindern und einem Haus in Kenwood.« Sie lachte, und Maggie zog wieder die Stirn in Falten. »Du hast recht, Maggie, das ist ein bißchen weit hergeholt. Der Punkt ist einfach der, daß ich bisher noch nichts getan habe, das mich auf eine bestimmte Richtung festlegen würde. Jemand wie meine Schwester läuft immer einfach auf die nächste Entscheidung zu. In zwei, drei Jahren wird sie irgendeinen Freund haben, und dann wird sie sich an ihn gewöhnen und er sich an sie. Jedesmal, wenn sie mit dem Auto losfahren, werden sie ein bißchen weiter gehen, bis es kein weiter mehr gibt. Und dann werden sich ihre Familien kennenlernen, und alle warten nur darauf, daß sie sich verloben, und genauso kommt es dann auch. Und dann sind sie verheiratet, und die Kinder kommen und so weiter und so weiter bis ans Ende aller Tage. Wie alt seid ihr noch mal?«

»Fast dreizehn«, sagte Maggie, weil ihr das viel besser in den Ohren klang als zwölf.

»Die Entscheidungen, die du triffst, wenn du dreizehn bist, können über dein ganzes Leben bestimmen.«

»Aber kann man sich denn nicht ändern?«

»Manchmal schon. Du kannst mit dem Freund Schluß machen und jemand anderen heiraten. Aber dann, nach einer Weile, kannst du überhaupt nichts mehr ändern. Wie bei meinen Eltern. Kannst du dir vorstellen, wie einer von meinen Eltern morgens aufwacht und beschließt, die sieben Kinder sausenzulassen oder vielleicht irgendwo anders hinzuziehen, wo sie keine Menschenseele kennen?«

»Das hat Debbie auch gefragt.«

»Einen Moment mal. Daß ich hier nichts falsch verstehe. Meine kleine Schwester hat so was gefragt?«

»Sie hat gesagt, Eltern hätten keine Zukunft, deren Leben sei schon vorbei.«

»Ach so. Aber das ist nicht dasselbe. Dein Leben ist vorbei, wenn du tot bist. Aber *was für ein* Leben du führst, das entscheidet sich ganz früh und manchmal nur aus Zufall. Manchmal ist es natürlich auch eine Charakterfrage. Wie bei Monica Scanlan. Was macht Monica in zwanzig Jahren?«

»Sie wird verheiratet sein«, sagte Maggie.

»Kinder?«

»Nur zwei. Genug, damit es aussieht, als ob sie alles richtig gemacht hat, aber nicht so viele, daß sie zuviel Arbeit machen oder sie vielleicht noch dick wird.«

Helen grinste. »Kenwood?«

»Nein«, sagte Maggie. »Irgendwo mit größeren Häusern.«

»Kalifornien!« schrie Helen.

»Kalifornien?« fragte Maggie.

»Und ist sie glücklich und zufrieden bis an ihr Lebensende?« fragte Helen.

Maggie hörte auf zu lachen. »Nein«, sagte sie leise. »Monica wird nie glücklich sein, egal was kommt.«

»Gar nicht so schlecht, Maggie«, sagte Helen. »Und du, was machst du in zwanzig Jahren?«

»Weiß ich nicht.«

»Ehemann?«

Maggie dachte daran, wie ihre Eltern getanzt hatten, und an den Streit, während ihr Großvater halbtot dalag, und daran, wie John Scanlan Mary Frances gesagt hatte, er werde sie heiraten, ob es ihr nun gefiele oder nicht, und an den Nagel in ihrem Schmuckkasten und die Druckstellen von Richards Fingern auf ihrem Arm. Sie hatte heute wieder ein Kleid mit langen Ärmeln an, damit man die inzwischen bräunlich-gelben Flecken nicht sah. »Ich weiß nicht«, sagte sie schließlich.

»Kinder?«

»Ich weiß nicht.«

»Kenwood?«

»Ich weiß nicht.«

»Ich glaube, das ist ein gutes Zeichen«, sagte Helen. »Die meisten Leute, die wir kennen, würden jede einzelne dieser Fragen mit ja beantworten. Denk immer daran, daß man manchmal nur so in etwas hineingerät, und dann kommt man nicht wieder heraus. Keine Entscheidung zu treffen ist auch eine Entscheidung.«

»Keine Entscheidung zu treffen ist auch eine Entscheidung?«

»Ganz genau.« Und dann machte Helen frech die Stimme von Mutter Ann Bernadette, der Mutter Oberin vom Herz Jesu, nach und fügte hinzu: »Ich bin so froh, daß wir uns einmal aussprechen konnten, Miss Scanlan.« Sie nahm ihre Handtasche auf. »Ich komme zu spät zur Arbeit.«

»Danke, Helen«, sagte Maggie.

Helen lächelte. Sie hatte ein so klares Gesicht, als wäre es eben aus einem blassen Stein herausgemeißelt worden. »Danke fürs Zuknöpfen. Immer schön brav sein. Hast du meinen Badeanzug inzwischen mal angehabt?«

»Er paßt mir nicht«, sagte Maggie.

»Bald, Maggie. Bald wird er dir passen.«

Debbie saß draußen im Wohnzimmer und redete mit Helens

Mitbewohnerin. »Wir müssen jetzt gehen«, sagte Debbie. »Wir haben noch viel vor!« Maggie sah an ihrem Kleid hinunter. Am Saum war es immer noch feucht, und ab und zu blieb ihr der Rock noch an den Beinen kleben. Der Mann war wieder ins Wohnzimmer zurückgekommen. »Weiß jemand, wo ich meine Schuhe gelassen habe?« sagte er.

»Tschüß«, sagte Debbie.

»Tschüß«, sagte Helen.

»Arrivederci«, sagte der Mann mit dem roten Haar vom Fußboden hoch. Er sah gerade unter die Couch. Maggie wunderte sich über ihn. Wenn sie morgens ihre Sandalen nicht finden konnte, waren sie auch immer unter dem Sofa, aber sie hatte noch nie einen Erwachsenen gesehen, dem das passierte.

Die beiden Mädchen waren schweigend im Aufzug nach unten gefahren. Ihr Zug stand schon auf dem Gleis, und sie stürzten, begleitet vom satten Platschen ihrer nassen Schuhe auf dem Beton, die Stufen zur U-Bahn-Station hinauf. Als sie sich schließlich auf die Plastiksitze fallen ließen, waren sie erst mal einen Augenblick lang außer Atem. Maggie hielt den Regenschirm zwischen den Knien.

»Worüber habt ihr gesprochen, du und Helen?« fragte Debbie irgendwann.

»Über die Zukunft.«

»Hast du ihr gesagt, was beim Tischerücken herausgekommen ist?«

»Nein«, sagte Maggie und zupfte an einem Nietnagel. Sie wollte Debbie nicht erzählen, wie es ihr in zwanzig Jahren gehen würde, ebensowenig wie über den Badeanzug. Sie schwiegen wieder, und der Zug rüttelte sie hin und her und wiegte sie halb in Schlaf.

»Glaubst du, er hat da geschlafen?« fragte Maggie schließlich und betrachtete die Reklameschilder für Anti-Faltencreme und eine abgeschlossene Schulausbildung gleich über den schmutzigen U-Bahn-Fenstern.

»Blöde Frage«, antwortete Debbie, aber Maggie wußte

nicht, ob sie damit natürlich ja meinte oder natürlich nein. Sie rauschten durch die Tunnel mit ihrer warmen Luft und dem fettigen Geruch. In der Bronx fuhr der Zug plötzlich überirdisch in dieses gleißende Sonnenlicht hinein, das Maggie seit Wochen nicht mehr gesehen zu haben glaubte. Sie drehte sich auf ihrem Sitz um, um die Dächer der Mietskasernen vorbeiziehen zu sehen, und spähte in die Fenster der Wohnungen, wo sie gelegentlich eine leichtbekleidete Frau hinter den Vorhängen herumgehen sah. Auf einer Feuertreppe gleich gegenüber einer der Haltestellen saßen zwei Jungs in Shorts und kauten Kaugummi, und als sie merkten, daß Maggie sie beobachtete, zeigten sie ihr beide den Mittelfinger. Sie wandte sich ab. Die beiden Mädchen waren allein im Wagen.

»Glaubst du, daß Helen tatsächlich mal berühmt wird?« fragte Debbie.

»Ja, das glaube ich«, sagte Maggie.

»Ich denke nicht, daß dieser Typ da geschlafen hat«, sagte Debbie.

»Ich auch nicht.«

»Sag meiner Mom nichts davon.«

»Bestimmt nicht.«

»Und deiner auch nicht.«

»Keine Sorge.«

Dann hatten sie nichts mehr gesagt, bis sie zu Maggies Haus kamen. Es schien niemand da zu sein, was in letzter Zeit ja häufiger vorkam. Als Maggie aus dem Badezimmer kam, stand Debbie mit dem kalifornischen Badeanzug in der Hand da und drehte und wendete ihn, als fragte sie sich, was das wohl wäre.

»Du hast meiner Schwester den Badeanzug gestohlen«, sagte sie.

»Du hast in meinen Schubladen geschnüffelt«, gab Maggie zurück. Und plötzlich sog sie heftig die Luft ein, weil sie merkte, daß Debbie ja schon Hunderte von Malen in ihren Schubladen gewühlt hatte, und sie hatte bis heute nie etwas dagegen gehabt.

Als hätte sie ihre Gedanken gelesen, antwortete Debbie: »Ich gucke immer in deine Schubladen. Aber ich habe noch nie etwas gestohlen.«

»Ich habe ihn nicht gestohlen. Sie hat ihn mir geschenkt. An dem Tag, als sie ausgezogen ist.«

»Lügnerin.«

»Es stimmt«, sagte Maggie. »Frag sie doch.«

Debbie sah sie an, und dann warf sie den Anzug auf das Bett. Maggie fragte sich, ob es vielleicht besser gewesen wäre, so zu tun, als hätte sie ihn tatsächlich genommen. Bis zu diesem Augenblick hatte sie nie richtig verstanden, wie schwer es sein mußte, Helen Malone zur Schwester zu haben.

»Ich gehe jetzt zu Bridget«, sagte Debbie und schob sich an Maggie vorbei. In der Tür drehte sie sich noch einmal um. »Ich werde auch jemand sein«, sagte sie, und dann fügte sie hinzu: »Ich hoffe nur, *du* wirst dich auch noch mal weiterentwikkeln.«

Maggie hatte gewußt, daß sie für alles würde bezahlen müssen: für die Zeit mit Helen, den Badeanzug, für Debbies Unterstellung, daß sie etwas genommen hatte, das ihr nicht gehörte. Jedesmal, wenn sie an diesen Augenblick in ihrem Zimmer dachte, wurde ihr übel, aber nicht so übel wie am selben Abend noch, als sie Debbie auf der Baustelle aufspürte und sie sie provozierte, das Streichholz anzuzünden. Ihre Augen hatten gemein gefunkelt, da war auch nicht die Andeutung von Freundschaft. Hinter Debbie konnte sie Bruce stehen sehen, mit rot angelaufenem Gesicht und einem Ausdruck, als wollte er sagen: »Tu's nicht. Du mußt das nicht tun.« Sie fragte sich, warum er da war. Er schien längst nicht mehr soviel wie sonst hinter Richard herzulaufen.

»Los doch«, sagte Richard, und die Stille war so überwältigend, daß das Kratzen des Streichholzes an der Reibefläche wie ein schrilles Alarmzeichen durch den Raum tönte. In der Dunkelheit loderte eine winzige Flamme auf.

»Ich habe heute deine Mom mit diesem Typ an der High-

School gesehen, Maggie«, sagte Debbie mit einem bösen Ton in der Stimme. »Sie haben auf dem Parkplatz gestanden. Bridget sagt...« Bevor Maggie erfahren konnte, was Bridget Hearn über ihre Mutter und Joey Martinelli gesagt hatte, hatte sie das Streichholz weggeschnippt wie einen unliebsamen Gedanken. Die Garagenecke zündelte wie ein Feuerwerk, und das Echo vom Kratzen des Streichholzes wurde von den tosenden Flammen aufgezehrt. Dann machten sie alle auf dem Absatz kehrt und rannten in die Dunkelheit.

Als Maggie auf einer der noch ungeteerten neuen Straßen um die Ecke bog, meinte sie, Schritte hinter sich zu hören, aber nach einer Minute wurden sie leiser und waren schließlich verschwunden. Der Boden war mit Schotter bedeckt, solange noch kein Asphalt gegossen war, und plötzlich rutschte sie weg und fiel auf die Straße; seitlich am Oberschenkel und in einer Handfläche spürte sie einen stechenden Schmerz. Plötzlich war wieder ein Geruch hinter ihr, und dann krochen Scheinwerfer über den Schotter und glitten langsam vorbei. Sie fühlte sich vom Licht erfaßt und schloß die Augen, weil sie fürchtete, daß das Hellgrün in der Dunkelheit zu sehr hervorstechen würde. Aber der Wagen kroch vorüber. Im Licht der Armaturen sah sie Joey Martinelli hinter dem Steuer sitzen. Er sah seltsam aus, aber erst als er schon längst vorbei war und sie wieder auf den Füßen stand und ihr das Blut am Bein hinunter in die weißen Turnschuhe lief, fiel ihr schließlich auf, daß es ausgesehen hatte, als hätte er eine Kleeblattkette um den Kopf gehabt.

Als sie in der Küche angekommen war, wusch sie ihr Bein ab und umwickelte es mit Gaze. »Mom?« rief sie leise, und dann noch einmal, etwas lauter: »Mom?« Schließlich hörte sie die Stimme ihres Vaters im abgedunkelten Wohnzimmer. Als sie hineinging, lief ein Baseballspiel im Fernsehen, und der Raum wurde nur vom weißen Schimmer des Bildschirms erleuchtet.

»Sie ist nicht da, Maggie«, sagte er. »Sie ist bei Celeste. Oder sonstwo.« In seiner Stimme schwang soviel stille Resignation mit, und er starrte so unbeirrt auf den Bildschirm, daß Maggie keine weiteren Fragen stellte. Sie ging nach oben, weinte in Helens alten schlaffen Badeanzug auf ihrem Kopfkissen und wischte sich ab und zu ihr geschwollenes Gesicht damit ab.

15

Als das Telefon klingelte, nahm Connie Joseph vom Boden auf und trug ihn über den Flur ins Schlafzimmer. Sie hatte sich noch nie mit diesem Telefon anfreunden können, das ihrer Meinung nach doch nichts anderes war als ein Überbringer schlechter Nachrichten. Ihre Eltern hatten sich erst zu einem Telefon entschlossen, nachdem ihre Mutter eines Tages einen Ohnmachtsanfall gehabt hatte, aber dann hatte der Apparat nur stumm auf irgendeinem Tisch zwischen den billigen Porzellanfiguren gestanden und Staub angesetzt. Wenn es tatsächlich einmal klingelte, hatten sie alle drei entsetzt darauf gestarrt, und dann mußte jedesmal Connie drangehen. Tommy hatte nie verstanden, warum sie sich immer gleich am Ende des Abends wieder mit ihm verabreden wollte, anstatt irgendwann in der Woche am Telefon etwas auszumachen, und sie wußte nicht, wie sie es ihm erklären sollte. Was sollte sie ihm denn sagen? Daß sie in einem Haus lebte, in dem jeder versuchte, die allgemeine Verständigung auf ein Minimum zu beschränken?

Sie setzte Joseph auf ihr Bett und nahm den Hörer ab. Das Baby starrte an die Decke, legte den Finger auf den Nasenrükken und rieb sich das Ohr seines alten, braunen Teddybären über Wange und Kinn. »Bär«, sagte er.

»Hallo?« sagte Connie, streichelte seinen warmen Bauch und lächelte ihn an.

»Hallo, Connie. Hier ist Monica. Ist Maggie da?«

Normalerweise kamen die Scanlan-Enkel nicht damit durch, ihre Onkel und Tanten einfach beim Vornamen zu nennen. Connie wußte nicht recht, was sie sagen sollte. Schließlich antwortete sie nur: »Nein.«

»Nein, nein, NEIN«, sagte Joseph laut zu seinem Bären.

»Wie bitte?« sagte Monica.

»Ich sagte *nein*«, wiederholte Connie.

Joseph brabbelte noch immer vor sich hin, so daß Connie nur schwer etwas verstehen konnte. »Kannst du ihr bitte sagen, daß ich sie als zweite Brautjungfer bei meiner Hochzeit haben möchte?« sagte Maggie.

»Wie bitte?«

Monica wiederholte den Satz, als hätte sie ihn ziemlich lange geübt.

»Jetzt bin ich aber verwirrt«, sagte Connie. »Du willst heiraten?«

»Ihr bekommt die Einladung diese Woche. Wir heiraten Ende des Monats.«

»Ende *dieses* Monats? Wer ist es denn?«

»Ihr kennt ihn nicht. Er geht aufs Fordham. Heißt Donald Syzmanski. Sein Vater ist Polizist.« Stille. »Sergeant«, fügte Monica unterkühlt hinzu, als wäre die Stille als Kritik zu verstehen gewesen.

Connie wußte nicht, was sie sagen sollte. Es war das längste Gespräch, das sie je mit ihrer Nichte geführt hatte. Monica hatte sie immer an Gigi Romano erinnert, eine Schönheit mit einem unglaublich zarten Näschen, die mit ihr in die High-School gegangen war und eine ganze Sammlung von Kaschmir-Twinsets besessen hatte. Ihr Vater hatte angeblich beim organisierten Verbrechen die Finger mit im Spiel gehabt. Im Sommer, nachdem sie mit der Schule fertig waren, hatte sie einen um einiges älteren Italiener geheiratet und war mit ihm nach Las Vegas gezogen. Auf Gigi Romanos Hochzeit waren siebenhundert Personen gewesen, und ihr Brautkleid hatten die Nonnen in einem Kloster in Italien von Hand mit Perlen bestickt. Gigi Romano hatte Connie in der Schule immer den »Totenvogel« genannt, weil sie auf dem Friedhof wohnte, und hatte sich dabei jedesmal königlich amüsiert. Connie hatte keine Ahnung, wie sie ausgerechnet jetzt wieder darauf kam.

»Hast du dir schon ein Kleid ausgesucht?« fragte sie schließlich, weil ihr nichts Besseres einfiel, aber sobald der Satz heraus war, merkte sie, daß das im Moment nun wirklich unwichtig war, und lachte verlegen.

»Gestern«, sagte Monica kühl.

Connie wußte immer noch nichts zu sagen. Schließlich sagte Monica mit zittriger Stimme in die Stille hinein: »Ich hatte gedacht, gerade du würdest das verstehen. Bitte richte Maggie aus, was ich dir gesagt habe.«

»Ich finde, du solltest lieber noch mal anrufen und sie selber fragen.«

»O nein, vielen Dank«, sagte Monica.

Connie schwieg. »Es tut mir leid, Monica«, sagte sie schließlich.

»Alles wunderbar«, sagte Monica. »Danke bestens.« Und dann legte sie auf.

»Bär«, sagte Joseph.

Connie legte sich neben ihm aufs Bett und legte die Hände auf den Bauch. Er war bisher nur leicht gerundet, aber wenn sie auf dem Rücken lag, wurde er auch nicht mehr ganz flach. Jetzt war sie im dritten Monat und hatte drei Pfund abgenommen durch das ständige Erbrechen. Ihr nackter Oberkörper sah aus wie ein gestreiftes Hemd, weil die Rippen so vortraten. Sie wußte, daß das nichts ausmachen würde, das Baby würde gesund und kräftig sein, genau wie die anderen. Ihr Hochzeitskleid war Größe 36 gewesen, und dann hatte Maggie bei der Geburt neun Pfund gewogen. Welche Frau wußte schon, was sie in sich trug, bevor es herauskam?

Sie fühlte kleine Finger auf ihrem Arm. Joseph streichelte sie mit der einen Hand, während er mit der anderen seinen Teddy festhielt. Er steckte den Daumen in den Mund, und sie vergrub ihr Gesicht in seinem Nacken. Er war der einzige, den sie noch so liebhaben konnte. Die beiden ältesten wichen ihr aus, dabei hatte sie Maggie schon seit Jahren nicht mehr zu küssen versucht, und bereits damals war es ihnen irgendwie peinlich gewesen. Bei Damien, der über sie herfallen konnte wie ein verklemmter Jüngling auf dem Rücksitz nach einer High-School-Fete, wußte sie auch nicht mehr so genau, woran sie war. Aber Joseph lag einfach nur still da und freute sich über die Aufmerksamkeit. Sie blieb lange so liegen.

Monica tat ihr leid. Nicht etwa, weil sie offensichtlich heiraten ›mußte‹, sondern weil sie sich dachte, daß das Mädchen diese Tatsache in ihre Grundhaltung dem Leben gegenüber einsickern lassen würde, wo es dann auf ewig vor sich hin brodelte. Sie würde immer das Gefühl behalten, in eine Falle gegangen zu sein, obwohl sich ihr Leben, wenn sie jetzt nicht schwanger geworden wäre, wahrscheinlich auch nicht viel anders entwickelt hätte. Connie versuchte sich zu erinnern, wann sie selber gemerkt hatte, daß es so war, aber dann dachte sie, daß sie es gar nicht erst hatte merken müssen. Sie war an ihrem Hochzeitstag glücklich gewesen; als das kleine, von Blumen und Grabsteinen umstandene Tudorhäuschen durch die Rückscheibe der Limousine immer kleiner wurde, hatte sie zu sich gesagt: »Jetzt kann das richtige Leben beginnen.« Connie hatte den Verdacht, daß Monicas richtiges Leben schon hinter ihr lag. Es würde hart für sie sein, es aufzugeben.

Wieder dachte sie an Gigi Romano: Einmal hatte Celeste Connie erzählt, daß Gigi keine Kinder hatte, nur Pudel und einen Zwerg von Chauffeur, der sie in ihrem klimatisierten Wagen durch das trocken-heiße Las Vegas überallhin fuhr. Connie dachte, daß Monica Scanlans Kind es nicht eben leicht haben würde. Ach so, dachte sie, von nun an wird sie ja Monica Syzmanski sein. Sie wußte, es war gemein, und gerade sie sollte eigentlich Verständnis haben, aber sie konnte sich einfach nicht helfen: Connie begann zu kichern. Joseph kicherte auch.

Sie strich mit der Hand über die Patchwork-Tagesdecke aus einem geblümten Synthetikstoff, der wie Seide aussehen sollte. Selbst bei der Hitze war er noch leicht kühl. Sie wußte, daß das keine Scanlan-Decke war. Chenille, das war es, was man von ihr erwartete, aber sie haßte Chenille. Immer wenn sie im Scanlanschen Haus diese Tagesdecken sah, hatte sie das Gefühl, in ein unbelegtes Zimmer in einem Hotel zu sehen.

Sie strich über die Decke, rauf und runter, rauf und runter. Sie fuhr gerne mit der Hand über die Gegenstände, ließ sich Sand durch die Finger gleiten oder befühlte den kleinen Pelzkragen an ihrem Wintermantel. Wahrscheinlich war es das, was sie auch an Babys so besonders mochte, daß sie ungefähr ein Jahr lang mit den Händen über ihre kleinen Körper gleiten konnte – blaßrosa wie das Innere einer Muschel – und diese herrlich echtseidene Haut spüren durfte. Irgendwann fühlte sie sich dabei dann nicht mehr wohl und hörte damit auf. Vielleicht war es die Erinnerung an diesen Augenblick mit Celeste und ihrem Vater vor Jahren auf dem Friedhof, als sie in den sexuellen Abgrund gesehen hatte, der sich beinahe über Nacht zwischen Eltern und Kind auftun konnte. Vielleicht, dachte Connie dann, lag es aber auch daran, daß die Berührung eines Kindes sich anfühlte, als berühre man den besten Teil seiner selbst. Connie, die isoliert inmitten von Toten aufgewachsen war, hatte nie gelernt, andere Menschen mit einer gewissen Selbstverständlichkeit zu berühren. Die einzige Ausnahme war ihr Ehemann, der sie auf die gleiche Weise spüren wollte wie sie ihre noch kleinen Kinder: voller Besitzerstolz und in dem Wissen, daß er da eine Art Ableger seines eigenen Ichs liebkoste. Sie mochte auch, wie Tommy sich anfühlte, aber nicht so nebenbei oder zufällig, nur nachts im Bett, wenn sie es wirklich wollten, was während ihrer Schwangerschaften nur selten vorkam und im Moment überhaupt nicht, er blieb auf seiner Seite des Bettes und murmelte im Schlaf.

Connie befühlte wieder ihren Bauch und seufzte. Das Telefon klingelte erneut. Als sie abnahm, hörte sie nur jemanden atmen. Sonst herrschte Stille. »Hallo«, sagte Connie noch einmal ungeduldig.

»Oh, entschuldige bitte«, hörte sie die Stimme ihrer Schwiegermutter. »Ist Tom da?«

»Er ist bei der Arbeit.«

»Ach, Gott, ja. Hat er mit James gesprochen?«

»Ich weiß nicht. Ich hatte gerade Monica am Apparat.«

»Ach ja?« sagte Mary Frances mit zittriger Stimme. »Und wie klang sie?«

»Hochnäsig.«

»Verzeihung?«

»Sie hörte sich ganz in Ordnung an«, sagte Connie und ließ sich wieder aufs Bett zurücksinken. Joseph war gerade dazu übergegangen, am Telefonkabel herumzukauen.

»Ich verstehe die Welt einfach nicht mehr«, sagte Mary Frances, und Connie fand, daß sie sich wirklich kläglich anhörte.

»Ich weiß genau, was du meinst«, sagte Connie ganz ehrlich.

»Ja, wirklich? Ja. Gut. Ach ja... naja, ich glaube, ich versuche es jetzt besser mal bei Tommy. Ist er immer noch in der Zementfirma, oder arbeitet er inzwischen schon mit Mark zusammen? Ich weiß gar nichts; dein Schwiegervater hat mir zwar gesagt, er würde mit ins Geschäft einsteigen, aber nicht, wann.«

Es folgte eine lange Stille, und schließlich sagte Connie: »Ich weiß nicht genau, wo er ist. Er weiß noch gar nichts von der Sache.«

»Weiß ich doch, Liebes. Es würde mir nur helfen, wenn ich mit ihm sprechen könnte. Er ist so ein guter Junger.« Wieder herrschte eine lange, nur von angestrengtem Atmen durchbrochene Stille, und dann sagte Mary Frances hastig: »Natürlich heiraten die Jungen irgendwann, und was bleibt einem dann? ›Einen Sohn mußt du irgendwann einer anderen geben, eine Tochter aber bleibt dir fürs ganze Leben.‹ Ich habe das schon so oft gehört, und neulich war's sogar in *Dear Abby,* stell dir nur mal vor. Da muß es doch wahr sein. ›Eine Tochter aber bleibt dir fürs ganze Leben.‹ Daran solltest du immer denken.«

Connie fühlte sich, als hätte sie Mary Frances ohne Kleider überrascht, als könnte sie zum erstenmal sehen, was sich hinter den pastellfarbenen Bouclémänteln und den kleinen Hütchen mit Schleier verbarg. Sie erinnerte sich, wie John Scanlan einmal herumgewitzelt hatte, was für ein Plappermäulchen seine Frau doch gewesen sei, als er ihr zum erstenmal begegnete – »mündlicher Dünnpfiff« hatte er einmal gesagt, und Connie und Tommy waren gleichzeitig zusammengezuckt –, aber dieses Mädchen hatte Connie nie kennengelernt, nur die Frau, die ihre Familie gelegentlich mit klaren, scharfsichtigen Augen ansah, wenn sie die Cocktailwürstchen herumreichte.

Schließlich sagte Mary Frances noch einmal: »Tom war immer ein guter Junge.«

»Das ist er immer noch«, sagte Connie, schon sehr viel weniger mitfühlend.

»Natürlich, Liebes«, sagte Mary Frances mit etwas festerer Stimme, wieder mehr sie selbst. »Ich rufe ihn jetzt mal an.«

Als sie aufgelegt hatte, ließ Connie ihre Hände wieder über die Bettdecke gleiten, auf und ab. Joseph fing an, gleichmäßig zu atmen. Seine schwarzen Augen waren nur noch schmale Schlitze in dem moppeligen, rosigen Gesicht. Von draußen vor dem Fenster kam ein Hupen, dann noch eins. Das Baby machte ganz langsam die Augen wieder auf.

»Aah, gut«, sagte Connie zu sich selber, sprang auf und bürstete sich die Haare. »Wollen wir ausfahren, Jojo?«

»Fahren«, sagte Joseph, als sie ihn hochnahm.

»Mach winke, winke«, sagte Connie.

»Winke, winke«, sagte Joseph und winkte dem Bett zu.

Joey Martinelli stand mit seinem Auto in der Auffahrt, und als er sie herauskommen sah, rückte er rüber, um ihr den Fahrersitz freizumachen. Sie setzte Joseph nach hinten, wo er sich zusammenrollte und den Daumen in den Mund nahm. »Ich habe mich in meinem ganzen Leben nicht so gefreut, jemanden zu sehen«, sagte Connie, und dann fuhren sie schweigend vor sich hin, bis sie den leeren Parkplatz der öffentlichen High-School erreicht hatten. Der Flachbau war, den schrecklichen architektonischen Entgleisungen bei öffentlichen Gebäuden in den fünfziger Jahren entsprechend, in Aquamarin getaucht.

Connie hatte das Gefühl, dieses große Asphaltrechteck inzwischen regelrecht auswendig zu kennen. Sie war mit hundert Stundenkilometern drüberhin gebraust und im allerletzten Moment in die Bremsen gestiegen, bevor der Rasen anfing; sie hatte gelernt, wie man aus der Kurve heraus beschleunigt, und war unzählige Male rückwärts um die Ecke gefahren. In einer Ecke gab es Reifenspuren, die sie vor zwei Wochen selber produziert hatte. Jetzt war rückwärts Einparken dran.

Joey stieg aus, nahm zwei Grenzböcke aus dem Kofferraum und stellte sie am Ende des Parkplatzes direkt vor der Rasenfläche ein ziemliches Stück weit auseinander auf. Als er wieder einstieg, sagte er leise: »Ich freue mich auch, dich zu sehen.« Connie fand, daß seine Stimme sich irgendwie seltsam anhörte, aber als sie zu ihm rübersah, hatte er den Kopf in die andere Richtung gewendet, zum Sportplatz drüben und den Bäumen am Rand.

»Könntest du dich bitte draußen hinstellen und mich einwinken wie sonst auch?« sagte Connie. Jetzt sah er sie an und lächelte. »Nichts da. Nächste Woche hast du Prüfung. Diesmal mußt du's selber machen.«

»Und wenn ich dir einen Kratzer ins Auto fahre?«

»Du wirst mir keinen Kratzer ins Auto fahren«, sagte er.

Außer dem schnorchelnden Atem des Babys auf dem Rücksitz war nichts zu hören. Connie fuhr an, setzte zurück, schlug das Lenkrad ein, zog nach vorne und richtete den Wagen parallel aus. Dann wiederholte sie das Ganze. Bei jedem Mal hörte sie förmlich schon das knackende Geräusch, wenn die Räder eine der Grenzmarkierungen unter sich zermalmen würden, wie wenn man einen Lutscher zerbeißt. Nach einer halben Stunde taten ihr die Arme weh. »Ich brauche eine Pause«, sagte sie, öffnete die Tür, sah hinaus und stellte mit Genugtuung fest, daß sie nur fünfzehn Zentimeter vom Rasen entfernt war und der Wagen noch dazu absolut parallel zum Rand der Straßendecke stand. Sie ließ ihren Kopf gegen die Rückenlehne sinken und strich sich mit beiden Händen das Haar aus dem Gesicht. Jetzt fühlte sie, wie ihre Oberschenkel an den Kunstledersitzen klebten.

»Da ruft doch meine Nichte an, um uns mitzuteilen, daß sie demnächst heiraten wird, was bedeutet, sie ist schwanger«, sagte sie. »Und danach ruft meine Schwiegermutter an und läßt sich darüber aus, was sie in *Dear Abby* gelesen hat. Was für ein Nachmittag.« Darüber, daß Mary Frances irgendwas von einem neuen Job für Tommy erzählt hatte, wovon Connie nichts wußte und was sie jetzt schon ängstlich und wütend zugleich machte, sagte sie nichts. Irgendwie hatte sie das Gefühl, daß es illoyal gewesen wäre, mit Joey über Tommy zu reden.

Joey lachte. »Das hört sich für meine Begriffe nicht gerade nach den Scanlans an«, sagte er.

»Ich weiß. Aber wer weiß schon wirklich, was mit anderen Leuten los ist? Mein Schwiegervater, Superman persönlich, liegt im Krankenhaus. Meine Schwiegermutter, Emily Post, liest *Dear Abby*. Die Tochter von Tommys Bruder, die man in der Öffentlichkeit noch nie mit einem Fleck auf dem Kleid oder ohne frisch eingedrehte Locken gesehen hat, ist plötzlich schwanger. Und meine eigene Tochter, die bisher immer so wirkte, als würde sie nie erwachsen werden, hat zwei ziemlich gewagte Badeanzüge in ihrer untersten Schublade vergraben und trifft sich nachts mit Jungs in diesen verdammten Häusern, die ihr da baut.«

»Tut sie das?«

»Das machen sie doch alle.«

»Frag sie mal, ob sie weiß, wer die Feuer legt. Letzte Nacht haben sie eine Garage abgefackelt. Wenn es windig gewesen wäre, hätte ein halber Straßenzug dran glauben müssen.«

Connie seufzte. »Mein Gott, was für ein Sommer. Werden wir das wohl irgendwie überstehen? Ich habe so richtig das Gefühl, als wäre in dem Moment, wo du aufgetaucht bist, das totale Chaos ausgebrochen.«

»Hey«, sagte Joey, »mach bloß nicht mich dafür verantwortlich.«

»Ich mache niemanden für irgendwas verantwortlich. Die Leute glauben nur, was sie auch glauben wollen. Daß Kinder immer bleiben, wie sie sind, oder daß ein Mädchen, das aussieht wie eine Shirley-Temple-Puppe, auch tatsächlich immer brav ist. Und wenn du in einem großen Haus wohnst, ist auch alles in Ordnung.« Connie zuckte die Schultern. »Weißt du, wie die Familie meines Mannes sich vorgestellt hat, wie ich wohl sein würde? Wie Doris Delgaudio.«

Connie und Joey platzten gleichzeitig los. Doris Delgaudio hatte nur ein paar Häuser von den Martinellis entfernt gewohnt. Sie trug ihren Lippenstift immer fingerdick auf, liebte Caprihosen und Modeschmuck mit vielen Glasperlen. Ihr Hinterteil wippte beim Gehen von einer Seite des Fußwegs zur anderen, und sie wurde von einem leise klirrenden Geräusch begleitet wie bei diesen Windspielen aus Asien, weil der ganze Tinnef ständig aneinanderklapperte.

»Ich schwör's dir«, stieß Connie hervor und schnappte nach Luft, »die Scanlans haben alle nur darauf gewartet, daß ich das Haus mit Plüsch und roten Vorhängen ausschlage, oder daß ich vielleicht hinten im Garten barfüßig Weintrauben stampfe. Am meisten von allem stört sie aber, glaube ich, daß ich dann doch nicht so war, wie sie erwartet hatten. Ihr Sohn hat eine Makkaroni geheiratet, jetzt sollte sie sich wenigstens auch so benehmen. Ich glaube, es macht sie verrückt, daß ich so gar nichts richtig bin.«

»Klar bist du das«, sagte Joey, »du bist wunderbar.«

Gerade bevor es passierte, wußte Connie für einen ganz kurzen Moment, was jetzt kommen würde, aber es war genauso wie bei den Leuten, die wie erstarrt mitten auf der Straße stehenbleiben, bevor sie von einem Bus angefahren werden. Sie war unfähig, irgend etwas dagegen zu tun. Sie sah, wie sich sein Gesicht bewegte, und dann sein Arm und seine Schulter, und dann hatte er auch schon den Arm um sie gelegt und küßte sie. Sie machte vor Schreck den Mund auf und fühlte seine Zähne.

Es war ein unglaublich komisches Gefühl, von jemand anderem geküßt zu werden als von Tommy. Sie küßte ihn zurück, und ihr wurde ganz warm, und sie setzte sich ein bißchen um in seine Richtung. Sie legte ihm die Hand auf den Nacken und spürte die kurzen Härchen dort, aber es half alles nichts. Während es heiß in ihr aufwallte, konnte sie an nichts anderes denken als: Das ist anders als bei Tommy. Und das. Und das. Er legte ihr die Hand auf ihr nacktes Knie, und sie spürte ein Zukken in der Leistengegend, dann im Bauch.

»Oh, mein Gott«, stöhnte er, »du bist so wunderschön.«

Im *Reader's Digest* hatte sie mal über sogenannte außerkörperliche Erfahrungen gelesen. So etwa mußte sich das anfühlen. Sie hatte das Gefühl, als würde sie sich von ungefähr dort, wo die Innenbeleuchtung saß, selber beobachten und dachte dabei: Ja, stimmt. Ich bin wirklich schön, alles so ganz intensiv in Weiß und Schwarz. Joey strich mit dem Daumen über eine ihrer Brustwarzen, und die Connie, die noch immer in ihrem Körper saß, spürte, wie es sie heiß durchlief. Sie gab ein leises Wimmern von sich. Das Baby auf dem Rücksitz hatte sie völlig vergessen. Als er die Hand zwischen ihre Beine legte, ließ sie sich mit den Schultern zwischen Lenkrad und Rückenlehne nach hinten sacken, und die andere Frau in ihr dachte bei sich: »Genauso war es, als ich das erste Mal schwanger wurde.« Ob nun dieser Gedanke schuld daran war oder die verdrehte Haltung oder vielleicht auch die Hormone, die ihr Körper in der Erregung ausschüttete – jedenfalls merkte sie plötzlich, daß sie sich gleich übergeben mußte.

Mit einer Hand über dem Kopf machte sie die Tür auf und schaffte es irgendwie, auf das Gras hinauszukriechen. Dann würgte sie ein bißchen, und der Boden unter ihr fühlte sich naß an.

Als sie wieder ins Auto stieg, ließ sie die Tür offenstehen, weil sie das Gefühl hatte, aus dem Mund zu riechen. Joey saß mit dem Kopf zwischen den Händen da, und es tat ihr alles so leid, daß sie schon die Hand ausstreckte, um ihm übers Haar zu streichen, aber dann hielt sie mitten in der Bewegung inne. Sie fragte sich, was wohl passiert wäre, wenn ihr Magen sie nicht im Stich gelassen – oder eher gerettet – hätte. Als er schließlich aufsah, konnte sie sich wieder in seinen Augen sehen. Ihr Haar war verwuschelt, und sie sah aus wie siebzehn, und sehr schön.

»Daß ich mich übergeben mußte, hat nichts mit dir zu tun«, sagte sie. »Soweit ich mich noch ans Küssen erinnern kann, machst du das sehr gut.« Sie versuchte zu lachen, aber es kam kein Laut heraus, und er hielt immer noch den Kopf gesenkt. »Mir ist immer so schlecht, wenn ich ein Baby bekomme.«

»Du bist schwanger?« sagte er, und als sie nun in seine erloschenen Augen sah, wußte sie, daß sie rücksichtslos und gemein gewesen war, ohne es auch nur zu merken. Das war die Ehe, dachte sie. Weil sie verheiratet war, hatte sie sich so sicher und unantastbar gefühlt, daß sie gemeint hatte, sie könnte sich von irgendeinem Mann in der Gegend herumkutschieren lassen, ohne auch nur einen Gedanken daran zu verschwenden, wie *er* sich wohl dabei fühlte. Es hatte sie so sicher gemacht, daß sie nicht eben freundlich mit ihrem Mann umgesprungen war und sich über seine Familie lustig gemacht hatte. Früher hatte sie einmal gedacht, als verheiratete Frau würde sie in einer Gruppe von Menschen aufgehen, statt dessen aber hatte es ihr anscheinend ein solches Gefühl der Vollständigkeit gegeben, daß sie es sich leisten konnte, nicht einen einzigen Blick über die Grenzen ihrer eigenen Person hinaus zu werfen. Oder vielleicht war sie auch erst jetzt vollständig, nachdem sie etwas Egoistisches und Falsches getan hatte, etwas nur für sich, damit sie sich zum ersten Mal selber im Spiegel sehen und zu sich sagen konnte: Ach, da bist du ja.

»Ich dachte, du wüßtest es«, sagte sie. »Es tut mir leid.«

Sie dachte, daß es für einen Außenstehenden wahrscheinlich genau so aussehen mußte, wenn man mit seinem Leben nicht zufrieden war und sich einsam und unsicher fühlte. Es sah aus, als wäre man auf dem Sprung, als hielte man nach etwas anderem Ausschau. Sie wußte, daß Monica ihre eigene Ehe so empfinden und denken würde, daß etwas, was man tun mußte und was man manchmal auch haßte, nicht gleichzeitig etwas sein konnte, das man trotzdem wollte. Aber Monica würde sich irren.

Das Baby auf dem Rücksitz gab erste feuchte Schmatzlaute von sich. Es würde bald aufwachen. Connie machte die Fahrertür zu. »Ich muß jetzt nach Hause«, sagte sie sanft und lächelte ihn an.

»Du fährst«, sagte er. Dann stützte er das Kinn in die Hand und sah wieder aus dem Fenster.

Als sie in die Auffahrt einbogen, saß Maggie auf den Stufen. Sie sah ihre Mutter und ging nach drinnen. Wieder dachte Connie daran, was für ein sicheres Gefühl einem die Ehe vermitteln mußte, daß man andere verletzte, ohne es zu merken.

»Ich komme nächste Woche vorbei und hole dich zur Prüfung ab«, sagte Joey.

»Ich glaube nicht«, sagte Connie. »Ich glaube, ich fahre selber hin.«

»Das geht nicht. Ohne einen anderen mit Führerschein darfst du nicht fahren.«

»Dann wird Celeste mitkommen«, sagte Connie, »oder Tommy.«

»Tut mir leid«, sagte Joey. »Ich komme mir wie ein Blödmann vor.«

»Oh, nein. Nein, nein, nein«, sagte Connie.

»Oh, doch.«

Connie hob Joseph vom Rücksitz. »Du bist kein Blödmann«, sagte sie. »Du bist sehr, sehr nett. Und was ich über das Küssen gesagt habe, habe ich auch so gemeint. Du wirst einmal einen wunderbaren Ehemann abgeben.«

Jetzt kam etwas Hartes in sein Gesicht, und er sah zum erstenmal an diesem Nachmittag richtig böse aus. »Du hörst dich an wie eine Mutter«, sagte er, und es klang keineswegs belustigt.

»Genau die richtige Art, wie du an mich denken solltest.«

»Nein. Ich habe gemeint, was ich gesagt habe. Das andere ist mir egal. Das mit dem Baby.«

»Ein ziemlich dickes Problem«, sagte Connie mit einem gezwungenen Lächeln.

»Vorhin hat es sich nicht gerade wie ein großes Problem angefühlt«, gab Joey zurück. Und Connie spürte wieder diese Wärme in sich.

»Ich bin eine verheiratete Frau.« Connie konnte das Zittern in ihrer Stimme genau hören.

»Vorhin hast du dich nicht besonders verheiratet angefühlt. Gib's doch zu, Connie. Du hast einen Fehler gemacht. Du und ich, wir beide sind die gleiche Sorte Mensch.«

»Ich bin mir gar nicht sicher, was für ein Mensch ich bin«, sagte Connie.

»Du bist ein Mensch, den man zu schätzen wissen sollte, keiner, den man wie einen Außenseiter behandeln darf.«

»Vielleicht werde ich immer irgendwie ein Außenseiter sein«, sagte sie. »Vielleicht bin ich so ein Mensch.« Sie drehte sich um und begann aufs Haus zuzugehen. Als sie über die Schulter zurücksah, starrte er ihr hinterher. »Danke, daß du mir Autofahren beigebracht hast«, sagte sie.

»Das ist nicht genug«, sagte er und ließ den Motor an. Er lehnte sich aus dem Fenster.

»Ich komme wieder«, sagte er.

»Wir haben die Grenzböcke vergessen.«

»Nicht wegen irgendwelcher Grenzböcke. Deinetwegen komme ich wieder. Ich würde mir ja Gedanken darüber machen, daß ich dich den Scanlans wegnehme, aber sie haben dich sowieso nie gehabt.«

Connie sah ihn abschätzend an. »Ich bin eine verheiratete Frau«, wiederholte sie.

»Arrivederci, Concetta Mazza«, sagte Joey und fuhr mit quietschenden Reifen aus der Auffahrt, so daß er zwei dicke schwarze Gummispuren zurückließ.

16

Im vorderen Teil des Hausflurs roch es ganz schwach nach einer angenehmen Mischung aus Wachs, frischgemähtem Gras und Leere. Jedenfalls stellte Tommy sich ihren Geruch so vor: ein wenig dumpf und ganz ähnlich wie der Geruch in den Klassenräumen der katholischen Knabenschule, auf die er gegangen war. Alles, was er tat, rief ein Echo hervor: das Schließen der schweren Eichentür, wenn er über das Parkett lief oder den gerade nachgemachten Schlüssel mit den immer noch ein wenig scharfen Kanten an seinen Platz auf dem hölzernen, weißen Kaminsims legte. Der einzige Gegenstand im Haus war eine Flasche Glasreiniger auf dem Küchentresen, die die schwarze Putzfrau dort vergessen hatte, die einmal wöchentlich mit dem Zug aus der Bronx kam, um bei seiner Mutter sauberzumachen.

Das Wohnzimmer war ein langer, selbst in der Sommerhitze kühler Raum mit großen Fenstern an der Außenwand; der gemauerte Kamin gegenüber war innen ringsum mit geblümten Kacheln verziert und rechts und links von eingebauten Schränken umgeben. Auf der anderen Seite des Flurs lag das Eßzimmer mit den halbhoch getäfelten Wänden. Die Küche war riesig. Es gab genug Platz für einen großen Tisch in der Mitte und einen Haufen Stühle drumrum. Davor lag eine abgeschlossene Veranda und davor ein Garten mit so gepflegtem, grünem Rasen, daß es aussah wie auf einem Golfplatz.

Tommy war zum Lunch bei Sal's gewesen und hatte sich danach nicht mehr überwinden können, ins Büro zurückzugehen, wo ihn Buddy Phelan mit schrägen Blicken bedachte und sich fragte, wann er ihm denn nun mitteilen würde, daß er ging. Er war allein bei Sal's gewesen, auf ein Roastbeefsandwich und ein Bier vom Faß. Er aß gern allein, obwohl er das nie zugeben würde. Es kam ihm irgendwie so exzentrisch vor, wie etwa die Gewohnheit eines Mörders, bevor sich herausstellte, daß er ein Mörder war. Aber nachdem er so viele Jahre immer mit anderen am Tisch gesessen hatte, erst mit seinen vier Brüdern und seiner Schwester, dann mit Frau und Kindern, fand er es irgendwie beruhigend, sich die *Daily News* zwischen Teller und Tasse zu klemmen und sein Sandwich zu essen, ohne mit jemandem sprechen zu müssen.

Manchmal unterhielt er sich ein bißchen mit Sal, wenn er beim Kaffee angelangt war. Er dachte immer, Sal müßte doch einsam sein, so allein in seinen zwei Zimmern über der Bar, besonders, seit seine Mutter vor drei Jahren gestorben war. Sal war ein Einzelkind gewesen und jetzt eine Waise. Wenn Tommy versuchte, darüber nachzudenken, war es jedesmal, als müßte er sich einen Marsmenschen vorstellen. Tommy dachte daran, wie still es wohl da oben sein mußte, und daß Sal die ganze Nacht Zeitung lesen konnte, wenn er wollte, bis hin zu den Spielergebnissen sämtlicher Außer-Newyorker-Teams.

Heute morgen hatte Sal ihn nur angesehen. Dann hatte er irgendwann gesagt: »Du wirst befördert, wie man hört.«

»Was man hört, entspricht eben nicht immer der Wahrheit«, hatte Tommy geantwortet.

»Ich würde dich vermissen«, hatte Sal gesagt und mit einem Lappen über die Theke gewischt. »Aber, Tom, schneid dir nicht ins eigene Fleisch, nur um deinem Vater eins auszuwischen.«

Vielleicht war er deshalb hier herausgefahren. Er hatte den Wagen unten an der Straße stehengelassen und war zu Fuß den Hang heraufgekommen, damit ja keiner von seinen Brüdern den Combi entdeckte und zu Hause verkündete, daß Tommy klein beigegeben hatte. Möglicherweise war er aber auch hergekommen in der Hoffnung herauszufinden, was er von alldem, was sich zur Zeit in seinem Leben tat, halten sollte, und was das eigentlich genau war. Als er vorletzte Nacht nach oben ins Bett gegangen war, hatte er gehört, wie seine Tochter hinter ihrer verschlossenen Zimmertür weinte und dabei ein ähnlich hohes, einsames Geräusch machte wie das Haus, wenn es von einem heftigen Wind geschüttelt wurde. Er hatte eine Minute lang vor dieser Tür gestanden und war dann in sein eigenes Zimmer gegangen. Dort hatte er eine Stunde hindurch immer auf dieses Geräusch gehört. Mal glaubte er, es sei noch da, mal schien es aufgehört zu haben. Dann glitt Connie neben ihm ins Bett, und er schlief ein.

»Connie«, sagte er laut, als er nun in diesem großen Haus die Treppe hinunterging, und das Wort wurde von den kahlen weißen Wänden zurückgeworfen.

Oben gab es sechs Schlafzimmer und vier Bäder. Das Bad, das zum größten Schlafzimmer gehörte, hatte eine Duschkabine mit Glastüren und ein Ankleidezimmer, das mit großen roten Kletterrosen tapeziert war. Eine Falltür in der Decke des Ankleidezimmers führte auf den Speicher. Als Tommy sich dort hochzog, hörte er leises Getrappel, wie Finger, die auf eine Tischplatte klopfen, und er dachte bei sich: »Wir müssen den Kammerjäger kommen lassen.« Er fragte sich, ob dieser Gedanke wohl bedeutete, daß er hier wohnen würde. Einen Augenblick lang sah er nach unten auf die schimmernden Eichendielen zu seinen Füßen und die Ecke einer blühenden Rose, wo die Wand auf die Fußleiste stieß. Er fragte sich, ob er da wohl auf den Rest seines Lebens sah.

Der Speicher war überraschend sauber und vollkommen leer bis auf eine große Holztruhe mit Metallbeschlägen. Er hob langsam den Deckel – es könnten ja wieder kleine Füße zu hören sein. Die Truhe war voll. Obenauf lag ein Umschlag, darunter sah man ein Wirrwarr aus teefarbenem Satin und Seide. Er brauchte nicht erst nachzusehen, um zu wissen, daß das ein Brautkleid war. An einer Seite lagen ein paar getrocknete Blüten.

Er ließ den Inhalt des Umschlags herausgleiten und setzte sich im Schneidersitz auf die unversiegelten Kiefernbohlen. Da gab es erst einmal ein altes Hochzeitsfoto. Die Braut trug einen ebenso unförmigen Schleier und ein gerades, knielanges Kleid wie seine Mutter auf ihren eigenen Hochzeitsbildern.

Dann eine Heiratsurkunde – Jean Flaherty und Harold Ryan, am 8. April 1924, in der Most Blessed Sacrament Church, Brooklyn, New York. Außerdem ein verblaßtes weißes Band, ein Stück Stoff, eine Postkarte von den Niagara-Fällen. Tommy fühlte, daß noch etwas Kleines, Hartes in dem Umschlag war. Er schüttelte kräftig, und da fiel ein winziger Zahn heraus.

Der Speicher schien saubergemacht worden zu sein, und die Truhe stand in der Mitte, als hätte man sie einfach zurückgelassen. War den Leuten die Vergangenheit so wenig wichtig? Tommy dachte wieder daran, wie er vor einer Woche bei Sal's zum Mittagessen gewesen war. Durch die billige Bleiglaslilie in Sal's Vorderfenster war ein Sonnenstrahl hereingefallen und hatte bunte Streifen über den Teller vor dem drittletzten Platz an der Bar geworfen. Manche der Männer fanden, von diesem dicken Farbklecks auf ihrem Corned beef mit Krautsalat würde ihnen so richtig schön schlecht werden, aber Tommy gefiel es. Wahrscheinlich erinnerte es ihn an die Kirche, wie er als kleiner Junge Meßdiener gewesen war und sich so feierlich gefühlt hatte, wenn er dem Priester das Wasser aus dem Meßkännchen über die geweihten Finger goß – die Meßkännchen von seinem Vater, die Abendmahlskelche von seinem Vater. Als er sich an seinen Platz setzte, hatte er gedacht, was er doch für ein Gewohnheitstier war, und es machte ihm angst.

»Na, was denken wir denn so?« hatte Sal gefragt, und da hatte Tommy erstaunt und voller Scham festgestellt, daß ihm bei diesen Worten die Tränen in die Augen stiegen. Aber in der Bar war es zu jeder Tages- und Nachtzeit düster, deshalb hoffte er, daß Sal nichts davon merkte.

»Geht es deinem Vater schlechter?« fragte Sal und stellte das Milchkännchen vor ihn hin. Tommy vermutete, daß das Licht wohl doch besser war, als er gedacht hatte.

»Ach, wer weiß«, sagte Tommy und spielte mit seinem Teelöffel. »Die Ärzte sagen einem ja nie was. Ich glaube, die wissen auch nicht weiter. Entweder er ist voll Pisse und Erbrochenem, oder er brabbelt wie ein Baby.«

Sal wischte die Theke und leerte einen Aschenbecher aus.

»Die Tochter von meinem Bruder heiratet«, erzählte Tommy weiter. »Meine Nichte. Sehr hübsches Mädchen und sehr intelligent, alles wunderbar. Und plötzlich ruft meine Mutter an und sagt, Monica heiratet, in drei Wochen, und ihr Großvater liegt im Krankenhaus. Ich habe Verständnis für so was, kommt schließlich alle Tage vor, aber mein Gott, ich weiß auch nicht, aber vielleicht ist es sogar besser, daß mein Vater nicht dabeisein kann. Sie heiratet einen polnischen Jungen, mein Bruder sagt, er sei wirklich nett, aber mein Vater meint doch, daß jeder, der nicht irischer Abstammung ist, die Stadt verlassen sollte.«

Sal nickte. Die italienischen Jungs, die bei First Concrete arbeiteten, hatten ihm schon so einiges über John Scanlan erzählt.

»Wahrscheinlich habe ich gedacht, daß so was heute nicht mehr passiert, daß die Mädchen oder auch die Jungen inzwischen schlauer sind. Mein Bruder hat gedacht, sie würde das College abschließen und vielleicht Krankenschwester werden oder so. Statt dessen muß der Junge jetzt die Schule verlassen und sich einen Job suchen.« Tommy schoß der Gedanke durch den Kopf, daß dieser Job am Ende wahrscheinlich bei Scanlan & Co. sein würde und daß die Neuigkeit von dem polnischen Schwiegerenkel für seinen Vater womöglich noch viel schlimmer sein würde, als er zunächst gedacht hatte.

»Weißt du noch, wie nach dem Krieg immer alle darüber gesprochen haben, was für große Veränderungen auf uns zukommen würden?« fragte Tommy. »Ich habe nicht gekämpft, ich war damals noch zu klein, aber ich weiß noch, daß alle von zukünftigen Veränderungen sprachen, und die gab es ja dann auch, aber es waren lauter Veränderungen zum Guten. Die Frauen brauchten nicht mehr zu zittern, man kaufte sich ein Haus, hatte ein paar Kinder, alle waren so froh, wieder zu Hause zu sein. Jetzt ist kein Krieg, und es gibt wieder Veränderungen, aber diesmal sind sie alle schlecht. Bei der Sonntagsmesse toben die Kinder in der Gegend rum, keiner hat mehr einen Hut auf, es gibt andere Gebete, andere Musik, andere Regeln. Neulich bin ich zu einer Besprechung in der Innenstadt gewesen, und da gehen vor mir zwei Mädchen über den Broadway: Die Kleider, die die anhatten, waren nicht länger als mein Hemd. Und keine Strümpfe. Wenn du mich fragst, auch keine Unterwäsche.« Er sagte nicht dazu, daß eins von den Mädchen Helen Malone gewesen war und er sich vorgelehnt und ungläubig durch die Windschutzscheibe geglotzt hatte. Und er verschwieg auch, daß dann eine Sommerbrise gekommen war und eine Ecke ihres kurzen, indianischen Sackkleides angehoben hatte, und wie ihm ganz warm geworden war und er nach unten geschaut und seine heftig ausgebeulte Hose gesehen hatte, bis hinter ihm jemand hupte, um ihn darauf aufmerksam zu machen, daß die Ampel auf Grün umgesprungen war. Das erinnerte ihn an die neue Buchhalterin im Büro, die mit dem wippenden, schulterlangen ausgebleichten Haar und den Kleinemädchenkleidern mit Bubikragen und Puffärmeln und runtergesetzter Taille, die sich immer an ihn drückte, wenn sie hinter seinem Tisch vorbeiging.

Sal holte die Kaffeekanne hinter der Bar hervor. Er goß sich eine Tasse ein und schenkte Tommy nach.

»Kennst du meine Schwester? Die im Kloster ist? Ich weiß nicht, aber mit ihr ist auch irgendwas los. Sie liest *Jane Eyre*. Eine Nonne! Meine Tochter hat es in der Schule gelesen. Ich nicht, ich hab's nie gelesen – ich mußte *Moby Dick* lesen –, also habe ich meine Tochter gefragt, worum es da geht. Eine Frau, die Erzieherin ist und am Ende den Hausherrn heiratet. Meine Schwester, die Nonne, und liest so was? Neulich hat sie sich einen Badeanzug gekauft. Einen Badeanzug! Meine Schwester hat gesagt, ich wäre hinter meiner Zeit zurück. Vielleicht stimmt das ja. Ich bin hinter meiner Zeit zurück. Ich lebe immer noch in der guten alten Zeit.«

Die beiden Männer starrten sich an. »Mein Gott«, flüsterte Tommy, als wäre er Zeuge eines Wunders geworden, »das ist die Stimme von John Scanlan. Und sie spricht direkt aus meinem Mund.«

»Das war immer so, Tom«, sagte Sal lächelnd. »Du hast es nur noch nie gemerkt. Ich glaube, dazu sind Eltern da. Du mußt sprechen lernen, und sie bringen dir bei, was du sagen sollst.« In der Stille konnte Tommy den Fernseher hören. Eine Frau in einer Serienfolge fragte mit schriller Stimme: »Werde ich je wieder ein vollwertiger Mensch sein, Herr Doktor?«

»Ich weiß nicht, Tom«, ergänzte Sal und goß sich eine zweite Tasse Kaffee ein. »Hier bei mir passiert fast nie was. Meine Mutter ist gestorben. Ich habe den Spielautomaten neben die Tür gestellt. Einen neuen Fernseher gekauft. Am St. Patrick's Day setze ich Corned beef mit Kohl auf die Speisekarte und kippe Speisefarbe ins Bier. Mädchen werden aufgerissen, alte Männer sterben. Entschuldigung, nichts gegen dich. Bei Nonnen weiß ich nicht. Deine Schwester kann nicht einfach damit aufhören, oder?«

»Wer weiß das heute schon noch?«

»Nein, vergiß es. Ich glaube nicht, daß man aufhören kann, Nonne zu sein, ohne daß einem der Papst die Hölle heiß macht. Aber dein Vater... ich weiß nicht. Hört sich an, als ginge es ihm ziemlich schlecht.«

Tommy sah wieder in seine Kaffeetasse. Die Sonne wanderte weiter, und er mußte seine Tasse verschieben, damit sie wieder die Farben wechselte. Er hätte Sal gern gesagt, daß sein Vater gar nicht das Problem war. Irgendwie machte es ihm komischerweise Spaß, wie sein Vater zu reden und zu denken. Wenn er darüber nachdachte, wie er mit Mark die Firma leiten würde, fiel ihm immer nur ein, wie er ihn im Zaum halten und ihm sagen würde, er sollte mal halblang machen mit den verrückten Ideen. Mit jedem Tag, an dem er zusah, wie das Leben den Körper seines Vaters verließ, hatte er mehr und mehr das Gefühl, als ginge sein Vater in ihn über.

Jetzt saß er auf dem Speicherfußboden und konnte an nichts anderes denken als an Veränderungen und wie sehr er Veränderungen haßte, ihnen am liebsten Einhalt geboten hätte, und daran, daß er schon genau wie der alte Mann klang, der da in seinem Krankenbett vor sich hin siechte. Er sah auf das Hochzeitsbild in seiner Hand und fragte sich, ob die Leute auf diesem Foto es absichtlich im Staub zurückgelassen hatten, ob ihre alten Träume ihnen vielleicht nichts mehr bedeuteten oder ob sie sich schlicht neue angeschafft hatten. Tommy fühlte, wie ihm seine eigenen alten Träume entglitten, aber er war nicht sicher, wie die neuen aussehen würden. Er wußte nur, daß sie sich immer um seine Frau ranken würden. Er ging zur Leiter und sah hinunter. Er konnte förmlich seine Frau in diesem Ankleidezimmer stehen sehen, schwarz und weiß und schön vor diesen roten Rosen, in ihrem schwarzen BH und schwarzen Slip, wie sie sich vor dem Spiegel, der an der einen Wand hängen würde, die Haare machte.

Das Haus fühlte sich zu groß für ihn an. Es war das Haus eines Erwachsenen, nicht das eines in die Jahre gekommenen Jungen, aber er wußte, daß sie hier ganz heimisch wirken würde, so zart und elegant in den großen, wohlproportionierten Räumen. Er dachte daran, wie er neulich aus Sal's Bar gekommen und mit tränenverschleierten Augen durch die Bronx nach Westchester gefahren war, wo er einen Kostenvoranschlag für das Fundament zu einem neuen Trakt an der High-School berechnen sollte. Als er durch die Pforte gekommen war, wäre er beinahe seitlich von einem Sedan mitgenommen worden, der viel zu weit in der Mitte fuhr, und er hatte schon »Verdammt noch mal« gebrüllt und dem Fahrer den Mittelfinger entgegengestreckt, bevor er merkte, daß es Connie war, die da mit krampfhaft eingesogener Unterlippe hinter dem Steuer hockte. Und auf dem Sitz neben ihr saß dieser Martinelli. Er hatte den Wagen auf den Parkplatz neben ein paar Grenzböcke gefahren und den Kopf aufs Lenkrad gelegt, bis das Übelkeitsgefühl in seinem Magen vorüber war.

Danach war er stundenlang herumgefahren und hatte im Radio Sinatra gehört. Der Tag war kaum merklich in die Nacht übergegangen, wie es an diesen heißen Augusttagen immer so war, und sein Hemd war im Rücken schweißnaß, aber er fuhr immer weiter herum, bis er schließlich irgendwo rechts abbog und sich auf dem Krankenhausparkplatz wiederfand.

»Guten Abend, Mr. Scanlan«, sagte die jüngste der Schwestern, als er auf das Zimmer seines Vaters zuging. Dorothy saß draußen auf einem Plastikstuhl und strickte irgend etwas Graubraunes. Als er sie sah, folgerte Tommy, daß sein Vater einigermaßen bei Kräften war und seine Umwelt wie üblich schikanierte, aber als er sich dann ans Bett setzte, sah er sofort, daß der alte Mann in tiefem Schlaf lag; die Augen hinter seinen blaugeäderten Lidern bewegten sich nicht, und sein Atem schien jedesmal stillzustehen, bevor er wieder Luft holte, so daß Tommy bei jedem Atemzug dachte, es wäre der letzte. Auf dem Nachttisch lag ein Umschlag, auf dem in John Scanlans geschwungener Handschrift, die der Stolz aller Nonnen in der St.-Aloisius-Schule gewesen war, »Ryan-Haus« geschrieben stand; er hatte schon seit Wochen dort gelegen, und nun nahm Tommy ihn zum erstenmal in die Hand. Als wäre diese Geste tief in sein schwindenes Bewußtsein gedrungen, öffnete der alte Mann die Augen.

»Wichtige Sache«, sagte er tonlos.

»Ich weiß«, sagte Tommy.

»Tu es für deine Mutter«, sagte der Alte bei jedem Wort schnaufend.

»Ja.«

»Zieh um.«

»Wir reden darüber, wenn es dir wieder bessergeht, Papa«, sagte Tommy, immer noch mit dem Umschlag in der Hand.

John Scanlan schüttelte den Kopf, dann sackte er noch tiefer in die Kissen zurück.

»Nein«, sagte er jetzt wieder. Dann schlossen sich seine Augen, und er begann wieder langsam und mit regelmäßigen Unterbrechungen zu atmen.

Tommy hatte den Umschlag aufgerissen und den glänzend

neuen Schlüssel in seine Hand gleiten lassen. Der Schlüssel, den sein Vater an diesem Sonntag, der ihm jetzt so weit entfernt vorkam, in Connies Schoß geworfen hatte, hatte die ganze Zeit unberührt auf ihrer Schlafzimmerkommode gelegen. Tommy hatte sich mit der frisch geschnittenen Kante von diesem anderen den Daumen eingeritzt. Dann hatte er den Schlüssel in seine Tasche zum Kleingeld gesteckt und ihn dort gelasssen bis zu diesem Nachmittag, als er die Tür damit aufgeschlossen hatte.

Als er jetzt mit dem Umschlag aus der Truhe unter dem Arm die Treppe herunterkam, nahm er den Schlüssel vom Kaminsims im Wohnzimmer und legte ihn in seine Handfläche. Dann nahm er seinen Schlüsselbund heraus und befestigte ihn neben dem Autoschlüssel, den Schlüsseln für sein Haus in Kenwood und seinen Büroschlüsseln. Er rechnete damit, wieder diese kleinen Füße zu hören, aber es blieb alles still bis auf das Echo seiner eigenen Schritte, als er hinausging und die Tür hinter sich zumachte.

17

Der Brautsalon war nicht gerade das, was Maggie sich darunter vorgestellt hatte. Sie hatte nie wirklich über das Heiraten nachgedacht, obwohl sie in der Schule natürlich alle ausführlichst darüber sprachen. »Wenn ihr Paul oder John heiraten könntet, oder irgendeinen anderen Jungen aus der Klasse, wen würdet ihr euch aussuchen?« überfiel Jo Anne Jessup sie und Debbie zum Beispiel beim Mittagessen. Aber das war natürlich alles nur Spaß – offenbar ganz im Gegensatz zum richtigen Verheiratetsein, jedenfalls soweit Maggie das beurteilen konnte. Zum richtigen Verheiratetsein schienen so viele ungeschriebene Regeln, seltsame Geheimnisse und soviel Verantwortung zu gehören, die sich im voraus gar nicht abschätzen ließ, daß sie auch nicht mehr darüber nachgedacht hatte, selber zu heiraten, als beispielsweise darüber, ein Motorrad zu fahren oder Geld zu verdienen. Als Braut hatte sie sich selber allerdings durchaus schon mal gesehen, aber das hatte wohl mehr damit zu tun, daß man dann im Zentrum der Aufmerksamkeit stand und aus unerklärlichen Gründen vorübergehend wunderschön aussah, als mit der Vorstellung, ein Doppelbett mit jemandem zu teilen, der haarige Beine hatte und eine Schublade voller Boxershorts. Einmal hatte sie im Badezimmer den Brautschleier ihrer Mutter aufprobiert, ein perlenbesticktes Barett mit Tüllschleppe, die inzwischen die Farbe von schwachem Tee angenommen hatte. Nachdem sie die Tür abgeschlossen hatte, hatte sie sich die kleine Kappe auf den Kopf gesetzt und war dann einen Schritt zurückgetreten, um das Ergebnis zu bewundern. Aber irgendwie wollte sich der Zauber nicht einstellen. Vielleicht mußte man dazu alles andere auch anhaben.

Auch hier im Salon blieb der Zauber aus, obwohl sie hier und da etwas von dem aufblitzen sah, wonach sie suchte. Zwischen den weißen Roben, die wie Geister im Nebel in ihren Plastikhüllen an einer Wand auf den Kleiderstangen hingen, oder in dem schleifenden Geräusch, wenn die Verkäuferin mit einem dieser Gewänder durch den Raum lief. Monica hatte ihr Kleid schon, und sie waren jetzt wegen der Kleider für die Brautjungfern hier – Maggie, zwei von Monicas Freundinnen vom Herz Jesu und die Schwester des Bräutigams, die unglücklicherweise, wie Tante Cass nach der Messe am Sonntag bemerkt hatte, »recht füllig« war. Weder die dicke Schwester noch Maggie wollten sich vor den anderen ausziehen.

Monica saß in blaßblauer Bluse, Rock und Pferdeschwanz hingefläzt in einem Sessel und stimmte allem zu, was ihre Mutter wollte. Wenn der Brautsalon schon nicht so war, wie Maggie gedacht hatte, entsprach Monica nun ganz bestimmt nicht ihrer Vorstellung von einer Braut. Sie schien gelangweilt und wollte die Sache offensichtlich möglichst schnell hinter sich bringen.

»Wie wäre es mit Rosa?« fragte Tante Cass, und Monica antwortete »in Ordnung« in einem Ton, dem man anhören konnte, daß die Antwort auf Wie wär's mit Gelb? Oder Grün? Oder Blau? ebenfalls »in Ordnung« gewesen wäre. Die Verkäuferin brachte Rosa in allen Schattierungen und Stilrichtungen, und schließlich entschied man sich für einen Empire-Schnitt wie bei Monicas Kleid auch und einen Stoff namens Shantung-Seide, von dem Maggie noch nie etwas gehört hatte. Sie würden kleine Pillbox-Hüte mit Schleier tragen, und die Kleider waren recht schlicht, so daß sie alle sehr gediegen wirkten – außer der dicken Schwester; die sah monströs aus.

»Und jetzt zu der Kleinen«, sagte die Verkäuferin, eine winzige Person, die ganz in Schwarz gewandet war, vielleicht, um die Farben ihrer Ware besser zur Geltung kommen zu lassen. Sie sprach mit einem leichten Akzent und trug eine von Stecknadeln, Heftfaden und pastellfarbenen Nähseideresten besäte Weste. Maggie merkte, daß sie selber gemeint gewesen war, und folgte der Verkäuferin in eine Umkleidekabine. Aber sie sah sofort, daß das Kleid dort nicht so war wie die anderen. Es hatte Puffärmel statt der schmalen Schläuche, eine dicke Schleife auf dem Rücken, und sogar der Hut war anders: ähnlich wie die Strohhüte, die sie immer zu Ostern trug, nur eben rosa, mit einem rosa Band und durchsichtiger Krempe.

»Na, herunter mit den Kleidern«, sagte die Verkäuferin gut gelaunt, und Maggie drehte ihr hochroten Kopfes den Rücken zu. Sie trug ihren Nylon-Unterrock – wo sie schon keinen BH hatte. Den unteren Teil hatte sie in ihre Shorts gesteckt und schon den ganzen Morgen über dieses komische Gefühl an den Beinen ertragen. Die Verkäuferin schnalzte mit der Zunge. »Du wirst wohl ein Mieder brauchen«, sagte sie, während sie den Reißverschluß an dem Kleid aufzog, »für die Strümpfe, und damit das Ganze ein wenig in Form kommt.« Aber als sie dann das Kleid anhatte, war keine Form zu erkennen. Es fiel glatt an Maggies eckigem Körper herunter. Ihr Haar hing in dicken Wellen über die nicht vorhandene Brust hinunter.

»Also, *irgendwas* fehlt«, sagte Tante Cass, die durch die Vorhänge der Kabine hereinschaute.

Die Verkäuferin zuckte die Achseln. »Sie ist ein kleines Mädchen«, sagte sie, obwohl Maggie größer war als sie. »Da ist einfach noch nichts...« – sie griff mit der vollen Hand in das Mieder »hier...« – und hob den Rock, ließ ihn wieder fallen und zuckte die Achseln »und hier.«

»Und wenn wir das Haar hochbinden?«

»Nicht zu diesem Hut. Und übrigens ist solches Haar bei den jungen Damen zur Zeit sehr in Mode. Aber es hat keine rechte Fasson. Vielleicht ein wenig Lippenstift und etwas Rouge.« Maggie schoß ein Bild durch den Kopf, wie ihre Mutter sie zu Halloween vor den Kosmetiktisch im Badezimmer setzte und ihr mit ernstem Gesicht und zwischen die Zähne gesteckter Zunge nach allen Regeln der Kunst das Gesicht zurechtmachte. Sie konnte das sehr gut, und Maggie fand sich jedesmal ganz wundervoll mit den volleren, tiefroten Lippen, den vom Rouge geröteten Wangen und den Wimpern, die ganz fliegenbeinig waren von der Tusche, die mit einer kleinen Bürste und ein paar Tropfen Wasser aus ihrer kleinen roten Plastikdose hervorgezaubert wurde. Aber sie sah nicht so aus wie die älteren Mädchen, deren Lippen unter dem weißrosa Lippenstift förmlich in ihren Gesichtern verschwanden und deren Wangen so fahl leuchteten wie der Mond.

Tante Cass betrachtete Maggie im Spiegel. Maggie erwiderte ihren Blick. Ihr Gesicht glühte. »Du siehst sehr hübsch aus, Schätzchen«, sagte ihre Tante. Sie schob den Vorhang zur Seite, und schon wimmelten die älteren Mädchen herein. »Siehst du niedlich aus«, sagte eine dralle Blonde, der bei der Anprobe mehr oder weniger die Brust aus dem Dekolleté gequollen war. »Mein Gott, was bist du dünn«, sagte die dicke Schwester.

Monica blieb in ihrem Sessel und wickelte gelangweilt immer dieselbe honigfarbene Haarsträhne um einen ihrer langen Finger. Ihr Verlobungsring glitzerte. Ihre Mutter trat zur Seite, damit Monica Maggie sehen konnte, und da lächelte Monica zum erstenmal an diesem Tag. »Das bist du«, sagte sie und kniff die Augen zusammen, »du durch und durch.« Maggie senkte den Blick, damit sie von Monicas Spiegelbild nichts mehr sehen mußte außer einem langen, gebräunten Bein, das rastlos über dem grün-rosa gestreiften Seidenpolster des Sessels auf und ab wippte. Dann nahm sie sich mühsam zusammen, schaute wieder auf und starrte ihrer Cousine direkt ins Gesicht. Das Lächeln war immer noch da. »Ich finde es hübsch«, sagte Maggie fest entschlossen, alles richtig zu machen. »Außerdem wird sich sowieso niemand dafür interessieren, was ich anhabe. Sie werden doch alle nur Monica anstarren und sehen wollen, was sie für ein Kleid anhat. Sie werden die Augen nicht von ihr lassen können.«

»Ja, dieser Tag gehört nun mal der Braut«, flötete die Verkäuferin, während sie Maggie den Hut vom Kopf nahm.

Monica stand von ihrem Sessel auf, um zu dem Spiegel hinüberzugehen, und Maggie fiel auf, daß sie ein wenig schwerfällig wirkte. Sie sah an Maggie rauf und runter, dann ging sie zu ihrer Handtasche hinüber, und Maggie hörte ein ratschendes Geräusch. Als ihre Cousine wieder mit lächelndem Gesicht hinter ihr auftauchte, hielt sie ein brennendes Streichholz in der Hand.

»Rauchen ist in unseren Geschäftsräumen nicht gestattet, Miss«, sagte die Verkäuferin kurzangebunden.

»Sagen Sie das meiner Cousine«, sagte Monica und starrte Maggie im Spiegel an. Dann pustete sie das Streichholz aus.

»Da sage ich doch zu meinem zukünftigen Schwiegervater, dem Polizeibeamten aus New York«, setzte Monica an und begann, immer noch den Streichholzstummel in der Hand, Maggie zu umrunden, »Sergeant, sage ich, was wäre, wenn Sie ein hübsches junges Mädchen hätten, das sich vorher nie etwas hat zu Schulden kommen lassen, und dann gehört sie plötzlich zu einer Bande von Brandstiftern? Brandstifter! Und nun kommt die Antwort.«

Eine der Brautjungfern kicherte nervös. »Monica, du bist aber komisch«, sagte sie.

»Halt den Mund, Cheryl«, sagte Monica freundlich. Dann fuhr sie fort: »Also, er sagt, Monica, meine Liebe, wenn die Behörden eine entsprechende Information bekommen, wird man das fragliche Mädchen wohl in die örtliche Jugendhaftanstalt einweisen. Mit anderen Worten, ins Erziehungsheim. Und ich sage, ach Gott, ach Gott, ach Gott. Und wenn ich nun über so etwas Bescheid weiß, muß ich es dann sagen? Und mein zukünftiger Schwiegervater sagt, es ist deine Pflicht als Staatsbürgerin. Na ja, du kannst dir ja vorstellen, wie traurig mich das gemacht hat. Ich rede ja nur so ungern über andere Leute. Ich finde, jeder, der einen anderen verrät, ist eine gemeine Ratte.« Monica hielt Maggies Blick im Spiegel fest. »Besonders, wenn es um etwas Wichtiges geht. Etwas, das einem das ganze Leben ruinieren könnte.«

Maggie hatte sich ruckartig umgedreht, aber weil die Verkäuferin zu ihren Füßen kniete und gerade den Saum an ihrem Kleid umsteckte, blieb sie auf halber Strecke zwischen dem Spiegel und ihrer Cousine hängen. Schließlich schaffte sie es aber doch, sich ganz herumzudrehen. Mit einem Lächeln hielt Monica das Streichholz hoch.

»Wie fühlt es sich an, wenn man so ist wie du?« sagte Maggie und starrte ihrer Cousine in die bernsteinfarbenen Augen, ob dort nicht irgend etwas zu sehen war.

»Spiel nicht mit dem Feuer«, sagte Monica.

»Ich meine, was ich sage. Wie kannst du dich selber ertragen?«

»Maggie«, sagte Tante Cass mit zittriger Stimme.

»Lügnerin, Lügnerin, paß auf, sonst sitzt du selber drin«, sagte Monica mit ungerührter Stimme. »Nur eine kleine Warnung, Maria Goretti. Was immer du tust, ich kann's besser. Du denkst vielleicht, es steht eins zu null für Maggie gegen Monica. Aber da täuschst du dich. Wir sind gleichauf.«

»Ich bin nicht so«, sagte Maggie.

»Oh«, sagte Monica mit quäkiger Stimme, »ich bin nicht so. Ich bin ein braves Mädchen.«

»Monica, du bist eine alte Hexe», sagte Maggie.

»Also, Maggie«, sagte Tante Cass.

»Ach Gott, ach Gott, ach Gott«, wiederholte Monica mit verkrampftem Lächeln.

»Und du kannst mir gar nichts vormachen«, fügte Maggie hinzu.

»Ich mache dir nichts vor«, sagte Monica, und es hörte sich irgendwie an, als würde sie schreien, obwohl sie ganz leise sprach. »Ich mache dir nichts vor. Mein Gott! Bei deiner Familie? Du bist doch diejenige, die sechs Monate nach der Hochzeit ihrer Eltern geboren ist. Erzähl du mir was von Vormachen. Sprich gar nicht erst mit mir, Maria Goretti. Ich brauche nur den Mund aufzumachen, und du hast so viel Ärger am Hals, daß du gar nicht mehr weißt, was überhaupt los ist. Die liebe kleine Maggie Scanlan. Mein Gott, wenn die wüßten. Du bist schlimmer als alle anderen, weil du immer so brav tust.«

»Monica, jetzt ist es aber genug«, sagte Tante Cass.

»Höre ich richtig?« sagte Monica schrill. »Verteidigen wir jetzt unsere Maggie? Wie viele Male habe ich dich sagen hören, daß ihre Mutter ›keine von uns ist, Liebes‹? Wie viele Male habe ich gehört, wie mein Vater sich darüber beschwert hat, daß sie Großpapa in den Hintern kriecht, damit er noch ein bißchen mehr Geld ausspuckt? Mein Gott, Mutter, den einen Abend, als du betrunken warst, hast du sie sogar Kanaken genannt. Wozu jetzt die Verteidigung?«

»Monica, du bist nicht mehr du selbst«, sagte Tante Cass mit purpurrotem Gesicht und krächzender Stimme.

»Ach, hör doch mit der Mary-Frances-Masche auf«, sagte Monica und ließ sich wieder in ihren Sessel fallen. »Natürlich bin ich ich selbst. Das hier ist mein Selbst. In Wirklichkeit bin ich genau so. Gewöhn dich dran.« Sie zeigte mit ihrem schmalen Fuß auf Maggie. »Aber wer weiß, wie die da in Wirklichkeit ist.« Maggie sah auf ihre Finger, als gehörten sie nicht zu ihr.

Monica warf das Streichholz auf den Boden. »Du solltest dich lieber mit den Tatsachen des Lebens anfreunden, bevor es zu spät ist, Maria Goretti«, sagte sie, »oder es wird dir genauso gehen wie deiner Mutter.«

»Ich ende lieber wie meine Mutter als wie du«, sagte Maggie.

»Das ist doch dasselbc«, sagte Monica.

»Nein«, sagte Maggie.

»Können wir jetzt wohl mit der Anprobe weitermachen, meine Damen?« sagte die Verkäuferin.

»Ich glaube, ich werde das Kleid nicht brauchen«, sagte Maggie.

»Wahrscheinlich sitzt du dann im Kittchen«, sagte Monica.

»Oh, nein, das kommt gar nicht in Frage, ich werde das nicht dulden«, sagte Tante Cass, die den Tränen nahe schien. »Du mußt bei der Hochzeit dabei sein. Sie würden es alle ausgesprochen komisch finden, wenn du nicht kommst.«

»Und mir würde es komisch vorkommen, wenn ich es täte«, sagte Maggie.

»Maggie, bitte, ich weiß wirklich nicht, was ich tun soll, wenn du jetzt Schwierigkeiten machst.«

Maggie wandte sich wieder dem Spiegel zu. Ihr Gesicht war vollkommen weiß, und ihre Augen funkelten. Im Salon herrschte jetzt absolute Stille, und sie konnte sich in dieser Stille selbst atmen hören. »Was glaubst du wohl, was du in zwanzig Jahren machen wirst, Monica?« fragte Maggie ganz leise, und sie konnte am Gesichtsausdruck ihrer Cousine ablesen, daß diese Frage für sie erstens unerwartet kam und ihr zweitens ganz und gar nicht angenehm war.

»Ich habe auch nicht den blassesten Schimmer«, sagte Monica.

»Aber ich«, sagte Maggie.

»Kannst du jetzt die Zukunft vorhersagen, Maria Goretti?«

»Deine schon.«

»Jetzt wollen wir mal schön das Kleid ausziehen«, sagte die Verkäuferin, zog die Vorhänge zu und ließ Maggie allein.

18

Connie war nicht etwa wegen des Krankenhauses noch einmal umgekehrt, sondern nur wegen des Parkplatzes. Sie kam mit dem rückwärts Einparken am Bordstein immer noch nicht besonders gut zurecht. An einem Nachmittag war sie glatt an Tante Roses Haus vorbeigefahren, weil der Wagen von ihrem Onkel Frank in der ein wenig abschüssigen Garageneinfahrt stand und sie deshalb am Straßenrand hätte halten müssen. Am Krankenhaus hatten sie nebeneinander angeordnete Parkplätze. Das hatte sie schon zweimal beim Einkaufszentrum versucht und festgestellt: Wenn sie um den Wagen rechts herumfuhr, mit der vorderen Stoßstange direkt auf die Seite des linken Wagens zufuhr und dann glücklich hineinfahren wollte, war ihr Auto garantiert kurz davor, mit der hinteren Stoßstange eines der beiden anderen zu kollidieren. Bevor Connie Autofahren gelernt hatte, hatte sie immer gedacht, es wäre nur eines von diesen völlig überschätzten Dingen, die man irgendwie selbstverständlich von jedem Erwachsenen erwartete. Inzwischen war ihr klar, daß sie sich das bei allem eingeredet hatte, was sie nicht konnte, wie zum Beispiel beim Schwimmen und beim Fahrradfahren. In Wirklichkeit besaß der Rest der Welt ganz einfach mehr oder weniger anspruchsvolle Fähigkeiten, die ihr völlig abgingen. In gewisser Weise war dieser Gedanke aber wiederum auch tröstlich; nun, wo ihr ihre prinzipielle Unterlegenheit gegenüber anderen bewußt geworden war, fühlte sie sich in Gesellschaft wohler als zu Zeiten, da sie noch geglaubt hatte, sie wäre ihrer Umgebung allemal über.

Sie war in Panik geraten, als sie zum Krankenhaus fuhr, aber sie hatte sich gesagt, das läge nur daran, daß sie erst zum zweitenmal allein unterwegs war. Aber dann wurde ihr klar, daß es eigentlich um Joey ging, um das, was auf dem Parkplatz passiert war. In der Nacht zuvor hatte sie immer nur an die Schlafzimmerdecke gestarrt und die ganze Szene noch einmal Revue passieren lassen, und auch da hatte sie wieder gemerkt, wie sie vor innerer Glut rot wurde, rot und heiß. Und erst da hatte sie sich eingestanden, daß das Baby in ihrem Bauch sie davor bewahrt hatte, Ehebruch zu begehen. Wenn nicht irgendein Zusammenspiel von Hormonen und Nerven die Übelkeit über die Lust hätte siegen lassen, hätte sie es getan, am hellichten Tag und mit Joseph auf dem Rücksitz.

Den ganzen Morgen über hatte sie sich in der Küche herumgedrückt und sich mit irgendwelchen kleinen Aufgaben beschäftigt, aber erst, als sie beim Geräusch einer zufallenden Lastwagentür zusammenzuckte, wurde ihr klar, daß sie auf einen Besucher gewartet hatte. Sie hatte auf den Besuch gewartet, der ihr Leben kaputtmachen würde.

Danach war sie in Tommys Auto gestiegen. Er hatte es in der Auffahrt stehen lassen, weil er selber in einem der Zementlaster mitfuhr, aber sie sah diesen Zufall als ein Omen an, ein Zeichen – und als eine Möglichkeit, sich selbst zu retten. Sie wußte nicht, warum sie jetzt hier beim Krankenhaus war, außer daß sie ihren Niedergang seltsamerweise mit John Scanlan in Verbindung brachte. Für den Bruchteil eines Augenblicks hatte sie sich auf dem Herweg allen Ernstes gefragt, ob wohl ihr Schwiegervater das alles geplant und die Sache irgendwie eingefädelt hatte, indem er Joey Martinelli den Posten als Projektleiter zuschusterte. »Ich bin ja wohl nicht ganz bei Trost«, murmelte sie in der Stille des Wagens in sich hinein.

Sie suchte sich eine Parkbucht ganz hinten auf dem Gelände, wo kaum andere Wagen standen, und blieb diagonal über einer der weißen Trennungslinien stehen. Dann ging sie auf das Gebäude zu, dessen hoher Ziegelschornstein eine grau-schwarze Wolke in den Himmel schickte. In ihrer Strohtasche hatte sie eine *Daily News* und eine kleine Flasche Four Roses, die sie ganz hinten im Barschrank entdeckt hatte.

Als sie über den Parkplatz ging, klopfte ihr Herz so heftig, daß sie sich schon fragte, ob es unter ihrer Bluse vielleicht so aussah wie ein Bild des Herzen Jesu, ein rotes Oval wie ein lebensbedrohendes Einschußloch auf ihrem Körper. Sie hatte die ganze Nacht hindurch geübt, was sie sagen wollte, wie sie John Scanlan dazu bringen wollte, endlich diese Idee aufzugeben, daß sie in ein anderes Haus umziehen mußten, wie sie ihm auszureden versuchen wollte, Tommy unbedingt bei Scanlan & Co. einsteigen zu lassen. Tommy hatte ihr kein Wort erzählt, aber sie wußte auch so, was los war, als sie den Neuzugang an seinem Schlüsselbund entdeckt und von Joey gehört hatte, der Alte wolle First Concrete verkaufen. Zuerst hatte sie mit Tommy darüber reden wollen, aber dann war ihr klargeworden, daß es überhaupt keinen Sinn hatte, mit irgend jemand anderem über diese Angelegenheit zu reden als mit John Scanlan selber. In diesem Moment hatte sie gewußt, daß ein ganzer Teil ihres Lebens jetzt hinter ihr lag. Sie war erwachsen geworden, und es stellte sich durchaus nicht als die Befreiung heraus, die sie sich immer davon erwartet hatte, sondern als ein Sichfügen in die eigene Machtlosigkeit.

Am Empfang stellte sie erleichtert fest, daß sonst niemand einen Passierschein für John Scanlans Zimmer eingeholt hatte. Es würde niemand eine Erklärung von ihr verlangen, warum sie heute zum erstenmal während der ganzen monatelangen Krankheit ihres Schwiegervaters hergekommen war, obwohl es sie bestimmt alle brennend interessieren würde. Als erstes würden sie mal wissen wollen, wie sie überhaupt hergekommen war. Als sie dann in der Tür zum Zimmer ihres Schwiegervaters stand und auf sein röchelndes Schnarchen hörte, wußte sie, daß sie sich die ganze Überei für ihren Vortrag ebensogut hätte sparen können. Als sie dann von ihrem Besucherstuhl aus sein Profil mit der vorspringenden Nase und der Haarsträhne betrachtete, die ihm in die hohe Stirn fiel, überlief sie ein Schauer der Angst und gleichzeitig der Abneigung, aber sie wußte, daß er nie wieder die Macht sein würde, die das Leben der ganzen Familie regierte. Dazu war seine Brust zu eingesunken, sein Atem zu flach. Sie spürte beinahe so etwas wie Sympathie, als sie die Schläuche sah, die aus dem Bett hervorkamen, und merkte, daß er katheterisiert worden war, und sie dachte, wie beschämend das für einen Mann sein mußte.

Als sie ans Bett trat, bemerkte sie erst, daß doch noch jemand im Zimmer war. Johns frühere Sekretärin Dorothy saß schlafend auf einem Stuhl. Connie war ihr nur ein einziges Mal, bei einer fürchterlichen Party zu Johns sechzigstem Geburtstag, begegnet, aber sie erkannte sie wieder, weil sie damals irgend etwas an diesem schwerfälligen Gesicht und der ebenso schwerfälligen Gestalt an ihre Tante Rose erinnert hatte. Tommy hatte ihr gesagt, daß Dorothy aushalf. Der Tisch, den ihr Schwiegervater bisher als Schreibtisch benutzt hatte, war inzwischen allerdings vollkommen leer bis auf einen Stapel unbenutztes Geschäftspapier mit Briefkopf von Scanlan & Co.

»Dorothy«, flüsterte Connie und legte ihr ganz leicht die Hand auf den Arm.

Die andere Frau hob langsam den Kopf und sah zum Bett hinüber, dann erst blickte sie auf. Noch halb im Schlaf starrte sie Connie an und riß in Panik die Augen auf.

»Es ist alles in Ordnung«, sagte Connie. »Sie müssen eingeschlafen sein. Es ist ein wenig stickig hier drin.«

»Wir haben gearbeitet«, sagte Dorothy und wand ihre grobknochigen Finger ineinander.

Connie sah auf John Scanlan hinunter. Es war offensichtlich, daß er kaum in der Lage war, klar zu denken, geschweige denn, zu arbeiten. Sie versuchte, irgend etwas in Dorothys Gesicht zu entdecken, das Angst oder Schuld verriet, aber die Frau sah auf ihre Hände im Schoß hinunter. Das einzige, was Connie sehen konnte, waren die großen Schildpattkämme, mit denen das Haar im Nacken zu einer altmodischen Einschlagfrisur zusammengesteckt war.

»Das war sehr nett von Ihnen«, sagte Connie.

»Ich muß jetzt gehen«, sagte Dorothy. »Ich muß meine Tochter abholen.« Wieder wanden sich ihre Hände ineinander. »Sie haben auch eine Tochter«, fügte sie hinzu.

»Ja.«

»Mr. Scanlan mag sie. Ihre Tochter, meine ich.«

»Ich weiß.«

Dorothy stand schwerfällig auf. Der Kragen ihrer Bluse war vorne mit einer Kameenbrosche zusammengesteckt. Connie fand, daß sie altmodisch aussah, wie ein Gast aus dem letzten Jahrhundert. Ihre Augen waren rot. Sie nahm ihre Handtasche und ein Ringbuch vom Boden auf. An der Tür drehte sie sich noch einmal um und sah John Scanlan an.

»Er stirbt«, sagte sie.

»Ja«, sagte Connie.

»Ich bin froh darüber«, sagte Dorothy, und es flackerte in ihren Augen für einen kurzen Moment wild auf, und ihre Stimme hatte so etwas Verbittertes, daß sie halb irrsinnig wirkte. Dann drehte sie sich um und ging.

»Herr im Himmel«, flüsterte Connie und setzte sich, sofort abgestoßen von der Wärme, die Dorothys Körper auf dem Stuhl hinterlassen hatte. »Was hat er *ihr* denn getan? Wie viele andere gibt es sonst noch? Herr im Himmel, was hat der Mann für ein Leben geführt.« Eine ganze Zeitlang saß sie so da und sah ihm beim Schlafen zu. Zweimal kam eine Schwester herein, warf einen kurzen Blick erst auf den Besucherausweis aus blauer Pappe, dann auf den Patienten, und ging dann wieder. Die Flüssigkeit im Tropf wurde sehr langsam weniger. Connie las die *Daily News*; die kleine Flasche Four Roses legte sie in die obere Nachttischschublade. Draußen ließ das Licht allmählich nach und ging von Weiß in ein sehr, sehr blasses Gelb über. Schließlich fügte Connie sich in die Erkenntnis, daß ihr Mann, wenn er den Schlüssel zu einem Gefängnis am Schlüsselbund trug, ihn auch selber dort angebracht hatte.

Sie war schon fast im Begriff zu gehen, als John Scanlan seinen Kopf auf dem Kissen bewegte und die Augen öffnete. Über seinen tiefblauen Augen lag ein milchiger Film wie bei Hunden, wenn sie in die Jahre gekommen sind. Zum erstenmal, seit sie sich erinnern konnte, sah sie ihm direkt ins Gesicht, Auge in Auge, ohne zurückzuzucken und fortzusehen.

Er streckte seine große Hand aus, deren Haut so weich und trocken war wie die einer Schlange. Er hatte ungeheure Adern auf dem Handrücken, und ob es nun an seiner Krankheit lag oder nur eine optische Täuschung war, jedenfalls sahen sie aus, als könnte man das Blut in ihnen pulsieren sehen.

»Franny«, sagte er heiser und griff nach ihr.

Connie trat einen Schritt zurück, aber er zog sie am Arm näher zu sich heran und verschränkte seine Finger mit ihren, umfaßte ihre Faust mit seiner Hand. »Sei nicht böse, mein Lieb«, sagte er, fast so, als würde er mit sich selber reden. »Lachen steht dir viel besser.« Das darauffolgende Grinsen war nicht viel mehr als ein Schlitz in seinem bis auf Haut und Knochen abgezehrten Gesicht. Connie dachte, daß sie seinen Akzent nie zuvor so deutlich herausgehört hatte, nicht einmal auf Parties, wenn er ins Erzählen kam und zuviel getrunken hatte. Er hielt ihre Hand so fest, daß sich der Stein ihres Verlobungsringes in ihren Finger grub.

Er sagte lange Zeit nichts, starrte nur und atmete schwer, als wäre er gerannt. »Die Kinder sind im Bett«, sagte er dann einmal. »Um so besser.« Ein paar Minuten später zwinkerte er ihr zu und sagte: »Du bist mein Mädchen.« Connie wurde knallrot vor Scham, obwohl sie wußte, daß er gar nicht sie sah; gleichzeitig hatte sie Angst, daß er vielleicht mit einemmal zu klarem Verstand kommen und wütend sein würde, weil er sich so entblößt hatte und weil er sich betrogen fühlte, auch wenn er das Betrügen selber übernommen hatte. Seine Lider sackten herunter, und er fing wieder gleichmäßiger zu atmen an; dann schlug er die Augen plötzlich auf, wie wenn man ein Schnapprollo knallen läßt, und begann zu reden, als würde ihm nicht mehr genug Zeit bleiben, all die Worte herauszubringen.

»Es tut mir leid, daß du dein Baby verloren hast, Franny«, sagte er lallend und über jeden einzelnen Konsonanten stolpernd. »Das Blut war schuld. Der Arzt hat gesagt, so was kommt vor, aber bei den Jungen gab es kein Blut. Sie war ein hübsches kleines Ding, aber der Arzt hat gesagt ›Sie wird nicht überleben, Mr. Scanlan‹, und dabei wolltest du doch so gerne eine Tochter nach den drei Jungen, du wolltest jemanden, dem du kleine Kleidchen mit Schleifchen und solchen Sachen anziehen konntest.« Jetzt schwieg er, aber sein Atem ging laut. »Ich weiß noch, wie du gesagt hast ›Ich werde keine mehr bekommen und mir das Herz brechen lassen. Du hast ja deine Jungen.‹ Und du wolltest mich nicht mehr an dich ranlassen, aber so was darf man gar nicht erst einreißen lassen.« Connie konnte die Krankenhausgeräusche draußen auf dem Gang hören, das Klappern der Krankenliegen und die Schritte der Schwestern. Schließlich setzte er noch hinzu: »Du darfst dich deinem Ehemann nicht verweigern, Franny. Das ist Gottes Gesetz.«

Er drehte den Kopf ab und atmete jetzt so schwer, daß Connie vor lauter Aufregung schon die Schwester holen wollte. Es war ein schreckliches Geräusch, und sie wollte, daß es aufhörte, andererseits fürchtete sie, daß er dann wieder anfangen würde zu sprechen. Sie wollte das nicht mehr hören.

Irgendwann drehte er ihr wieder den Kopf zu, und da sah Connie, daß ihm die Tränen übers Gesicht liefen. Er sah auf ihre am Rand der Matratze ineinander verschlungenen Hände und dann zu ihr auf, und sein Gesicht war schmerzverzerrt, die Unterlippe bebte, als hätte er die Zitterlähmung, die Tränen tropften von seinem Kinn auf den Pyjama und hinterließen dunkle Flecken in der Baumwolle. Er preßte ihre Hand an seine Lippen, und Connie zuckte zurück, aber er zog sie mit einer Kraft wie ein junger Mann wieder näher zu sich. Connie dachte, daß die Tränen seine Blindheit fortspülen müßten und er erkennen würde, wer sie wirklich war, aber als er wieder aufsah, wisperte er nur »bitte«, und da empfand sie diese Art von Sympathie für ihn, die sie auch immer für ihren Mann hatte, genau wie für kleine Kinder, wenn auch nicht ihre eigenen.

»Es ist gut, John«, sagte sie sanft und drückte seine Hand. »Es ist alles gut.«

»Sag, daß du mir vergibst«, sagte er.

»Ich vergebe dir.«

Er wandte den Kopf ab und sah an die Decke. Dann schlossen sich seine Augen. Er ließ ihre Hand los und begann wieder zu schnarchen.

Sie saß noch eine ganze Weile da, bevor sie ihre Handtasche nahm und ging. Draußen auf dem Parkplatz war es jetzt kühler, und der Himmel schien ein noch tieferes Blau angenommen zu haben. Sie wußte, daß die Essenszeit längst vorbei sein mußte. Jetzt wünschte sie sich, sie hätte die Whiskyflasche wieder mitgenommen; sie hätte jetzt gut einen Schluck davon vertragen können. Während sie leicht über das Lenkrad gebeugt nach Hause fuhr, war ihr klar, daß sie an diesem Nachmittag eine Sache gelernt hatte: Sie würde nie wieder allein mit Joey Martinelli sein. Sie dachte an den alten Mann, der da in seinem Bett lag, an all die vielen Geschäfte, die er gemacht hatte, und seine Intriganz, und sie dachte daran, wie er zuletzt gesagt hatte: »Sag, daß du mir vergibst.« Wenn sie einmal starb, wollte sie nicht um Verzeihung bitten müssen.

Als ihr Mann an diesem Abend aus dem Krankenhaus zurückkam, sagte er ihr, daß sein Vater ins Koma gefallen sei. Die Ärzte nahmen nicht an, daß er noch einmal daraus erwachen würde. »Meine Mutter ist untröstlich«, sagte Tommy, als er mit einem Bier in der Hand an dem roten Resopaltisch in der Küche saß und ins Leere starrte, »denn seine letzten Worte zu ihr waren wohl ›das ist verdammt noch mal das zäheste Roastbeef, das man mir in meinem ganzen Leben vorgesetzt hat‹, als sie ihm gestern ein Sandwich zum Lunch mitgebracht hat.«

»Das würde immerhin zu ihm passen«, sagte Connie und wußte, daß sie es, wenn sie es ihm nicht jetzt gleich sagte, nie herausbringen würde, und gleichzeitig wußte sie auch, daß sie es ihm jetzt nicht sagen konnte. Sie sah in sein Gesicht und versuchte darin den Mann zu finden, von dem sie vor so vielen Jahren geglaubt hatte, daß er sie retten würde. Und dabei merkte sie, ganz ohne Bedauern, daß es genau anders herum gewesen war und daß sie für den Rest ihres Lebens mit dieser Verantwortung würde leben, ja sie sogar würde suchen müssen. Ihr wurde klar, daß sie jahrelang eines gewollt hatte: neben John Scanlan sitzen und ihm ins Gesicht sagen »Fahr zur Hölle«. Aber sie hatte die Wunschvorstellungen dieser Frau überwunden. Sie war eine Person geworden, die Hand in Hand mit diesem furchtbaren Mann dasitzen und ihm seine Verfehlungen vergeben konnte, wie immer sie auch ausgesehen haben mochten. Und wenn ihr Mann das erfuhr, würde er damit etwas wissen, was sein Leben gründlicher ruinierte als alle Anstrengungen seines Vaters. Er würde wissen, daß seine Frau stärker war als er.

»Sie dachte, er würde sich wieder berappeln«, sagte Tommy traurig. »Sie dachte, er würde wieder gesund werden.«

19

In einer Ecke der Schwärze zuckte ein Blitz. Er wirkte wie ein Tick am himmlischen Auge. Maggie sah ihn durch die geschwungenen Baumwollvorhänge an ihrem Fenster hindurch. Sie war allein zu Hause. Nirgends brannte Licht. Ein Sturm zog herauf. Maggies Mund war trocken, und sie hatte einen widerlichen Geschmack auf der Zunge.

Die Erwachsenen waren wieder mal nicht da. Maggie kam jetzt oft spätnachmittags von ziellosen Fahrradtouren durch die Straßen zurück und fand das Haus leer und stickig vor, wie ein Haus in einem Horrorfilm, wenn Das Ding die Stadt heimgesucht und wieder verlassen hat. Sie ging dann in ihr Zimmer hinauf, und bald danach kam von der Auffahrt das Summen eines Motors – es hörte sich an wie ein knurrender Hund – und danach das satte Geräusch der Autotür und das leichtere von der Sturmtür im Erdgeschoß. Wenn dann von unten das Klappern von Töpfen und Pfannen kam, wußte man, daß es bald Abendessen geben würde.

Maggie hatte den Eindruck, daß die Erwachsenen sich sämtlich mehr wie Kinder aufführten als früher. Das sonntägliche Gezänk, das bisher immer Maggie und Monica und einer Handvoll jüngeren Cousinen vorbehalten gewesen war, fand nun zwischen Tommy und James oder Margaret und Mark statt. Mary Franccs weinte. Jetzt bestätigten sich alte Strukturen und Verbindungen, und Maggies Großmutter war wieder abhängig von Margaret, demütig gegenüber James und klammerig und liebevoll mit Tommy. Aus irgendeinem Grund hatte Mary Frances beschlossen, ihr ganzes Wohnzimmer neu beziehen zu lassen, in blauem Damast, und es standen jetzt auch nur noch halb so viele Möbel darin. Die Enkelkinder saßen auf dem Fußboden und hinterließen mit ihren Lacklederpumps und Sandalen kleine Lichtflecke auf dem Teppich. Die Atmosphäre um sie her brachte sie zum Schweigen und ließ sie aufmerksam werden. Monica verhielt sich besonders still. Sie saß am Mahagonitisch im Eßzimmer und las in *Life*. Ihr Gesicht war genauso weiß und glänzend wie die Seiten. »Gott, ich wünschte, er würde sterben, und es wäre endlich vorbei«, hatte sie am Sonntag davor gesagt, während sie sich mit einer Zeitschrift Luft zufächelte und ihr die honigfarbenen Locken an der Schläfe klebten. Dann war sie im Badezimmer verschwunden, von wo man hinter verschlossener Tür das Wasser rauschen hörte. Maggie vermutete, daß Monica da drinnen weinte, und das gab ihr noch mehr das Gefühl, daß die Dinge aus dem Lot geraten waren, als alles andere. Seit ihrem Auftritt im Brautsalon hatten sie und Monica nicht mehr miteinander gesprochen. Maggie wunderte sich über sich selbst, daß ihr diese Braut so leid tat mit ihrem leidenden Gesicht, den harten Augen, ihrem wenig enthusiastischen Gerede von Teeservicen und Porzellanmustern und ihrer unglaublichen Freudlosigkeit zwei Wochen vor dem Ereignis, das Maggie sich immer als den glücklichsten Tag im Leben vorgestellt hatte. Auf der Baustelle tat sich nichts. Einige der Kinder kümmerten sich jetzt nicht mehr darum, wo die Musterhäuser fertiggestellt und langweilig geworden waren. Andere hatten Angst, Ärger zu bekommen. Die Lokalzeitung hatte über die Feuer berichtet, und die Mütter hatten angefangen, an den T-Shirts ihrer Kinder nach dem Geruch von Rauch zu schnüffeln. Die Baugesellschaft hatte Wachen engagiert, die dreimal pro Nacht die Runde machten. Gleich bei ihrem ersten Einsatz hatten sie ein paar Neuntklässler in einem Keller erwischt und nach Hause verfrachtet, während die Nachbarn in ihren Eingangstüren standen und zusahen. Eine kaffeebraune Promenadenmischung hatte sich in eins der Musterhäuser gewagt und war heulend wie ein Trauergast bei einer irischen Totenwache in der Katzentür hängengeblieben. Von einer der Wachen war sie eingefangen und eingeschläfert worden, bevor die Besitzer herausfinden konnten, wo sie war. Jetzt schworen die jüngeren Kinder, daß ihr struppiger Geist um Mitternacht in dem Haus umging, wo das Heulen unter dem Linoleum in der Küche hervordrang. Maggie konnte von ihrem Fenster aus die Wachen in ihren gelbbraunen Uniformen als fahle Schatten sehen, die mit ihren Taschenlampen das Gelände vor sich ableuchteten. Sie kamen um neun durch, und dann wieder um elf, und sie nahm an, daß sie auch später in der Nacht noch einmal Streife gingen, wenn sie selber schon schlief. Zwischendurch kontrollierten sie Fenster und Türen beim Supermarkt in der nächsten Stadt und die beiden Kenwooder Kirchen und sahen im Kenwoodie Club nach, ob auch niemand über den Zaun geklettert war, um heimlich nackt zu baden.

Sie hatte den Tag auf dem Friedhof ihres Großvaters verbracht, aber sie und Angelo sprachen nicht mehr viel miteinander. Damien half ihm jetzt immer öfter bei der Gartenarbeit, und Maggie hatte irgendwie verlernt, wie man an diesem Ort glücklich war. Bis zu diesem schrecklichen, schwitzigen Sommer hatte es überall »Richtlinien« gegeben, in ihrem Haus, ihrer Nachbarschaft, ihren Beziehungen zu anderen. Manche davon waren richtige Grenzmarkierungen gewesen – hier gut, da böse, hier wir, da die anderen –, andere wiederum waren Linien, die die Leute miteinander verbanden – Mutter und Vater, zwei Freundinnen. Jetzt aber waren alle diese Linien so restlos ausgelöscht, als wären sie nur mit Kreide gezogen, und dabei wußte Maggie doch, daß sie ohne sie nicht leben konnte. Manchmal saß sie stundenlang gegen die rauhe Rinde eines Baumes gelehnt, blies auf einem Grashalm und fragte sich, was wohl als nächstes passieren würde. Und oft weinte sie auch.

Als sie nach Hause gekommen war, war sie zur Baustelle hinausgegangen: Sie wußte, daß Debbie dort sein würde. Am Tag davor war sie bei den Malones gewesen, weil Mrs. Malone sie eingeladen hatte. Charles Malone hatte in seiner Korbwiege in der Küche gestanden und lautstark am Kragen seines T-Shirts gesaugt. In seiner speckigen Nackenfalte hatten sich die Schweißperlen gesammelt wie an einer Kette. »Dieses Baby hat mehr von einer Kartoffel als von einem menschlichen Wesen«, hatte Mrs. Malone hochzufrieden geäußert, während sie auf der Arbeitsplatte Zwiebeln hackte. »Er liegt einfach da und lutscht an allem, was er in den Mund bekommen kann.«

»Sind nicht fast alle Babys so?« fragte Maggie, die am Küchentisch saß. Debbie war oben und zog sich an. Aus Maggies langem nassen Haar tropfte es auf ihre Shorts, und ihr brannten die Augen, obwohl Mrs. Malone mit den Zwiebeln am anderen Ende des Raumes stand.

»Himmel, nein«, sagte Mrs. Malone und tupfte sich mit einem Küchenpapier das Gesicht ab. »Aggie kam erst zur Ruhe, als sie zwei Jahre alt war. Sie schrie ununterbrochen, es sei denn, man trug sie auf der Schulter im Zimmer herum. Dabei hob sie ihre kleinen Beinchen und pupste so laut, daß man es im ganzen Haus hören konnte. Ich mußte mich schwer zusammennehmen, sie nicht aus dem Fenster zu werfen.« Sie wischte sich mit einer Ecke ihrer Schürze die Augen. »Verdammt«, sagte sie. Das Baby hatte sein T-Shirt aus dem Mund verloren, ließ einen kurzen Schrei los und hatte bereits seine Finger entdeckt, bevor Maggie an der Wiege angekommen war. Er hatte immer noch einen komischen Eierkopf, wie eine Cartoonfigur.

Das ganze Haus war in heller Aufregung, weil Helen zum Abendessen kommen sollte. Es war kaum zu glauben, wieviel sich innerhalb von sechs Wochen verändern konnte. Helen war zu einem Ehrengast, einem Besuch aus einer anderen Welt geworden, Monica hatte sich verlobt, und Maggies Mutter hatte sich in eine Erscheinung verwandelt, die ohne jede Vorwarnung aus ihrem Haus verschwand und wieder auftauchte. Mrs. Malone, die Thunfischtoast mit einer Scheibe Tomate für eine ausgewogene Mahlzeit hielt, hatte sich für diesen besonderen Anlaß Hackbraten mit überbackenen Kartoffeln vorgenommen und beugte sich über Kochbücher, die sie vor vielen Jahren zur Hochzeit bekommen hatte, und die immer noch knackten, wenn man sie aufschlug, weil sie so selten benutzt worden waren.

Debbie fand das alles nur furchtbar ärgerlich: ihre Mutter in frischgewaschenen Bermudas und gebügeltem T-Shirt, ihr Vater, der früher aus dem Büro kam, eine Tischdecke im Eßzimmer, was sonst nur bei besonderen Familienfeiern vorkam, und zu allem Übel auch noch Maggie, die ohne ihre Erlaubnis und überhaupt gegen ihren Willen eingeladen worden war. Sie hatte auch Bridget Hearn einladen wollen, aber Mrs. Malone hatte es ihr verboten. »Sie gehört nicht zur Familie«, hatte sie gesagt, und Maggie stand daneben und lief rot an, als Debbie unwillkürlich die Hand ausstreckte und sagte: »Die doch auch nicht.« Debbie war nach oben gegangen, um sich umzuziehen, ohne Maggie zu fragen, ob sie mitkommen wollte, aber Maggie war trotzdem hinterhergegangen und hatte zugehört, wie Debbie beim Anziehen vor sich hin schimpfte. »Ja glaubt die denn, meine Schwester denkt, sie habe sich innerhalb von vier Wochen in eine gute Köchin verwandelt? Glaubt sie, daß meine Schwester plötzlich meint, wir speisen jeden Abend im Eßzimmer?« Maggie vermutete, daß Debbie mit dem dauernden ›Schwester‹ versuchte, Helen auf Normalmaß schrumpfen zu lassen, aber es nützte alles nichts.

Aggie und Debbie waren mit einer Freundin Helens vom

Herz Jesu in der Stadt gewesen, um Helen in der Revue zu sehen. Debbie hatte nur gesagt, es sei »okay« gewesen, aber Aggie hatte sich näher ausgelassen. »Also, sie hatte so eine Art Trikot an, okay?« sagte sie nach vorne gebeugt, und ihre Augen leuchteten hell im Kegel der Taschenlampe, die sie in dem Neubauhaus auf den Boden gestellt hatten. »Es war weiß mit einem aufgemalten Herz, das irgendwie blutete, also so mit Tropfen, die über den Bauch runterliefen. Und dann hat sie dieses tolle Lied gesungen. ›Loving One Another‹. Und dieser Typ hinter uns mit dem Bart? Also, der sagt zu dem anderen Typ, der neben ihm sitzt: ›Das ist die, von der ich Ihnen erzählt habe.‹ Und der andere sagt: ›Sie haben nicht zuviel versprochen.‹ Sie sah wirklich schön aus, und als sie gesungen hat, war es ganz still.«

»Das Kostüm war durchsichtig«, sagte Debbie.

»Ja, aber nur ein bißchen«, sagte Abbie. »So wie bei meinem weißen Badeanzug, wenn ich gerade im Wasser war. Da kann man auch durchsehen. Aber ich glaube, die Leute haben gedacht, es wären nur Schatten.«

»Na klar«, sagte Debbie schnaubend.

Jetzt schnaubte Debbie wieder, als sie in der Küchentür auftauchte. »Eine Schürze?« fragte sie. »Ach, sei still«, sagte Mrs. Malone, die gerade den Zwiebelgeruch von den Fingern zu waschen versuchte.

»Man muß eine Zitrone nehmen«, sagte Maggie. »Damit reibt man sich die Hände ein und spült sie dann unter kaltem Wasser ab.«

Mrs. Malone warf ihr über die Schulter einen erstaunten Blick zu. »Da werde ich nächsten Monat vierzig, aber davon habe ich noch nie gehört«, sagte sie. »Funktioniert das auch?«

»Meine Mom macht es so.«

Mrs. Malone öffnete den Kühlschrank. »Bei nächsten Mal versuche ich das auch«, sagte sie. »Ich werd' mir gleich eine Zitrone kaufen.«

Debbie schnaubte. »Hört auf Maggie, Leute«, sagte sie. »Sie ist allwissend.« Mrs. Malone sah von einem Mädchen zum anderen, als hinter ihnen ein Geräusch laut wurde. Es war Helen. Sie ließ eine Handvoll Einkaufstüten und eine Handtasche in Form einer Einkaufstüte auf einen Stuhl fallen, lächelte die beiden an, legte den Finger an die Lippen und glitt über den Küchenfußboden. Sie trug rosafarbene Ballerinas und ein sehr eng anliegendes weißes Kleid mit aufgestickten rosa Blumen. Maggie konnte erkennen, daß sie nichts drunter trug außer dem winzigsten Slip, den sie je im Leben gesehen hatte.

»Wer bin ich?« fragte Helen, als sie ihrer Mutter die Hände vor die Augen hielt.

Mrs. Malone schreckte auf und wirbelte herum. Neben ihrer geschmeidigen, sanft gerundeten Tochter sah Mrs. Malone so drahtig aus wie ein alter Mann, aber die Ähnlichkeit war da. Beide hatten ein klares, flaches Gesicht, das jetzt auch noch den gleichen strahlenden Ausdruck zeigte.

»Du bist früh dran!« sagte Mrs. Malone.

»Früh dran?« sagte Helen. »Ich wohne hier!«

»Nicht mehr«, sagte Debbie.

Helen wirbelte herum und musterte Debbie eingehend. Dann grinste sie. »Du hast ja recht, Deb«, sagte sie leichthin. Ihre Haare waren gewachsen, und auf den unteren Lidern hatte sie eine dicke blaue Linie, die ihre Augen noch blauer erscheinen ließ. Sie beugte sich über die Wiege und strich dem Baby mit einem Finger am Gesicht entlang. »Er sieht aus wie eine Wasserbombe«, sagte sie.

Langsam füllte sich die Küche mit Malones. Aggie fragte Helen nach ihrer Show und versuchte, nicht am Kleid ihrer Schwester hinunterzusehen. Die jüngeren Kinder bettelten, ob sie nicht die Einkaufstüten auspacken dürften. Mrs. Malone lehnte mit vor der Brust gekreuzten Armen an der Spüle und sah immer nur Helen an. Maggie hörte Debbie hinter sich schnauben. Sie ging hinaus, um sich auf die Eingangsstufen zu setzen, und Maggie folgte ihr, obwohl sie eigentlich lieber bei den anderen geblieben wäre.

»Du wirst dir dein Kleid ganz schön schmutzig machen«, sagte Maggie, als Debbie sich auf die staubige Betontreppe sinken ließ.

»Na und?«

»Warum bist du so böse auf mich?«

»Bild dir nur nicht zuviel ein.«

»Ich werde nach Hause gehen«, sagte Maggie. »Es tut mir leid, daß deine Mutter mich eingeladen hat, wenn es dich so wütend macht.«

Debbie tat, als hätte sie nichts gehört. »Sie ist genau wie deine Cousine«, sagte sie. »Sie kann sich alles erlauben, weil sie ein hübsches Gesicht hat. Dabei finde ich sie nicht mal so hübsch. Sie hat eine richtig spitze Nase. Sie hat immer versucht, sie mit den Fingern flacher zu drücken, aber sie ist trotzdem noch spitz.«

Maggie setzte sich auch hin.

»Ich hasse das, wenn ich in die Schule komme, und dann sagt jemand zu mir: ›Bist du Helen Malones Schwester?‹«

»Mich fragen die Leute immer, ob ich John Scanlans Enkelin bin«, sagte Maggie.

»Das ist doch was ganz anderes.«

Von ihrem Platz aus konnten sie die Stimmen im Wohnzimmer hören. Auf der Straße war es vollkommen still bis auf das Surren eines Sprühwagens im nächsten Block, der auf dem kleinen, unbebaut gebliebenen Gelände Insektenvertilgungsmittel verteilte. Über den Dächern auf der anderen Straßenseite stiegen kleine Chemiewölkchen auf, und ein süßlicher Geruch wehte zu ihnen herüber. »Auf gar keinen Fall«, hörten sie Mrs. Malone sagen, und dann Helens lachende Stimme: »Na gut, dann eben Cola. Ich dachte, du hast es auch so gemeint, als du mich gefragt hast, ob ich etwas trinken möchte.« Darauf folgte wieder Gemurmel von Mrs. Malone.

»Ich habe mein Kleid für die Hochzeit«, sagte Maggie. »Wirklich hübsch. Und drunter muß ich einen Strumpfgürtel tragen.«

»Bridget sagt, daß ich besser aussehe als Helen. Sie sagt, Helens Augen stehen zu eng zusammen.«

»Bridget ist eine Hohlschwätzerin.«

»Ach ja, ich vergaß«, sagte Debbie. »Wir sind ja Helens beste Freundin. Wer hätte das gedacht?«

»Bisher war ich immer deine beste Freundin.«

»Früher war eben alles anders.«

Maggie fühlte, wie ihr die Augen feucht wurden. Sie glaubte, ganz entfernt ein schwaches Klopfen zu hören.

Die Tür hinter ihnen öffnete sich, und Helen trat auf die Stufen hinaus. »Du wirst dir das Kleid schmutzig machen«, sagte sie zu Debbie.

»Na und?« sagte Debbie.

Helen sah Maggie an und zuckte die Achseln. »Also, wollt ihr beiden nun eure Geschenke oder nicht?« Debbie konnte nicht anders. Sie drehte sich um und sah hoch. Helen zauberte zwei kleine Schachteln hinter dem Rücken hervor. Drinnen lagen silberne Ohrreifen, wie kleine Ringe.

Maggie hatte ihre auf der Handfläche liegen und tippte mit dem Zeigefinger darauf. »Danke«, sagte sie.

»Wir haben keine Löcher in den Ohren«, stellte Debbie beleidigt fest.

»Nein, bis jetzt noch nicht.«

Die beiden Mädchen sagten gar nichts. Schließlich meinte Debbie. »Die bringen uns um.«

Helen lächelte. »Maggie, wenn ich dir die Ohrläppchen durchsteche, was passiert dann?« sagte sie mit dem gleichen Ton in der Stimme wie neulich, als sie Maggie gefragt hatte, was sie in zwanzig Jahren tun würde.

»Meine Mutter wird mich ausschimpfen.«

»Und?«

»Dann bekomme ich wahrscheinlich eine Strafe. Vielleicht darf ich eine Woche lang nicht in den Club gehen.«

»Es ist beinahe September. Der Club wird an Labor Day schließen. Also, was kann sonst noch passieren?«

»Nichts wahrscheinlich.«

»Sie werden also mit euch schimpfen und euch bestrafen. Aber dafür habt ihr dann Löcher in den Ohren und neue Ohrringe.«

Maggie lächelte und sah auf ihre Kreolen hinunter. »Tut das weh?« fragte sie.

»Nur ganz kurz«, sagte Helen.

»Ich tu's«, sagte Maggie, und Debbie sah sie mit großen Augen an.

»Das ist ja wohl nicht zu fassen«, sagte sie barsch. »Ausgerechnet Maggie Scanlan, die bloß nie was Falsches machen will?«

»Was ist denn mit dir los?« fragte Helen.

»Ach, vergiß es«, sagte Debbie. »Ich weiß, du findest sie toll, aber sie ist ein schrecklicher Angsthase. Tut nichts, was sie in Schwierigkeiten bringen könnte. Bridget sagt, aus so was macht man Nonnen.«

Helen machte ein nachdenkliches Gesicht. »Es gibt diese und es gibt jene Form von Schwierigkeiten«, sagte sie und begann wieder die Treppe hinaufzugehen, und Maggie und dann auch Debbie gingen hinterher. Helen zog sie ins Badezimmer. Auf dem Waschbecken waren eine Nadel mit weißem Baumwollfaden und ein Fläschchen Alkohol aufgebaut. »Halt dich von Bridget Hearn fern«, sagte Helen, als sie Maggies Ohrläppchen mit Alkohol einrieb. »Sie ist eine dumme Gans.« Maggie hatte gelächelt, und als die Nadel zustieß, gab sie keinen Laut von sich. Als sie dann aber mit zwickenden Ohrläppchen und sorgfältig nach vorn gekämmtem Haar nach unten gingen, hatte Debbie sich zu ihr umgedreht und gesagt: »Ich wette, du traust dich nicht, heute nacht rauszugehen.«

Jetzt beobachtete Maggie von ihrem Fenster aus, wie das Wachauto davonfuhr, ein fahlbeiger Schatten in dem Dämmerlicht, das von den Häusern ausging. Wieder fuhr ein Blitz herunter, heller als beim letztenmal, und in der Ferne hörte man die gedämpften Paukenschläge des Donners. Der Blitz zuckte auf und hielt sich am Himmel, und als sie dann die Augen zusammenkniff, konnte sie das Feuer vom Dach des Hauses aufsteigen sehen, das sie und Debbie schon einmal in Besitz genommen hatten. Selbst auf die Entfernung konnte sie sehen, daß dies das Feuer sein würde, inzwischen das achte, das zählte, und jetzt verstand sie auch Debbies letzte Bemerkung. Ich gehe nicht hin, sagte sie zu sich selbst. Ich gehe nicht hin. Später fragte sie sich, ob sie nun gegangen war, weil Debbie sie herausgefordert hatte, weil sie Angst um ihre Freundin hatte, oder weil sie einfach ebenso hypnotisiert war von der Gefahr wie alle anderen auch.

Sie roch den Rauch, sobald sie aus dem Haus trat. Er war scharf und bitter und hatte einen chemischen Beigeschmack, der sich mit dem natürlichen Geruch von brennendem Holz mischte; es war eine perverse Version des Herbstgeruches, den sie ihr Leben lang so geliebt und nun nie wieder würde ertragen können. Während sie so voranlief, schimmerte das Feuer zwischen den Häusern hindurch und ließ ihre Konturen schärfer hervortreten. Wieder zuckte ein Blitz über den Himmel, der Donner folgte und gleich darauf ein Schrei. Sie lief zur Vordertür hinein und sah die Flammen den ganzen hinteren Teil des Hauses ausfüllen, daß die Wände völlig herunterbrannten. Davor sprangen Debbie und Richard herum. Sie lachten. Dann stieß Debbie einen kleinen Schrei aus, als das Feuer sich mit einem Aufbrausen ausbreitete. »Wir haben's geschafft«, schrie sie mit schriller Stimme. »Wir haben's endlich geschafft!«

Das Haus sah im Grunde aus wie immer, nur flackerte es jetzt hinter jedem Fenster grell orange, als würden zerfetzte Vorhänge vom Wind bewegt. Maggie konnte sehen, daß in nur wenigen Minuten das ganze Gebäude in Flammen stehen würde, und die daneben vielleicht auch. Auf dem Boden lag eine leere Flasche Four Roses – der Deckel daneben war voller Zigarettenstummel –, und Maggie fragte sich, warum sie ausgerechnet damit das Feuer angefacht hatten. Dann sah sie Debbie, die mit von der Hitze zu winzig kleinen Locken gezwirbelten Haaren herumsprang wie auf einem Federstock, und sie merkte, daß sie betrunken war. Ihre Bluse war fast bis zur Taille aufgeknöpft, und am Hals hatte sie einen dicken roten Bluterguß direkt über dem Schlüsselbein. Maggie fühlte, wie sie rot wurde. Sie sah zu Richard hinüber, der sie mit einem langsamen, schläfrigen Lächeln bedachte und sich mit der Zunge über die Lippen fuhr. Er kam herübergestolpert und berührte mit dem Mund ihre Ohrläppchen und die Baumwollfäden, die Helen durch die Löcher gezogen hatte, bis sie die Ohrringe tragen konnte. Maggie roch den Alkohol, ein richtiger Krankenhausgeruch, und versuchte von ihm abzurücken, aber er hielt sie mit eiserner Hand an der Schulter fest, es war wie im Schraubstock.

»Hallo, Sexymäuschen«, sagte er. Dann sah er zu Debbie hinüber, lachte und wandte sich wieder Maggie zu. Er lehnte sich auf sie, und Maggie hatte den schweren Verdacht, daß er vornüber in den Dreck fallen würde, wenn sie einen Schritt zur Seite machte. »Du bist das coolste Mädchen, das ich kenne. Vor allem deine Augen. Ich liebe deine Augen. Die sind so cool.«

Maggie schüttelte sich. Die Flammen kamen plötzlich lodernd auf sie zu, leckten zur Decke hoch und verwandelten die frische Farbe in eine fahle, gewellte Masse. Debbie quiekte. Dann sah sie zu Richard hinüber und sagte: »Ich an deiner Stelle hätte was Besseres zu tun.«

»Das ist schlimm hier«, sagte Maggie. »Ihr solltet sehen, daß ihr hier rauskommt. Das ganze Haus wird abbrennen.«

»Gut kombiniert«, sagte Richard und rührte sich nicht von der Stelle. »Wollen wir beide dabei zusehen? Es wird dir gefallen. Entspann dich, wenigstens dies eine Mal. Du wärst so cool, wenn du dich mal relaxen würdest.«

»Du bist verrückt. Diesmal wird die Polizei kommen. Für diese Sache hier können wir alle verhaftet werden. Sieh sie dir doch an. Wie willst du sie in diesem Zustand nach Hause kriegen? Und wenn ihre Mutter an ihr riecht?«

»Sie riecht gut«, sagte Richard und fuhr mit der Hand hinten in Maggies Hemd. »Und wenn wir in Schwierigkeiten kommen? Na, wenn schon.« Er drehte ihr sein rußverschmiertes, nach Benzin stinkendes Gesicht zu. »Was macht das schon für einen Unterschied?«

»Deb, komm hier weg«, sagte Maggie. »Sie werden bald da sein. Ihr beide werdet so einen Ärger kriegen.« Aber Debbie stand einfach nur da und stierte. »Sieh doch mal hin«, sagte Richard und ging auf die brennende Wand zu. Und genau in diesem Moment schoß eine Flamme hervor, als hätte das Feuer den Arm ausgestreckt, um ihn zu umfangen, und züngelte an seinem Ärmel entlang und spielte um seine Haare. Debbie kreischte los und rannte nun endlich stolpernd hinaus, und er rannte keuchend und hustend hinter ihr her und fiel zu Boden. Maggie kniete sich neben ihn. Im Licht des Feuers konnte sie die rotverbrannte Haut auf seinem Arm und der Hand sehen und die angekokelten Haare und Wimpern.

»Oh, Scheiße, Maggie«, sagte er ganz ruhig. Und dann begann er keuchend und würgend zu schluchzen. »Ich glaube, ich hab's vermasselt.«

Ein paar Schritte weiter saß Debbie mit zur Seite geneigtem Kopf und kotzte sich auf die eigenen Haare. Maggie ging zu ihr hinüber. »Du mußt aufstehen«, sagte sie. »Sie werden bald hier sein.«

Debbie legte sich auf den Rücken und starrte zu den Sternen hinauf. »Meinen Freund wolltest du mir auch wegnehmen«, sagte sie lallend.

»Halt die Klappe. Hierfür kannst du ins Gefängnis kommen. Nun mach schon.« Sie zog sie hoch, bis sie saß, und faßte sie dann unter den Armen. Richard begann zu wimmern.

»Geh weg«, sagte Debbie, als Maggie sie auf die Füße zog.

Sie ließ sich schlaff in Maggies Armen hängen, und Maggie schleifte sie zu einem Haus auf der anderen Straßenseite, das noch nicht ganz fertiggestellt war. Vorsichtig ließ sie sie auf den Linoleumfußboden in der Küche sinken. »Bleib hier«, sagte sie, sah nach unten und erkannte trotz des Halbdunkels, daß Debbie ohnmächtig geworden war. Maggie knöpfte ihrer Freundin die Bluse zu und rannte dann zwischen den Häusern davon, sprang über Holzlatten und herumliegende Pappkartons und versuchte, nicht hinzufallen. Bei ihr zu Hause war es immer noch dunkel. Sie sah ein Licht im Fenster des Bauwagens und steuerte darauf zu. Sie wußte, daß jemand da war. Sie hatte Joey Martinellis Wagen vor einer Stunde ankommen sehen und laut losgelacht, weil er die Straße entlangstotterte, als hätte er Schluckauf, und das erinnerte sie so an die Fahrweise von Tante Celeste, die an jeder Kreuzung Kupplung und Getriebe verfluchte, während sie durch ihr Seitenfenster den anderen Autofahrern den Mittelfinger hinstreckte, die hupend um sie herumkurvten. Dann war das Licht im Bauwagen angegangen, und viereckige Lichtflecken leuchteten vom Erdboden wider und fingen sich in den winzigen silbernen Fühlern der von der plötzlichen Helligkeit beduselten Motten. Maggie mochte Joey Martinelli nicht, obwohl sie im Grunde ihres Herzens wußte, daß er bestimmt ein netter Kerl war; er hing anscheinend ständig bei ihnen rum mit seinen feuchten Schnurrbartenden und den schmutzigen Halbmonden unter den breiten Fingernägeln. Sie haßte es, wenn er sie nach ihrem Großvater fragte. Sie wußte, daß ihr Großvater, wenn ihm Joey Martinelli je begegnen sollte, ihn einen Makkaroni nennen würde, bevor er noch ganz zur Tür hinaus war. Eines Nachmittags war er mal rübergekommen, um sich mit ihr zu unterhalten. »Sie sind da drüben ja fest fertig«, hatte Maggie aus reiner Höflichkeit gesagt und auf die Reihe mit den Musterhäusern gezeigt.

Er nickte. »Shelley Lane«, sagte er.

»Sie nennen die Straße Shelley? Wie Shelley Winters?«

»Wie der Dichter Shelley«, sagte Joey, die Hände in den Hosentaschen. »Jede Straße wird nach irgendeinem berühmten Schriftsteller benannt. Es gibt eine Dickens Street oder eine Wordsworth Street. Die Musterhäuser heißen nach Emily Dikkinson, Lord Byron und Edgar Allen Poe.«

»Welches ist das Edgar Allen Poe?«

»Das Landhaus.«

Maggie schüttelte den Kopf. »Ich hoffe nur, daß die Leute, die sich das angucken, Edgar Allen Poe nie gelesen haben«, sagte sie.

»Der Typ wollte Englischlehrer werden«, sprach Joey weiter, »aber dann ist er statt dessen in die Baufirma seines Vaters eingestiegen. Es sagt immer, daran könne man sehen, daß sich auch die sorgfältigsten Pläne von Mäusen und Menschen mal auf die eine, mal auf die andere Weise entwickeln können. Ich verstehe meistens kaum die Hälfte von dem, was er sagt.«

»Komisch«, hatte Maggie gesagt.

Jetzt rannte sie über den festgetretenen Boden der Straße, bis sie zum Ende dessen kam, was später mal die Shelley Lane sein würde. Sie wußte, daß sie Joey Martinelli um Hilfe bitten mußte, ob sie ihn nun leiden konnte oder nicht. Der Bauwagen stand auf der anderen Seite eines weiten, unberührten Geländes, das die Bauherren in dem Irrglauben so eingeplant hatten, daß es die Anwohner von Kenwood besänftigen würde. Statt dessen hatte es nun aber zu Folge, daß Tennyson Park wie eine andere Welt wirkte, wie eine etwas unfertige Fata Morgana, die fern und unwirklich und irgendwie feindselig über ihren Gärten schwebte. Von drinnen tönte Musik, die Beatles im schönsten Einklang, Pauls gepreßter Sopran und dazu John, tiefer und voller mit der zweiten Stimme. »Things We Said Today«. In der Tür war ein Fenster, und Maggie zog sich hoch, um hineinzusehen.

Drinnen stand ihre Mutter an einem grauen Tisch, und gerade, als Maggie hereinsah, strich sie sich mit den Fingern das Haar zurück und sah mit einer solchen Intensität im Blick zu Joey Martinelli auf, daß Maggie zurückwich. Als sie wieder hinsah, hatte Connie den Kopf gesenkt, und der Mann widersprach ihr ganz offensichtlich, er gestikulierte mit den Händen und legte sie schließlich Connie auf die Schultern. Maggie dachte daran, wie es sich angefühlt hatte, als Richard ihr seine

Hand aufs Schlüsselbein legte. Auf dem Tisch lag eine Zeitschrift. Es war dieselbe Ausgabe von *Life*, die Monica am Sonntag gelesen hatte, mit Paul Newman im Unterhemd auf dem Titel. Daneben lag ein angebissener Schokoladenriegel. Als Maggie wieder auf die beiden sah, ließ Joey Martinelli seine Hände sinken, und Connie sah wieder auf. Sie nahm seine große Faust in ihre kleine Hand, öffnete sie und legte etwas hinein. Einen kurzen Moment lag es da im grellen Licht auf seiner Handfläche, und Maggie erkannte, daß es ein Schlüssel war. Sie fragte sich, ob es wohl der war, den sie am selben Tag auf dem Küchentisch gesehen hatte, oder der, den ihr Großvater ihrer Mutter in den Schoß geworfen hatte, der Schlüssel zu dem neuen Haus, in dem sie glücklich und zufrieden leben sollten bis an ihr Lebensende.

Joey Martinelli schloß die Faust darum.

Irgendwie war Maggie nicht überrascht von dem, was sie sah. Ihr war nur ein wenig übel, genau wie damals, als sie das Kleid, das sie zu Weihnachten bekommen sollte, im obersten Fach des Kleiderschrankes gefunden und anprobiert hatte und sich gerade den Rock glattstrich, als sie in den Spiegel sah und merkte, daß ihre Mutter hinter ihr stand, ganz weich und düster im Gesicht vor Enttäuschung und weil sie hintergangen werden sollte. Ihr Magen fühlte sich riesig an. Und leer.

Langsam ging sie die Stufen wieder hinunter und lief auf die andere Seite des Bauwagens. Dort stand der Wagen, eine dunkelblaue Plymouth-Limousine, wie die Firmenwagen für die Vertreter ihres Großvaters: anonym und unauffällig. Ihr Großvater sagte immer, daß man Polizisten in Zivil in der Stadt immer daran erkennen konnte, daß sie diese Art von Auto fuhren; die Polizisten ebenso wie die Priester in den Gegenden, die von den Zivilpolizisten patrouilliert wurden. »Zeig mir einen Priester im Cadillac«, sagte John Scanlan, »und ich zeige dir einen Priester, der Dinge tut, die er nicht sollte.« Im Licht des Bauwagens konnte Maggie sehen, daß der Plymouth leer war. Sie spähte durch das Fenster an der Fahrerseite. Auf dem Sitz lagen eine rosa Strickjacke mit kleinen Perlmuttknöpfen und ein zweiter Schokoladenriegel.

Sie hörte die Tür des Bauwagens aufgehen und verhielt sich einen Moment lang ganz still; dann sprang sie hinter dem Wagen hervor und lief nach Hause. Als sie an den Rand des Baugeländes kam, stolperte sie über einen herumliegenden Ziegelstein und stürzte vornüber in den Dreck. Es tat weh am Kinn und an den Knien. Im Umdrehen sah sie das orange glühende Neubauhaus, und jetzt gingen in den anderen Häusern in der Nähe überall Lichter an. Von irgendwo ganz weit weg hörte sie Schreie und merkte erst dann, daß es Sirenen waren, die immer lauter und lauter wurden. Sie rannte ins Haus und in ihr Zimmer hinauf und hockte sich wieder ans Fenster, um zuzusehen, wie die Feuerwehrwagen heranfuhren und wie die Männer sich Anweisungen zuriefen, während sie einen Schlauch nach dem anderen anschlossen, bis sie den Hydranten vor Maggies Haus erreichen konnten, der seit sie denken konnte das Abschlagmal beim Fangenspielen gewesen war. »Wir brauchen einen Krankenwagen«, rief einer, und da wußte sie, daß sie sich um Richard keine Sorgen mehr machen mußte. Hinten im Garten stand jemand und sah herüber, und dann hörte sie die Fliegentür zuknallen, und Schritte stürzten die Treppe hinauf.

»Maggie?« rief ihre Mutter ins Dunkel. Connie bewegte sich zum Bett hinüber und betastete die weiche Überdecke. Dann machte sie die Deckenbeleuchtung an. Maggie saß mit dem Rücken zum Zimmer, und ihre Mutter sagte noch einmal »Maggie?« und stand dann neben ihr und sah in ihr Gesicht hinunter.

»Oh, nein«, sagte Connie. »Nicht du. Oh, mein Gott. Nicht du.« Maggie faßte sich mit der Hand auf ihr erhitztes Gesicht, und als sie sie wieder fortnahm, war sie schwarz vor Ruß, und sie konnte das Benzin an ihren Fingern riechen.

»Wie konntest du so etwas tun? Wie konntest du nur? Sieh doch, was du getan hast. Und du stinkst auch noch nach Schnaps.«

»Ich?« sagte Maggie. »Ich? Was ich getan habe? Was ist mit dir? Was ist mit dem, was du getan hast? Ich habe heute nacht nichts so Schlimmes getan wie du.« Ihr Kopf sank auf ihre knochigen Knie, und die Tränen liefen ihr an den Beinen hinunter, aber statt ihr Gesicht zu kühlen, machten sie es nur noch heißer. Sie hatte das Gefühl, nicht mehr atmen zu können, und dann hob sie den Kopf und wischte sich mit dem Arm übers Gesicht.

»Es gibt Regeln«, sagte sie mit einer Stimme, so kieksig wie die von Damien. »Es gibt Regeln. Und wenn man diese Regeln durchbricht, tut man anderen weh.«

»Ich habe nicht getan, was du anscheinend von mir glaubst«, sagte Conny sanft, und Maggie sah, daß ihre Mutter eine Kleeblattkette im Haar trug, und sie stand mit einer einzigen Bewegung auf und riß die Kette ab und behielt sie, zerrissen wie sie war, in der Hand. Connie rührte sich nicht.

»Es gibt Regeln, die man einfach so brechen kann«, sagte Maggie und machte eine Handbewegung zu dem orangefarbenen Glühen vor dem Fenster. »Und es gibt Regeln, die, die...« Sie begann zu schluchzen, und die Kleeblumen fielen aus ihrer Hand zu Boden.

»Ich würde nicht gegen diese Regeln verstoßen«, sagte Connie. »So jemand bin ich nicht.«

»Was für ein Mensch bist du dann?« wollte Maggie wissen und hob den Kopf. Und da sah sie sich plötzlich selber, als hätte sie noch nie in einen Spiegel gesehen, nie ein Foto von sich gesehen, nie sich selbst in die Augen geblickt, und sie wußte, daß sie nie entkommen konnte, egal, was sie aus ihrem Leben machte, wie sie sich drehen und wenden mochte, ob sie fortzog, es würde alles nichts helfen. Sie würde sich selber nicht entkommen und nicht dem, was hinter ihr lag.

»Ich weiß es nicht«, sagte Connie schließlich, und dann standen die beiden lange Zeit schweigend da und sahen zu, wie das Wasser durch die Luft spritzte, das Feuer löschte und eine klaffende Lücke in der Häuserzeile hinterließ.

Der zusammengewürfelte Haufen nächtlicher Zuschauer – Männer in schwarzen Schlappen, Polizisten, deren Knöpfe im Licht des Feuers blitzten, Leute aus den umstehenden Häusern, die, kaum erkennbar, in ihren Hintergärten standen wie ein Gespensterbataillon, das zur Verteidigung von Kenwood angetreten war – machten dem leisen, unverwechselbaren Geräusch der letzten knisternden Glutfunken und der Wasssertropfen Platz, die von dem übriggebliebenen Schutz auf die geschwärzte Erde fielen. Die beiden Frauen sahen schweigend zu. Sie berührten sich nicht und sprachen nicht, und sie sahen sich auch nicht an.

»Es ist vorbei mit den Feuern«, sagte Maggie schließlich und ließ die Schultern in ihrem weißen T-Shirt hängen. »Ich möchte nicht sagen, wer es war, aber ich verspreche dir, daß ich es nicht gewesen bin. Diesmal nicht. Ich schwöre dir, daß ich es diesmal nicht war, und ich verspreche dir, daß es damit vorbei ist. Ich versprech's.«

Sie sah zu Connie auf, die ihr das Gesicht abwischte, und sie sah, daß ihre Mutter ihr nicht glaubte, obwohl sie es gerne getan hätte.

»Das verspreche ich dir auch«, sagte ihre Mutter, und Maggie sah, daß sie in gewisser Weise, die sie vielleicht nie ganz verstehen würde, recht gehabt hatte mit ihrem Verdacht und ihren Befürchtungen, und daß dieser Tag, diese Nacht so sicher einen Teil ihres Lebens beendete, wie sie für das Haus das Ende war, von dem nur noch ein Haufen glühender Ziegel übrigblieb, der vom Viereck ihres Fensters eingerahmt wurde. Wortlos drehte Connie sich um und ging aus dem Zimmer. Im Gehen machte sie das Licht aus, und Maggie legte sich in ihren Kleidern aufs Bett. Als sie am Morgen aufwachte, hatte sie immer noch Shorts und T-Shirt an, aber ihre Turnschuhe waren ordentlich nebeneinander unters Bett gestellt worden, und jemand hatte sie in eine von Josephs Häkeldecken gewickelt.

20

Als Tommy am Donnerstag abend nach Hause kam, wurde es schon dunkel. Sein Teller mit dem Essen stand mit Alufolie bedeckt im Ofen, und seine Frau saß rauchend auf der hinteren Veranda in einem Liegestuhl und kicherte mit ihrer Cousine Celeste Lemm. Tommy stand in der Küche und sah zu, wie die Motten gegen die Gitter flogen. Die Neonröhre über dem Küchentresen blendete, deshalb sah er draußen nur die Insekten. Er stocherte auf seinem Teller mit Hühnchen und Bohnen herum, leckte sich die Finger ab und bestreute in Gedanken versunken alles mit Salz. Er hatte keinen Hunger.

Nach der Arbeit hatte er fast eine ganze Stunde lang mit einem von den Zementmixerfahrern gespielt und war auf dem Asphaltplatz hin und her geprescht, bis er vor lauter Schweiß in den Augen nichts mehr sehen konnte und immer schlechter wurde. Danach war er im Krankenhaus gewesen und hatte dann seine Mutter zur Kirche gefahren, zu einer Novene für den heiligen Jude, den Schutzpatron der hoffnungslosen Fälle. Selbst jetzt, nachdem die Sonne untergegangen war, herrschten draußen noch an die dreißig Grad, und Tom hatte das Gefühl, als wären seine Energie, sein Hunger und sein Kampfgeist allesamt in der Pfütze auf dem Boden seines Wagens zusammengeflossen, die sich zwischen Gaspedal und Bremse gebildet hatte. Als er sich im Männerumkleideraum in der Firma, einem grauen Zimmer, über dem ein ständiger Geruch von Reinigungsmittel hing, im Spiegel betrachtete, dachte er an den alten Spaß, jemandem eine Butterblume unters Kinn zu halten, wenn man wissen wollte, ob derjenige Butter mochte. Die Blume warf fast immer einen hellgelben Schatten, so hellgelb, wie seine Haut zur Zeit aussah und auch seine Augäpfel und die nassen Flecken auf seinem T-Shirt unter den Achseln.

Im Keller unten, direkt unter seinen Füßen, konnte er die Waschmaschine laufen hören. Bei ihm zu Hause schien eigentlich immer die Waschmaschine zu laufen. Er nahm einen schwachen Brandgeruch wahr und fragte sich, ob das Abluftventil am Trockner vielleicht mal wieder ausgetauscht werden müßte. Dann erinnerte er sich, daß es ja in der letzten Nacht ein Feuer gegeben hatte, das längst tot und erloschen gewesen war, als er von seiner Mutter nach Hause kam. Er wünschte, jemand würde das ganze verdammte Neubaugebiet niederbrennen. Von draußen klang noch heftigeres Gelächter, und als er einen Blick in den Kühlschrank warf, sah er, daß vier von seinen Miller High Lifes fehlten.

Er mochte es nicht, wenn Frauen Bier tranken. Er fand es sogar unpassend, daß seine Mutter sonntags einen Scotch nahm. Wenn sie zum Essen ausgingen, bestellte er jedesmal einen Whiskey Sour für Connie und für sich einen zur Gesellschaft, obwohl er sich bei diesen Dingern immer fragte, wo da der Alkohol war. Sal sagte, in schicken Restaurants täten sie in solche Drinks gar keinen Alkohol, sondern nur Vanille. Tommy blieb drinnen stehen, trank sein Bier und preßte sich die Flasche gegen die Wange. Er mochte es nicht, wenn Celeste zuviel mit seiner Frau zusammen war. Sonst konnte er immer denken, daß Connie sein Eigentum war, seine Frau, nicht mehr und nicht weniger. Wenn Celeste da war, fühlte es sich für ihn so an, als wäre Connie verschwunden, was sie in letzter Zeit ja wirklich oft war. Er stellte die Flasche auf die Küchenplatte.

»Tommy?« rief Connie, als sie das Klirren des Glases hörte. Ihre Stimme klang hoch und ein bißchen betrunken.

Er ging mit den Händen in den Hosentaschen zur Hintertür und blieb wie ein Schatten hinter dem Fliegengitter stehen.

»Komm raus zu uns«, sagte Connie. »Hallo Tom«, sagte Celeste, die ihre Bierflasche am Hals festhielt.

»Komm raus«, wiederholte seine Frau, und er versuchte, sich an der Fliegentür vorbeizuschlängeln, ohne allzuviele Viecher hineinzulassen. Er wußte, daß er mit seinem Anzughemd, dem lockeren Schlips über dem offenen Kragen und seinen schweren schwarzen Schnürschuhen ziemlich deplaziert aussah. Selbst die Glühwürmchen nahmen ihre Aufgabe heute nicht so genau, saßen immer an derselben Stelle und blinkten mal und mal auch nicht. Connies Bierflasche lag umgefallen am Boden. Sie war entweder verschüttet oder leer.

»Wir feiern«, sagte Connie.

»Was denn?«

»Celeste hat geheiratet. Heute.«

Tommy starrte Celeste an, die nickte. »Im Rathaus«, sagte sie mit einem Ethel-Merman-Lächeln. »In meiner einen Stunde Mittagspause. Eigentlich habe ich zwei Stunden Pause gemacht und hab dann noch gegessen.«

»Wen?« fragte Tom.

»Sein Name ist Sol Markowitz. Du kennst ihn nicht. Er hat eine Hutfabrikation in der 37. Straße. Mr. Mark's Hats. Ich hab ihn im Lebensmittelgeschäft am Broadway kennengelernt. Er ist sehr nett. So um die Fünfzig.«

Also war der Typ über sechzig. Das letzte Mal, als Celeste jemanden als ›um die Fünfzig‹ bezeichnet hatte, war der Mann an einem Hirnschlag gestorben, als sie zusammen beim Rennen gewesen waren und sein Pferd gewonnen hatte.

Celeste trug weiße Röhrenhosen und eine ärmellose schwarze Bluse, dazu eine Hochfrisur. »Hast du dich etwa in diesem Aufzug trauen lassen?« fragte Tommy.

Die beiden Frauen lachten los. »Dasselbe habe ich sie auch gefragt«, sagte Connie.

»Zu deiner Information«, sagte Celeste, »ich hatte ein Kleid an.«

»Ein rotes«, sagte Connie und prustete los, während sie nach ihrer Bierflasche auf dem Boden herumtastete.

»Und?« sagte Celeste. »Ich bin schließlich kein Kind mehr. Im übrigen hat er das große Hochzeitstamtam mit Empfang und Blumen und so weiter schon mal gehabt. Vor fünfunddreißig Jahren. Wer will das schon noch einmal?«

»Dann kann er aber kaum nur an die Fünfzig sein«, sagte Tommy.

»Gott, nehmen wir es heute aber mal wieder genau.«

»Ist ja nicht so, daß sie noch unbedingt Kinder will«, sagte Connie und faltete sacht die Hände über ihrem Bauch.

Celeste zuckte die Schultern. »Irgendwann ist es einfach soweit, nicht? Dann muß man zur Ruhe kommen, sein Leben in den Griff kriegen, sich seinem Alter entsprechend benehmen.«

»Benehmen?« kicherte Connie. »Seinem Alter entsprechend? Du? Jetzt hör aber auf. Das kannst du mir doch nicht erzählen.«

»Wieviele Biere habt ihr getrunken?« erkundigte sich Tommy.

»Ah, der Herr Vertreter der Heiligen Inquisition«, sagte Celeste mit tiefer Stimme, angelte sich ihre Flasche und nahm einen Schluck. Tommy lief purpurrot an.

»Wo steht dein Auto, Celeste?«

»Der Großinquisitor«, sagte Connie jetzt auch.

»Er läßt mich abholen«, sagte Celeste. »Mein Sol. Er hatte was zu erledigen, und wir treffen uns dann zu Hause.«

»Wo wohnt er?« fragte Tommy.

»Oben in Connecticut. Ihr beide müßt uns mal mit den Kindern zum Grillen besuchen. Er hat einen Pool. Wir haben einen Pool. Hört sich gut an, was? Wir haben einen Pool. Sieben Schlafzimmer. Wirklich schön.«

»Celeste Markowitz«, sagte Connie.

»Auweia«, sagte Celeste zu Tommy, »deine Mom und dein Dad werden begeistert sein. Sag's ihnen lieber gar nicht erst, okay?«

»Ehrlich gesagt, Celeste«, meinte Tommy und ließ seine leere Bierflasche ins Gras fallen – nach dem langen, heißen Tag spürte er die leichte Duseligkeit vom Alkohol schon jetzt direkt hinter den Augen –, »glaube ich nicht, daß sich meine Eltern an diesem Punkt ihres Lebens allzuviele Gedanken darüber machen würden.«

»Na, hör mal«, sagte Celeste. »Da müßte dein alter Herr aber schon halb tot sein, um sich darüber nicht mehr aufzuregen.«

»Er ist halb tot«, sagte Tommy.

»Tom«, fiel Connie jetzt ein und drehte sich zu ihm um. Ihr Blick sagte ihm, daß er ihnen doch jetzt nicht die Stimmung verderben sollte.

»Dein Vater wird uns noch alle überleben, Tom«, sagte Celeste.

»Ich glaube, du wirst uns alle überleben, Celeste«, sagte Tommy. Und dann lächelte er plötzlich. »Zeig mal deinen Ring.«

Celeste streckte ihm die linke Hand hin, damit er den herzförmigen Diamanten bewundern konnte, der an ihrem dicken Finger prangte. Er war doppelt so groß wie der Ring, den sie bisher gehabt hatte. Selbst hier im Halbdunkel konnte Tommy sehen, daß er einen leicht gelben Schimmer hatte, und er mußte wieder an den Schatten denken, den man von einer Butterblume unterm Kinn bekam.

»Klasse«, sagte Tommy. »Sehr schön. Der muß ein Vermögen gekostet haben.«

Celeste lächelte. Von der Vorderseite des Hauses hörte man ganz leise ein schwaches Hupen, dann noch eins. »Das ist für mich«, sagte sie und stand langsam auf.

»Bring ihn doch rein«, schlug Connie vor, »ich habe Kuchen im Haus.«

»Ein anderes Mal«, sagte Celeste. »So was soll man nicht überstürzen.« Sie drehte sich zu Tommy um und legte ihm die Hand auf seine erhitzte Wange. »Sei nett zu deiner Frau«, sagte sie mit kehliger, eindringlicher Stimme, und Tommy hatte plötzlich ganz stark das Gefühl, als hätte er das schon mal erlebt, und er mußte auch nicht erst tagelang in seinem Gedächtnis wühlen, um sich an die Szene zu erinnern: Es war bei seiner Hochzeit gewesen. Celeste, knallblau schimmernd von oben bis unten, hatte mit ihm getanzt und irgendwann unter Tränen zu ihm aufgesehen und gesagt: »Sei nett zu meiner Cousine.«

»Ich bin immer nett zu meiner Frau«, erwiderte er jetzt. »Vorausgesetzt, ich finde sie.«

»Dann sei eben besonders nett«, sagte Celeste, und bevor Tommy doch noch das letzte Wort haben konnte, gab sie ihm einen Kuß und war auch schon verschwunden, eine Wolke von *L'Air du Temps* um den Liegestuhl hinterlassend, auf dem sie gesessen hatte. Tommy fiel auf, daß das ein neuer Duft an ihr war, vielleicht zu Ehren des neuen Ehemannes. Er lehnte sich vor und hob ihre Bierflasche auf. Der Hals war rot vom Lippenstift. Er brachte die leeren Flaschen in die Küche.

Connie folgte ihm. »Tom«, sagte sie. Als er sich umdrehte, stand sie lächelnd am Herd und hatte einen ganz verschleierten Blick. Tom sagte sich, daß das wohl am Alkohol liegen mußte, aber er war trotzdem erregt.

»Ich habe noch eine Überraschung für dich.«

»Und die wäre?« sagte er, strich mit den Händen über ihre Arme und schloß die Finger um ihre winzigen Handgelenke. Sie schob die Hände in seine Hosentaschen, und er begann, schwer zu atmen, aber sie nahm nur seine Autoschlüssel raus und hielt sie ihm vor die Nase.

»Tatatatam«, sagte sie, und jetzt wußte er, daß ihr das Bier wirklich zu Kopf gestiegen war. Das letzte Mal, daß sie, soweit er sich erinnern konnte, »tatatatam« gesagt hatte, war während der Flitterwochen gewesen, als sie in ihrem Negligé aus dem Badezimmer kam. Einen Augenblick lang fragte er sich, wie sie in ihrem Zustand das Bier bei sich behielt.

Connie marschierte zur Haustür hinaus und hielt dabei die Schlüssel immer noch vor sich hin wie eine rote Rübe am Stock, und er lief hinterher. Sie öffnete die Beifahrertür des Combi und sagte: »Steig ein.« Dann ließ sie sich auf den anderen Sitz gleiten und drehte den Zündschlüssel um.

»Wo ist denn dieses Ding, mit dem man den Sitz vorrücken kann?« sagte sie ungeduldig und mit leicht undeutlicher Aussprache.

»Bist du verrückt geworden?« wollte Tommy wissen. »Weißt du eigentlich, was du tust?«

Der Sitz rutschte mit einem Ruck nach vorne, und Tommys

Knie prallten gegen das Handschuhfach. Als die Scheinwerfer angingen, setzte sich die Rasenkante scharf und klar von der Auffahrt ab. Es sah aus wie auf einer dieser auf Kunst getrimmten Naturaufnahmen. Connie legte den Rückwärtsgang ein und setzte aus der Auffahrt zurück. Die hintere Stoßstange prallte mit einem Knall von der Straße ab.

»Warum passiert das immer?« fragte sie, stieg in die Bremse und stellte sich den Rückspiegel richtig ein.

»Ich finde das überhaupt nicht komisch«, sagte Tommy. »Du wirst uns beide umbringen. Es ist ja schon schlimm genug, daß du nicht fahren kannst, aber zu allem Überfluß bist du auch noch betrunken. Laß es bitte.«

Connie wühlte in der Tasche ihrer Shorts und reichte ihm dann ein viereckiges Stück Pappe. Es war ein vorläufiger Führerschein vom Motor Vehicle Bureau. Darauf stand, daß Concetta M. Scanlan braune Haare und Augen hatte, keine Sehhilfe benötigte, einen Meter zweiundfünfzig groß war und siebenundvierzig Kilo wog. Tommy dachte, daß sie im Moment wahrscheinlich doch etwas schwerer war.

Connie fuhr leise die Park Street hinunter, hielt sich ein bißchen zu weit rechts und starrte ein bißchen zu intensiv durch die Windschutzscheibe nach vorne. Tommy erinnerte sich noch, daß er es am Anfang genauso gemacht hatte. An der Ecke bog sie links ab und fuhr einmal um den Block. Dann machte sie noch mal die Runde und noch mal, bevor sie wieder in ihre Auffahrt einscherte. Tommy hatte schon registriert, daß sie beim Abbiegen einen etwas zu weiten Bogen machte, aber er dachte, daß sich das mit der Zeit wohl ausbügeln würde. Und er war so wütend, daß er regelrecht den metallischen Geschmack von Adrenalin auf der Zunge spüren konnte.

»Tatatatam«, sagte sie wieder, als sie den Motor abstellte. Er ging ohne ein Wort ins Haus und nahm sich ein zweites Bier aus dem Eisschrank. Dann setzte er sich in seinen Sessel im Wohnzimmer und stellte den Fernseher an. Sie kam herein und stellte sich mit vor der Brust verschränkten Armen davor.

»Ja, sagst du denn gar nichts?«

»Was soll ich denn schon sagen?«

»Herzlichen Glückwunsch wäre zum Beispiel ganz nett.«

Stille. Schließlich sagte er: »Wo sind die Kinder?«

»Joseph schläft oben. Damien ist bei meinem Vater. Terence übernachtet nach seinem Spiel bei den O'Briens, und Maggie ist bei Debbie.«

»Oh, wie praktisch«, sagte er schneidend.

»Was soll das denn heißen?« sagte Connie, drehte sich um und stellte den Fernseher aus.

Tommy sah sie nur an. Mit kaltem Blick. Sein Herz klopfte. Er sah an sich hinunter und hatte beinahe das Gefühl, als könnte er es unter seinem feuchten Hemd schlagen sehen. Das Bier machte ihn müde.

»Hast du was mit diesem Makkaroni?« fragte Tommy.

»Du hörst dich an wie dein Vater«, erwiderte Connie.

So hatte er das nicht zur Sprache bringen wollen, dachte er. Aber irgendwie hatte es ihn auf die Palme gebracht, wie sie da hinter dem Lenkrad gesessen hatte, so klein, daß man sich kaum vorstellen konnte, daß sie überhaupt in der Lage war, über das Armaturenbrett wegzusehen oder das Bremspedal zu erreichen, wie ein kleines Mädchen, das auch mal so tun will, als wäre es schon erwachsen. Sie war genau wie immer, und doch völlig verändert. Sie brauchte das doch nicht zu können. Wenn sie irgendwohin wollte, konnte er sie doch fahren. Er ging in die Küche, machte sich noch ein Bier auf und fragte sich gleichzeitig, wie er das letzte so schnell hatte austrinken können, aber als er wieder zurückkam, stand sie immer noch am selben Platz und hatte denselben harten Ausdruck in ihren Onyxaugen. Ihr Gesicht und ihr Hals schimmerten feucht in der Hitze, und sie hatte kleine schwarze Ränder unter den Augen, wo die Wimperntusche verlaufen war.

»Die Antwort ist nein«, sagte sie dann in die Stille hinein, und ein ganz bestimmter Ton in ihrer Stimme sagte ihm, daß seine Frage weder unerwartet noch unberechtigt gewesen war.

Aber Tommy kam nicht eine Sekunde lang auf die Idee, daß sie vielleicht nicht die Wahrheit sagen könnte. Sie war so, schwarz und weiß; sie würde niemals etwas leugnen, was sie getan hatte, einfach weil Tatsachen eben Tatsachen waren und man sie akzeptieren mußte. »Ich hätte das nie von dir gedacht«, sagte er langsam. Ihm wollte nichts als ein Klischee nach dem anderen einfallen, und er senkte den Blick wieder in sein Glas.

»Was hättest du nie von mir gedacht, Tommy?« fragte sie und streckte die Arme in die Luft. »Daß ich es irgendwann satt haben würde, nirgends dazuzugehören? Daß ich dieselben Dinge tun möchte wie andere Leute auch? Ich möchte nicht immer diejenige sein, die anders ist. Ich will glücklich sein.«

»Was heißt glücklich?« fragte er.

»Ich weiß es nicht«, sagte sie und ließ die Arme sinken. »Aber wie immer es auch aussieht, ich weiß, daß ich es nicht war.«

Seltsamerweise war er jetzt völlig glücklich. Sie waren allein in ihrem eigenen Wohnzimmer, und er hatte den Bauch voller Bier. Er dachte daran, wie sein Vater ihn eines Abends im Krankenhaus zu einer Partie Karten herausgefordert und Tom, wie seine Brüder sonst auch, geschlagen hatte. Danach hatte er sich ins Kissen zurücksinken lassen, sein Schlüsselbein zeichnete sich wie ein Holzbügel unter dem Schlafanzug ab, und gesagt: »Es geht doch nichts über ein gutes Kartenspiel, um sich wieder ganz lebendig zu fühlen.«

Jetzt sah Tommy seine Frau an, und er liebte sie. Er liebte die Art, wie sich ihre Adern blau um den Nacken gleich über ihrem kleinen Kragen abzeichneten, wie ihr Haar in der Hitze wüst zu Berge stand, daß sie sich mit ihm zusammengetan hatte, um sich ein eigenes Leben aufzubauen, wie beengt und unvollkommen auch immer. Er liebte all die kleinen Dinge, die dazugehörten. Er wollte nicht, daß sie so war wie andere auch. Er hätte sich nie in sie verliebt, wenn sie so gewesen wäre. Er dachte daran, wie sie scheinbar so gekonnt, aber beim Einschlagen die Unterlippe zwischen den Zähnen, in ihre Auffahrt gebogen war, und fing an zu weinen.

»Nicht, Tom, nicht«, flüsterte sie, kniete sich vor ihn und legte seinen Kopf auf ihre Schulter. »Nicht, nicht. Es ist ja alles gut. Es wird alles wieder gut.« Jetzt kam Tommy alles hoch, die heißen, salzigen Tränen, der Alkohol, sein Kummer, der Verlust des Vaters, den er gern gehabt hätte, der Untergang all dessen, was er liebte.

»Ich hatte Angst...«, setzte er an, aber sie ließ ihn nicht ausreden.

»Ich weiß«, sagte Connie. »Ich weiß. Aber es gab nichts, wovor du hättest Angst haben müssen.«

Tommy rückte ein Stück ab und sah sie an, und sie lächelte weise und unergründlich. Er konnte ihr nicht sagen, daß das Fahren allein ihm schon wie Betrug vorkam, die Trennung, der Abstand. Er konnte es nicht mehr ändern, und er durfte sie nicht verlieren. Ihm war klar, daß er nur mit ihr nicht ganz allein auf der Welt sein würde. Seine Eltern würden sterben, die Kinder würden groß werden und ihn verlassen, und dann würden nur noch sie beide da sein und in ihrem Wohnzimmer sitzen und sich in kurzen Sätzen unterhalten.

»Ich liebe dich«, sagte er und fing wieder an zu weinen.

»Ja, mein Liebling, ich weiß.«

»Geh nicht fort.«

»Wohin sollte ich wohl gehen?« fragte Connie und hielt ihn lange Zeit in den Armen. Langsam, beinahe wie im Traum, begann er sie auszuziehen, gleich da im Wohnzimmer. Es erinnerte ihn an die erste Freitagnacht, die sie in diesem Haus verbracht hatten, nachdem sie von Connies Tante Rose hierher gezogen waren. Maggie und Terence waren noch Babys gewesen, und er und Connie hatten sie in der Bronx zurückgelassen, um die Möbel aufzustellen, das Geschirr einzuräumen und die Betten zu beziehen. An dem Abend hatten sie auf dem Fußboden gegessen, auf einer Decke. Sie hatten eine Flasche Chianti zum Feiern dabeigehabt, und bis es dunkel wurde, waren sie beide betrunken gewesen. Sie hatten einfach alles zur Seite geschoben – er fühlte immer noch die kratzige Wolle auf seiner nackten Haut – und sich gleich neben den benutzten Tellern übereinander hergemacht. Connies Büstenhalter hatte die ganze Zeit um ihren Hals gebaumelt. An den Fenstern waren noch keine Vorhänge gewesen, und Tommy hatte weggeschaut, weil er fürchtete, er würde nur sehen, wie jemand zu ihnen hereinstarrte. Aber als sie fertig waren, waren sie schamlos nackt durchs Haus gelaufen, während ihre Kleider am Boden lagen, und waren bis lange nach Mitternacht aufgeblieben, als wüßten sie beide, daß sie eine solche Freiheit so schnell nicht wieder haben würden. Tommy wußte noch, daß ihm immer nur ein Wort durch den Kopf gegangen war, während er so durch das halbleere Haus lief: meins. Meins. Damit hatte er auch seine Frau gemeint. Jetzt sagte er es wieder, während er ihr ungeduldig die Shorts herunterzerrte. In der Hitze klebte ihre Haut aneinander und machte schmatzende Geräusche, wenn sie auseinandergingen. Als sie hinterher nebeneinander auf dem Teppich lagen, fiel Tommy ein, daß er dieses eine Mal völlig vergessen hatte, daß sie schwanger war. An ihrer Reaktion merkte er, daß sie sich gar nicht darum scherte.

»Wir müssen uns anziehen«, sagte er nach ein paar Minuten. »Eins der Kinder könnte nach Hause kommen.«

Aber da war er schon halb eingeschlafen, und deshalb zog er nur die Hosen hoch und ließ sich in seinen Sessel fallen, und da lag er dann mit zurückgelegtem Kopf und offenem Mund. Sie breitete eine von Josephs Decken über ihn, ein kleines Rechteck, das nur die Mitte seines langen Körpers abdeckte, und dann ging sie nach oben, um sich auch schlafen zu legen. Mitten in der Nacht wachte er einmal kurz auf. Der Kater in seinem Kopf miaute und jaulte ihm in die Ohren, daß ihm flimmerig vor den Augen wurde, und plötzlich dachte er, daß es ihn doch wieder erwischt hatte. So hatte sein ganzes Leben als Ehemann ausgesehen: endlose Strecken der Langeweile, in die sich nur manchmal, unerwartet, die Erkenntnis mischte, daß er ohne sie verloren wäre. Wochen und Monate hindurch lebten sie nebeneinanderher und schliefen einer an der Seite des anderen, als wären sie zwei Fremde, die zufällig im selben Hotelzimmer gelandet sind. Und dann passierte irgend etwas, und er überraschte sich dabei, wie er sie anstarrte, als könnte er direkt in ihre Seele sehen, und wie er in ihren Armen nach einer Lösung für alle seine Probleme suchte. Und dann hing er wieder an ihrem Haken, betört durch etwas, das sie zu haben, die Antwort, die sie ihm zu bieten schien. In Wirklichkeit war immer sie die Bestimmende gewesen, und so würde es immer bleiben. Das Poltern seines Vaters war gar nichts dagegen. Als er so dalag mit dem widerlichen Nachgeschmack von Alkohol im Mund, versuchte er sich das alles einzuprägen. Er hätte gerne einen Stift gehabt, um es hinzuschreiben, aber dann schwor er statt dessen – vielleicht sogar laut, er meinte, irgendein Gemurmel im Raum gehört zu haben –, daß er sich am nächsten Morgen daran erinnern würde.

Als er erwachte, erkannte er am wässrig blauen Himmel, daß die Sonne noch nicht ganz aufgegangen war. Er hatte einen schrecklichen Druck hinter den Augen. Das Jaulen hatte ihn wieder aufgeweckt, und er preßte sich die Hände auf die Ohren. Nach einer Weile merkte er, daß das Geräusch gar nicht in seinem Kopf war, sondern aus der Küche kam, und gerade, als er die Hände fortnahm, erschien Connie oben an der Treppe. Ihr Gesicht sah über ihrem weißen Nachthemd sehr blaß aus. Er schämte sich, sie anzusehen.

»Tommy, James ist am Telefon«, sagte sie. Als er von seinem Sessel aufstand, schwankte der Raum ein wenig. Er nahm den Apparat in der Küche ab, und erst, als er »Hallo« sagte, merkte er, daß er noch niemals so früh am Morgen einen Anruf bekommen hatte, und noch bevor James antwortete, wußte Tommy, was er sagen würde.

»Er ist tot«, sagte sein Bruder.

21

Der Friedhof mit dem beruhigenden Namen »Pforte zum Himmel« war schön, aber nicht so schön wie der von ihrem Großvater Mazza, fand Maggie. Er war ein ganz klein wenig hügelig, und zwischen den sanften Erhebungen und Tälern verlief ein ganzes Netz breiter Straßen. Große Gebiete waren noch leer, und das Gras erstreckte sich weithin strahlend grün und unberührt. Bäume gab es nicht. Sie achteten hier sehr auf ihre Rasenflächen. Gleich hinter dem Eingang war ein Schild aufgestellt:

ES IST NICHT GESTATTET
– DIE GRABSTÄTTEN EIGENMÄCHTIG ZU BEPFLANZEN
– FAHNEN ZU HISSEN
– MILITÄRISCHE EHRENZEICHEN ANZUBRINGEN
ZU WEIHNACHTEN, OSTERN UND ZUM MUTTERTAG
SIND GRABABDECKUNGEN ERLAUBT.
KEIN ZUTRITT FÜR UNBEFUGTE. BITTE ERWEISEN SIE
DIESER STÄTTE DER RUHE DEN NÖTIGEN RESPEKT.

Maggie fand den letzten Satz ganz in Ordnung, aber die anderen Regeln kamen ihr ziemlich starr vor. Auf Angelo Mazzas Friedhof liefen andauernd Fremde herum, und das störte auch niemanden. Mrs. Martini legte oft Fotos von ihren Enkelkindern aufs Grab ihres Mannes und beschwerte sie mit kleinen Steinen. In einer Tour brachten irgendwelche Frauen Töpfe mit Hyazinthen und Gardenien und knieten mit ihren Schäufelchen vor den Grabsteinen, gruben ein kleines Loch in den Boden, setzten die Blumen hinein und drückten ganz sanft die Erde über den Wurzeln an, als streichelten sie eigentlich den Menschen, der darunter lag. Sie machten sich keine Sorgen, daß die Pflanzen eingehen könnten. Wenn sie erst mal in der Erde waren, nahm Angelo sich ihrer an. Es wäre schöner gewesen, wenn ihr Großvater Scanlan auf dem Kalvarien-Friedhof beerdigt worden wäre, aber Maggie wußte, daß er das nie zugelassen hätte. Sie konnte sich genau vorstellen, wie er unter seiner gefältelten Satindecke lag, den Rosenkranz in einer gestellten Position um die Finger gewunden, die es einem im wirklichen Leben niemals gestatten würde, die entsprechenden Gebete aufzusagen, und wie er dachte: »Jesus, Maria und Josef, ich bin von Makkaronis umzingelt.« Sie lachte leise in sich hinein, und ihr Vater warf ihr einen strafenden Blick zu.

Sie wußte, daß sie eigentlich trauriger sein sollte, aber die Sache war ganz einfach die, daß sie gar nicht glaubte, daß ihr Großvater wirklich tot war, obwohl sie ja vor seinem Sarg gekniet und auf diese wächsernen Hände hinabgeblickt hatte, die selbst jetzt noch so groß und machtvoll aussahen. Erst fünf Tage vorher hatte sie noch die sieben Todsünden für ihn aufzählen müssen. Eine hatte sie vergessen. »Trägheit«, hatte John Scanlan so heftig gedonnert, daß sofort zwei Krankenschwestern angesprungen kamen. »Merk dir das, junge Dame.« Ihr Großvater hatte wieder besser ausgesehen. Der Mund hing nicht mehr so, die Augenlider waren gleichweit, wenn auch beide nur halb, geöffnet. Manchmal, wenn sie ins Krankenhaus kam, schlief er, und sein Atem schlabberte durch die Lippen wie bei einem alten Pferd, und wenn sie dann wieder ging, schlief er immer noch, obwohl sie doch eine oder auch zwei Stunden dagesessen und dem weißen Sonnenlicht zugesehen hatte, das in hellen Rechtecken über das Linoleum am Fußboden wanderte. Manchmal spielten sie Pochen, und dabei erzählte er fast ununterbrochen Geschichten aus seiner Kindheit, wie er Billy Boylan hinter der Garage in der Lexington Avenue verhauen hatte, oder wie die Polizei ihn mit auf die Wache genommen hatte, nachdem er bei dem Griechen um die Ecke von der Mietskaserne, in der seine Familie wohnte, für einen Penny Bonbons hatte mitgehen lassen. Manches davon waren neue Geschichten gewesen, andere hatte Maggie schon mal gehört, aber sie waren jetzt anders. Zum ersten Mal landete

Billy Boylan auch ein paar Treffer und wurde nicht einfach ohne jede Möglichkeit zur Gegenwehr von John Scanlans unbesiegbarem rechten Haken niedergestreckt. Zum erstenmal auch blieben die Zitronendrops dem griechischen Händler endgültig vorenthalten. »Die Polizisten haben sie genommen und aufgegessen!« sagte ihr Großvater laut, als wäre der Verzehr die eigentliche Untat gewesen. Gelegentlich wurden die Erzählungen vom Arzt ihres Großvaters unterbrochen, einem häßlichen und sehr freundlichen Mann namens Levine, der ihren Großvater zutiefst verabscheute, in seiner Gegenwart aber immer betont fröhlich war. Die ersten Male war er oft mit ein paar anderen Ärzten ins Zimmer gekommen, wenn Maggie gerade zu Besuch war, und hatte sie hinter die Glasabtrennung geschickt, während sie schon die weißen Vorhänge, die von der Decke baumelten, eng ums Bett zogen. Ihre Schuhe sahen dann unter dem Stoff hervor, und ihre Silhouetten führten eine Art Schattenspiel auf. Nach ein paar Wochen aber fühlte Dr. Levine einfach nur noch den Puls und ging dann wieder. Maggie hatte gedacht, das wäre deshalb so, weil es ihrem Großvater besserging. Jetzt wußte sie natürlich, daß es daran gelegen hatte, daß er starb.

»Was?« hatte sie gesagt, als ihr Vater es ihr mitteilte. Tommy saß mit grauem Gesicht am Küchentisch und trank ein Glas Pepto-Bismol. »Was? Bist du sicher?« Sie war in ihr Zimmer hinaufgegangen, um nachzudenken, und hatte über die neuen Schindeldächer zu der Stelle hinübergesehen, an der bis vor ein paar Tagen das Haus gestanden hatte, das abgebrannt war. Aus irgendeinem Grund hatte sie an die Bilder in ihrem Katechismus von den läßlichen und den Verderben bringenden Sünden gedacht: erst die Milchflasche mit den kleinen schwarzen Flecken, dann eine Milchflasche so schwarz wie die Nacht, wenn kein Mond am Himmel steht, und dann dieselbe Flasche mit blütenweißer Milch nach der Beichte. In gewisser Weise fühlte Maggie sich blütenweiß.

Sie hatte seit jener Nacht nicht mehr mit Debbie gesprochen. Sie hatte sich nur mit ihrer Mutter unterhalten und zugesehen, wie sie mit den mißtrauischen Blicken der Schuldigen durchs Haus schlich. Jetzt war ihr Großvater tot. Sie fühlte sich, als hätte man sie sämtlicher menschlicher Beziehungen beraubt. Als sie dann auf ihrem Bett lag, hatte sie das Gefühl, als würde sie schweben und ihr Körper schwanken. Von ihrem Fenster aus sah sie die verkohlten Stützen des abgebrannten Hauses, und obwohl sie nicht wußte, wieso, hatte sie das Gefühl, als wäre das Schlimmste vorüber. In der Küche unten hatte sie ihrer Mutter zugesehen, wie sie Käsemakkaroni machte, die mal schnell zwischen zwei Besuchen im Beerdigungsinstitut aufgewärmt werden konnten, und dabei war ihr aufgefallen, daß es die erste richtige Mahlzeit war, die Connie seit Wochen zubereitet hatte. Maggie fragte sich, ob das wohl bedeutete, daß Connie wieder zu ihnen zurückgekommen war.

Die nächsten drei Tage waren in einem Wust von Kleinigkeiten untergegangen: Papiertaschentücher für die Tische im Beerdigungsinstitut, schwarze Überzieher für die Stühle in der Eingangshalle bei ihrer Großmutter, die Gedenkkarte mit dem Herzen Jesu auf der einen und dem Namen ihres Großvaters mit dem Auferstehungsgebet auf der anderen Seite. Dort stand: »Erhöre unser Gebet, auf daß sich die Tore des Paradieses für Deinen Diener öffnen mögen«. Ihre Großmutter konnte und konnte sich nicht entscheiden, ob ihr Mann nun seinen blauen oder den grauen Anzug tragen sollte, als ginge es um seine Kommunionsfeier. »Herrgott, Mutter«, sagte Tommy schließlich, »wenn es dir wirklich so wichtig ist, was er anhat, packen wir ihn am ersten Abend in den blauen Anzug und am zweiten in den grauen. Können wir jetzt vielleicht von etwas anderem reden?« Mary Frances hatte zu weinen angefangen und war von Margaret in ihr Zimmer hinaufgeführt worden. Noch einmal über die Schulter zurückblickend, hatte Margaret ganz ruhig zu ihrem Bruder gesagt: »Schon mal was von Verdrängung gehört, mein lieber Tom? Man beschäftigt sich mit den allerkleinsten Dingen, damit man nicht an die großen denken muß?« Da hatte Maggie gesehen, wie ihrem Vater die Tränen in die Augen stiegen, und sie bekam selber einen dicken Kloß im Hals. Jetzt werden sie alle drei Tage lang verdrängen, dachte sie. Sie hatte ein neues Wort gelernt. Alles hatte sich unwirklich angefühlt, bis auf diesen einen Moment im Auto, wo sie, ihre heiße Wange ins kühle Vinyl gepreßt, auf dem Rücksitz ausgestreckt lag. Im Radio spielten sie Frank Sinatra, und ihr Vater sang mit, während ihre Mutter dazu summte und mit der Spitze ihres Lackpumps den Takt schlug. »No, no, they can't take that away from me«, grölte Tommy glücklich. Als die letzten Noten verklungen waren, griff er hinüber nach Connies Hand. Maggie konnte durch die Spalte zwischen den Sitzen ihre verschlungenen Finger sehen. Das Licht vom Armaturenbrett ließ blaue Funken im Verlobungsring ihrer Mutter aufblitzen. Dann sagte ihr Vater: »Haben sie die Typen eigentlich geschnappt, die das Haus angezündet haben?«

»Ich glaube, es war einer der Jungen. Der Sohn von Mary Joseph. Er hat sich fürchterliche Verbrennungen dabei geholt. Es heißt, er verliert vielleicht ein paar Finger und wird die Hand nicht mehr richtig bewegen können.«

Tommy pfiff durch die Zähne. »Polizei?«

»Ich glaube, sie regeln die Sache außergerichtlich. Der Vater ist ziemlich betucht, was allerdings auch nötig sein wird. Die Baufritzen wollen 25000 Dollar.«

Maggie sah, wie ihr Vater ihrer Mutter einen scharfen Blick zuwarf. »Ach, tatsächlich?«

»Hab' ich von deiner Schwägerin«, sagte Connie und machte ein kampflustiges Gesicht. »Da hast du meine Quelle. Ob's auch stimmt, weiß ich nicht.«

Tommy grunzte zufrieden. »Hat der Junge das Feuer denn ganz alleine gelegt?« hakte er nach.

»Er war der Anführer«, hatte Connie geantwortet.

Maggie starrte wieder ihre Mutter an, als sie aus der Limousine stiegen, die direkt vor dem Friedhofsschild angehalten hatte. So sah sie immer aus, wenn das Baby sich festgesetzt hatte und das Schlimmste vorüber war. Die Umrisse ihres Schleiers verschmolzen mit ihrem schwarzen Haar. Alle anderen Wagen hinter ihnen in der Prozession mit den in der Sonne trüben, aufgeblendeten Scheinwerfern mußten anhalten. Sie bildeten eine Schlange bis hinten zur Westchester Avenue. 111 Autos. Johns Kinder, Enkelkinder, Brüder und Schwestern, die Arbeiter von Scanlan & Co., die Gewerkschaftsvertreter dieser Arbeiter, die Diözesanvorstände für die Gemeinden, die seine Waren gekauft hatten – eine einzige lange Schlange von Nachkommen und Geschäftsbekanntschaften. Ein Freund war auch dabei, ein Mann namens McAlevy, der behauptete, mit John Scanlan zur High-School gegangen zu sein, und die Todesanzeige in der Zeitung gelesen hatte. »Nen Schlacharm hatter gehabt«, hatte der Mann im Beerdigungsinstitut zu Maggies Vater gesagt, »Mannomann, so nen Schlacharm.« Maggie hatte den Wagen der Malones auf dem Parkplatz stehen sehen, als sie ihre Limousine bestiegen, aber sie wußte, daß sie nicht winken durfte. Jetzt, als die Limousine langsam davonfuhr und die Familie aus den Autos stieg und sich unter dem Zelt versammelte, das den Bronzesarg des alten Mannes vor der Mittagshitze schützen sollte, sah sie den Wagen wieder.

»Ich bin die Auferstehung und das Leben«, sagte der Vertreter des Erzbischofs, ein Monsignore mit einer tiefen, kraftvollen und mühelos theatralischen Stimme, die ihm schon allein seinen Aufstieg in der Kirche gesichert hatte. Onkel James hatte ihn angefleht, diese Worte doch in Latein zu sagen, und irgendwas von kostenlosen Roben für die Kathedrale dazu gemurmelt. Der Priester hatte sich widerstrebend geweigert. Die neue Kirchenordnung durfte nicht mißachtet werden.

Maggie konnte sich nicht auf die Worte konzentrieren. Um das Podest mit dem Sarg war grüner künstlicher Rasen gewikkelt worden, aber genau vor ihren Füßen klaffte die Matte ein wenig auseinander, und sie konnte das Loch darunter sehen. Sie wußte, daß die Friedhofsarbeiter die Seile, mit denen sie den Sarg in einen zweiten Kasten aus einer Art Zement hinunterließen, erst lockern würden, wenn alle weg waren. Danach würden sie das Loch mit Erde füllen und die Blumen obendrauf legen. Nächstes Jahr würde dann Gras darüber gewachsen und die Narbe verheilt sein. Es gab einen eher ausladenden Grabstein mit SCANLAN als einziger Inschrift. In ein paar Wochen würde der Steinmetz kommen und den Rest erledigen. Maggie war erstaunt, was für einen Unterschied es machte, einfach die verschiedenen Schritte zu kennen, oder zu erleben, wie es mit jemandem geschah, den sie liebte.

Hinter ihr kam Bewegung in die Reihe, und als sie sich umschaute, sah sie ihre Cousine Monica mit vor den Mund gepreßter Hand auf die vorderste Limousine zustürzen, in der ihre Großmutter und ihr Onkel James hergefahren worden waren. Irgendwie schien auch Monica ihre Macht verloren zu haben. Im Beerdigungsinstitut hatte Monica sich, als sie nebeneinander in der Damentoilette standen, ziemlich unterkühlt erkundigt, ob Maggie einen Begleiter zur Hochzeit mitbringen würde. »Elvis Presley«, hatte Maggie gesagt, ohne den Tonfall zu wechseln. »Paul McCartney. Marlon Brando. James Dean.« Monica hatte gelächelt. »Unser kleiner Spaßvogel«, hatte sie gesagt. »Deine Witze zünden fast so gut wie richtiges Feuer.«

»Ach, schluck's runter, Monica«, sagte Maggie. »Ich hab's satt, mir von dir angst machen zu lassen.«

»Der Herr ist mein Hirte…« sagte der Priester gerade, und Maggie sprach in Gedanken weiter, wie sie es auch für ihren Großvater getan hätte, wenn sie jetzt in seinem Wohnzimmer säßen. Ihre Lippen bewegten sich: »…mir wird nichts mangeln. Er weidet mich auf einer grünen Aue…« Es war ein gutes Gefühl, das zu können. Wie wenn man beim Buchstabierwettbewerb alle Antworten kannte. Maggie fiel plötzlich der Türstopper ein, den ihre Großeltern im Sommer immer benutzten, um ein wenig Luft hereinkommen zu lassen. Es war ein dreidimensionales Oktogon aus einem milchiggrünen Stein, wie ein Ball mit eingeschliffenen Facetten. Als sie klein war, hatte Maggie immer gerne damit gespielt und ihn hin und her gerollt.

Eines Tages hatte sie ihre Großmutter gefragt, wo denn oben war und wo unten, und Mary Frances hatte versucht, ihr zu erklären, daß alle Seiten gleich waren. »Im Grunde gibt es kein Oben und kein Unten, mein Liebes«, hatte sie leise gesagt, ohne John Scanlan zu bemerken, der hinter ihr stand. Doch dann griff er über ihre Schulter hinweg nach dem Stein und nahm ihn auf. Er drehte und wendete ihn in seiner großen Hand mit den Härchen, in denen sich das Sonnenlicht fing, daß sie silbern und golden funkelten, und haute schließlich auf eine bestimmte Fläche, die mit allen anderen identisch war, bis auf eine winzige Kerbe an einer der Kanten. Dann ging er neben Maggie in die Hocke.

»Das hier ist oben, kleines Fräulein«, sagte er und drehte dann den Stein auf die entgegengesetzte Fläche. »Und das hier ist unten. Oben. Unten. Unten. Oben.« Mary Frances hatte sich leise zurückgezogen, und Maggie war glücklich gewesen. Sie mochte klare Antworten. Wenn sie nachher zum Haus ihrer Großeltern gingen, würde sie nach der Kerbe sehen. Sie wußte inzwischen, daß ihr Großvater damals etwas vermitteln wollte, statt die Wahrheit zu sagen, aber sie fand genau wie er, daß das erstere wichtiger war als das zweite.

Es war beinahe schon Zeit zum Aufbruch. Die Weihwassertropfen, die der Priester auf den Metalldeckel des Sarges gesprenkelt hatte, verdunsteten in der Hitze. Ihre Großmutter hatte sich bei Onkel James eingehakt. Der Priester wandte sich auf ein paar Worte ihr zu, und sie blinzelte ihn an, als wüßte sie nicht recht, wer er sei.

Maggie folgte ihren Eltern zum Wagen zurück. Mrs. Malone blieb stehen, um mit Connie zu reden, und Debbie kam hinterhergetrödelt. Sie und Maggie standen in ihren schwarzen Lackschuhen schweigend und ein wenig linkisch nebeneinander. Beide juckte der erste Strumpfgürtel auf den Hüften. Debbie trug ihren weißen Osterhut mit den schwarzen Margeriten und ein schwarzes Piquékleid, das früher mal Helen gehört hatte und ihr immer noch zu groß war.

»Tut mir leid wegen deines Großvaters«, sagte sie leise zu Maggie.

»Ist das alles, was du mir zu sagen hast?« gab Maggie zurück. »Ich habe dir das Leben gerettet.«

»Du spinnst ja«, sagte Debbie. »Du hast mich erst richtig in Schwierigkeiten gebracht. Ich bin eingeschlafen und erst um zwei Uhr wieder aufgewacht. Ich mußte bei Bridget übernachten. Und jetzt darf ich nirgendwo mehr in: Und meine Mutter sagt, du und ich, wir dürfen nicht mehr befreundet sein.«

»Wieso ist deine Mutter mir für etwas böse, was du getan hast? Was hast du ihr erzählt?«

»Du hättest mich nach Hause bringen müssen, Mag.«

»Du hättest nichts trinken dürfen. Wir sind erst dreizehn. Deine Bluse war offen bis zum Bauchnabel.« Maggie starrte ihrer Freundin auf den Hals. Dort sah man einen sehr hellen lila Fleck, der ungeschickt mit irgendeinem Abdeckstift zugekleistert worden war.

»Ach, werd endlich erwachsen«, sagte Debbie. »Wer bist du, mein schlechtes Gewissen? Wenn du meinst, du wirst immer mit allem fertig, tu's doch. Aber mach keine halben Sachen. Wenn du schon jemandem das Leben retten willst, dann mach es wenigstens *richtig.*«

Danach trat Schweigen ein. Die beiden Mädchen sahen auf ihre vom Staub blind gewordenen Schuhe hinunter.

»Meine Mutter sagt, Richards Vater wird für alles aufkommen«, sagte Maggie schließlich, ohne aufzusehen.

»Ihm geht's gut«, sagte Debbie. »Bridget sagt, daß er jetzt auf eine Militärschule soll. Sein Arm muß ein paarmal operiert werden, hat Bridget gesagt, und ein Finger ist verbrannt. Ziemlich eklig, aber wenigstens war's nicht sein Gesicht. Mein Gott, wäre das furchtbar gewesen. Aber sein Gesicht hat das Feuer nicht einmal berührt, nur den Arm. Und es war der Arm, den er nicht zum Schreiben oder Werfen braucht. Er wird mir bald schreiben und mir alles erzählen. Ich weiß nicht, wie ich ihn sehen soll, wenn er auf die Militärschule geht.«

Maggie sagte gar nichts und fummelte nur an dem Taschentuch in ihrer Hand herum. Sie sah Debbie an mit ihrem vor Hitze abstehenden Haar und wußte, daß sie sie immer als ihre beste Freundin betrachten würde. Dann sah sie Mrs. Malone an, die ihrem Blick immer noch auswich, und wußte, daß auch das vorbei war, und sie dachte, daß sie Mrs. Malone vielleicht noch viel mehr vermissen würde. Es würde ihr fehlen, eine Mutter zu haben, die sie nicht auf Abstand halten mußte und die so ganz anders war als sie, und es würde ihr fehlen, eine ganz unkomplizierte Familie zu haben. Ihre Augen schwammen in Tränen, bis die Sonne in lauter kleine rosa Teilchen zersplitterte und sie nur noch alles verschwommen sah. Sie hatte gewußt, daß ihr Großvater sterben würde. Den ganzen Sommer über hatte sie sich ganz langsam an den Gedanken gewöhnt, daß er nicht unbesiegbar war. Aber jetzt wußte sie, daß sie immer noch geglaubt hatte, manche Dinge währten ewig.

»Adieu, Deb«, sagte sie.

»Gott, mußt du immer so dramatisch sein«, sagte Debbie. »Bridget sagt das auch.«

Maggie sah weg und bemerkte, daß ihre Großmutter jetzt den Monsignore an einer Seite hatte und Mr. O'Neal an der anderen. Plötzlich ging ihre Großmutter in die Hocke und hob eine Ecke der Grasmatte hoch. »O mein Gott«, hörte Maggie Connie sagen, und beide ließen die Malones, wo sie waren, und stellten sich hinter Mary Frances.

»Könntest du bitte deinen Vater holen, Schätzchen?« sagte Mr. O'Neal und wischte sich über die Stirn.

Mary Frances wirbelte herum, und ihr Gesicht hellte sich auf. »Maggie, die Herren sind ein wenig verwirrt. Hol doch bitte mal eben Onkel James und deinen Vater.« Und plötzlich waren alle ihre Jungs um sie, standen da in ihren dunklen Anzügen und sahen sich ungemein ähnlich mit ihren hochroten Köpfen und aufgeregt, wie sie waren. Maggie fiel zum erstenmal die Familienähnlichkeit auf, und sie sah gleichzeitig, daß sie auch auf sie zutraf.

»Ich wollte nur wissen, auf welcher Seite das Baby begraben ist«, sagte Mary Frances so laut, daß sich schon die ersten Köpfe nach ihnen umdrehten. »Er meint fälschlicherweise, daß sonst niemand in der Scanlan-Grabstätte liegt.« Die fünf Söhne, alle mit vor dem Bauch gefalteten Händen, drehten sich wie ein Mann Mr. O'Neal zu, der sich wieder über die Stirn wischte.

»Vielleicht könnte einer von Ihnen Ihre Frau Mutter zum Wagen begleiten«, sagte er.

»Ist nun ein zweiter Sarg da oder nicht?« fragte Tommy.

Mr. O'Neal warf einen Blick auf Mary Frances, und dann begannen seine dünnen Nasenflügel zu zittern. »Ganz sicher nicht«, antwortete er. »Und ich kann Ihnen versichern, daß ich mit Ihrem Herrn Vater über die Jahre eine ganze Reihe von Gesprächen bezüglich der Bestattungsmodalitäten geführt habe, und wir waren uns immer einig, daß – also, es sind zwölf Plätze. Er und Ihre Mutter. Sie fünf und Ihre Ehefrauen.«

Tommy verzog das Gesicht. »Und was ist mit meiner Schwester?« fragte er.

»Die Schwestern treffen ihre eigenen Arrangements«, sagte Mr. O'Neal, als wäre damit alles geregelt.

»Meine Eltern hatten noch ein Kind, das bei der Geburt verstorben ist«, fing Tommy an. »Ein kleines Mädchen.«

»Soviel mir bekannt ist, wurde es damals auf einem Friedhof in der Bronx beerdigt«, sagte Mr. O'Neal.

»Und er hat versprochen, sie umbetten zu lassen«, sagte Mary Frances, und Maggie konnte sehen, daß ihre Züge zu entgleiten begannen, als würden die fleischigen Wangen ein ganz klein wenig herunterschmelzen. »Er hat versprochen, sie hierherbringen zu lassen, damit wir alle zusammen sein können.« Mary Frances warf Mr. O'Neal einen flehentlichen Blick zu. Dann nahm sie Tommys Arm. Er sah sich nach seinen Brüdern um, aber die starrten alle intensiv auf ihre gefalteten Hände hinunter. Maggie hörte ihren Vater ganz leise sagen: »Das hat er nicht bewußt getan, Ma. Vielleicht hat er es vergessen.«

Er legte Mary Frances den Arm um die Schulter. Die noch zurückgebliebenen Trauergäste öffneten ihnen einen Weg, und er geleitete sie zu einem Wagen und stieg mit ihr ein; das letzte, was Maggie von ihm sah, war sein langer Arm, der mit einem lauten *Tschonk* die Tür hinter ihnen zuzog.

»Meine Schuld ist das nicht«, sagte Mr. O'Neal, als Maggie und Connie auf die Limousine zugingen. Margaret saß schon drin. Schweigend fuhren sie zum Haus der Großeltern. Es gab kalte Platten und schwedische Fleischklopse auf einem Rechaud mit Kerze, damit sie schön warm blieben, außerdem gebackenes Huhn und Kartoffel- und Nudelsalat. Aber Mary Frances ließ sich nicht blicken. Maggie verbrachte den größten Teil des Nachmittags damit, Mr. McAlevy etwas Neues zu trinken zu holen und einer langen Geschichte über einen Polizisten, eine Bar in Brooklyn, einen Farbigen und eine irische Gang zuzuhören, die offenbar ohne jede Pointe war und ganz sicher nichts mit John Scanlan zu tun hatte. Sie entschuldigte sich, als sie Margaret mit einem gefüllten Teller in der Hand die Treppe hinaufgehen sah, und folgte ihr bis vor die Tür zum Mädchenzimmer. Am anderen Ende des Gangs konnte sie das sorgfältig aufgeräumte und leere Zimmer ihrer Großeltern sehen. Auf dem Bett lag der graue Anzug ihres Großvaters.

»Hast du den steinernen Türstopper gesehen?« fragte Maggie.

»Was, Herzchen?« sagte ihre Tante, die sich, den Teller mit Hühnchen und Kartoffelsalat in der Hand balancierend, eine Haarsträhne unter die Haube strich.

»Du weißt doch. Der Türstopper. Der große Ball mit den abgeflachten Kanten, mit dem immer die Tür blockiert wurde.«

»Den habe ich seit Jahren nicht gesehen, Maggie«, sagte Margaret ungeduldig. »Holst du mir wohl ein 7-Up mit einem winzigen Schuß Canadian Club und bringst ihn mir?«

»Mit Kirsche?« fragte Maggie.

»Nicht nötig«, sagte Margaret, öffnete die Tür und brachte das Essen hinein.

Als Maggie zurückkam, saß ihre Großmutter aufrecht im Bett, aß Hühnchen und tupfte sich mit einem Papiertuch das Gesicht ab. Irgendwie war es wohl der Anblick von Mary Frances dort in dem Bett, dem von Elizabeth Ann, der schließlich doch zuviel für Maggie war, jedenfalls fing sie, als sie ihren Drink ablieferte, furchtbar an zu weinen und wischte sich mit dem Handrücken die Tränen ab, bis Margaret ihr eines ihrer großen schlichtweißen Baumwolltaschentücher hinreichte.

»Du warst immer sein Liebling«, sagte Mary Frances, und als sie nun ihre Großmutter ansah, die so klein und verquollen in dem kleinen Schlafzimmer mit den beiden Scanlan-Kruzifixen über den beiden Betten saß, wußte Maggie, daß ihrer aller Leben nie wieder so sein würde wie früher. Auf dem Tisch neben dem Bett lag ein Exemplar von *Sturmhöhe.*

»Es ist wirklich gut«, sagte Maggie, nahm das Buch auf und schniefte. »Am Anfang und am Ende ist es zum Teil ziemlich langweilig, aber die Hauptgeschichte ist prima.«

»So gut wie *Jane Eyre*?« fragte Margaret.

»Besser!«

»Was ist los?« fragte Mary Frances jämmerlich.

»Maggie hat aus irgendeinem Grund nach dem Türstopper gefragt«, sagte Margaret so laut, als wäre ihre Mutter taub.

»Dem was?«

»Diesem dicken steinernen Türstopper, den wir immer unten hatten.«

Mary Frances strahlte. »Du kannst ihn haben, Liebes«, sagte sie zu Maggie.

»Aber wo ist er, Mutter?« sagte Margaret.

Mary Frances dachte einen Augenblick lang nach. »Er ist im Schrank links neben dem Herd, auf dem untersten Fach ganz hinten. Ich habe ihn letztes Jahr dort verstaut, nachdem dein Großvater ihn aus dem Fenster werfen wollte. Er hatte sich im Dunkeln daran den Zeh angestoßen.« Mary Frances tupfte sich wieder das Gesicht ab. »Ich weiß, daß er es gerne hätte, wenn du ihn bekommst, Liebes«, fügte Mary Frances hinzu.

Und Margaret, die sich vom Teller ihrer Mutter mit Kartoffelsalat bediente, ergänzte noch: »Vielleicht erklärst du mir ja auch irgendwann mal, warum du ihn haben möchtest.«

Maggie dachte eine Weile nach. »Ich glaube, es ist Verdrängung«, sagte sie.

Ihre Tante Margaret kniff die Augen zusammen, und Maggie wußte, daß sie sich zu entscheiden versuchte, ob das nun besonders intelligent von Maggie war oder nicht. Margaret legte sich mit bis über die Knie hochgerutschtem Ordenskleid und mit übereinandergeschlagenen Füßen auf dem Bett zurück. »Es gibt eine Zukunft für diese Familie«, sagte sie schließlich.

»Wie bitte?« fragte Mary Frances.

»Nichts, Mutter«, sagte Margaret und blinzelte Maggie zu.

22

Ausgerechnet Connie war mit ihrer Schwiegermutter zum Grab ihrer Tochter auf dem Friedhof gefahren, auf dem sie selber aufgewachsen war. Am Morgen nach der Beerdigung hatte Connie Angelo Mazza angerufen und dann Frances, und dann hatte sie sie mit Tommys Combi abgeholt. Mary Frances hatte sich auf den Beifahrersitz gleiten lassen und dann ihre schwarze Handtasche festgehalten, als wäre dieser kleine Ausflug die natürlichste Sache der Welt. Sie unterhielten sich nicht. Mary Frances nahm ihren Rosenkranz heraus und betete stumm, so daß man nur das Klicken der Kristallperlen an ihrer silbernen Kette hörte. Als sie durchs Portal zu Angelo Mazzas kleinem Haus fuhren, ließ sie sie wieder in das blaue Samttäschchen gleiten, in dem sie sie aufbewahrte.

»Was für ein wunderschöner Ort, Concetta«, sagte Mary Frances, als sie aus dem Auto stiegen.

Connie fand eigentlich, daß die Blumen zu dieser Jahreszeit ein bißchen müde aussahen, die Farben waren ein wenig aufdringlich, wie bei einer Frau, die, um ihr Alter zu vertuschen, zuviel Make-up aufgetragen hat. Das Johanniskraut und die Stockrosen sahen ganz struppig aus, und die Tausendschönchen waren ins Kraut geschossen und fielen in unordentlichen Haufen durcheinander. Die meisten Taglilien waren schon verblüht, und so waren die schönsten Teile des Friedhofs inzwischen die, die in einem letzten Aufflackern strotzender Gesundheit, bevor der erste Frost sie entlaubte, zu einem tiefen, satten Grün übergegangen waren. Als hätte er genau dasselbe gedacht, erschien jetzt Angelo aus seinem Haus mit einer kleinen Heckenschere in der Hand. Er sah sehr gepflegt und elegant aus mit seiner grauen Hose und dem weißen Hemd.

Connie fühlte sich so müde wie selten im Leben. Das lag zum Teil an der Schwangerschaft und teilweise auch an der Hitze, aber die Ereignisse der letzten paar Tage waren eben auch nicht spurlos an ihr vorübergegangen. Heute morgen hatten plötzlich zwei Polizisten vor ihrer Tür gestanden. Sie waren noch jung, zehn Jahre jünger als sie, eigentlich noch Kinder, und wollten mit Maggie sprechen.

»Ich dachte, die Baufirma hätte darauf verzichtet, Anzeige zu erstatten, und wollte sich den Schaden von der Familie des Jungen ersetzen lassen, der für die Sache verantwortlich war«, sagte Connie.

»Wir müssen trotzdem eine eigene Untersuchung durchführen, Ma'am«, sagte einer der beiden Polizisten, und Connie zuckte bei diesem letzten Wort zusammen und fühlte sich unendlich alt. Sie war froh, daß Tommy heute zu Scanlan & Co. gegangen war. Sie rief Maggie aus ihrem Zimmer herunter. Maggie kam barfuß und mit nassen Haaren vom Duschen angelaufen und erstarrte am Fuß der Treppe, als sie die blauen Uniformen sah.

»Wir interessieren uns besonders für das letzte Feuer«, sagte der Polizist.

Sie nahmen auf dem Sofa Platz, und Maggie setzte sich im Schneidersitz mit hängenden Schultern und schlaffen Armen davor. »Warum wollen Sie mit mir reden?« fragte sie.

Connie wollte etwas sagen, aber noch bevor sie dazu kam, fragte auch schon einer der beiden Polizisten, in seinem Ringbuch blätternd: »Wir haben mit einer Miss Hearn gesprochen, die ausgesagt hat, sie habe mit den Feuern absolut nichts zu tun gehabt. Sie hat uns an eine Miss Malone verwiesen, die das gleiche behauptet und uns wiederum zu Ihnen geschickt hat.«

Connie konnte nur Maggies Profil sehen. Sie hatte immer gewußt, daß die große Wandlung ihrer Tochter eines Tages vollzogen sein würde, wenn sie nicht mehr gespalten war, sondern ein Ganzes, wenn sie endgültig erwachsen wurde. Connie wußte, daß es bis dahin noch lange dauern konnte; was sie selbst betraf, war dieser Augenblick noch gar nicht so lange her. Es war auf dem High-School-Parkplatz gewesen und in John Scanlans Zimmer im Krankenhaus. Sie hatte damit gerechnet, daß es vielleicht passieren würde, wenn Maggie zum erstenmal ihre Periode bekam, oder wenn sie sich verliebte oder ihr Busen zu sprießen begann. Aber statt dessen passierte es jetzt in diesem Moment und auf ganz erschütternde Weise. Etwas an der eckigen Kinnlinie und der Härte in ihrem Blick war nicht mehr der Ausdruck eines Kindes, sondern der einer Frau. Es hielt sich nur für einen ganz kurzen Moment, und dann machte es wieder dem weichen und verletzlichen Gesichtsausdruck eines Kindes Platz, das mißhandelt worden ist. Maggie öffnete den Mund, aber es kam nichts heraus. Dann sagte Connie: »Meine Tochter war in der betreffenden Nacht hier bei mir. Sie kann gar nichts mit der Sache zu tun haben.«

Der ältere der beiden Polizisten hatte sie eingehend gemustert. Connie war sich ziemlich sicher, daß sie diese Story schon von Hunderten von Müttern vor ihr gehört hatten. Schließlich sagte er: »Freut uns zu hören, Ma'am«, ließ sein Notizbuch zuschnappen und erhob sich.

Während der Fahrt mit Mary Frances zum Friedhof dachte Connie an diesen Augenblick und an den Moment, als sich Maggies Gesichtsausdruck vor ihren Augen veränderte und sie Zeugin wurde, als die Zeit der Unschuld zu Ende ging. Sie wußte immer noch nicht, für wieviel davon das Wissen verantwortlich war, daß Debbie sie verraten hatte, und wieviel darauf zurückzuführen war, was sie in der Nacht des Feuers erlebt hatte, den Dingen, von denen sie sprach, als sie mit funkelnden Augen zu ihr sagte: »Du hast heute nacht Schlimmeres getan als ich.« Sie wußte nicht, ob ihre Tochter gesehen hatte, wie Joey Martinelli sie im Auto geküßt und versucht hatte, sie auszuziehen, als sie in dem Bauwagen waren, oder wie er gegen sie angeredet hatte, als sie sich schließlich frei machen konnte, diesmal gestärkt durch Erkenntnis und nicht durch Übelkeit.

Connie fragte sich auch, was Joey wohl in ihrem eigenen Gesicht gesehen hatte, als sie ihm den Schlüssel zum Bauwagen zurückgab, was ihn wohl dazu veranlaßt haben mochte, nach Stunden des Streits zusammenzubrechen und klein beizugeben. Aber sie wußte, was sie in seinem Gesicht gesehen hatte: Es war der gleiche Schimmer, der sich unter den wachsamen Augen der Polizei bei ihrer Tochter einstellte, das Erkennen der Welt, wie sie wirklich war.

»Das Leben ist schrecklich«, sagte sie einfach so dahin.

»Ja, Liebes«, sagte Mary Frances. »Aber andererseits, was hat man sonst schon?« Und sie ließ sich aus dem Auto gleiten, während Angelo Mazza herüberkam, um sie zu begrüßen.

Connie stellte fest, daß ihre Schwiegermutter und ihr Vater sich heute erst zum drittenmal begegneten. Jetzt, wo die Krankheit ihres Mannes vorüber war, schien Mary Frances einiges von ihrer aristokratischen Haltung zurückgewonnen zu haben, die aber ein bißchen müde und abgenutzt wirkte – wie ein vertrauter Zustand, auf den man nur aus Trägheit oder Erschöpfung zurückgekommen ist.

»Guten Morgen«, sagte Mary Frances ruhig zu Angelo. »Das hier ist sehr nett von Ihnen.«

Angelo deutete eine Verbeugung an und bot ihr den Arm. »Sollten wir nicht besser fahren, Papa?« fragte Connie, aber Mary Frances sagte: »Ich würde lieber laufen.«

Schweigend gingen sie unter dem lastenden, fahlgrauen

Himmel durch die regenschwangere Luft die Asphaltwege entlang zu einer frisch gesäuberten Grabstelle in der Nähe der Mauer. Connie sah sofort, daß ihr Vater die Glyzinien zurückgeschnitten hatte, die hier im älteren Teil besonders üppig wucherten, und daß er vor ein paar Jahren Veilchen um den Stein gepflanzt hatte, die inzwischen einen ganzen Teil des Grabes mit ihren herzförmigen Blättern bedeckten. Die Blüten waren um diese Zeit des Jahres schon verblüht. Auf einem kleinen, viereckigen Stein stand nichts außer SCANLAN, und darüber schwebte der körperlose Kopf eines geflügelten Cherubinen. Die Zeit hatte ihre Spuren hinterlassen, und die gemeißelten Buchstaben der Inschrift mit dem Engelchen dazu waren vom jahrzehntelangen Wechsel von Winter und Sommer geschwärzt. Mary Frances stand mit gesenktem Kopf da und hielt sich immer noch an Angelos Arm fest.

»Ich habe es gut gepflegt«, sagte er leise. »Sehr hübsch. Im Frühling ist es immer purpurrot, erst von den Glyzinien, dann von den Veilchen. Sehr süß.«

»Ja«, sagte Mary Frances. »Vielen Dank.«

Connie hatte das intensive Gefühl, daß irgendwas komisch war an der Tatsache, daß Tommys Schwester sozusagen in ihrem eigenen Hinterhof gelegen hatte, bevor sie beide sich je kennenlernten. Andererseits wiederum kam es ihr auch nicht komischer vor, als irgend etwas anderes, was ihr gerade einfiel, zum Beispiel, daß zwei Leute ein Leben lang wegen etwas aneinander hängenblieben, das sie einmal auf dem Rücksitz ihres Autos getrieben hatten; und auch nicht viel seltsamer, als daß zwei Menschen ein Leben lang aneinander gebunden waren und die eine der beiden die ganze Zeit in dem Glauben lebte, ein Versprechen bekommen zu haben, und der andere meinte, sein Versprechen ruhig brechen zu können. Oder daß man über eine so lange Zeit eine Abneigung hegen konnte, die dann plötzlich über Nacht verpuffte. Connie legte ihrer Schwiegermutter die Hand auf die Schulter. »Du kannst sie umbetten lassen, sobald du möchtest«, sagte sie.

»Nein«, sagte Mary Frances. »Das hier ist genau richtig. Ich wollte nur wissen, wohin ich gehen kann. Es wäre eine Schande, hier etwas zu verändern.«

»Vielleicht war John auch dieser Meinung«, sagte Connie.

»Nein«, sagte Mary Frances traurig und zog ihren Rosenkranz aus seinem Säckchen. »Er wollte sich einfach nicht die Mühe machen. Er hat gedacht, es wäre nur eine Laune von mir. Möge er in Frieden ruhn«, ergänzte sie dann ganz automatisch.

Connie zog sich zurück, damit ihre Schwiegermutter ein wenig allein sein konnte, und ging mit ihrem Vater die Straße entlang. Damien war drüben bei den Rosensträuchern mit der Herbstdüngung beschäftigt. Er hatte ihr über die Büsche und Grabsteine hinweg zugewunken, war aber nicht von seiner Arbeit aufgestanden. Einmal sah sie, wie sich seine Lippen bewegten, und dachte, daß er sich wohl mit einem Käfer unterhielt.

Heute fand keine Beerdigung statt, aber drüben auf der anderen Seite konnte Connie einen mit Trauergebinden und Kränzen übersäten, farbenprächtigen Erdhügel über einem frisch belegten Grab sehen. Sie hatte Gladiolen immer abstoßend gefunden, genau wie ihr Vater, aber sie störte sich weniger an der Tatsache, daß sie tot waren, als an ihrer Symbolkraft als typische Totenblume überhaupt. Sie erinnerte sich noch, wie es ihr kalt über den Rücken gelaufen war, als sie die unnatürlich langen blühenden Speere bei ihrer Hochzeit auf dem Altar stehen sah. Sie sah Leonard Fogarty den Rasen zwischen zwei Grabreihen mähen. Die fahle Haut über seinem flachen Schädel zeichnete sich weiß unter seinem Stoppelschnitt ab. Er würde sich freuen, wenn er gleich kehrtmachte und sie sah. Dann würde er mit seinen ungeschickten Bewegungen und übers ganze Gesicht lachend angelaufen kommen und immer wieder »Hallo, hallo, hallo« rufen. Sie konnte sich auch noch erinnern, wie er am Tag ihrer Hochzeit dieses vogelähnlichen »uhuuuh« von sich gegeben hatte, als sie in ihrem blaß creme-, nein, eierpunschfarbenen Kleid aus dem Haus gekommen war.

Der Friedhof war ein wunderschöner Ort, obwohl sie von den Begleiterscheinungen des Todes in den letzten Wochen genug mitbekommen hatte, daß es für ein ganzes Leben reichte. Es beschämte sie, daß sie schon wieder an neues Leben dachte, und zwar nicht nur an das in ihrem Bauch, sondern auch das Leben um sie her. Es ging ihnen allen so. Selbst Mr. O'Neal war bei John Scanlans Trauerfeier geradezu glücklich gewesen, obwohl er sein möglichstes getan hatte, sich nichts davon anmerken zu lassen. Die Familie hatte seinen schwersten und teuersten Bronzesarg für die, soweit er es überblicken konnte, größte Beerdigung genommen, die er in diesem ganzen Jahr auszurichten haben würde. In Erwartung einer Unzahl von Trauergästen hatten die Scanlans tausend Gedenkkarten drukken lassen, und als dann sämtliche Nonnen aus Margarets Kloster gemeinsam erschienen, hatte Mark sich zu Tommy hinübergebeugt und geflüstert: »Ruf noch mal an, daß sie nachdrucken sollen.«

»Und du laß bloß schnell die Nähmaschinen auf Blusen und Tischläufer umrüsten«, hatte Tommy zurückgeflüstert, und Connie, die alles mitbekommen hatte, mußte einen Lacher unterdrücken, obwohl Mark zurückgezuckt war, als hätte sein Bruder ihn in die Nase gebissen. Tommy drehte sich zu ihr um und grinste, und dann fuhr er ganz sanft mit der Hand über ihren Unterarm. Sie war von einem Zittern erfaßt worden und hatte ihn genüßlich angelächelt.

Einen Teil des Abends hatte sie allein in einer Ecke mit ihrer Schwägerin Gail verbracht, die sich bis heute nicht an die lebendige Atmosphäre bei einer katholischen Beerdigung gewöhnen konnte. Daß der Verstorbene an der Kopfseite des Zimmers aufgebahrt wurde wie ein Tischschmuck, bereitete ihr besondere Schwierigkeiten. Dennoch hatte sie versucht, sich den Gepflogenheiten anzupassen. »Er sieht gut aus, nicht wahr?« hatte sie zu Connie gesagt.

»Er sieht tot aus, Gail.«

»Ihr beide nehmt die Sache wirklich schwer«, sagte Gail.

»Tom ist schon die ganze Zeit so melancholisch. Es sah ihm gar nicht ähnlich, wie er Mutter angefahren hat.«

Connie seufzte. »Er hat seinen Vater geliebt«, sagte sie und dachte darüber nach, wie endgültig dieser Satz klang.

»Ja«, sagte Gail ergeben und zupfte am Revers ihres schwarzen Kostüms herum. Sie warf einen Blick auf Connies in schwarze Wolle gewandeten Bauch. »Ist dir nicht heiß?«

»Es ist das einzige schwarze Schwangerschaftskleid, das ich besitze«, sagte Connie. »Morgen werde ich ein blaues anziehen müssen.«

Gail sah auf die Hände in ihrem Schoß hinunter und drehte an ihrem Ehering. »Wir werden ein Baby adoptieren«, sagte sie.

»Das ist ja wunderbar, Gail«, sagte Connie und fühlte, wie sie eine Welle der Sympathie für diese Schwägerin erfaßte, die da mit so sorgfältig zurückgestecktem Haar vor ihr saß und ihren Ring drehte und drehte. »Das ist eine großartige Idee. Du wirst es herrlich finden. Mutter zu sein ist das schönste auf der Welt.« Sie fragte sich, was diese Situation an sich hatte, daß sie so viele Dinge sagte, die richtig schienen, sich aber verdächtig anfühlten. Sie fürchtete schon, daß es ihr, wenn sie noch lange zwischen all dem trübrosa und hellgrünen Brokat sitzen blieb, ebenso wie dem Vertreter der Zimmermannsgewerkschaft ergehen könnte und sie damit endete, daß sie sich ausführlich darüber ausließ, was für ein prächtiger Mann John Scanlan doch gewesen war und wie sehr er seine Söhne geliebt hatte.

»Solange er noch lebte, konnten wir nicht«, sagte Gail mit noch leiserer Stimme, als fürchtete sie, ihr Schwiegervater könnte sie hören. Es sprach Bände über John Scanlans beherrschende Persönlichkeit, daß selbst Connie, die sich über den Tod keinerlei Illusionen machte, im Laufe des Abends mehrere Male zu ihm hinübergesehen hatte, als rechnete sie jeden Moment damit, daß er aus seiner liegenden Stellung hochsprang und jemanden am Kragen packte, der irgendwann mal seinen Ärger erregt hatte.

»Und wie fühlst du dich bei dem Ganzen?« sagte Gail plötzlich ziemlich angriffslustig.

»Willst du wissen, ob ich froh bin, daß er tot ist?« fragte Connie und sprach weiter, ohne eine Antwort abzuwarten: »Nicht wirklich. Ich habe gedacht, daß ich es sein würde, aber ich glaube, daß es die Dinge eher komplizierter machen wird als leichter. Und es wird nicht so einfach sein, sich zu freuen bei der Hochzeit am Samstag. Aber ich freue mich für dich und das Baby.«

»Mark kann tun, was er will«, sagte Gail. »Ich kann tun, was ich will. Und du auch.«

Connie war eine Minute lang still. Sie konnte John Scanlans beeindruckende Hakennase sehen, und dann knieten zwei neue Trauergäste vor dem Sarg und versperrten ihr die Sicht.

»Keiner von uns kann tun, was er will«, sagte sie und dachte an Joey Martinellis Gesichtsausdruck, als sie ihm den Schlüssel zum Bauwagen zurückgegeben hatte.

»Ich denke, ich kann verstehen, daß du traurig bist«, fuhr Gail fort, als hätte sie nichts gehört. »Wie er immer von dir sprach – daß Tommy das einzige hübsche Mädchen geheiratet hat und daß alle seine Enkelkinder, Monica inbegriffen, ein farbloser Haufen wären nach der vielen irischen Inzucht, während deine Kinder wenigstens einigermaßen aussähen und nicht ganz doof wären. Wenn ich mir noch ein Wort mehr über deine Superbeine hätte anhören müssen, hätte ich laut losgeschrien.«

Connie sah ihre Schwägerin lange an, und dann spürte sie plötzlich zu ihrer eigenen Überraschung, wie ihr die Tränen in die Augen stiegen. Sie empfand großes Mitleid für John Scanlan, aber auch eine ungeheure Wut. »Also, Gail, das ist das erste Mal, daß jemand mir erzählt, wie sehr mein Schwiegervater mich geschätzt hat«, sagte sie.

»Er wäre dran erstickt, wenn er irgend jemandem irgend etwas Nettes ins Gesicht gesagt hätte. Bei unserer Hochzeit hat er mir noch nicht einmal einen Kuß gegeben. Ich habe nie ein nettes Wort von ihm zu Mutter gehört. Ich glaube nicht einmal, daß er sie geliebt hat. Ich glaube, sie war für ihn nur eine Gebärmaschine. Oh, Entschuldigung. Ich wollte damit bestimmt keine Andeutung machen.«

Der Mann und die Frau beim Leichnam erhoben sich, und Connie konnte sehen, daß die Frau weinte. Sie wischte sich das Gesicht mit einem Taschentuch ab und nahm dabei das Rouge gleich mit, so daß die eine Wange jetzt grauweiß war, die andere fröhlich rosa. Es war eine von John Scanlans Schwestern, die, die er immer die fette Marge genannt hatte.

»Wer weiß, was er wirklich über die Dinge dachte«, hatte Connie gesagt, und dann hatte sie in eine Ecke des Raumes gesehen, wo Dorothy O'Haire ganz allein im Schatten saß. Sie trug ein billiges schwarzes Kostüm und preßte eine schwarze Lacktasche an sich.

Zu Beginn des Abends, noch bevor die übrigen Gäste eintrafen, war Connie hereingekommen, um eine Liste zu machen, wer alles Blumen geschickt hatte, damit Mary Frances ihnen eine Danksagung schicken konnte, und da hatte Dorothy mit einem kleinen Mädchen neben sich am Sarg gekniet. Das Kind trug ein hübsches marineblaues Kleid mit Leinenfutter und irgend etwas Gazeartigem darüber und einen großen Matrosenhut. Als sie sich vom Sarg abwandte, konnte Connie sehen, daß das Mädchen das stumpfe, gelbliche Haar ihrer Mutter hatte, aber ihre Augen waren von einem klaren, durchsichtigen Blau. Es waren Scanlan-Augen.

»Oh, Dorothy«, hatte Connie gesagt.

»Mrs. Scanlan, das hier ist meine Tochter«, hatte Dorothy kurz angebunden vorgestellt. »Sie heißt Beth.« Das Mädchen knickste. »Sehr erfreut«, sagte sie, wie ein kleines Mädchen in einem alten Film. Vorne auf ihrem Kleid hatte sie ein weißes, aufgesticktes Monogramm mit ihren Initialen: EAO. Connie wußte, daß das O für O'Haire stand, und sie war sich, auch ohne daß man es ihr sagen mußte, absolut sicher, daß das E und A Elizabeth Ann bedeuteten. Sie fragte sich, ob wohl die

Mutter diesen Namen gewählt hatte, um ihr Terrain abzustekken, oder doch der Vater, vielleicht um etwas gutzumachen oder etwas von seinem Leben nachzuholen. Nach ein paar Minuten hatte Dorothy das Mädchen hinausgebracht und zu jemandem ins Auto gesetzt, den Connie nicht sehen konnte. Dann war sie allein wieder hereingekommen. »Ich wollte, daß sie ihm die letzte Ehre erweist«, hatte sie zu Connie gesagt und sich den Platz gesucht, auf dem sie immer noch saß, und jedesmal, wenn Connie zu ihr hinübersah, fragte sie sich, ob John wohl ausreichend für sie gesorgt hatte. Und da merkte sie, daß sie nun noch etwas wußte, was sie ihrem Mann nie erzählen würde, und sie fühlte sich ganz ausgelaugt von all den Geheimnissen, die man mit sich herumtragen mußte, um die, die man liebte, zu beschützen.

Jetzt, wo Connie im hellen Sonnenlicht stand, sah sie zu ihrem Vater hinüber und fragte sich, ob er das gleiche wohl auch für sie getan hatte all diese Jahre hindurch und ob sein Schweigen vielleicht als Schutz gegen eine Welt dienen sollte, die ihm zu schrecklich erschien, um darin zu leben. Er sah still über seinen Friedhof hinweg, ob auch alles an seinem Platz war und tadellos gepflegt. Seine vollkommene Welt, dachte Connie, wo niemand gemein ist oder unehrlich oder rücksichtslos, weil sie alle tot sind. Angelo ließ sie einen Moment stehen, um etwas zu Leonard zu sagen, und kam dann langsam wieder zurück. Sein Hemd strahlte in der Sonne. Sie war froh, daß sie einen Rock angezogen hatte, auch wenn es nur ein flatteriger Wickelrock aus Baumwolle war, dessen Bänder sich straff um ihre aus dem Leim gegangene Taille spannten; ihr Vater empfand Frauen in Hosen als eine Zumutung.

»Mr. Scanlan ist unter der Erde«, sagte Angelo schließlich.

»Endlich«, sagte Connie.

»Er sollte das Kind mit im Grab haben?«

Connie nickte. »Jedenfalls dachte das seine Frau. Ich weiß nicht, ob es nur ein Mißverständnis war, oder ob er sie einfach nicht ernst genommen hat.«

»Nicht allen Menschen sind die gleichen Dinge wichtig«, sagte Angelo. »Die meisten Leute hassen Käfer – dein Sohn liebt sie. Die meisten reden zuviel – deine Tochter hört zu.«

»Meine Tochter ist jetzt eine Frau.«

»Natürlich«, sagte Angelo. »Diesen Sommer ist das passiert. Konnte jeder sehen. Als deine Mutter in ihrem Alter war, war sie schon verheiratet. Ein Baby war unterwegs, das andere sollte noch kommen. Kinder werden schnell erwachsen. Außer sie sind hier.« Und dabei sah er sich wieder um. Mary Frances kam mit ihrem Rosenkranz in der Hand zu ihnen herüber, und Angelo geleitete sie auf seine formvollendete Art zum Wagen zurück.

Auf dem Nachhauseweg sagte Connie nicht viel. Sie stand immer noch unter dem Eindruck der Ereignisse, und so fielen sie und Mary Frances wieder für den Großteil der Fahrt in ihre alten Verhaltensweisen zurück. Die ältere der beiden sprach angelegentlich über Monicas Hochzeit, Connie hörte zu und dachte dabei, daß es bestimmt interessant werden würde. Zum Beispiel hatte die Familie des Bräutigams schon mal darauf bestanden, daß auf den Einladungskarten Donald »Duck« Syzmanski stand. Als sie sich Mary Frances' Haus näherten, trat wieder eine längere Stille ein, und dann setzte die ältere wieder an und sagte, beinahe zu sich selbst, jedenfalls so leise, daß Connie den Kopf zu ihr hinüberbeugen mußte, um etwas zu verstehen: »Wer das nicht selber kennt, wird es niemals verstehen können. Die Leute sehen sich deine Kinder an und betrachten sie irgendwie als eine einförmige Masse. Selbst ihr Vater hat sie immer »die Brut« genannt und sie am Sonntag wie eine Schafherde ins Auto verfrachtet, um zur Messe zu fahren. Er hat für alle die gleichen Regeln aufgestellt, wie lange sie ausbleiben durften, was die Schularbeiten betraf, wieviel Prügel es gab, wenn sie sich in Schwierigkeiten gebracht hatten. Selbst Margaret mit ihrem kleinen Popöchen in der weißen Baumwollhose wurde das Röckchen hochgezogen, und dann bekam sie ihre Strafe. Eine Mutter sieht ihre Kinder ganz anders.

Auch heute noch, wenn sie so als erwachsene Männer in ihren Anzügen beieinanderstehen, viel zu groß, um noch umarmt zu werden, sieht man jeden von ihnen als eine Einzelperson, ganz eindeutig – Jimmy, der einem mit seinen ewigen Fragen durchs ganze Haus nachgelaufen ist: Mama, warum dies? Mama, warum das? Warum geht die Sonne auf? Warum geht die Sonne unter? Und Mark, den wir jeden Abend mit dieser kleinen Schiebkarre, die wir damals hatten, im Wohnzimmer spazierengefahren haben, weil er immer solche Koliken hatte. Wir schoben, und er schrie und schrie, und der Himmel draußen war so schwarz, daß es einem vorkam wie das Ende der Welt. Und Tommy, der sich neben mir am Strand zusammenrollte wie eine kleine Krabbe und sich ein Handtuch über die schmalen Schultern zog, damit er sich keinen Sonnenbrand holte. ›Sei ein Mann!‹ brüllte John ihn oft an, und Tommy verhielt sich ganz ruhig, so ruhig, daß ihn möglichst niemand bemerken sollte.«

Mary Frances sah zu ihr hinüber. »Verstehst du, was ich meine?« sagte sie. »Das Baby war tot geboren, und sie kamen mit einer Nadel, damit ich schlafen würde, und ich habe gesagt, verdammt noch mal, gebt mir das Baby. Und dann habe ich sie gleich dort getauft, und sie war so hübsch, mit rosigweicher Haut wie eine Blume. Und ich habe ihr Gesicht geküßt, und für mich war sie real, ebenso real wie irgendeiner von den anderen, sie ist es heute noch. Vielleicht sogar noch mehr. Man denkt nämlich immer daran, was wohl einmal aus ihnen werden wird, und man wird immer enttäuscht. Natürlich sind es alles gute Jungen, jeder auf seine Art, aber sie sind doch nie genau so, wie man es sich vorgestellt hat. Nur sie, sie hat mich nie enttäuscht. Ich träume heute noch dieselben Träume von ihr wie damals, als ich ihr Gesicht geküßt habe.« Sie legte ihren Kopf in die Hände, hob ihn dann wieder und starrte zur Windschutzscheibe hinaus. »Ich habe sie geküßt, und dann habe ich mir die Spritze geben lassen.«

Connie bog sehr langsam in die Auffahrt ein, weil sie durch

ihre Tränen hindurch kaum etwas sehen konnte, und weil es sie so erschütterte, daß Mary Frances in Worte faßte, was sie, Connie, auch immer empfunden hatte, diese Gefühle für ihre Kinder, von denen sie geglaubt hatte, sie wären unnatürlich und seltsam und nur sie würde so empfinden. Sie spürte die ganze Last all der verlorenen Jahre, und dieses großen Theaters, das sie alle, wie sie da waren, um diese eine zentrale Figur herum aufgeführt hatten, diesen Leitstern, der jetzt tot war. Connie fand, daß das die eigentliche Sünde war, für die sie alle John Scanlan würden vergeben müssen, daß er sie gezwungen hatte, ihre undankbaren Rollen zu spielen. Ihre Schwiegermutter stieg aus dem Auto, drehte sich aber dann noch einmal um und sah zum Fenster herein.

»Morgen bei der Hochzeit werde ich meinem Sohn sagen, daß ich das Haus verkaufen möchte, das sein Vater gekauft hat. Ich werde ihm sagen, daß ich das Geld brauche, dagegen wird er nichts einwenden können. Ich habe gar nichts dagegen, wenn die Leute versuchen, das Leben anderer in bestimmte Bahnen zu lenken, aber wenn sie es schon tun, müssen sie es auch richtig machen.« Sie holte einmal tief Luft und fügte dann mit etwas schwankender Stimme hinzu: »Die Jungs sagen, daß ich nicht ganz allein in diesem Haus wohnen bleiben kann, und es ist schon möglich, daß sie damit recht haben. Wenn es nach mir ginge, wäre es mir am liebsten, wenn du und Tommy bei mir einziehen würdet. Die anderen würden mich zum Wahnsinn treiben, egal, welche von ihnen. Aber deshalb soll er das Haus nicht verkaufen. Ich will keinen Handel mit dir machen. Du sollst nur wissen, was ich denke. Ich bin es so satt, den Mund zu halten. Du und ich, wir würden uns wenigstens nichts vormachen müssen. Du könntest nach deiner Fasson leben, und ich nach meiner.« Sie machte eine kleine Pause. »Und außerdem liebe ich meinen Sohn«, setzte sie noch hinzu, als hätte sie nur diesen einen.

Sie sahen sich eine ganze Weile an, und dann begann Mary Frances wieder zu sprechen, diesmal mit ganz klarer Stimme.

»Das ist ein Doppelgrab auf dem Friedhof von deinem Vater«, sagte sie. »Ich will den anderen Platz. Ich sage es dir, und Tommy werde ich es auch noch sagen, weil alle glauben werden, ich wäre verrückt, und dann einfach tun, was sie selber für richtig halten. Aber euch beiden übertrage ich hiermit die Verantwortung, dafür zu sorgen, daß ich dieses eine Mal meinen Willen bekomme. Die anderen werden tun wollen, was sich gehört, aber ihr werdet sie zu dem bringen, was richtig ist.«

Connie lehnte sich zu ihr hinüber. Sie wollte sie irgendwie anreden, aber ihr wollte immer noch nichts Richtiges einfallen, und deshalb begann sie einfach: »John hat mir im Krankenhaus gesagt…« Aber Mary Frances schnitt ihr das Wort ab. »Er hat getan, was er konnte, Liebes«, sagte sie und klang wieder mehr wie sonst auch. »Was ein Mann nicht ist, kann er auch nicht sein. Seinen Möglichkeiten entsprechend hat er getan, was er konnte. Das ist etwas, was du dir merken mußt, Tommy tut im Moment auch, was er kann.«

»Ich weiß«, sagte Connie, der wieder die Tränen in die Augen stiegen. Mary Frances drehte sich um und ging ins Haus, und Connie fragte sich, ob sie wohl versuchen sollte, ihr mehr davon zu erzählen, wie sehr ihr Mann am Ende bereut hatte, auch wenn sie sich nicht sicher war, was er eigentlich meinte: seinen Tod oder daß er das Kind nicht hatte umbetten lassen oder vielleicht etwas ganz anderes, das noch viel unverzeihlicher war. Wahrscheinlich war »Er hat getan, was er konnte« die beste Absolution, die irgend jemand überhaupt für sich erhoffen konnte.

23

Maggie saß auf dem Frisierhocker ihrer Tante, und ihre langen Beine verschwanden in den üppigen, mit Rosen bedruckten Falten des Chintzvolants am Schminktisch. Ihr Brautjungfernkleid hing über der Schranktür. Connie stand hinter Maggies

Rücken und bürstete ihr methodisch das Haar, eine Lage nach der anderen, als würde sie ein Ölbild malen. Connie war so klein, daß ihr Kopf gerade eben über Maggies hinausragte und sie beide wie eine seltsame indianische Gottheit mit zwei dunklen Köpfen aussahen, die ihr eines Paar Arme in den Schoß gelegt hatte, während das andere mit einer Bürste hantierte.

»Ihr seht aus wie Schwestern«, sagte Tante Cass.

Monica war im Bad mit ihrem Make-up beschäftigt. Sie sah aus wie das Poster zum Rausnehmen in einem der *Playboy*-Hefte, die die Jungs unter den Dielenbrettern in den Neubauhäusern versteckt hatten. Sie trug ein Etwas, das als ›lustige Witwe‹ bezeichnet wurde, ein einteiliges Schnürleibchen aus Wäschespitze, das aussah wie ein sehr ausgefallener Badeanzug und ihren Busen hochdrückte und die Taille zu nichts zusammenpreßte. »Kann das denn nicht schaden?« hatte sich Connie einigermaßen besorgt erkundigt, aber Tante Cass meinte nur, Onkel James hätte gesagt, das wäre schon in Ordnung. Maggie konnte sich nicht vorstellen, warum Monica ihrem Vater ein solches Kleidungsstück vorführte, aber sie hatte nicht die Absicht, ausgerechnet an diesem Tag irgendwelche Fragen zu stellen.

Hinter ihr summte ihre Mutter schräg vor sich hin. Sie trug ein neues Kleid, einen schlichten roten Hänger aus irgendeinem schimmernden Stoff. Dazu den passenden Lippenstift. Ihr Haar hing in glänzenden Wellen auf ihre Schultern hinunter. Man konnte sich nur schwer vorstellen, daß sie noch vor so kurzer Zeit bei einer Beerdigung gewesen war, aber Onkel James und Tante Cass hatten darauf bestanden, daß die Hochzeit wie geplant stattfinden sollte, und zwar ohne irgendwelche Hinweise darauf, auch nicht durch die Art der Kleidung, daß es in der Familie einen Todesfall gegeben hatte. Nur die fünf Priester, die die Messe lasen, würden John Scanlan beim Totengebet erwähnen. »Mein Vater hätte es so gewollt«, hatte James diversen Trauergästen bei der Beerdigung erklärt, die dann auch prompt im tiefsten Einvernehmen den Kopf senkten.

Maggie wußte, daß es nicht so war. John Scanlan hätte gewollt, daß die ganze Sache abgeblasen wurde, Anzahlung hin oder her. (Tatsächlich war sich Maggie vollkommen darüber klar, daß er von Onkel James erwartet hätte, daß er die Anzahlung zurückforderte und mit rechtlichen Schritten drohte für den Fall, daß man dem nicht sofort nachkam.) »Ehre, wem Ehre gebührt«, dachte Maggie. Genau das hätte er gesagt, aber es gelang ihr nicht, sich sein Bild dabei richtig vor Augen zu führen, das breite, weiße Grinsen und seine funkelnden blauen Augen. Sie konnte sich kaum mehr an sein Gesicht erinnern; nur die Hände sah sie noch vor sich, die großen Hände mit den Härchen darauf wie ein dichtes Netz.

Ihre eigenen Augen im Spiegel sahen aus, als wären sie auch tot, sie sahen irgendwie nach innen. Aber dann belebte sich ihr Blick, als sie ihre Mutter ansah. Connie hatte Maggies lange Haare auf dem Hinterkopf hochgebunden und war nun dabei, einzelne Strähnen abzuteilen. Dabei lächelte sie in sich hinein, als hätte sie irgendein Geheimnis. Sie nahm ein dünnes rosa Band vom Frisiertisch und flocht es mit flinken und sicheren Bewegungen in eine Strähne ein. Maggie blieb ganz still sitzen, bis ihre Mutter sechs dünne, kastanienbraune und mit Rosa durchsetzte Zöpfe fabriziert und zu langen Affenschaukeln festgesteckt hatte. Als Connie fertig war, nahm sie einen silbernen Spiegel vom Tisch und warf erst noch einen Blick auf die Gravur an der Hinterseite. »Das hat mal zur Aussteuer deiner Tante Margaret gehört«, sagte sie und gab Maggie den Spiegel, damit sie sich auch von hinten sehen konnte.

Mit dem zurückgebundenen Haar, rosa Stirn und Wangen und den ohne ihre übliche schwarze Umrahmung hell strahlenden Augen, wurde Maggie plötzlich ganz verlegen. »Fühlt sich komisch an«, sagte sie und gab den Spiegel zurück. Aber dann fiel ihr ein, daß das ziemlich undankbar klingen mußte, und deshalb ergänzte sie noch: »Sieht hübsch aus.«

Jetzt erschien Monica in ihrem Schnürleibchen, den weißen Strümpfen und die Haare immer noch aufgedreht aus dem Badezimmer. Um den Hals trug sie Mary Frances' gute Perlenkette. Ihr Bettelhalsband hatte sie Maggie geliehen, gegen ihren Willen, aber Tante Cass hatte darauf bestanden. »Als Friedensgabe«, hatte sie gesagt, und in diesem Moment hatte Maggie die Stimme ihres Großvaters laut und deutlich gehört. Sie sagte: »Friedensgabe. Daß ich nicht lache.« Monica hielt einen Wimpernkamm in der Hand. »Na, so was«, sagte sie und legte den Kopf zur Seite. »Das häßliche Entlein verwandelt sich in einen Schwan.«

»Du siehst reizend aus, Maggie«, sagte Tante Cass.

»Wenn du alt genug bist, um Make-up zu tragen, wirst du vielleicht sogar einmal wie ein richtiges Mädchen aussehen«, sagte Monica und rückte ihren Busen in dem Fischbeinmieder aus weißer Spitze zurecht.

»Sie trägt heute Make-up«, sagte Connie, »damit das Rosa sie nicht völlig erschlägt.« Connie machte ihre Handtasche auf und beförderte eine Flasche mit Grundierung, eine Puderdose und ein Töpfchen Rouge zutage. »Gib mir die Wimperntusche, wenn du damit fertig bist, Monica.«

Connie nahm Maggies Kinn in die Hand und machte sich daran, ihr Gesicht mit verschiedenen Cremes zu bearbeiten. Sie drehte es mal hierhin, mal dahin, und wischte ab und zu mit dem angeleckten Finger etwas wieder weg. Es schien ewig zu dauern. Connie summte vor sich hin und bedachte Maggie mit unbeteiligten Blicken, als wäre sie ein Möbelstück, das neu gestrichen werden muß. Schließlich ließ sie ihr Kinn los und gab ihr einen Kuß auf den Scheitel. Maggie hätte sich beinahe zu Tode erschreckt.

»Und was willst du damit machen?« fragte Connie und schnippte mit dem Zeigefinger gegen einen der Baumwollfäden, die schlaff aus Maggies Ohrläppchen herunterhingen. Maggie hielt die Luft an. Sie hatte ihre Ohren die ganze Woche lang unter ihren Haaren versteckt. Connie kramte in ihrer Tasche und zog dann ein kleines Viereck aus Stoff hervor. Darin lagen zwei Ohrgehänge, purpurrote Steine in Tropfenform, die an einer verschlungenen kleinen Aufhängung aus Gold baumelten.

»Gleich wird es ein bißchen weh tun«, sagte Connie, schnitt die Fäden mit ihrer Nagelschere durch und zog sie heraus. Sie brauchte eine Minute, um die Ohrringe einzusetzen, und Maggie verhielt sich mucksmäuschenstill und schaute dabei sich selber in die Augen. Dann trat ihre Mutter zurück, um ihr Werk zu betrachten.

»Tatatatam«, sagte sie.

»Wo hast du die her?« fragte Maggie.

»Sie haben meiner Mutter gehört. Ich fand sie bei ihr, nachdem sie gestorben war. Es war wirklich seltsam für mich, weil meine Mutter wohl in ihrem ganzen Leben kein einziges schönes Stück getragen hat. Jedenfalls nicht, solange ich sie kannte. Dein Großvater konnte mir auch nicht sagen, wo sie herkamen. Und ich wollte sie nicht tragen. Sie haben die ganzen Jahre hinten in einer meiner Schubladen gelegen.«

»Du hättest sie sowieso nicht tragen können«, sagte Maggie und drehte den Kopf hin und her.

»Klar hätte ich das gekonnt. Tante Rose hat mir die Ohrläppchen durchstochen, als ich noch ein Baby war. Ich habe nur damit aufgehört, nachdem ich verheiratet war, und jetzt sind die Löcher zugewachsen.«

»Warum hast du damit aufgehört?«

»Damals war das nur was für Einwanderertöchter. Mädchen wie deine Tante Margaret hatten keine Löcher in den Ohren.«

»Und du warst ein Mädchen wie Tante Margaret?«

Connie grinste. »Ich hab's versucht«, sagte sie. »Ich glaube nicht, daß ich damit sehr erfolgreich war.«

»Oh, Connie, das ist dir ja wunderbar gelungen«, sagte Tante Cass. »Aber paßt denn der Hut auch noch auf der Frisur?«

»Nein«, sagte Connie. »Ich glaube, sie läßt den Hut besser weg. Er paßt nicht zu ihr, Cass. Und die anderen Mädchen tragen auch völlig andere Hüte und Kleider.«

Tante Cass preßte die Lippen zusammen, aber dann warf sie noch einmal einen Blick auf Maggies Haar und seufzte: »Na, vielleicht wird Gott ja die Bänder als Hut anerkennen.«

»Sieh doch mal, ob im Bad Vaseline ist«, sagte Connie zu Maggie. »Davon schmierst du dir ein bißchen was auf die Lippen und tupfst es wieder ab.«

Ihre Mutter trat zur Seite, und Maggie sah sich selbst im Spiegel. Sie konnte einfach nicht glauben, was Connie da bewerkstelligt hatte mit dem bißchen Tünche mit ›Perlmutteffekt‹ und Rouge, ›Herbstrose‹, und mit ihrem Augenbrauenstift. Maggie hatte sich in einen Abklatsch von Connie verwandelt, eine handgemachte Doppelgängerin. Sie lehnte sich vor, aber die Ähnlichkeit blieb, egal, was sie tat, und plötzlich kam es ihr in den Sinn, daß das vielleicht der einzige Unterschied zwischen ihnen beiden war: ein bißchen Farbe, ein bißchen Kompaktpuder, ein paar Jahre.

»Danke«, sagte sie zu Connies Spiegelbild.

»Das Vergnügen war ganz auf meiner Seite«, antwortete Connie, als befänden sie sich bei irgendeinem antiquierten Tanzvergnügen.

Maggie schlang sich einen von Mary Frances' Hausmänteln um ihren schlaksigen Körper und stakste in ihren neuen, zum Kleid passend eingefärbten Damastschuhen ins Badezimmer. Monica beugte sich über ihr eigenes Spiegelbild im Kosmetikschrank. Das Bad war übersät mit Lockenwicklern, Haarklammern, Cremetöpfen und Parfumflaschen.

»Entschuldigung«, sagte Maggie, als sie hinter ihrer Cousine vorbeiging, um die Vaseline vom Spülkasten zu nehmen. Monica schreckte zurück, und Maggie dachte schon, sie würde wieder über sie herfallen, als sie plötzlich auf die Toilette zustürzte und sich auf die Knie sinken ließ. Das Würgen hörte sich fürchterlich an, als wäre Monica eine Gräte im Hals steckengeblieben; an der Stirn löste sich ein Lockenwickler und fiel auf den Boden. Maggie lehnte sich vor, nahm ihn auf und hielt die lange Locke ab, damit sie Monica nicht im Weg war.

Das Kotzen schien gar nicht wieder aufzuhören, und Maggie kam sich richtig blöd vor, wie sie da vorgebeugt eine Haarsträhne in die Gegend hielt und nicht wagte, sich zu rühren. Sie hatte das zu oft bei ihrer eigenen Mutter gesehen, um falsche Schlüsse zu ziehen, und deshalb kam sie sich gleich doppelt blöd vor. Ihr fiel ein, wie sie im Brautsalon zu ihrer Cousine gesagt hatte, »Du kannst mir nichts vormachen«, und wußte jetzt, daß alle gedacht hatten, sie wollte irgendwelche Andeutungen machen. Vielleicht hätte ihr Großvater am Ende doch gewollt, daß die Hochzeit heute stattfand, dachte sie, ob mit oder ohne Begräbnis. Sie hatte die rote Druckstelle auf Monicas Rücken, wo das Schnürkorsett ihr in die Haut schnitt, direkt vor sich, und als ihre Cousine schließlich wieder aufstand und sich dabei an der Toilette hochzog wie eine alte Frau, sah Maggie, daß ihr die Wimperntusche über das ganze Gesicht gelaufen war und dünne graue Bahnen im rosa Make-up hinterlassen hatte. Ihre blauen Augen waren blutunterlaufen, die Lippen geschwollen, und auch die Adern auf den über das extravagante Stützwerk hinausquellenden Brüsten waren blau und geschwollen.

Maggie beobachtete Monica im Spiegel, die mit geübten Bewegungen Reinigungscreme auf ihrem Gesicht verteilte, um ihr ruiniertes Make-up zu entfernen. Als Monicas Gesicht wieder blank war, streckte sie gebieterisch die Hand mit den lakkierten Fingernägeln aus und nahm den Lockenwickler wieder an sich. Sie rollte die lange Haarsträhne wieder ein und begann sich neu zu schminken. Als erstes mußte eine einzelne Träne dran glauben, die seitlich an ihrer Nase hinunterlief.

»Monica«, sagte Maggie. »Es tut mir wirklich leid. Es tut mir leid, daß alles so gekommen ist.«

Als sie sah, wie sich das sonst immer so ungerührte Gesicht ihrer Cousine verzerrte, wußte sie, daß sie das Falsche gesagt hatte. Monica schnellte zu ihr herum und war plötzlich so nah, daß sie sich fast berührten. »Du lernst es einfach nicht, Maria Goretti, oder?« sagte sie mit wild funkelnden Augen. »So ist es eben. Das ganze Leben ist so. Man bumst sich durch, und dann stirbt man. Du glaubst doch tatsächlich, daß es wie ein beschissenes kleines Märchen sein wird, aber so wie das hier wird es sein, wenn du erst mal erwachsen bist. Eine blöde Sache nach der nächsten. Und dann brauchst du nur zu sagen: ›Zum Teufel damit‹, und machst weiter. Aber du natürlich nicht. Du wirst mit diesem traurigen kleinen Gesicht und deinen traurigen kleinen Augen herumlaufen und sagen, oh, oh, oh, es tut mir ja so leid, wirklich, daß du nicht glücklich lebst bis an dein Lebensende, du...«

»Halt die Klappe, Monica«, sagte Connie, die im Türrahmen erschienen war.

»Du müßtest ihr da doch aushelfen können, Tante Concetta«, sagte Monica nach kurzem Schweigen. »Ich gehe jetzt runter und esse ein paar voreheliche Zwiebäcke, damit ich Vater Hanlon nicht auf seine beste Robe kotze.«

»Tu das«, sagte Connie, als Monica ihr Kleid überstülpte.

Als sie gegangen war, setzte Maggie sich zusammengekrümmt wieder vor den Frisiertisch. »Ich komme mir so blöd vor«, sagte sie.

»Wenn hier einer blöd ist, dann deine Cousine«, sagte Connie.

»Du weißt schon, was ich meine. Ich habe nicht mal gemerkt, warum sie heiratet. Die haben mich bestimmt alle für eine Idiotin gehalten, als wir die Kleider kaufen waren. Andauernd wurden kleine Andeutungen gemacht, ob Monicas Kleid wohl an der Taille weiter gemacht werden könnte, und ich hab dagesessen und zugehört. Du hättest es mir sagen müssen.«

Connie ging so mühelos in die Knie, als gäbe es gar keinen Bauch unter ihrem roten Zelt von Kleid. Sie sah zu Maggie auf, und in ihren Augen blitzte es. »Maggie«, sagte sie, »es gibt Dinge, die einem zunächst wahnsinnig wichtig vorkommen, und wenn man dann nach ein paar Jahren zurückblickt und wieder darüber nachdenkt, kann man gar nicht glauben, daß man sich einmal so viele Gedanken darüber gemacht hat.«

»Du hörst dich an wie Monica. Alles ist blöd.«

»Nein«, sagte Connie und strich ihrer Tochter übers Haar. »Das wollte ich damit nicht sagen. Es ist nur so, daß die Frage, ob du heiratest, weil du ein Baby bekommst, viel weniger wichtig ist als die Tatsache, daß du heiratest und ein Baby bekommst. Monica hat unrecht. Sie gehört zu den Menschen, die immer nur das Schlechte sehen. Und andere sehen immer nur das Gute.«

»Wie wer zum Beispiel?«

»Ich glaube, tief im Innern ist dein Vater einer von diesen Menschen, und deine Tante Margaret wahrscheinlich auch, wenn auch auf andere Weise.«

»Und wie ist es mit dir?«

»Weder gut noch schlecht. Die Dinge sind, wie sie sind.«

»Und ich?«

»Ich denke, du wirst wahrscheinlich so wie ich.«

Die beiden sahen sich eine ganze Weile an. Schließlich sagte Maggie: »Monica hat noch was zu mir gesagt. Als wir unsere Kleider gekauft haben.« Sie beobachtete das Gesicht ihrer Mutter genau, aber es zeigte keine Regung. »Über deine eigene Hochzeit. Und wann ich geboren worden bin.«

Connie verzog den Mund zu einem Lächeln, aber die Zähne kamen nicht zum Vorschein, und ihre Augen blieben eiskalt. »Das Mädchen wird kein leichtes Leben haben«, sagte sie schließlich wie zu sich selbst. Dann sah sie Maggie an und sagte: »Was habe ich dir noch eben gesagt? Manche Leute finden Dinge wichtig, die überhaupt nicht wichtig sind.«

»Du hättest es mir sagen müssen«, sagte Maggie.

»Ich hätte nicht gewußt, was ich sagen soll. Wir haben geheiratet. Wir hatten ein Baby. Ich würde alles noch mal genauso machen.«

»Darf ich dich etwas fragen?«

»Was?«

»Hast du ein Baby bekommen und deshalb geheiratet?«

»So kann man es auch sehen.«

»Aber das ist doch falsch, oder?«

Connie seufzte. »Falsch ist, wenn ich für den Rest meines Lebens deswegen böse wäre. Oder wenn du dich schämen würdest.« Connie stand auf und nahm Maggies Kleid vom Haken. Sie hielt es im Arm, und dann sah sie Maggie direkt in die Augen und sagte: »Es ist falsch, ein Feuer anzuzünden. Noch schlimmer ist es aber, wenn man es auch noch genießt.«

»Ich habe es nicht genossen.«

»Ich weiß.«

»Du glaubst mir nicht, daß ich es nicht war.«

Connie schwieg, ihr Gesicht verriet nichts.

»Es ist kompliziert. Irgendwie habe ich es getan, aber irgendwie auch wieder nicht. Macht das Sinn?«

»Ja«, sagte Connie. »Ich weiß genau, was du meinst.«

»Ich konnte nicht darüber nachdenken, während es passierte.«

»Das kenne ich auch.«

»Warum hast du der Polizei gesagt, daß ich nicht dort war?«

»Weil es der Wahrheit am nächsten zu kommen schien.«

»Haben sie dir geglaubt?«

»Ich weiß nicht«, sagte Connie. »Wahrscheinlich nicht. Nimm die Arme hoch.« Connie zog Maggie das Kleid über den Kopf. Sie machte den Reißverschluß zu und trat zurück. »Du siehst schön aus, Maggie«, sagte sie, und dann korrigierte sie sich. »Du bist schön. Und das ist die Wahrheit, die ganze Wahrheit, und nichts als die Wahrheit, so wahr mir Gott helfe.«

Maggie betrachtete sich im Spiegel. Sie stand auf, und der Kopf ihrer Mutter hinter ihr verschwand, so daß sie nur noch sich selber sah, und sie wußte, daß es die Wahrheit war. »Ich komme mir immer noch blöd vor«, sagte sie. Sie sah noch einmal hin, und da konnte sie hinter all dem Make-up die alte Maggie Scanlan sehen, aber um die Augen herum sah sie jemand anderen, jemand, mit dem man nicht so leicht klarkam, der nicht so leicht zu verstehen war. Sie konnte sich nicht entscheiden, was besser war, die eine zu sein oder die andere, oder ob es vielleicht, nur für heute, möglich wäre, beide auf einmal zu sein.

Aber später dann, als sie in der Kirche zur einen Seite von Monica stand, die in ihrem weißen Organdykleid mit der hohen Taille lieblich und heiter aussah – und auch nicht den Ansatz zu einem Bauch hatte –, wußte sie, daß sie etwas gelernt hatte. Irgendwie überraschte es sie nicht weiter, als sie den Mittelgang entlangkam und Bruce mit seinem Vater in einer der Kirchenbänke entdeckte. Er starrte mit leicht geöffnetem Mund zu ihr herüber. Da schien es vollkommen natürlich, ihn ganz leicht anzulächeln und dabei den Kopf zu neigen und die Nase in ihrem Blumenstrauß zu versenken, obwohl sie genau merkte, wie ihr unter dem künstlichen Rosa ihres Rouge die Farbe in die Wangen schoß. Als aber dann der Eheschwur geleistet wurde und der Bräutigam seinen Teil nachsprach, schnellte Maggies Kopf herum und ihr wurde mit einem Schlag bewußt, daß sie, wenn sie an die Hochzeit und speziell diesen Moment gedacht hatte, immer davon überzeugt gewesen war, daß er sein »Ich will« in derselben Stimme sagen würde, die sie in jener Nacht am Strand hatte »o Gott« sagen hören. Aber diese Stimme war unverkennbar die einer ganz anderen Person, und als sie den ersten kurzen Schwindel überwunden hatte, war sie auch darüber irgendwie nicht sonderlich erstaunt.

24

Tommy war nicht etwa betrunken, aber nüchtern war er auch nicht gerade. Das Dessert – Eis mit einem Stück Hochzeitstorte, wie üblich, im Geschmack ungefähr mit gezuckerten Watteböllchen vergleichbar – war bereits abgeräumt, und gerade hatte ein knorriges Männchen, das einen Teewagen voller Getränke herumschob, an seinem Tisch haltgemacht. Tommy warf einen Blick auf die bonbonfarbenen Flaschen und hätte ihn beinahe weitergeschickt, da überlegte er es sich noch mal und bat, in dem Gefühl, jetzt sehr britisch zu sein, um einen Brandy. Connie musterte ihn eindringlich von der Seite, und er lachte. Ihm ging es prima.

Monicas Hochzeitsempfang fand in einem Country Club statt, der gleich nördlich von Kenwood lag und mehrere Klassen über dem Kenwoodie Club rangierte. Der Festsaal war mit knorriger Kiefer getäfelt, und die Stühle und die Wände in den Toiletten hatten einen rot-grün karierten Bezug. John Scanaln hätte diesen Club als »episkopalistisch« bezeichnet, und in der Tat war James der erste Katholik, den sie hier als Mitglied akzeptiert hatten. Das Aufnahmekomitee hatte die Entscheidung über seinen Antrag bis nach den Nixon-Kennedy-Wahlen vertagt, um zu sehen, woher der Wind wehte. James' Planung für den Empfang war jedenfalls ganz sicher episkopalistisch gewesen, das Essen war dürftig, die Band schlecht, alles zusammen völlig überteuert. Aber seine Pläne waren zunichte gemacht worden. Erstens hatte die Familie des Bräutigams die Band, Jimmy Jones und die Nachtwächter, überredet, ein paar Polkas zu spielen, was mit allgemeinem Geschrei, Juchzen und Herumschwanken von Frauen quittiert wurde, die es in ihrem Alter eigentlich hätten besser wissen sollen. Zum zweiten hatte der Vater des Bräutigams schon sehr früh am Abend die Jacke seines Cutaway ausgezogen und seinen Dienstrevolver entblößt, den er, wie er Tommy erklärte, immer trug, auch wenn er nicht im Dienst war. »Nur für alle Fälle.«

»Mein Gott, Tom, die Welt ist schlecht. Man kann nie wissen«, sagte er voller Gefühl.

»Das walte Gott«, entgegnete Tommy, der eine Situation – und seinen Scotch – selten so genossen hatte wie heute.

Schließlich waren da noch John Scanlans Brüder und Schwestern, und zwar alle elf. James verbrachte den größten Teil der Cocktailstunde damit, herauszufinden, wen er dafür verantwortlich machen konnte – und Tommy vermutete, daß er zu den Hauptverdächtigen gehörte –, denn es hatte sich herausgestellt, daß irgend jemand nach der Beerdigung herumgelaufen war und verbreitet hatte, daß sie alle auf Monicas Hochzeit herzlich willkommen seien. Als sie in der Kirche an ihren Platz geleitet worden war und sich ohnehin schon genug Sorgen machte, daß Monica sich beim Abendmahl womöglich allein schon vom Hinsehen würde übergeben müssen, hatte die arme Cass voller Erstaunen zur Kenntnis nehmen müssen, daß auf einigen Bänken ganz vorne in der Kirche zwei Dutzend Leute saßen, die sie nicht eingeladen hatte. Nach dem Gottesdienst hatte sie von der Sakristei aus im Country Club angerufen und gebeten, man möge noch zwei zusätzliche Tische herrichten. Sie hatten gerade so eben noch reingepaßt.

Tommy seinerseits verbrachte den größten Teil der Cocktailstunde damit, sich mit seinen Onkel und Tanten zu unterhalten, die er nie sehr oft gesehen hatte. Keiner von ihnen schien auch nur im mindesten verärgert, daß ihr Bruder sie, abgesehen von einer jährlichen Billigparty über die letzten zwanzig Jahre, völlig links liegen gelassen hatte. »Ein Herrscher«, wiederholte John Scanlans Bruder Brian unentwegt, seines Zeichens Müllfahrer in der Bronx. »Wenn er zwanzig Jahre später geboren worden wäre, wäre er der erste katholische Präsident geworden. Merk dir meine Worte, Tom. Er war so intelligent. Unsere Mutter sagte immer: ›Jungens, wenn euer Bruder zum Papst gewählt wird, tut nichts, was ihn in Verlegenheit bringen könnte.‹ Was wußte sie schon, wie gut er immer mit den Damen konnte. Aber Präsident hätte er werden können, Tom, wenn er nur zur richtigen Zeit am richtigen Ort gewesen wäre.«

»Er hätte einen ziemlich spannenden Präsidenten abgegeben, Onkel Brian. Wahrscheinlich wären wir dann gegen die Briten in den Krieg gezogen.«

Brian kniff die Augen zusammen und grinste dann. »Willst du deinen alten Onkel auf den Arm nehmen, Jungchen?« sagte er. »Das ist doch schließlich eine gute Sache, oder etwa nicht?«

»Ich geh' jetzt mal mit meiner Frau tanzen«, sagte Tom.

»Gott möge sie schützen«, sagte Brian und versenkte den Blick in seinem Drink.

»Ich würde mal schätzen, zehntausend«, sagte Tommy zu Connie, als sie zu »Strangers in the Night« vom schlechtesten Sinatra-Imitator tanzten, der Tommy je zu Ohren gekommen war. »Country Club, Alkohol bis zum Abwinken, Filetsteaks, Sechs-Mann-Kombo. Dafür, daß sie die Sache in vier Wochen zusammengeschustert haben, hat mein Bruder sich für diese Hochzeit ganz schön ins Zeug gelegt.«

Connie summte die Melodie mit, und Tommy zog sie näher an sich heran. Ihr Bauch fühlte sich an, als wenn sie eine Tupperdose zwischen sich geklemmt hätten. Plötzlich mußte Tommy wieder daran denken, wie die Priester ihnen bei den Tanzabenden in der Schule immer ein dickes Wörterbuch in Hüfthöhe dazwischengeschoben hatten. Wenn das zu irgend etwas gut gewesen war, dann dazu, daß es ihre sündhaften Gedanken sozusagen lokalisierte.

»Love was just a glance away, a warm embracing dance away« sang Tommy so laut mit, daß mehrere Pärchen in ihrer Nähe ihn über das elektronische Geplärre des nicht gerade sehr inspirierten Organisten hinweg hören konnten, und einige lächelten.

»Maggie sah wirklich schön aus, wie sie den Mittelgang entlang kam«, sagte Connie. »Aber irgend jemand hätte ihr sagen müssen, daß sie den Blumenstrauß in Taillenhöhe halten muß.«

»Sie hat es sehr gut gemacht«, sagte Tommy. »Und die Frisur? Warst du das?«

Connie lächelte zu ihm hinauf.

»Das ist das erste Mal seit drei Jahren, daß ich ihr Gesicht zu sehen bekomme«, sagte er, als die Musik zu spielen aufhörte.

Tommy befand sich in diesem glücklichen Zustand irgendwo zwischen Nüchternheit und dem Punkt, wo er schon beim leisesten »Danny Boy« unkontrollierbar zu heulen anfing. Jetzt sah er seine Tochter mit einem Jungen im blauen Sportblazer am anderen Ende des Raumes stehen und lachen. Es war ein dürrer Bursche mit waschwasserfarbenem Haar, das ihm in Stoppeln vom Kopf stand, und einem großen beweglichen Mund voller Zähne; immer wenn Maggie ihn ansah, zog er den Kopf ein, aber sobald sie wegschaute, starrte er auf ihr Profil, als wäre sie das Kruzifix und er ein junger Klosterschüler. Irgendwie erinnerte er Tommy an jemanden, aber es wollte ihm nicht einfallen, wen. Maggie sah seltsam erwachsen aus. Vielleicht lag das wirklich daran, daß er endlich mal ihr Gesicht richtig sah, die Kinnlinie, die jetzt, wo der Babyspeck verschwunden war, so entschlossen wirkte. »Immer noch flach wie ein Brett«, murmelte er vermeintlich leise in sich hinein, und nippte an seinem Brandy. »Wie bitte?« sagte Mark, der sich gerade auf einen freien Stuhl neben ihm fallen ließ.

Wieder war eine Polka zu Ende, und plötzlich hatten sich seine Onkel und Tanten an ihren vor die Schwingtüren der Küche gequetschten Tischen aufgerichtet, als folgten sie irgendeinem unwiderstehlichen primitiven Instinkt, und eine A-Capella-Version von »When Irish Eyes Are Smiling« angestimmt. Sie hatten allesamt kräftige, durch die Jahre im Chor der St.-Aloysius-Schule wohlgeübte Stimmen und sangen so laut, daß die Männer, die gerade am 11. Loch, nicht weit von der riesigen Panzerglas-Panoramascheibe des Festsaals Golf spielten, sich erstaunt umdrehten und nach der Quelle dieses melodiösen Gebrumms suchten, das da an ihre Ohren drang. Tommy konnte sich vor Begeisterung kaum halten und stimmte zum Ende hin mit ein – er hoffte doch sehr, daß die Familie des Bräutigams jetzt nicht mit irgendeinem Volkslied aufwarten würde. Aber der Vater des Bräutigams sprang statt dessen mit einem Jubelschrei auf die Füße und brüllte. »Erin go Bragh!« (Lang lebe Irland), wozu er mit seinen dicken Pranken in die Hände klatschte.

Es folgte brausender Applaus, und die Sänger verbeugten sich, lachten und schlugen sich gegenseitig auf den Rücken.

»Herr im Himmel«, sagte Mark. »Ach, entspann dich«, sagte Tommy und grinste, als die Band jetzt mit »Danny Boy« einsetzte. Die Nachtwächter erkannten eine gute Sache, wenn sie sie sahen.

Tom, ich brauche deine Hilfe«, sagte Mark, der sich gerade eine Zigarre anzündete.

»Nicht jetzt«, sagte Tommy. Mark hatte ihm seit der Totenfeier ununterbrochen wegen Scanlan & Co. zugesetzt. Er hielt es für die perfekte Lösung, wenn er Johns Position übernahm und Tommy an seine Stelle nachrückte. »Ich denk' drüber nach«, fügte Tommy hinzu, als sein Bruder nicht aufhören wollte, ihn anzustarren. »Ich ziehe es ernsthaft in Erwägung. Ich schwöre bei Gott.«

»Du mußt die Bücher überprüfen.«

»Ich habe sie überprüft.«

»Was?« sagte Mark, und Tommy gefiel der Ausdruck in seinem Gesicht so sehr, daß er den Kopf zurücklegte und lachte.

»Es ist gar nicht so schlimm, wie du denkst«, sagte er. »Er war in manchen Punkten ein wenig nachlässig, aber grundsätzlich steht es besser, als du denkst. Allerdings bei weitem nicht so gut, wie die da drüben zu denken scheinen.« Er deutete auf John Scanlans Brüder und Schwestern, die glücklich schluchzend »Danny Boy« mitsangen.

»Wie, zum Teufel, ...«

»Ich hab' mir die Schlüssel aus seiner Kommode genommen und bin abends nach dem Krankenhaus mal ins Büro gegangen.«

»Und es ist in Ordnung? Alles da?«

Tommy lachte wieder, diesmal wenig fröhlich. »Mein Gott, Mark, was dachtest du denn? Daß Dad die Bücher gefälscht hat? Daß wir bankrott sind? Oder vielleicht, daß Dad heimlich auf Pferde gesetzt und seiner Sekretärin Pelzmäntel gekauft hat?«

Mark kniff die Lippen zusammen und sah in die andere Richtung.

»Herr im Himmel!« sagte Tommy. »Du hast das wirklich gedacht. Du bist unglaublich. Absolut unglaublich.«

»Es sah mir einfach verdächtig aus«, sagte Mark.

»Also, er hat hier und da ein bißchen mehr mit dem Geld rumgespielt, als er es hätte tun sollen. Und bei der einen oder anderen Sache hat er Peter beklaut, um Paul zu bezahlen. Aber sonst – vergiß es. So was gibt es nur in Büchern, Mark. Man wacht einfach nicht eines Tages auf und stellt fest, daß der heilige Johannes der reinbaumwollenen Meßgewänder in Wirklichkeit ein Doppelleben geführt hat.«

Die beiden Männer sahen zum Podium hinüber. Ihre Tante Marge hatte gerade ein Glas Bier über einen ihrer Brüder gekippt. James schnellte von der Ehrentribüne hoch und eilte zu ihr hin. Monicas Nasenflügel bebten. Der Bräutigam lachte, und sie bedachte ihn mit einem Blick, der Tommys Meinung nach auch den stärksten Mann zu Stein erstarren lassen konnte. Etwas an diesem intensiven Blick erinnerte ihn an seinen Vater, und der junge Mann, der da untergebuttert in seinem gemieteten Frack neben seiner Nichte saß, tat ihm ehrlich leid. »Ich habe mich immer gefragt, ob zwischen ihm und Dorothy was ist«, sagte Tommy.

»Um Gottes willen!« sagte Mark. »Du glaubst, er hat was mit Dorothy gehabt?«

»Ach, wen interessiert das jetzt noch?« sagte Tommy und sah zu, wie Marge seinem ältesten Bruder mit dem Finger vor der distinguierten Nase herumwedelte. Er brauchte sie nicht zu hören, um zu wissen, daß sie James Scanlan mit der Information erfreute, daß sie früher mal seine Windeln gewechselt hatte.

Es war nicht der richtige Moment, um Mark mitzuteilen, daß die Firma Dorothy seit Jahren als Paraffin-Lieferantin führte und ihr monatlich 1000 Dollar zukommen ließ. Tommy hatte sich seltsamerweise kaum darüber gewundert. Mary Frances wußte sowieso Bescheid. Das war Tommy klar gewesen, als er gesehen hatte, daß seine Mutter Dorothy bei der Totenmesse einen Platz in der dritten Reihe gegeben hatte. Connie hatte das kleine Mädchen in der Aussegnungshalle gesehen, und als Tommy gesehen hatte, daß sie nicht bei der Messe war, hatte er seine Frau gefragt, wie das Kind aussah. »Wie war doch gleich der Name?« fragte er, und Connie hatte leise geantwortet: »Beth.« Dann hatte sie hinzugefügt: »Ich glaube, sie ist wie Maggie. Eine Kombination aus Vater und Mutter.« Und Tommy hatte es dabei belassen. Er würde dafür sorgen, daß der getürkte Paraffin-Lieferant weiter seine Schecks bekam, und versuchen, nicht über den Rest nachzudenken. Er hatte all die Jahre gewußt, wie sein Vater wirklich war, aber bis zu dem Moment im Krankenhaus, als der alte Mann versucht hatte, ihm als seine letzte Tat auf dieser Erde die Seele aus dem Leib zu reißen, hatte er den Tatsachen nie ins Auge sehen müssen. Tommy würde diesen Blick freiwillig nicht wiederholen, und er würde es auch nie einen anderen sehen lassen. Er schaute Mark an und fügte ruhig hinzu: »Der Punkt ist, daß die Leute zwar anders sind, als man denkt, aber soviel anders auch wieder nicht. Dad war nicht Dr. Jekyll und Mr. Hyde. Er war einfach der, den man sah, und dann noch der, der er wirklich war. Aber er war auch nicht der zweite Messias, wie er uns alle glauben machen wollte. Du wirst ein wenig aufräumen müssen, ein paar Kredite absichern, ein paar Änderungen einführen. Aber ansonsten steht die Sache gut.«

»Du kommst also?«

»Das habe ich nicht gesagt. Nebenbei, vielleicht will ich ja den Spitzenposten.« Sein Bruder machte große Augen, und Tommy lachte wieder. »Nur ein kleiner Scherz, Bruderherz. Wir sprechen bald mal drüber. Aber nicht heute.« Schweigend saßen die beiden Männer da, während die Pärchen über die Tanzfläche wirbelten. Tommys Onkel Brian und Tante Maureen schwebten vorbei, beide mit Tränen in den Augen. Tommy dachte daran, daß sogar sein Vater, der nüchternste aller Männer, bei »Danny Boy« manchmal übergelaufen war. Tommy selber hatte dieses Lied nie gemocht; man konnte so schlecht mitsingen. James tanzte, immer noch rot im Gesicht vom Kampf mit seiner Tante, mit Margaret vorüber. Margaret war immer noch leichtfüßig, und das trotz ihrer furchtbar klobigen Nonnenschuhe. »Wenn Dad das sehen könnte, würde er sich im Grabe rumdrehen«, sagte Mark, aber sein Bruder war schon weitergezogen. Tommy tippte James auf die Schulter und übernahm mit einem Grinsen. »Ein Glück«, sagte Margaret, »du bist ein viel besserer Tänzer.«

Tommy und Margaret hatten gemeinsam tanzen gelernt, mit Tommy Dorsey aus dem Radio im Keller des großen Hauses. Leichtfüßig durchquerten sie den Raum. »Alles in Ordnung?« fragte er schließlich.

Margaret zog die Stirn kraus. »Ich glaube schon«, sagte sie. Ich glaube, ich habe diesen Sommer an einer vorübergehenden Unpäßlichkeit gelitten. Vielleicht war es auch die Pubertät.«

»Ich dachte, die Pubertät hätten wir hinter uns«, sagte Tommy.

Margaret sah hoch in sein gerötetes Jungsgesicht. »Ich glaube, unser ganzes Leben ist eine einzige pubertäre Phase«, sagte sie. »Ich glaube, wir müssen alle immer neu erwachsen werden. Ist das nicht deprimierend?«

»Ich würde eher sagen, es ist verrückt.« Tommy beugte sie zu den letzten, verklingenden Noten hintenüber, daß ihr Schleier glatt auf den Boden hing. »Verlaß das Kloster. Komm zurück und sei wieder meine Schwester.«

»Du bist betrunken, Tom«, sagte Margaret lachend. »Nebenbei bemerkt willst du ja nur, daß ich zu Mutter ziehe. Geh schon und tanz mit deiner Frau.« Aber als die Band wieder zu spielen begann, erkannte Tommy das Lied schon nach den ersten Takten und schüttelte den Kopf. Er gab seiner Schwester einen Kuß, strich sich mit der Hand das Haar glatt und ging quer durch den Raum zu seiner Tochter. Er war gerade betrunken genug, um sich wie Douglas Fairbanks, Jr. zu fühlen.

»Sie spielen unser Lied«, sagte er zu Maggie.

Sie wurde unvorteilhaft rot und drehte sich zu dem Jungen

um, der wieder den Kopf einzog. Tommy sah mit Erstaunen, daß der Junge plötzlich den Kopf hob, seinen Mund mit dem Gesichtshaargekräusel drumrum zum Arbeiten brachte und die Hand vorstreckte: »Guten Abend, Mr. Scanalan«, sagte er. »Ich habe gehört, sie sind ein guter Basketballspieler. Vielleicht können wir mal zusammen ein Spiel machen.« Dann machte er, ohne eine Antwort abzuwarten, kehrt und ging in den Raum hinein, bis er zwischen dem Gewirr von Tischen und Stühlen und Blumenarrangements und betrunkenen Iren verschwunden war. Einmal sah er sich noch über die Schulter zu Maggie um. »Himmel noch mal, was war das denn alles?« fragte Tommy. Und dann wandte er sich zu Maggie um und sagte: »Ist das nicht der Junge, dem vor zwei Jahren die Mutter gestorben ist?«

»Er heißt Bruce«, sagte Maggie.

»Kann er wirklich gut spielen?« fragte Tommy weiter, aber dann fiel ihm wieder ein, warum er gekommen war, und er streckte die Arme aus. Monica und ihr Vater tanzten bereits, sie mit der Brautschleppe über dem Arm, die ein wenig schmutzig war, wo sie auf dem Weg in die Kirche am Boden geschleift hatte. Monica sah an ihrem Vater vorbei und er an ihr. Sie sahen aus wie eine Illustration aus einem Frauenmagazin: Der schönste Tag im Leben.

Jetzt nahm Tommy Maggie einfach bei der Hand und glitt mit ihr über die Tanzfläche, wobei er mit langen und eleganten Schritten immer das andere Paar umkreiste. Er fühlte sich wohl, wie er da beständig Parkett gutmachte. Seine Schultern strafften sich. Er sah auf Maggie hinunter, deren rosa Kleid sich sanft hinter ihr bauschte, sie aber sah nur auf ihre Füße.

»Nicht auf die Füße sehen«, sagte er.

»Ich komme nicht mit, wenn ich es nicht tue«, sagte sie.

»Stell dich auf meine«, sagte Tommy. »Ich kann's aushalten.«

»Daddy, ich habe hochhackige Schuhe an. Und ich bin zu groß, um mich auf deine Füße zu stellen.«

»Dann mach die Augen zu«, sagte er. »Mach die Augen zu und denk einfach nicht drüber nach.«

Maggie legte den Kopf nach hinten und schloß die Augen; das Licht zauberte kleine, kupferfarbene Punkte in ihr Haar, und an ihren Ohrläppchen funkelten die wippenden Amethysten. Tommy hielt sie fest um die Taille und machte wieder eine Drehung, und diesmal ging sie endlich mit. Sie konnte nicht so gut tanzen wie ihre Mutter, aber sie machte doch eine sehr anständige Figur. Als sein Blick nur halb aufmerksam über die Tische am Rand der Tanzfläche glitt, konnte er erkennen, daß die Leute ihnen zusahen. Er beugte sie zurück, machte eine Drehung, legte sie noch mal nach hinten, und sie behielt die ganze Zeit die Augen geschlossen und den Oberkörper ganz weich und beweglich. Tommy fiel in den Gesang der Band mit ein.

You're the spirit of christmas,
The star on the tree,
You're the Easter bunny for mommy and me,
You're sugar,
You're spice,
You're everything nice,
And you're daddy's little girl.

Er sang mit, bis das Lied zu Ende ging, und als es vorbei war, gingen Monica und James auseinander, und Tommy und Maggie blieben einfach erst mal stehen. Selbst als kein Ton mehr kam, wartete sie noch eine ganze Minute, bis sie wieder die Augen öffnete.

»Das hast du gut gemacht«, sagte Tommy.

»Es war schön«, sagte Maggie. »Warum hast du mir das früher nie gesagt, daß ich einfach meine Augen zumachen und mich nicht so anstrengen soll?«

»Diese Idee habe ich heute zum erstenmal gehabt«, sagte Tommy. Plötzlich gab es einen lauten Krach, als der Schlagzeuger mächtig auf seine Becken eindrosch. »Und jetzt Bahn frei für die Jugend«, rief der Sänger. »Lauf schon«, sagte Tommy, und als er an seinen Tisch zurückkam, sah er, daß der Junge wieder seinen Platz eingenommen hatte und ihr gegenüber in der Reihe stand. Er versuchte sich ins Gedächtnis zu rufen, wem der Junge bloß ähnlich sah, aber es wollte ihm nicht einfallen. Tommy drehte sich nach seiner Frau um, die mit einem leisen Lächeln im Gesicht den Tänzern zusah, und dann zu Maggie, die das gebannte und erschöpfte Lächeln derjenigen auf den Lippen hatte, die sich schon seit Stunden königlich amüsieren. »Ich bin ein glücklicher Mann«, sagte er laut, kippte seinen Brandy hinunter, nahm Connie bei der Hand und führte sie auf die Tanzfläche.

25

Als Maggie am Tag nach der Hochzeit aufwachte, konnte sie leises Gemurmel auf der hinteren Veranda hören. Von ihrem Fenster aus sah sie Tante Celeste und ihre Mutter auf Gartenstühlen sitzen. Ihre Kaffeetassen hatten sie zu ihren Füßen auf dem Zementboden abgestellt. Es war schon zwölf Uhr mittag. Maggie hatte zum erstenmal, seit sie vor drei Jahren Mumps gehabt hatte, die Sonntagsmesse verpaßt. Sie stellte fest, daß die Ohrringe, die sie abgenommen und auf ihren Schreibtisch gelegt hatte, nicht mehr da waren. Maggie zog eine alte pinkfarbene Shorts an, passend zu den Bändern in ihrem Haar, und ging nach unten.

»Hallo«, sagte sie leise und trat in den Garten hinaus.

Celeste grinste. »Mein lieber Mann, du hattest wirklich recht«, sagte sie zu Connie, und dann zu Maggie: »Schätzchen, mit dieser Frisur siehst du einfach phänomenal aus. Ich kann es gar nicht abwarten, bis ich die Bilder von gestern zu sehen bekomme.«

Maggie trat durch die Schiebetür und setzte sich mit gekreuzten Beinen zu Ceces Füßen. Den Kopf hielt sie gesenkt.

Ihre Tante trug ein knallrosa Kleid, das aus einer Lage Rüschen über der nächsten bestand. Dazu trug sie knallrosa Plastikohrringe. Ihr Verlobungsring blinkte Maggie in den Augen. »Herzlichen Glückwunsch zum Geburtstag«, sagte Celeste. »Dein Geschenk liegt drinnen. Es ist ein Tagebuch.«

»Celeste!« sagte Connie. »Konntest du nicht warten, bis sie es aufmacht?«

»Ach, was, zum Teufel.«

Connie ging in die Küche und kam mit einer kleinen, in Silberpapier gewickelten und mit rosa Band zugebundenen Schachtel in der Hand wieder heraus. »Herzlichen Glückwunsch«, sagte sie und gab Maggie das Päckchen.

»Gott, ich erinnere mich noch, als wäre es gestern gewesen«, sagte Celeste mit einem Grinsen. »Weißt du noch, wie du aussahst, Con? Ich meine, die Leute sind gestorben vor Schreck, wenn sie dich die Straße runterkommen sahen. Und dann rief Tommy aus der Klinik an und sagte: ›Celeste, sie ist verdammt noch mal das fetteste Baby im ganzen Krankenhaus.‹ Das hat er zu allen gesagt. ›Auch größer als alle Jungen.‹ Mein Gott, war er aufgeregt. Und ich versuchte die ganze Zeit, mir vorzustellen, wie neun Pfund Baby aus dir rauskommen. Vielleicht hatte ich deshalb nie Lust auf Kinder. Ich weiß noch, wie du sie nach Hause gebracht hast. Dieses Lächeln werde ich nie vergessen.«

Connie sah auf Maggie hinunter und lächelte. Maggie hatte ihr Geschenk jetzt ausgepackt. Es war ein herzförmiges Medaillon mit ihren Initialen in geschwungener Schrift auf der Vorderseite. »Dein erstes wirkliches Schmuckstück«, sagte Connie, nahm es ihr aus der Hand und beugte sich hinüber, um es ihr um den Hals zu legen.

»Es ist wirklich sehr, sehr schön«, sagte Maggie leise, mehr nicht. Aber die ganze Zeit, während sie auf dem Boden saß, fingerte sie an ihrem Medaillon herum, und jedesmal, wenn sie die kleinen Kerben der Gravur unter den Fingerspitzen spürte, lächelte sie.

»Monica hat gerade für dich angerufen«, sagte Connie.

»Wie? Sie ist doch heute auf die Bermudas gefahren.«

»Sie hat vom Flughafen aus angerufen«, sagte Connie. »Sie wollte sich vergewissern, daß du ihren Brautstrauß auch ja nicht wegwirfst. Sie hat mir Anweisungen gegeben, wie wir ihn aufbewahren sollen, bis sie zurück ist.«

»Diese kleine Hexe«, sagte Celeste. »Wenn ihr den Strauß länger als zwei Wochen behaltet, wird er älter als ihre Ehe.«

»Ich denke, du bist etwas voreilig«, sagte Connie mit einem etwas dünnen Lächeln.

»Doch nicht, weil sie ein Kind erwartet«, sagte Celeste. »Mein Gott, wenn jede Ehe, die auf diese Weise beginnt, wieder auseinanderbräche, wäre kein Mensch mehr verheiratet.« Maggie hob den Kopf und hörte ganz genau zu. »Aber jeder Mann kann nur ein gewisses Maß an Elend ertragen, und zwei Wochen Monica sind bereits überreichlich.«

»Vielleicht wird die Ehe sie verändern.«

»Ha«, sagte Celeste nur, und Maggie mußte lachen. »Soso«, meinte ihre Tante dann. »Du hast also den Brautstrauß gefangen. Du weißt, was das bedeutet.«

»Sie wollte nicht, daß ich ihn bekomme«, sagte Maggie. »Sie hat ihn direkt einer Freundin zugeworfen, aber er ist bei jemandem am Ellbogen abgeprallt und irgendwie in meinen Händen gelandet. Ich habe mich nicht einmal bemüht.«

»Schon okay«, sagte Celeste. »Bei der Hochzeit von deiner Mom habe ich den Strauß gefangen, und dabei war ich schon verheiratet. Wenn du verheiratet bist und ihn fängst, bedeutet das vielleicht, daß du die nächste bist, die geschieden wird.«

Die drei saßen da und blickten über die Wiesen hinaus. Dort standen jetzt vierundzwanzig Häuser: vier davon schlüsselfertig, der Rest in verschiedenen Stadien von Aufbau und Fertigstellung. Die Überreste des verbrannten Hauses waren abgetragen worden, und es stand bereits das Gerüst für ein anderes da. Einen Augenblick lang dachte Maggie daran, wie die Wiesen früher ausgesehen hatten, und dann war die Erinnerung auch schon wieder verflogen, und sie dachte, daß sie sich in ein paar Monaten schon nicht mehr würde erinnern können, wie Kenwood vor dem Bau der Siedlung gewesen war.

»Da drüben sieht es jetzt wirklich anders aus«, sagte Celeste, die schon immer Maggies Gedanken lesen konnte.

»Es wird sich hier alles verändern«, sagte Connie. »Nach denen hier bauen sie noch vierundzwanzig hinterher. Irgendein Baumensch plant auch ein Einkaufszentrum gleich da unten an der Straße. Wir werden zu allen Seiten umzingelt sein.«

»Ich hab' neulich deinen Freund Joe auf der Straße gesehen«, sagte Celeste. »Ich hab' ihm gesagt, daß er seine Chance bei mir verpaßt hat. In letzter Zeit habe ich ihn hier gar nicht mehr so oft gesehen.« Celeste blinzelte im grellen Sonnenlicht zu ihrer Cousine hinüber. Sie hatte immer schon auch in Connies Gedanken lesen können.

»Er hat jetzt mehr zu tun.«

»Hast du deine Fahrstunden hinter dir?« fragte Celeste.

»Ich habe einen vorläufigen Führerschein. Der richtige muß jetzt jeden Tag kommen. Neulich bin ich ganz allein mit meiner Schwiegermutter zum Kalvarienfriedhof gefahren. Jetzt kann ich mich wenigstens auch ausweisen, wenn mir jemand in einer Bar nicht glaubt, daß ich einundzwanzig bin.«

»Keine geringe Leistung«, sagte Celeste und zog eine nachgezogene Augenbraue hoch.

»Hör schon auf, Ce«, sagte Connie.

»Und, zieht ihr nun um?« fragte Celeste.

»Ich denke schon. Irgendwie ist es komisch, daß es mir jetzt gar nichts mehr ausmacht. Meine Schwiegermutter braucht uns da drüben. Die Frage ist nur, ob wir bei ihr einziehen oder in das Haus in derselben Straße. Tommy sagt, sie müssen das andere vielleicht verkaufen, um offene Rechnungen im Geschäft zu bezahlen.«

»Wir ziehen vielleicht wirklich um?« fragte Maggie.

»Ich weiß nicht, erwiderte Connie. »Warten wir ab, wie deine Großmutter zurechtkommt.«

»Schwiegermutter, Großmutter«, sagte Celeste. »Du hast fünf Kinder und vier Zimmer. Bald wirst du sie vom Kronleuchter hängen müssen. Das ist doch ein schönes großes Haus, das die alte Dame da hat.«

»Hör schon auf«, wiederholte Connie.

»Na, wie ist es, verheiratet zu sein, Tante Celeste?« fragte Maggie.

»Diesmal immerhin besser«, sagte Celeste nachdenklich. »Aber es ist trotzdem noch das gleiche. Es ist einfach nicht natürlich, daß man sich andauernd von jemandem sagen lassen muß, was man zu tun und zu lassen hat. Aber wenigstens streiten wir uns nicht, daß ich zuviel Geld für Kleider ausgebe. Als ich mit deinem Onkel Charlie verheiratet war, genügte schon eine kleine Bluse, und – zack! Einmal hat er mir die Nase gebrochen wegen eines Wintermantels.«

»Erzähl ihr so was nicht, Celeste«, sagte Connie. »Sie wird denken, daß es in jeder Ehe so zugeht.«

Celeste hob wieder die eine Augenbraue.

»Es ist nicht so. Sieh dir meine Schwiegermutter an. Seit ihr Mann krank wurde, ist sie ein ganz anderer Mensch.«

»Tanzt wahrscheinlich erleichtert durch die Gänge«, sagte Celeste und steckte sich eine Zigarette an.

»Du weißt, daß das nicht wahr ist. Der Mann war ihr Leben. Das ist es, was die Kinder immer nicht begreifen. Gestern habe ich mir Monica angesehen und mir dabei gedacht: *Sie hat ja keine Ahnung.* Das ist nicht nur ein Mann. Er ist dein Zuhause, deine Kinder, deine Familie, deine Zeit, einfach alles. Was du da heiratest, ist dein gesamtes Leben.«

»Das ist die längste Rede, die ich je von dir gehört habe, Con«, sagte Celeste finster.

Connie sah über die Felder hinweg. An ihren Lippen klebte immer noch eine Spur Lippenstift vom vergangenen Tag. »In eins der Häuser ist gestern jemand eingezogen«, sagte sie schließlich. Kurz, bevor wir los sind, habe ich den Umzugswagen oben durchs Fenster gesehen.«

Celeste zuckte die Achseln. »Und wenn schon. Du weißt ja, was Sol immer sagt. Je mehr sich die Dinge ändern, desto mehr bleiben sie, wie sie sind.«

»Das ergibt aber keinen Sinn«, sagte Maggie.

»Oh, doch, das tut es«, sagte ihre Tante. »Denk mal drüber nach.«

Oben ging mit einem Geräusch, wie wenn man mit dem Fingernagel über eine Schiefertafel kratzt, ein Fensterladen hoch. »Connie«, ertönte Tommys gequälte Stimme, »ich brauche Tomatensaft.«

Celeste lachte. »Ich komme mit dir rein«, sagte sie, als Connie aufstand. »Mach ein bißchen Wodka dazu. Dann fühlt er sich gleich besser.«

Maggie blieb draußen auf der Veranda und dachte über das nach, was ihre Tante gesagt hatte. Und je länger sie nachdachte, desto lächerlicher fand sie es. Sie dachte, wie das Leben war, jetzt, wo ihr Großvater gestorben war und ihre Großmutter alleine lebte und vielleicht ihre ganze Familie in das große Haus ziehen und im Pavillon rumsitzen würde. Sie dachte an Monica mit Mann und Kind, daß sie nie wieder mit dem einen Jungen zum Tanzen gehen und ihn nach der Hälfte des Abends wegen eines hübscheren sitzenlassen konnte; und an Helen, die vielleicht eine Rolle am Broadway bekommen würde und sich nachts mit irgendwelchen Bühnenmenschen die Wohnung teilte. Sie dachte an Debbie, die jetzt Bridget Hearns beste Freundin war oder das zumindest dachte, bis Bridget sie fallenlassen würde, und versuchte es so zu sehen, daß sie einander verdienten, aber statt dessen machte sich in ihrer Brust ein Gefühl breit, als hätte sie sich die Rippen gebrochen.

Sie dachte daran, wie ihre Mutter sie im kommenden Winter herumfahren würde, wenn es draußen dunkel war und das Licht am Armaturenbrett innen wie eine kleine Oase vor den Sitzen schwebte. Sie wußte, daß in nur einer Woche alles schon wieder anders sein würde. Die Schule würde wieder losgehen, und sie würde tagsüber ihren grünen Uniformblazer mit dem karierten Rock anhaben und die Sandalen, in denen man sich Blasen an den Zehen und hinten am Hacken holte, nachdem man drei Monate in Turnschuhen und Klapperlatschen verbracht hatte. Dienstag würde sie Schulutensilien kaufen gehen, Schreibhefte mit vorläufig noch ganz flachem Falz und Bleistiftschachteln, die genauso nach frischem Plastik rochen wie Weihnachten. Es würde keine Nächte in den Neubauhäusern mehr geben, weil sie während der Schulzeit abends nicht raus durfte. Bald würden gelbe Lichter in allen Fenstern stehen, und die staksigen Setzlinge, die sie an der Shelley Lane und der Dickens Street gepflanzt hatten, würden zu großen Bäumen heranwachsen. Und bald würde es ihr so vorkommen, als hätte es Tennyson Acres schon immer gegeben, und nur die älteren Kinder würden noch sagen: »Wißt ihr noch, damals, bevor sie die Siedlung gebaut haben?«, und würden wissen, was sich hinter all diesen Wänden befand. Maggie fragte sich, ob die Leute im letzten Haus am Wald wohl irgendwann mal ihren Teppichboden hochnehmen und die alten *Playboys* unter den Brettern finden würden.

Ihr goldenes Medaillon fühlte sich ganz warm an. Sie nahm einen Brief aus ihrer Shortstasche. »Liebe Maggie«, stand da, »ich freue mich wirklich, daß du mir schreiben willst, obwohl wir im selben Ort wohnen und die Schule wieder anfängt. Es gibt viele Dinge, die ich dich fragen will und die sich besser schreiben lassen, als sie dir ins Gesicht zu sagen. Dein Gesicht ist klasse, aber was ich erzähle, nicht. (HaHa!)« Selbst jetzt noch, nachdem sie den Brief mindestens sechsmal gelesen hatte, wurde Maggie ganz komisch, wenn sie zu dieser Stelle kam: Dein Gesicht ist klasse. Sie fragte sich, ob Bruce wohl tanzen konnte. Bei der Hochzeit hatte er sie immer nur zu den doofen Polonäsen aufgefordert, vielleicht, weil sein Vater dabei war. Immer wenn sie ihn angesehen hatte, hatte er weggeguckt und mit den Fingern geknackt. Als sein Vater ihm dann sagte, sie müßten jetzt gehen, hatte er ihr den Brief in die Hand gedrückt und sie richtig festgehalten, bevor er ging.

Sie konnte ihre Tante und ihre Mutter im Haus lachen hören. Ganz sicher war sie sich nicht, ob sich ihre Tante nun mit den Sachen, die sich änderten und gleich blieben, irrte, oder ob das nur wieder einer dieser Unterschiede zwischen Kindern und Erwachsenen war, so wie sie ja auch immer sagten, die Zeit verginge wie im Flug, wo es doch allein von Juni bis September ein halbes Leben zu dauern schien.

Maggie ging durch den Garten zum Rand des Neubaugebietes. Der weiche Boden gab unter ihren Füßen nach, und sie sah an den zementierten Bordsteinen, daß Terence und seine Freunde sich da zu schaffen gemacht hatten, ihre Hand- und Fußabdrücke hinterlassen und ihre Initialen eingeritzt hatten: TSS, KAK, RVQ. Die Straßen waren noch nicht asphaltiert, und sie konnte die Steinchen durch die weichen Gummisohlen ihrer Turnschuhe fühlen. Etwas weiter vorne war das Haus, das als erstes fertig geworden war. Ein Landhaus mit zur Seite gleitenden Panoramafenstern in fast jedem Zimmer. Maggie dachte daran, wie Richard und Bruce am Tag, als die Küchenschränke eingebaut wurden, ihre Namen innen in die Türen geschrieben hatten.

Lautlos ging Maggie nahe genug heran, um durchs Wohnzimmerfenster zu sehen. Ein Mann und eine Frau saßen an einer Wand auf einer Couch. Er hatte eine Glatze und bis zum Ellbogen hochgekrempelte Ärmel; sie hatte kurzgeschnittenes schwarzes Haar wie eine Bademütze und kleine schwarze Augen. Die beiden hielten runde Gläser in der Hand, richtige Kübel, die mit einer bernsteinfarbenen Flüssigkeit gefüllt waren, und nippten daran, während sie sich immer wieder umsahen. Ihre Möbel waren so eckig, daß sie aussahen, als hätten sie Ellbogen, und über dem Sofa hing etwas, das Maggie mit einiger Sicherheit als moderne Kunst identifizierte, ein wilder, fuchsroter Fleck mit schwarzen und grauen Sprenkeln. Es sah eigentlich ganz hübsch aus, und das Grau paßte zum Sofa. Der Mann stand auf, und Maggie machte mit klopfendem Herzen einen Satz nach hinten, aber als sie wieder hinsah, merkte sie, daß er nur das Bild geraderückte, und sie stellte sich vor, daß sie es eben erst aufgehängt hatten, noch bevor sie irgendeine von den Umzugskisten auspackten, die am anderen Ende des Raumes aufgetürmt standen, ihr Geschirr verstauten und feststellten, daß jemand mit Bleistift seinen Namen in die Türen ihrer brandneuen Küchenschränke geschrieben hatte.

Die Frau stand auf und betrachtete, eine Hand auf der Hüfte, das Bild. Dann sagte sie etwas zu ihrem Mann und wippte mit der Fußspitze, während er es noch ein winziges Stückchen verrückte. In Maggies Kopf sagte eine schneidende Stimme: »Ich verwette meinen letzten Penny, daß das Juden sind«, obwohl Maggie eigentlich dachte, daß sie ziemlich italienisch aussahen, und da merkte sie erst, daß es die Stimme ihres Großvaters gewesen war, und wußte, daß sie diese Stimme in ihrem Kopf bis an ihr Lebensende immer mal wieder hören würde.

Sie fragte sich, ob es wohl das war, wenn es von jemandem hieß, daß er von Geistern heimgesucht würde. Oder vielleicht war das das Paradies, das ewige Leben für deine Ansichten, die dann, mal öfter, mal seltener, im Hirn harmloser Freunde und Verwandter abgeschossen wurden. Maggie dachte, daß ihr Großvater auf diese Weise in ihren Gedanken weiterleben würde, bis sie selber eines Tages starb und andere Leute da sein würden, die sich an sie erinnerten. Sie sah zu den alten, vertrauten Häusern von Kenwood zurück und dann wieder auf Tennyson Acres, und es kam ihr so vor, als stünden sie für Vergangenheit und Zukunft. Und wieder hörte sie die Stimme ihres Großvaters: »Es gibt ein Diesseits, und es gibt ein Jenseits.« Genauso sahen sie für sie aus, diese beiden Teile der Gegend, in der sie wohnte, wie ein Diesseits und ein Jenseits, wie das, was gewesen war, und das, was noch kommen würde. Ihr Großvater war endlich in seinem Jenseits, aber er war auch hier, hier in ihrem Kopf, und darüber war sie froh.

Nicht nur die Toten lebten auf diese Weise mit einem weiter. Als sie die Augen schloß, konnte sie Helen sagen hören:

»Keine Entscheidung ist auch eine Entscheidung«, und ihre Mutter sagte mit einem tiefen Seufzer in ihrer leisen Stimme: »Nicht gut und nicht schlecht. Die Dinge sind, wie sie sind.« Sie wußte, daß sie auch in zwanzig Jahren noch alle diese Stimmen in ihrem Kopf hören würde, und sie wußte, daß sie alles tun und alle Entscheidungen treffen konnte, die das Leben von ihr verlangen würde, solange nur diese Stimmen bei ihr blieben. Aber gestern, als sie durch die Kirche gegangen war und in diese eine, halb aufgeblühte Rose in ihrem Sträußchen gestarrt hatte, hatte sie noch eine andere Stimme gehört, die ihr sagte, sie sollte den Kopf heben und die Schultern geradehalten, und sie sollte gefälligst langsam gehen. Und gerade, als sie mit ihrem Vater tanzte und hinter ihren geschlossenen Lidern die Lichter der Dunkelheit explodierten, war ihr klargeworden, daß die Stimme, die sie da gehört hatte, ihre eigene gewesen war, zum ersten Mal in ihrem ganzen Leben.